陳弈 著

陳弈英文筆記

英語補教界名師最新力作

進階語法與翻譯技巧

托福八大題型破解

高階英文寫作指引

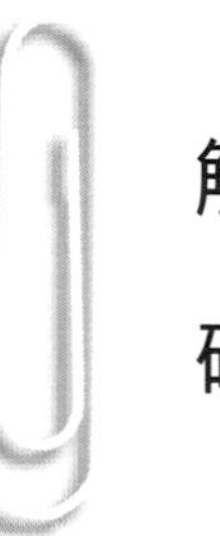

解說生動有趣，顛覆考試用書的刻板印象！

確實掌握得分關鍵，讓你打遍天下無敵手！

contents

翻譯語法篇 (Translation)

進階語法與翻譯技巧
Advanced English Grammar and Translation Skills

001

閱讀篇 (Reading)

托福閱讀八大題型破解
TOEFL Reading Skills

135

寫作篇 (Writing)

高階英文寫作指引
Advanced English Writing Tips

221

1

翻譯語法篇

People Are Not Because The Beauty Is Lovely, But Because Lovely Are Beautiful

—— Torstai

Translation

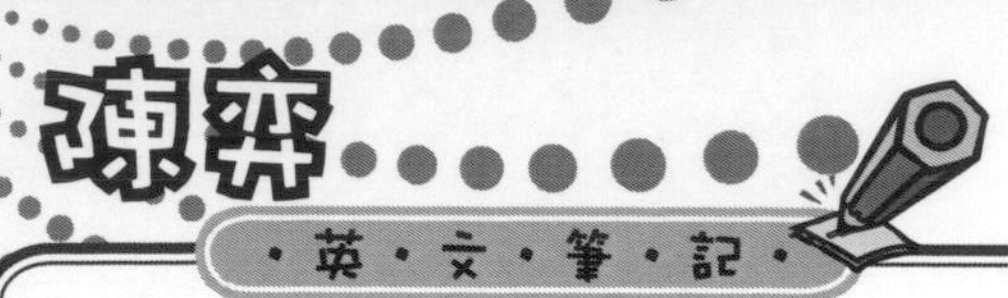

進階語法與翻譯技巧
Advanced English Grammar and Translation Skills

近年來，出國深造翻譯學位的學子如雨後春筍般出現在教學市場上，臺灣首屈一指的翻譯相關系所莫過於國立臺灣師範大學與輔仁大學翻譯研究所了。有趣的是，往往在翻譯市場上真正擁有翻譯學位的譯者鮮少是科班出身的，這突顯了一個很引人省思的問題：究竟擁有翻譯學位對於翻譯品質是否有絕對之影響？我想這個答案因人而異，或者說，因個人條件而異。筆者認為，對於一位優良專業的譯員的定義，絕非僅僅使用「技巧」而定（例如：增／減譯法、長句翻譯處理等），相反地，能否真實地解碼（decipher）原文作者所欲隱藏的細微感受才是翻譯之最高境界，否則，僅能稱的上是一位「翻譯匠工」！

臺灣地區電影翻譯工業一直存在著一種十分「商業化」的特色，影視翻譯總會將原本平淡無奇的電影名稱，化腐朽為神奇，添加了許多商業化的色彩，為的就是吸引廣大的消費族群。舉凡Six Feet Under（譯為「六呎風雲」）、The Hitcher（譯為「幽靈終結者」）、Vacancy（譯為「針孔旅社」）等，如果以翻譯的「忠誠度」來看的話，不無問題，但這些的確也都是臺灣電影市場吸引人的原因。對於採取較忠實的譯法或傾向於較商業化的「意譯法」，分別在臺灣與香港譯壇享有盛名的王麗莎女士與周兆祥教授有不同的見解。本篇先以翻譯的文化與精神層面切入，進而詳細介紹各種實用之翻譯技巧，希冀讀者無論在升學考試或是翻譯市場上能夠勝出。

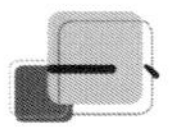

一、當王麗莎遇見周兆祥——臺灣地區影視翻譯之問題與特色（Features and Problems of Subtitling in Taiwan）

翻譯科班出身的譯者，對於翻譯的「忠誠度」往往要求較高，而非受過所謂的翻譯專業訓練的兼職譯者則傾向於「意譯法」，臺灣地區的影視翻譯則通常創意過了頭，當然是為了商業考量，試問，如果將*Night Shift*（驚魂大夜班）直譯為「晚班」，或將*The Day after Tomorrow*（明天過後）照字面譯成「後天」，恐怕使人興趣缺缺。王麗莎女士對於臺灣這類疑似過度翻譯的特色持以負面評價，有趣的是，香港知名翻譯學博士，現任教於香港浸會大學（Hong Kong Baptist University）的周兆祥教授則比較顧慮到商業考量，以「翻出讀者想看的譯文」為其宗旨，明顯違反了傳統翻譯

學之基本原則，本節筆者就平日觀察，討論好萊塢電影翻譯處理中幾個比較值得探討的問題，期能拋磚引玉，未來可以看見更多這方面之探討。

1.引起共鳴之關鍵——人物角色翻譯之處理探討

看了很多部院線片，雖然每次都是抱著消遣娛樂的心情，不過不難看見許多品質不佳的影視翻譯，翻譯業界常引以自豪，自認優於翻譯理論家的實戰經驗（hands-on experience）或許也因為品質把關不嚴格不難見到許多不適切的處理，除了英文中國郵報（*The China Post*）早期某些本國編譯寫的一堆修辭不佳之文章以外，最扯的就屬於某些躲在房間裡，連電影上映都沒有掛名的「專業影視翻譯」。

看了針孔旅社（*Vacancy*）之後，促使筆者在網路上搜尋該片影視翻譯人員姓名，不過，當然是沒找著，在此筆者先來談一下國內知名的電影公司——「博偉影視公司」。長久以筆者都十分讚賞「博偉影視公司」負責的電影翻譯，其對於電影翻譯的理念與筆者完全一樣，臺灣人進電影院看電影，無非就是喜歡演員、劇情，不然就是喜歡某種類型的影片，此家影視公司把一些美國某些較知名，但國人卻不太認識的公司、地名、電視台或是名人等等幽默地轉換成臺灣自己的「產物」，例如，*Channel 5*譯為「東森電視」，其他比較有趣的就是一些容易遭到某些衛道人士批判的「髒話」也納入翻譯，像是電影「絕命鈴聲」中也出現「香蕉你的芭樂」、「駛你娘」與「贛林老木」等髒話，或是把很奇怪的人直接譯為「許純美」、「柯賜海」，年輕人的偶像也一併改成「周杰倫」、「蔡依林」等等都是很經典的例子。或許筆者非翻譯科班出身，對於這樣的處理方式感到極為讚賞，看得出來譯者是為了要拉近觀眾，讓觀眾可以會心一笑。素有「口譯界第一把交椅」美譽的王麗莎女士對此作法則十分不以為然，認為翻譯應該要忠實，美國的*Channel 5*不可以譯為「東森」，但如果整部電影充斥的臺灣人不可能太熟的名人、政客、影視紅星，甚至是加油站、企業等等，恐怕無法收得引人會心一笑之效！

此片的處理也不無問題。首先，譯者將此部片中美國知名的加油站*CLARK*直接採用音譯為「克拉克」，頓時讓人聯想到「超人」！如果此公司可以維持以往一貫的幽默，將其換成「中油」、「台塑」或是曾爆出加假油的「恆加加油站」，會有更棒的戲劇效果。

2.「雞尾酒」不是酒——專有名詞翻譯之正確性

筆者曾經在某部電影看到有影視翻譯人員將Shrimp Cocktail（鮮蝦盅）譯為「雞尾酒」，頗為驚訝！開始懷疑是否國內翻譯人員均採取相同的處理模式？這明顯是不專業的表現，試問，用來治療HIV後天免疫不全患者的「雞尾酒療法」難道真的是將飲用雞尾酒當成治療方法？明顯是一誤譯。筆者認為，造成認知錯誤的原因乃是因為國人對於「雞尾酒」的真正意涵不了解，因此，所謂的「雞尾酒療法」翻譯在國人缺乏這類知識的條件之下，似乎也是有些問題的！

多年後，又在針孔旅社（*Vacancy*）片中，出現Prozac Cocktail一詞，譯者居然又譯成「雞尾酒」，顯然翻譯人員未盡到查證之工作，況且，治療憂鬱症出名的「百憂解」（Prozac）亦不可能是毫無意義的存在。

Prozac-Cocktail是一種類似迷幻藥（ecstasy）的東西，是參雜了安非他命（amphetamine）及迷幻藥物（hallucinogen）的混合體，而cocktail真正的意思則是指「混合物」，美國青少年使用這種藥物的人數逐年攀升，並且已經變成一種「商標名」（Eponym）——Valium（安定）的另一個代名詞，類似臺灣講的「斯斯」、「肌樂」等。

英文中和cocktail搭配的名詞數量不少，如cocktail dress（酒會禮服）、cocktail lounge（機場大廈的酒吧）、cocktail stick（取食物用的竹籤）、cocktail waitress（酒吧女服務員）等等，而atomic cocktail則是指「放射性癌症治療方式」。牽涉專有名詞之翻譯工作，必須謹慎小心處理，才不會引起不必要的誤會！

3.語氣決定一切——髒話翻譯之處理討論

另外一個值得探討的問題為——髒話語氣（four-letter words）的翻譯。舉例來說，由王爾德（Oscar Wilde）著作改編，奧斯卡金獎影后海倫杭特（Helen Hunt）主演的「美麗誘惑」（*A Good Woman*）中，出現了很多I Fuck You之類的髒話，譯者巧妙的譯為「我要上你」，筆者認為在那樣極盡粗俗的語氣如此表現明顯太過於含蓄，既然是FUCK，應該大膽的譯出演員所欲表現出的輕佻，「我想幹你」、「我想搞你」等都是較佳的譯法，或許是礙於尺度，原譯文比較像是狗男女在暗地裡調情（flirt）時怕被人發現的挑逗語罷了！筆者認為，譯者應突破文化隔閡，真實呈現電影中人物角色真正的語氣，才可明確的表現出原著的精神！

4.翻譯基本功——譯者的語言與修辭能力

或許是受了片名「刻意過度揣測翻譯手法」之影響，臺灣地區電影字幕譯文出現過不少不恰當的翻譯。事實上，片名與內容處理不應依樣畫葫蘆。為了吸引客人走進電影院，電影片名適度地動一下手腳的確是可以增加「笑果」的，但內容還是必須忠實呈現，否則，任何人都可以依照自己對於畫面的感覺自行揣測。然而，根據筆者觀察，造成此種現象的最大原因在於少數的譯員翻譯基本功力的不足，筆者認為，國內翻譯相關系所應當仿照國外做法，先加深譯者對於語言修辭駕馭能力之訓練，而非將課程主軸一味地侷限在「技巧」層面。

在「超級盃奶爸」（*The Game Plan*）一片中，小女孩跟筋肉曼要糖果（candy）吃時，遭到拒絕，小女孩帶著落寞對筋肉曼說了這麼一句話："That's why you never smile?"，懂英文的人當下必定會心一笑，但此片的將其譯為「這就是為什麼你長得這麼抱歉嗎？」當下全場哄堂大笑！然而，這樣的譯法明顯不專業，在臺灣，說人長得抱歉多指「其貌不揚」之意，與英文never smile（等同於wearing a long face扳著一張撲克臉）毫無關係。筆者認為應該譯成「這就是為什麼你每天都ㄍㄧˋ ㄐㄧˇ ㄟˊ ㄙㄞ ㄇㄧㄣ」（台語：裝一副大便臉）或是「這是為什麼你每天都扳著死人臉嗎？（臉帶無辜狀）」！既可引起觀眾大笑，引起共鳴，最重要的是兼顧到了翻譯品質，兩者完全不相牴觸！或許處理此片的譯者「認為」小女孩不應該口出穢言，才有這樣的處理方式吧！

上述例子或許是譯者刻意的「巧思」，尚屬於可以理解的範圍，不過在「魔山二」（The Hills have eyes）以及「當我們ㄍㄟˋ在一起」（*I Now Pronounce You Chuck and Larry*）這兩部風格迥然不同的電影中，卻出現了許多不可原諒的錯誤，問題當然還是出自於譯者基本功不扎實的緣故，對於語言修辭的駕馭能力實有待加強！

例如，在「魔山」裡，有幾句對白很有意思：

Stay alert and stay alive!

這是一名士官長對其手下所講的話，譯者並沒有把語氣譯出來，反而採取一種比較不痛不癢的敘述。但卻忽略了這個句子是運用修辭格裡的「音韻效果」，另外，以「祈使句」（imperative sentence）開頭的感覺我想再怎麼譯也不會是「軟趴趴的」感覺！「皮繃緊一點／罩子放亮點，否則就等死吧！」這種語氣，我沒從譯文中感受到！片中另外一句類似的是：“Conversation, not confrontations!”，這句在劇中是要強調「諷刺」效果的，可惜英文這樣有「音響效果」的修辭手法卻被此片譯者搞得很「娘」！

再看下一句：

Let's keep and moving!**（快跟上！）**

這是修辭格中「重言法」（Hendiadys）的用法！譯者對修辭格的認識不足在這句對白中表露無疑，和一般人一樣，把and也一併譯進去！重言法（Hendiadys）在國內修辭學相關著作中鮮少被提及，反觀中國大陸，在大學的英文課程中就已經編列的此類練習，請看下面例句：

There exists a logic and simplicity in the universe.
（宇宙間存在著一股簡單的邏輯法則。）

至於「當我們ㄍㄟˋ在一起」（*I Now Pronounce You Chuck and Larry*）這部爆笑劇裡面，有著更傳神的表達，呈現出道地的美式幽默（American Humor），可惜譯者仍沒將其精神譯出，使得原本不懂美式幽默的國人更笑不出來了！請看以下對白：

Who's pitcher and who's catcher?

譯者居然譯成：「誰是投手，誰是捕手？」這是極度嚴重的錯誤，這部片如果說是「王建民」當主角，我想應該沒有人會反對這種直譯法。事實上，這是英語修辭格中「隱喻」（Metaphor）用法，令筆者感到驚訝的是，暗示性的修辭表達可以說充斥在（be brimming with）在我們的生活當中，舉凡「擬人」（Purification）、「明／隱喻」（Simile／Metaphor）、換喻（Metonymy）、援引（Allusion）皆都屬於「平名化」的修辭格，譯者或許是幽默感不夠，而非真的缺乏「玩」語言的能力！

最道地、貼切的譯法應為：

「誰是插頭？誰是插座？」（比較戲謔的玩笑話）

或是：

「誰是1誰是0？」（男同性戀表示性關係角色的用語）

如果說話的主角換成了個標準台客（Tyke），就要譯為：

「誰是躺著被ㄍㄢˋ的？」（台客說話絕對不會故作氣質般的做作）

瞞天過海（*Ocean's Thirteen*）的翻譯更似乎也落入同樣的科臼，劇中有一幕老闆在責備工人時說了這樣一句話：

"I Don't Want The Labor Pain. I Want The Baby!"

這明顯是老闆催促工程進度所說的話，但字幕上卻出現「我不要陣痛，我只要寶寶！」這樣無厘頭的譯文。

最後，這些片中有許多「不合文法」的道地美語表達，例如1,500不說one thousand（and）five hundred，直接講成fifteen hundred。而Who's they?這種「課本說不合文法」的句子有多少人曾經想過他的細微語意呢？

以上的情況均緣於「語言修辭」基本功不佳所產生的誤譯，有心從事翻譯工作的人，紮穩馬步恐屬當務之急！

5.追求「美感」底下的犧牲品——電影翻譯與內容之適切性探討

中、西現存的翻譯理論，鮮少對於影視翻譯有所著墨，市面上相關的翻譯著作與研究，偏好處理文學作品、科技英語或是新聞英語之翻譯技巧，影視翻譯儼然成為學院派學者的拒絕往來戶之一。在缺乏「監視」的環境下，影視翻譯的品質似乎不因譯文品質而定，反之，能否吸引顧客上門觀賞電影才是定義「勝任與否」的唯一前提！

常常聽身邊許多人批評、嘲笑對岸電影翻譯品質拙劣，反而臺灣本地的電影標題往往都能吸引眾人的目光。但很少人發現，為了追求「形式或音韻」上之美感，往往卻犧牲掉了其真正的意思。Greenwich臺灣譯為「格林威治」，在「響音效果」上的確比對岸的「格林尼治」來的優美，殊不知Greenwich中的w為一不發音的字母（silent），因此，大陸的譯文才算正確！

另外一個經典例子是英國王子查爾斯（Charles），早期臺灣媒體將其譯為「查理斯」，亦是誤譯！上述兩個例子其實只是譯者對於字彙的發音產生混淆，進而直接反映影響到譯文的品質。

由此可見，「商業化」的考量當然無法完全被屏除在外，然而，筆者認為，電影片名之翻譯仍然有脈絡可循，絕非「自由心證」。電影片名翻譯最大的困難度在於其往往採用「旁敲側擊」的方法帶出主題，這點與華語電影比較「直接了當」式的方法大異其趣，本節筆者將電影標題翻譯依照品質良窳分成三大類深入討論說明，作為往後欲從事影視翻譯相關工作讀者一套可依循的參考準則。

（1）誤譯／翻譯不全（Mis-Translation／Under-Translation）

（A）六呎風雲（*Six Feet Under*）

獲得《紐約時報》（*New York Times*）等媒體的好評的「六呎風雲」是一部由艾倫・鮑爾創作的美國電視劇，於2001年至2005年間在美國播出。本劇以經營葬儀社「費雪與子」Fisher & Sons）的費雪家族為重心，描述每個家族成員在父親死亡之後的生活。故事的場景主要設定在現代的洛杉磯。筆者認為，這樣的翻譯不無問題。英文的俚語Six Feet Under意指「過世」之義，英文中關於死亡（death）的表達有許多種，翻譯也須依照其委婉程度作適當處理。例如dead／croak（死）、kick the bucket（翹辮子）、deceased（歿）、pass away（過世）或是頗具詩意的vanish（消失）。

譯者處理此類使用「俚語」當成片名情況時，則必須考慮此類屬於較高級的英文用法是否其中譯文能夠使用直譯的方式讓消費者第一時間抓住整部電影的精髓（bone and marrow/essence），這要依照當地語言使用的習慣而定，如果某個英文俚語、習語使用已經廣為人知，才可以使用直譯的方式處理。six feet under這一俚語明顯無法在第一時間讓臺灣的消費者感同身受，「六呎風雲」反倒比較有「藍色蜘蛛網」的感覺！有鑑於此，這部電影也曾被譯為「殯儀館風雲」，香港TVBS則譯成「身前身後」，雖然美感仍待加強，但明顯地比「六呎風雲」這種譯法來得清楚、正確。處理這類翻譯時，必須注意消費者感受，不可譯出中文不常見的「字面意義」（literal meaning）。

當然，此類翻譯處理亦不乏佳作，「一路玩到掛」（*The Bucket List*）這部片是最好的代表。承上，to kick tee bucket雖有「死」之意，但卻帶著比較「戲謔、輕佻」的語氣，譯為「一路玩倒掛」不管在語氣、內容忠誠度上均屬經典之作，若是譯者又犯了上述說明的兩個翻譯致命傷，則很有可能出現「死亡名單」這種「懸疑驚悚」（thriller）的片名，翻譯問題之細膩，可見一斑！

舉個例子，倘若有一部愛情片，名為*Musical Chair*，直接譯成「愛情大風吹」也是可以被接受的，英文中，to play musical chair with意思為「交換」的意思，國人對於「大風吹」這個遊戲並不陌生，只要直接在大風吹之前加上「愛情」即可達到「立即又偷懶」的修辭效果。由此可知，一位專業譯者如果能夠達到「玩」語言的能力，精確地掌握修辭表現，則處理此種譯名算是易如反掌（as easy as rolling a log/as easy as ABC）的小把戲而已！

（B）愛情不用翻譯（*Lost in Translation*）

這部片主要描述一位好萊塢著名的電影明星鮑伯，因拍攝廣告來到東京。工作的溝通不良讓他欲振乏力，在這語言不通的城市，讓他又更加深體認自己的中年危機，夜夜失眠。女主角夏綠蒂，跟著工作狂攝影師先生來到日本，置身在陌生又充滿衝擊的環境，不僅迷失在東京街頭，面對未來更是毫無頭緒。男女主角在凱悅飯店的酒吧邂逅，相同的寂寞和語言將兩人拉得好近。促成此部片問世的的主因源於導演蘇菲亞科波拉的一段深刻記憶，常遇見相同臉孔，即使沒有交談，不知道對方身分，但吸引人的是，彼此間經由目光默默交流的情誼，一種外國人在日本、旅人在異鄉的濃烈「同志情誼」，分享同是過客的心境。導演把這段種情感衝擊巧妙轉化成既甜蜜又感傷的喜劇。可惜的是，這麼美的片名「愛情不用翻譯」其實是一「誤譯」。

Lost in translation照字面解釋，意指「因為文化或其他因素在翻譯時所造成的誤解與窘境」。translation在上下文清楚的情況下，也有「溝通、闡述」等比較抽象的意思，等同於英文的to translate into…（意涵……）。由此可見，片名的*translation*並不是真的指「翻譯」（只有語言不通才需要翻譯），逕自譯為「愛情不用翻譯」會讓人誤以為此部電影是在描寫一段「異國戀曲」，再者，Lost in Translation與「愛情不用翻譯」字面意義也毫不相干。

造成此種「美麗的錯誤」原因很簡單，其一為譯者本身沒有先仔細觀賞過電影，僅憑文字上的意思揣測；其二則是譯者本身語言能力不足，無法處理英文中非字面意義（non-literal meaning）。這兩項缺失則是許多「求快」的譯者最常犯的錯誤。話說回來，如果這是一部日本片，筆者最容易看見「那一年，我在東京遇見你！」這種「日式浪漫」的口吻！

（C）幽靈終結者（*The Hitcher*）

幽靈終結者（*The Hitcher*）是筆者所見最差勁的翻譯，只看片名，會讓人誤以為是部「科幻片」（science-fiction movie），但骨子裡，這部片要傳達的只是「別上陌生人的車」這樣單純的變態殺人魔電影，在臺灣，似乎「絕命」、「奪命」、「驚魂」、「終結站」、「終結者」幾乎變成了懶惰譯者套用公式的陳腔濫調（cliché）。舉凡「絕命終結站」（*Final Destination 3*）、「絕命聖誕夜」（*Black Christmas*）、「絕命鈴聲」（*Phone Booth*）、「絕命殺機」（*No Second Chance*）、「絕命鈴聲」（*Kingnet*）……其他還有「絕命之鄉」、「絕命時刻」等等均屬此類。

（2）安全的翻譯（Just-Right Translation）

事實上，按照字面翻譯卻又能不失恰當的例子也屢見不鮮。只要字面意義可以直接表現電影的精華，這樣的處理是可以被接受的。下面例子就是最好的證據：

範例 （a）P.S.我愛你（*P.S. I Love You*）
（b）惡夜三十（*30 Days of Night*）
（c）星塵傳奇（*Stardust*）
（d）殺手47（*Hitman*）
（e）奪魂鋸（*Saw*）
（f）黃金羅盤（*The Golden Compass*）
（g）贖罪（*Atonement*）
（h）蜘蛛人（*Spiderman*）
（i）超人（*Superman*）
（j）蝙蝠俠（*Batman*）
（k）國家寶藏：古籍秘辛（*National Treasure: Book of Secrets*）
（l）查泰萊夫人（*Lady Chatterley*）

很清楚地，上述片名採用直譯手法，不但不失真，反而可以給予消費者很逼真的感受。但其中值得一談的是「查泰萊夫人」（*Lady Chatterley*）之譯文，古今中外，以人名命名電影、書名等去刻劃人性的各個層面，不算少見，這一部主要講述情慾描述的戲劇，使用女人的名字命名電影，效果如同「潘金蓮」一樣傳神，這種處理手法是不但不會失去原味，反而替這部戲劇增添幾分色彩。然而，根據英語譯音原則，「泰」應是母音 [ai] 搭配輔音 [t] 的中文音譯，比較恰當的音譯應該為「查特萊夫人」。

（3）優美的翻譯（Translation with Purple Passage）

講述至此，相信讀者已經了解，其實電影片名翻譯，在譯者有能力處理較有深度的語言修辭問題之前提底下，只需遵循一個大原則——「直譯／意譯處理之斟酌」，除了在1.部分介紹了許多例子說明可否對帶有高級俚語、習語之片名翻譯處理外，本節更進一步討論另一項臺灣電影翻譯的另一個大問題——單純用「人名」、「地名」或「一般單純名詞」命名的電影也是錯誤名單中的常客。且看以下範例：

範例 （a）把愛找回來（*August Rush*）
（b）超級盃奶爸（*The Game Plan*）
（c）笨賊的祈禱（*First Sunday*）
（d）七日之癢（*The Heartbreak Kid*）
（e）蓋世奇才（*Charlie Wilson's War*）
（f）倒數第二個男朋友（*Good Luck Chuck*）
（g）鼠來寶（*Alvin and the Chipmunks*）
（h）當我們ㄍㄟˋ在一起（*I Now Pronounce You Chuck and Larry*）
（i）極地熊寶貝：拿努的歷險（*Arctic Tale*）
（j）曼哈頓奇緣（*Enchanted*）

讀者不難發現，上面十個範例，其中英名稱毫無關係，但筆者卻認為是電影片名翻譯之佳作。使用單一人／地名或一般名詞命名的電影不勝枚舉，但此類電影英文片名乍看之下乏味無奇，非母語人士很難能夠從片名中電影內容略知一二，遇到這種情況，譯者就必須耐煩地先將電影詳細的「感受」過一次，再使用較優美的文字將其表現出來，不僅考驗譯者的耐性，一位譯者的語言功力當下可見！

August Rush在片中是一名天才兒童（prodigy），照字面翻譯難免流於乏味；譯者將其譯為「把愛找回來」可以讓消費者跨越標題不清的屏障；Charlie Wilson's War不用「戰爭」為名，而間接告訴消費者某個聰明絕頂的「蓋世奇才」在對峙（War）時所展現出的機智（wits）亦屬佳作。

最需要大力讚賞的（giving the thumbs up），則非*First Sunday*（笨賊的祈禱）、*Good Luck Chuck*（倒數第二個男朋友）、*The Heartbreak Kid*（七日之癢）、*Alvin and the Chipmunks*（鼠來寶）以及*The Game Plan*（超級盃奶爸）莫屬了。譯者不但跳脫出文字的枷鎖，亦展現出不凡的修

辭能力，「玩」語言的技巧表露無疑！First Sunday以「星期天」為名，大多數臺灣人不信奉基督教，譯者巧妙地規避了「做禮拜」（go to church）的文化限制，用輕鬆詼諧的口吻譯為「笨賊的祈禱」，單純用「祈禱」（pray）讓讀者不必絞盡腦汁（rack one's brain）揣測Sunday的意義，兼顧了商業及翻譯效果！

Good Luck Chuck（直譯：恰克，祝你好運！）也將片中最好笑的爆點點出來了，只要和某人發生了性關係，對方馬上得到愛神的眷顧，男主角不甘當心怡女孩「倒數第二個男友」，只好「臨陣脫逃」！

最讓筆者讚賞的就屬*I Now Pronounce You Chuck and Larry*（當我們ㄍㄟˋ在一起）、*The Heartbreak Kid*（七日之癢）與*The Game Plan*（超級盃奶爸）了。這三部片不僅將片名活化了起來，亦恰當地使用了「修辭手法」造成幽默效果。*The Game Plan*不講足球隊員戰略／策略，筋肉曼這樣「大隻佬」的父親生活才是本片賣點，譯為「超級盃奶爸」將本片靈魂點了出來。「當我們ㄍㄟˋ在一起」與「七日之癢」是採用改寫「中文諺語、習語」的方式呈現，將「七年之癢」改寫成「七年之癢」，「癢」的程度增加了不少，消費者也可以從導演搞笑的誇張手法印證「七日之癢」的效果！當然，如果用牧師宣布主角結為連理的口吻當成片名，無法展現gay的賣點。「當我們ㄍㄟˋ在一起」的確會讓消費者第一時間會心一笑的。

另一方面，英文片名的「人／物名稱」如果已經是屬於「常識性」的理解範圍，則不必大費周章，僅需將名稱簡單的翻譯出來即可，自作聰明反而會收到負面效果。例如，絕對沒有人認為「蜘蛛人」（*Spiderman*）、「蝙蝠俠」（*Batman*）或是超人（*Superman*）有其他更恰當的譯法。請看以下幾個範例：

範例 (a) 第一滴血（*4 John Rambo*）

(b) 朱諾（*Juno*）

(c) 優良職業男人（*A Man's Job*）

(d) 瘋狂的錢（*Mad Money*）

Rambo就是眾所皆知的「藍波」，經典程度就好像臺灣沒有人不認識「李小龍」一般，筆者認為，這種系列性的英雄人物代表電影，不管是是否使用副標題加深主題特性，「藍波」這個金字招牌還是得當成主要標題，就像魔戒（大陸譯為指環王）（*The Lord of the Rings*）系列電影一樣，不管是首部曲：哈比人歷險記（*The Hobbit*）、二部曲：雙城奇謀（*Twin Towers*）或是三部曲：王者再臨（*The Return of the King*），觀眾記得的永遠都是「魔戒」！

007經典系列電影*Casino Royale*（皇家賭場）翻譯，也是討論研究翻譯作品時不可或缺的最佳題材。這部港譯為「鐵金剛」的經典系列之作的片名，都來自伊安法林明（Ian Fleming）原著小說的書名。這些故事，偶見作者使用故事中反叛角色的名字或綽號為名，1961年的*Dr. No*（第七號情報員）和1975年的*The Man With The Golden Gun*（大戰金槍客）即為實例。而這些翻譯也屬佳作。

1963年中文直譯作「金手指」的*Goldfinger*，雖然「金手指」在英文中並無特別意義（例如：名為Jason有「陳世美」意味的「負心漢」涵義），但因Goldfinger是一個真實的姓氏，在猶太人之中十分普遍，加上片中主角喜歡使用金手槍殺人，因此，「金手槍」的譯法似乎也成了十分自然的處理模式了！

同樣都使用「直譯模式」，Juno（朱諾）則又顯得十分瑕疵，Juno是羅馬神話司婚姻的女神，如同道教中的「註生娘娘」。在現代英文中，這個字彙所給予讀者的感覺就如同希臘愛神Aphrodite（愛芙羅黛蒂）與羅馬愛神Cupid（邱比特）如出一轍。這種由神話學（Mythology）出來的名詞，倘若不是對於文學有所涉獵，看到這樣的譯法不但不能收得教育之效，反而會有反映在商業上的反效果。相關例子如：Adonis（美男子）、Narcissus（自戀狂）、Oedipus（戀母情節）等膾炙人口的例子，筆者認為，仍然必須顧慮到文化隔閡與大眾消費者文學涵養的程度問題，Juno（朱諾）可以是火箭、一個單純的女性名字，也可以是三號小行星——婚神星。片中小小年紀的朱諾，意外的與同學巴利克有了小孩，懷有身孕的她與好友想出了一個主意，要將出生的孩子送給馬克和凡妮莎領養，而且還得到家人與親朋好友的支持照顧，讓她屏除許多問題和煩惱，但是出乎意料的孕事，也讓她因此做出許多奇怪的決定。這樣的一部片，雖然譯者將女主角的名字與婚姻女神做了個連結直譯為「朱諾」，不過，在觀賞者完全搞不清楚其在神話學中的涵義情況之下，以一女子名「朱諾」命名，令人感到了無新意，無法表現出導演所要展現的幽默！

基於以上討論的標準，請讀者逕自分析下頁，比較表臺灣與對岸地區電影翻譯的良窳。

➲ 兩岸電影片名譯文差異比較表

原文片名	臺灣翻譯	對岸翻譯（大陸／香港）
Matrix	駭客任務	大陸：黑客帝國
Collateral	落日殺神	大陸：借刀殺人
Le Fabuleux Destin d'Amelie Poulain	艾蜜莉的異想世界	大陸：天使愛美麗
Get Carter	大開殺戒	大陸：義膽流氓
American Pie 2	美國派2	大陸：美國處男2
Kiss of the Dragon	龍吻	大陸：猛龍戰警
Legally Blonde	金法尤物	大陸：律政可人兒
Moulin Rouge	紅磨坊	大陸：情陷紅磨坊
The One	救世主	大陸：最後一強
Original Sin	枕邊陷阱	大陸：激情叛侶
The Others	神鬼第六感	大陸：不速之嚇
A Kinghts Tale	騎士風雲錄	大陸：狂野武士
Along Came a Spider	全面追緝令	大陸：血網追兇
Americas Sweethearts	美國甜心	大陸：甜心人
Billy Elliot	舞動人生	大陸：跳出我天地
Captain Corellis Mandolin	戰地情人	大陸：火線有情天
Dr. Dolittle 2	怪醫杜立德2	大陸：D老篤日記2
Cats & Dogs	貓狗大戰	大陸：貓狗鬥一番
Driven	生死極速	大陸：狂烈戰車
Dr. T & the Women	浪漫醫生	大陸：醫盡女人心

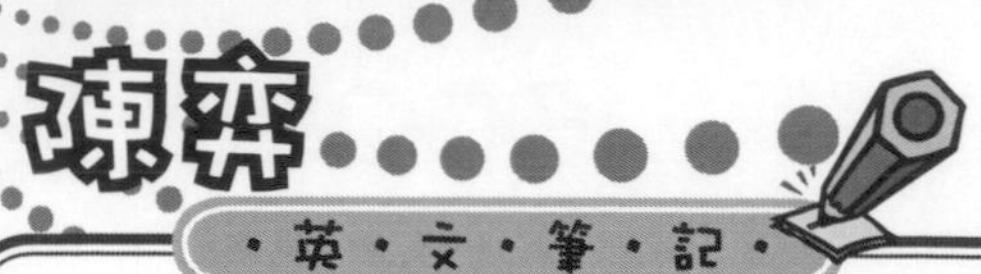

Enemy at the Gates	大敵當前	大陸：敵對邊緣
Evolution	進化特區	大陸：地球再發育
The Fast and the Furious	玩命關頭	大陸：狂野時速
Final Fantasy : The Spirits Within	太空戰士	香港：滅絕光年
The Grinch	鬼靈精	香港：聖誕怪傑
Lucky Numbers	內神外鬼	香港：頭獎拍住搶
Planet of the Apes	決戰猩球	香港：猿人爭霸戰
The Princess Diaries	麻雀變公主	香港：走佬俏公主
Rush Hour 2	尖峰時刻2	香港：火拼時速2
Save the Last Dance	留住最後一支舞	香港：舞動激情
Tomb Raider	古墓奇兵	香港：盜墓者羅拉
Almost Famous	成名在望	香港：不日成名
Bless the Child	靈異總動員	香港：生於某月某日
Bounce	當真愛來敲門	香港：自製多情
Cast Away	浩劫重生	香港：劫後重生
Chocolat	濃情巧克力	香港：情迷朱古力
The Gift	靈異大逆轉	香港：驚魂眼
Meet The Parents	門當父不對	香港：非常外父揀女婿
Mission Impossible 2	不可能的任務2	香港：職業特工隊2
Miss Congeniality	麻辣女王	香港：選美俏臥底
The Mummy	神鬼傳奇	香港：盜墓迷城
Nurse Betty	真愛來找碴	香港：急救愛情狂
Pay It Forward	讓愛傳出去	香港：拉闊愛的人
Proof of Life	千驚萬險	香港：生還元素
Remember the Titans	衝鋒陷陣	香港：熱血強人
Shaft	殺戮戰警	香港：辣手刑警
Snatch	偷·拐·搶·騙	香港：邊個夠我薑
The Legend of Bagger Vance	重返榮耀	香港：奪標奇緣
Traffic	天人交戰	香港：毒網
Resident Evil: Apocalypse	惡靈古堡：啓示錄	大陸：生化危機：啓示錄
Don't Say a Word	沉默生機	大陸：贖命密碼
Man on Fire	火線救援	大陸：怒火救援
The Bourne Supremacy	神鬼認證：神鬼疑雲	大陸：碟影重重2
Collateral	落日殺神	大陸：借刀殺人
Batman Begins	蝙蝠俠:開戰時刻	大陸：蝙蝠俠誕生
After the Sunset	鬼膽神偷	大陸：日落之后

二、驗「名」正身——談姓名翻譯（Translation of Names）

翻譯過程中，除了擾人的專有名詞以及數字處理之外，最麻煩的非姓氏翻譯方法莫屬了。一個人的姓氏不僅是稱呼的代表，往往也可以透露出其背景、婚姻狀況、家族史甚至是平民或貴族身分。西方姓氏的這一點特色和中國人的命名傳統模式不盡相同，除了婚後冠夫姓與可以透露祖籍的百家姓之外，幾乎不會在名字當中看到任何除了「稱呼」以外的線索。本節將介紹幾個在翻譯工作上比較重要的國家之命名模式，使讀者可以專業無誤地譯出最道地的各國姓氏，以免貽笑大方，破壞了譯文的品質！

1.英文姓氏（English Names）

所謂的英文姓氏，泛指大部分英語系國家如英國、美國、紐西蘭、加拿大、澳洲等。英文姓氏與其他歐洲語系語言相比，可以算是比較單純的。

首先，「名前姓後」是幾乎所有西方姓氏的特點。英文的「名」譯為first name或是given name，倘若有多節名字，通常第一個都是受基督教洗禮（baptized）的名字，因此也叫做Christian name，第二個字則通常會用開頭字母縮寫表示如M.。而英語的基督教名如以John（約翰）最常見，請看下列例子：

範例

（a）John Henry Jowett（朱威特）
（b）John Angle James（詹姆斯）
（c）John Michael Lopez Nix（尼克斯）
（d）Richard M. Joel（約珥）

值得注意的是，回教國家動輒數千人以其最高精神領「袖穆罕默德」（Mahomet/Mohammed）為名，但英文的Jesus（耶穌）不可直接拿來當作姓名使用，而是用約書亞（Joshua）替代，耶穌、約書亞、耶書亞（歷代志上24章11節）、耶數（歌羅西書4章11節）是同樣的名字，只是原文聖經，有希伯來文版，也有希臘文版本，慢慢才顯出差異來！約書亞（Joshua）是希伯來文譯成英文，耶穌（Jesus）則是希臘文譯成英文，其實是同一個名字。以下是部分聖經中的名稱，供譯者參考：

➲ 創世紀以前（Before Genesis）

英文名	中譯（意義）	英文名	中譯（意義）
Adam	亞當	Set/Seth/Setekh	塞特（埃及神話之戰神）
Eve	夏娃	Noah	諾亞
Cainwork	該隱（兇手）	Shem	閃
Abel	亞伯	Ham	含
Japheth	雅弗	Lamech	拉麥
Abraham	亞伯拉罕	Issac	以撒
Ishmael	以實瑪利	Esau	以掃
Jacob	雅各		

雅各後代——以色列十二支族

英文名	中譯（意義）	英文名	中譯（意義）
Reuben	呂便（有個兒子）	Simeon	西緬
Judah	猶大（讚美）	Levi	利未
Benyamin	便雅憫（右手之子）	Gad	迦得
Zebu,un	西布倫（同住）	Asher	亞設（快樂）
Dan	但（伸冤）	Ephraim	以法蓮（使昌盛）
Manasseh	瑪拿西（使之忘了）	Naphtali	拿弗他利（我的爭鬥）
Yoset	約瑟		

創世紀以後（After Genesis）

英文名	中譯（意義）	英文名	中譯（意義）
Moses	摩西（水裡拉出）	Saul	掃羅王（驕傲）
David	大衛	Solomon	所羅門王

先知（The Prophets）

英文名	中譯（意義）	英文名	中譯（意義）
Amos	阿摩司	Saul	掃羅王（驕傲）
Aaron	亞倫（高山、懷孕）	Daniel	但以理
Deborah	底波拉	Elijah	以利亞
Ezekiel	以西結	Elisha	以利沙
Habbakuk	哈巴谷	Hosea	何西阿
Joel	約珥	Samuel	撒母耳

名為Amos的知名人士十分多，最知名的屬「湯姆漢克」（Tom Hanks）的父親「阿摩司漢克」（Amos Hanks）與美國足球員Amos Zereouea這兩人了。而Tom（湯姆）亦是基督教受洗名稱之一。而Daniel在基督教的譯名為「但以理」，而非芭比娃娃的男朋友「丹尼爾」。其他先知的名稱在許多其他知名人士的名或姓上亦不難見到，其中不乏知名影星、運動員、科學家、企業家等。例如：Robert Joel Munn（足球員），還有曾獲得奧斯卡金像獎提名的演員Samuel Leroy Jackson。可見英文名稱大多都可以看見宗教信仰的色彩。

新約聖經人物 （Characters in the New Testament）

英文名	中譯（意義）	英文名	中譯（意義）
Paul	保羅（基督教） 保祿（天主教）	Titus	提多
Timothy	提摩太	Herod	希律
Joseph	約瑟	Jude	猶大
Lszaruz	拉撒路	Loukas	路加
Martha	馬大	Mary	瑪利亞

註：新約聖經人物名稱更為常見，作家李昂的德裔兒子就叫做聖安德列。

➲ 耶穌門徒（The Disciples of Jesus）

英文名	中譯（意義）	英文名	中譯（意義）
John	約翰（基督教） 若望（天主教）	Thomas	多馬
Peter	聖巴多羅買	Matthew	馬太
Andrew	約瑟	Bartholomaios	聖巴多羅買
James	雅各	Simon	西門
Philip	馬大	Judas	猶大
Philip	腓利		

英文姓氏中也常有子襲父名的情況出現，不同於法國的做法，英文則是在與父親同名同姓的名稱後加上Jr.（Junior），中譯為「小」。例如：Edward J.Renehan,Jr（小愛德華.J雷納翰）、Freddie Prinze Jr.（小佛萊迪普林茲），還有美國總統小布希（George W. Bush Jr.）。除了Jr.之外，如果在名字之前加上Rev.（Reverend）則為「牧師」之意，而姓名前面加上Lord，則表示是「貴族」（法文則用de「戴」表示），可譯為「公爵／爵士」。例如本漢爵士／勛爵（Lord Cobham）或詩人拜倫（Lord Byron）等。

和世界上大多數國家一樣，女子嫁為人妻之後通常都會從夫姓（本姓後又冠上夫姓），英文的處理不如法文複雜，乃直接將夫姓加在本姓（父姓）之後即可，例如鐵娘子「戴卓爾夫人」全名為：

Margaret	Hilda	Roberts	Thatcher
教名	本名	本姓	夫姓

但通常我們只簡稱Margaret Thatcher即可。簡寫的取決標準倒是和法文如出一轍。

2.法文姓氏（French Names）

法文姓氏和大部分歐洲語系的命名模式類似，亦是採取名前姓後的排列。

由於法國人的姓氏命名及使用頗為複雜又極具變化，為避免讀者混淆，筆者將以上述英文姓名為藍圖，列出下列幾點法國人姓名之特點。

(1) 姓名可以有數個，但第一個最常被使用，全名使用僅限於正式文件如出生／死亡／結婚證明（Birth/Death/Marriage Certificates）。和英文不同的是，中間的名字（Middle Names）亦不可使用英文的簡寫如George W. Bush的W.（Walker）。另外，在法國，擁有兩個以上的名字已經是越來越少見的狀況了，譯者處理法文姓名翻譯時必須清楚，擁有特別長名字的人多屬於較年長或是歷史記載的人物。而多節的名字當中，姓氏之前的那一個名字才是本名，其前大部分都是父親或叔父等親屬繼承的名字。

例如：Charles Louis Napoleon Bonaparte（拿破崙）中的Charles是繼承其父親拿破崙三世的；Louis則是其叔父的名字，只有Napoleon才是本名。簡稱時不可寫成Charles L. Napoleon Bonaparte。

(2) 帶有多個名字時，大部分會採取第一個名字，但有時候也會使用姓氏之前的那一個名字。

例如：Jacques Chirac全名為Jacques René Chirac（取第一個名字）；Henri Philippe Pétain取姓氏前一個名字則為Philippe Pétain。譯者處理這類譯文不得不謹慎。

另外，和英文基督教受洗名稱類似，大部分法國的第一個名字則是羅馬天主教的受洗名稱如：Jean/John、Jacques/James、Michel/Michael、Jean-Baptiste（male）、Marie/Mary、Jeanne/Jean、Julie。值得注意的是，並非所有法國人都信奉天主教，因此有越來越多的人使用不同語源的名字，如Kevin（凱文）、Anthony（安東尼）、Jessica（潔西卡）、Jennifer（珍妮佛）等，而在法國，女孩子很容易取名為Jacqueline（賈桂琳）或是Geraldine（嬌拉汀）。

(3) 至於姓氏，跟隨父姓是最常見的狀況，女子嫁為人妻後，根據傳統，必須在本姓前冠上夫姓。有趣的是，法國也有類似百家姓中如「歐陽」的「複性」（Double-barrelled name），原因很多，其中之一可以是因為結婚後，夫妻兩人將姓結合，這種情況就和所謂的「冠夫姓」大不相同，必須被完整的視為一個存在的姓氏。請看以下例子：

Irène Joliot-Curie（艾琳・居禮）

這是在分別在1903及1911年陸續得到諾貝爾物理獎及化學獎（Nobel Laureate in Physics and Chemistry）——居禮夫人其三女兒的名字。她的姓氏Joliot-Curie，是將其丈夫Frederic Joliot與自己姓氏Curie結合為一「複姓」，而夫姓必須放在前面。

然而這位「居禮夫人」即便也是諾貝爾得主，但並非大家口中朗朗上口熟悉的「居禮夫人」，大家所認識的居禮夫人其名稱為：

Maria Sklodowska-Curie 或 Marie Curie *neé* Sklodowska

由其名字可知，居禮夫人的丈夫姓氏為Sklodowska，也是採取複姓方式命名。

(4) 和英文表示「小」的Jr.（Junior）一樣，法文姓名加上表示「父子」、「出生地」、「冠詞」、「貴族」等符號不勝枚舉，請看以下整理：

符　號 （Forms of Address）	譯法／代表意義 （Meaning）	範　例 （Example）
Père	「大」（同名時表示父親角色）	Dumas ***père***（Alexandre, Dumas）（大仲馬）
Fils	「小」（同名時表示兒子角色）	Dumas ***fils***（Alexandre, Dumas）（小仲馬）
De	「戴」（過去表示貴族身分）	Charles ***de*** Gaulle（戴高樂）
Neé	「無須譯出」（本性前表出生家族）	Marie Curie ***neé*** Skłodowska（居禮夫人）
La	「拉」（單數陰性人／地名）	***Le*** Croisic（拉可哇希葛漁港） ***La*** Baule（拉波爾） ***La*** Fayette（拉法埃脫） ***La*** Fontaine（拉封登）
Le	「勒」（單性陽數人／地名）	翰・勒・卡雷（John ***Le*** Carre） 勒·柯布西耶（***Le*** Corbusier） 勒阿弗爾（***Le*** Havre）

從西方人的姓名中，不僅可以看出宗教信仰，更可以看出其血緣背景，這點和臺灣這個多種族的國家類似。「本省人」和「外省人」的議題之所以可以當成選舉種族議題發揮，乃是群體認同凝聚性（solidarity）的催化效果。從法國總理薩科奇（Sarkozy）與氣質出眾的法國美女「艾曼妞琵雅」（Emmanuelle Beart）身上即可印證。薩科奇（Sarkozy）的父親是匈牙利裔貴族移民，這使得他在競選法國總理時困難重重。相同地，Emmanuelle是俄國猶太人的姓氏，也就是說艾曼妞沒有法國高盧人血統。譯者在處理此類非「外來姓氏」的翻譯時，則必須十分仔細小心。

3.德文姓氏（Greman Names）

德文的命名方式，和法文極度類似，早期德國人是沒有姓氏的，一直到了中古時期才依照人們的職業、特徵等命名作為區分，例如：

範例 ***Müller*** （「磨坊主人」：德國國會議員*Carsten Mueller*）
Klein （「小」、「矮」：凱文克萊（CK）*Calvin Klein*、哥廷學派領導人*Felix Klein*）
Schneider （裁縫師*tailor/seamstress*）
Groß （「大」，「高」）
Schultz （舒爾茨：星巴克總裁*Howard Schultz*）
Schmidt （施密特／史密特：美國大聯盟球員*Michael Jack Schmidt*）

同樣地，女子出嫁後亦可使用「複姓」，這點和法國類似。而常常在德文名字中看見的van或von，最早之前是置於德國姓氏之前以表「貴族」身分，等同於法文的de、英文的Lord。通常將van或von譯為「馮」、「凡」或是「汎」。而因為「馮」剛好是中文的姓氏，因此許多學習中文的德國人就順勢把「馮」當成取中文姓名時的姓氏。匈裔美籍數學家John Von Neumann，這位數學家出生於匈牙利布達佩斯，美國人可以輕易地從其姓氏得知，Neumann並非道地的美國人。例如：

範例 哲學家 赫德（*Johann Gottfried von Herder*）
音樂家 韋伯（*Carl Maria von Weber*）
文學家 格林（*Jacob Grimm*）
畫家 菲力特司（*Caspar David Friedrich*）
政治家 米勒（*Adam Mueller*）
自然科學家 鴻博（*Alexander von Humbert*）

和法文de不同的是，德文的van/von並不永遠譯出，如上述六位名人，因其擁有顯赫的身世與名聲，翻譯時只需要將其姓氏譯出即可，再者，現代德文中的van/von已經和法文的de一樣，早已喪失「貴族」意義了！

值得譯者注意的是，看見德文中的van/von並不能真實反應其原始的「貴族身分」，有時候跟「貴族」毫無關係。例如上述匈裔數學家Neumann，其名字中的van是父親用錢買來的貴族身分。而著名音樂家貝多芬（Beethoven），全名為Ludwig Van Beethoven（路德維希·凡／馮·貝多芬）。這位來自「法蘭德斯」（Flanders）（荷語：Vlaanderen／法語：Flandre），出生、受洗於德國波昂（Bonn）的偉大音樂家，名字中的van其實完全沒有「貴族」之意，這乃是因為歐洲各國以前表示貴族的標記，現都已經變成為「來自」之意，是否出身貴族，則須仰賴歷史考證。

例如：「del」只出現在西班牙文跟義大利文，相當於愛爾蘭人（Irish）的「O'」、法文的「de」、荷蘭文的「van」、德文「von／van」，意思都是「來自」（from）的意思（法文還有nee表示出身家庭）。稱呼時，除非是使用頭銜尊稱，不然通常不使用，大畫家梵谷（Vincent van Gogh）的姓氏為Gough或者是Mr. Van Gough。

筆者觀察，港臺地區與大陸地區體育新聞編譯在處理各國運動員姓名翻譯的時候，往往不察外國人姓名之稱呼模式，隨便取某個「較常見」的字逕自翻譯，這是十分不專業的做法，我們尊稱某個人，就算不使用全名，也應當使用其姓氏，而非名字，除非同時有兩個名人的姓氏相同，為了避免混淆，才使用其他稱呼方式，例如「希拉蕊」（Hillary Clinton）從「柯林頓」（Bill Clinton）夫姓，共同使用Clinton易產生混淆。然而，拉丁語系如拉班牙文、葡萄牙文等名人國人較不熟悉，因此翻譯時，仍應其姓氏為翻譯標準，例如，Larcher de Brito不可譯為「拉切德」，因為de Brito是其姓氏。再者，加上了de有尊稱之意，譯成「德布托」才算恰當！

複姓的處理亦然，許多國內新聞編譯或許不清楚歐洲語系常用的「複姓」，誤認為是兩個獨立的字，「複合姓氏」或者「同時承襲父、母之姓氏」，為了書寫方便，如果只取其前面的那一個是可以被接受的，因為擁有兩個姓氏的歐洲人，父系姓氏通常在母系姓氏之前。例如：西班牙女網球手珊齊絲，完整姓氏乃Sanchez Vicario。

4.西班牙文／葡萄牙文姓氏（Spanish/Portrugese Names）

西班牙文是世界上十分重要的國際語言，加上許多國家曾經為其殖民地，因此，西班牙文的影響直接反映在各國姓氏當中，最著名的就是美國性感女星「珍妮佛羅培茲」（波多黎各人）（Jennifer Lynn Lopez）的姓氏，Lopez即透露出她的拉丁裔身分。西班牙和葡萄牙文姓氏最特別的地方在於：會同時承襲父姓與母姓，西班牙文會將父姓置於母姓之前，而葡萄牙文有時候會將母姓置前，例如墨西哥前足球中鋒「路易士·埃爾南德斯」：

Luis Arturo <u>Hernández</u> <u>Carreón</u>
父姓 母姓

但是一般都簡稱作Luis Hernández。

下例為葡萄牙獨裁者之姓名：

Antonio de <u>Oliveira</u> <u>Salazar</u>
父姓 母姓

簡稱時，如果母親出身望族或是知名人士，則通常取母姓。因此簡稱為Antonio Salazar.

最後，姓氏之前加上Don表示「尊稱」；加上de則類似「冠詞」，分別與姓氏一同譯出成「唐／堂」與「德」。例如：

範例 ***Don Quixote*（唐吉訶德）**

***Don Juan*（唐璜）**

***Miguei de Saaverdra Cervantes*（米格爾・德賽萬提斯・薩維德拉）**

Miguel的中譯名稱十分多元，可以是：

米　格（詩人——米格・托加*Miguel Torga*）
馬奎爾（歌手——馬奎爾米格斯*Miguel Migs*）
馬吉爾（歌手——路易斯馬吉爾*Luis Miguel*）

翻譯時，除了依照最廣為使用的譯文之外，如果名字有明顯的外來語特色，就可使用原始發音來翻譯。香港知名藝人「劉德華」（Andy Lou）姓氏使用粵語「劉」的發音方式翻譯，就是一個最明顯的例子。

西班牙的姓氏十分常見，亦遍布在各個領域，許多名人的姓氏中，不乏西班牙姓氏的存在，筆者列出以下常見之西班牙文姓氏供譯者參考：

Hernández（爾南德斯）

José María Gutiérrez Hernández（古蒂埃雷斯・埃爾南德斯）
——皇家馬德里足球員

Luis Arturo Hernández Carreón（路易士・埃爾南德斯）
——墨西哥前足球前鋒

***Fernández*（葡）／*Fernandes*（西）（費爾南德斯）**

Luis Fernández（路易士・費爾南德斯）
——法國足球教練

Óscar Rafael de Jesús Arias Sánchez
（奧斯卡・拉斐爾・德・赫蘇斯・阿里亞斯・桑切斯）
——哥斯大黎加總統

***Gómez*（戈麥斯）**

Nuno Gomes（努諾・戈麥斯）
——葡萄牙國家足球隊前鋒

Manuel de Oliveira Gomes da Costa（曼努埃爾・戈麥斯・達科斯塔）
——葡萄牙總理

Vicente Gómez（比森特・戈麥斯）
——薩爾瓦多總統

Venceslau Brás Pereira Gomes（文塞斯勞・布拉斯・佩雷拉・戈麥斯）
——巴西總統

Juan Vicente Gómez Chacón（胡安·森特·戈麥斯）

——委內瑞拉總統

González（岡薩雷斯）

Felipe González Márquez（費利佩·岡薩雷斯）

——1982～1996年西班牙首相

Luis Ángel González Macchi（路易士·岡薩雷斯·馬基）

——巴拉圭總統

Alberto Gonzales（阿爾韋托·岡薩雷斯）

——美國前司法部長

García（加西亞）

Alan Gabriel Ludwig García Pérez（阿蘭·加西亞）

——秘魯總統

Fernando Romeo Lucas García（費爾南多·羅密歐·盧卡斯·加西亞）

——瓜地馬拉總統

García Sánchez II（加西亞·桑切斯二世）

——納瓦拉國王

López（洛佩斯／羅培茲）

Jennifer Lopez（珍妮佛·羅培茲）

——好萊塢歌手、演員

Rodríguez（羅德里格茲）

José Luis Rodríguez Zapatero（何塞·路易士·羅德里格茲·薩派特羅）

——西班牙首相

Andrés Rodríguez Pedotti（安德列斯·羅德里格茲）

——1989～1993年巴拉圭總統

Hermes Rodrigues da Fonseca（赫耳墨斯·羅德里格茲·達·豐塞卡）

——巴西總統

Miguel ángel Rodríguez Echeverría（米格爾·安赫爾·羅德里格茲）

——哥斯大黎加總統

Eduardo Rodríguez Veltzé（愛德華多·羅德里格茲）

——玻利維亞總統

Alex Rodríguez（艾力克斯·羅德里格茲）

——美國職棒大聯盟紐約洋基隊三壘手，綽號「A-Rod」

Martínez（馬丁內斯）

Tomás Martínez（湯瑪斯·馬丁內斯）

——1922年諾貝爾文學獎得主

Bartolomé Martínez（與巴托洛梅・馬丁內斯）

——尼加拉瓜總統

Andrés Martínez Trueba（安德雷斯・馬丁內斯・特魯埃瓦）

——烏拉圭總統

Martin（馬丁）

Martin Van Buren（馬丁・範布倫）

——美國第八任副總統

Ricky Martín（瑞奇・馬丁）

——歌手

Martin Luther（馬丁・路德）

——新教宗教改革發起人

Roger Martin du Gard（羅傑・馬丁・杜・加爾）

——1937年諾貝爾文學獎得主

Martín Torrijos（馬丁・托里霍斯）

——巴拿馬總統

Pérez （佩雷斯）

Marcos Evangelista Pérez Jiménez（馬科斯・佩雷斯・希門內斯）

——委內瑞拉總統

Shimon Peres （希蒙・佩雷斯）

——以色列總理

Sánchez（西）／Sanches（葡）（桑切斯）

Óscar Rafael de Jesús Arias Sánchez（阿里亞斯・桑切斯）

——哥斯大黎加總統

Gonzalo Sánchez de Lozada（貢薩洛・桑切斯・德洛薩達）

——玻利維亞總統

García Sánchez II（加西亞・桑切斯二世）

——那瓦勒國王

Cruz、Cruise（克魯斯／克魯茲）

Tom Cruise（湯姆・克魯斯）

——好萊塢影星

Penélope Cruz（潘娜洛普・克魯茲）

——西裔好萊塢影星

Borges（博爾赫斯／波爾赫士／波赫士）

Bernal Díaz del Castillo（貝爾納爾・迪亞斯・德爾・卡斯提歐）

Cano、Carnot（卡諾）

Nicolas Léonard Sadi Carnot（尼柯拉斯・萊奧納德・薩迪・卡諾）

——法國物理學家、工程師

Andrade（安德拉德）

Jorge Andrade（若熱・安德拉德）

——足球員

Jose Leandro Andrade（何塞・萊恩德羅・安德拉德）

——足球員

Chávez（查維茲）

Hugo Rafael Chávez Frías（雨果・查維茲）

——委內瑞拉總統

Ignacio Chávez（伊格納西奧・查維茲）

——尼加拉瓜總統

Federico Chaves（費德里科・查維茲）

——巴拉圭總統

Borbón（波旁）

Costa（哥斯達）

José Ribamar Ferreira de Araújo Costa（若澤・裏瓦馬爾・費雷拉・德・阿勞霍・哥斯達）

——巴西總統

Ayala（阿亞拉）

Roberto Fabián Ayala（羅伯托・阿亞拉）

——阿根廷足球員

Azcárraga（阿卡羅加）

Marcelo Azcarraga y Palmero

——西班牙首相

Acevedo（阿塞維多）

Aguirre（阿奎爾）

Joe Aguirre（喬・阿奎爾）

——電影斷背山（Broke-Back Mountain）人物

Atanasio Aguirre（阿塔納西奧・阿吉雷）

——烏拉圭總統

***Alvarez*（阿爾瓦雷斯）**

Gregorio Álvarez（葛列格里奧・阿爾瓦雷斯）

——烏拉圭總統

Jorge Montt Álvarez（豪爾赫・蒙特・阿爾瓦雷斯）

——智利總統

Manuel Guzmán Álvarez（曼努埃爾・古斯曼・阿爾瓦雷斯）

——委內瑞拉總統

***Aznar*（阿斯納爾）**

José María Alfredo Aznar López（何塞・瑪麗亞・阿斯納爾）

——西班牙首相

上述是翻譯時常見的西班牙與葡萄牙姓氏。如前所述，歐洲語系語言，姓氏可透露出背景，有些屬於「禁忌」的姓氏，考究其歷史背景，往往可以從這些「另類」的姓氏中挖掘出一段歷史。西班牙姓氏Mata-moros的來源，因其祖先幫助西班牙人趕走伊斯蘭人，獲授勳此姓，但現在，中東地區卻視此姓氏為禁忌。中文也有類似的例子。秦始皇時期，有五名刺客聯手刺殺秦始皇，任務失敗後隱姓埋名、逃難他方，五人依年紀輩分改姓「第一」到「第五」。至今，據傳台灣仍有七個人姓「第五」，推測可能是秦朝刺客的後代。姓「孔」的人則常被封以「孔子後代」這樣的美譽。由此可見，一個人的姓氏，絕對不只是個單純的稱呼而已！

5.日文姓氏（Japanese Names）

日本人原本沒有姓氏，日本政府為了徵稅，才下令登記姓氏。人們以自己的特徵、職業、宗教或居住的地方來作為姓氏，這點和德國的狀況相似。

日本的姓氏數量十分龐大，跟中文一樣，均置於名字之前，但是西方人處理日本人名翻譯時，會依照西方的習慣將名及姓氏倒過來寫，這點是所有譯者必須十分小心的事情。中國百家姓中，「陳」、「林」兩姓占大多數，日文也有幾大姓氏，如果熟悉日本幾大姓氏，翻譯時可收事半功倍之效。例如「鈴木」（すずき）（祭祀）、「赤塚」（あかつか）（字面意義）、「山田」（やまだ）（農耕）以及「犬養」（いぬかい）（犬科飼養）都是日本常見的姓氏。譯者必須知道，日本最大的姓氏是「佐藤」，第二大的姓氏是「鈴木」。

字數方面，日本姓氏一般由一至四個漢字所組成，而「苗字」（みょうじ，myoji，（名字））是「姓氏」的意思，結婚後，妻子改為丈夫的姓，如果是入贅的女婿則改為女家的姓氏，和中國傳統習俗大致相同。

讀音方面，日本姓氏的讀法十分複雜，即使是日本人自己也不能非常透徹地弄明白。同一個讀音可能對應了幾十個漢字的寫法，而同一組漢字又可能有好幾種讀法，甚至根本毫無規律可言。依照漢字發音的稱作「音讀」；而使用日本假名發音的則稱為「訓讀」。例如：以日本第二大姓氏鈴木為例，同樣讀作Suzuki者，尚有「鈴木」、「鈴樹」、「鐸木」、「鈴記」、「鈴紀」、「鈴杵」、「鈴置」、「鈴城」、「錫木」、「須須木」、「周周木」、「壽洲貴」、「壽松木」、「進來」、「壽壽木」等。而同樣的漢字「鈴木」又有十四種不同的讀法，處理日本姓氏在這一點上算是比較複雜的部分。

日本名字通常是由兩個名字組成，男性普遍以「介、助、郎、夫」為結尾如「左衛門三郎」、「由紀夫」、「勇之助」；女性通常會以「子、華、雪」等作結尾如「松島菜菜子」、「小泉今日子」、「吉佐和子」等。日本皇室的名字以「仁」作結尾，例如「明仁天皇」。

6.俄文姓氏（Russian Names）

和大部分拼音文字的姓氏處理一樣，俄國人的姓氏亦置於名字之後，名字中也可看見父親的蹤影。但有幾項特色是俄文獨有的，俄國人在運動場上、政治界上以及其他世界重要的領域中，都有十分出色的表現，因此專業的譯員很容易遇見含有俄文姓名的翻譯文件，譯者必須將俄文姓名的特色翻譯出來，絕對不可以將英美人士的習慣照本宣科，以免貽笑大方。以下是俄文姓氏翻譯時應注意的幾點：

(1) 俄羅斯人姓名排列方式：**俄羅斯人姓名排列方式為本名—父親的名字＋（表性別之後綴）—姓氏**。與英美人士不同的是，父親的名字出現在子女的本名之後，對俄羅斯人來說並非承襲之意，而是俄羅斯人沒有使用「姓氏」稱呼人的習慣，日常生活中，大部分使用「名」。為了避免名字重複造成混淆，才會加上「父親的名字」，有「某某家人的孩子」意味存在，這點的功能和法文姓氏前的nee有異曲同工之妙。例如俄國總統：

Boris	**Nikolayevich**	**Yeltsin**	**（鮑里斯・尼古拉耶維奇・耶爾辛）**
本名	**父名**	**姓氏**	

(2) 父名之後的後綴（suffix）分為男性的父稱與女性的父稱，通常在父名後加上***-evich, -ovich, ov, ev, in, -sky***為結尾的是男性；而***-evna, ovna, -ov, -ev, -in, -sky***則為女性。翻譯時，因為俄國人鮮少使用尊稱頭銜（Mr. Mrs.），多以本名或偶爾加上父名稱呼，因此，在不清楚性別時，譯者可以利用這些後綴判斷其性別，甚至其父親的名字，請看下例：

範例
(a) Peter Aleskey***evich*** Kropotkin （男性）
(b) Anton Pavl***ovich*** Cheekov （男性）
(c) Boris Nikolay***evich*** Yeltsin （男性）
(d) Konstantin Kondraty***evich*** Krupsky （男性）
(e) Nadezhda Konstantin***ovna*** Krupskaya （女性）
(f) Nikolaus Nikolajewits***ch*** Zinin （男性）
(g) Maria Yury***evna*** Sharapova （女性）
(h) Anastasia Andrey***evna*** Myskina （女性）

(3) 國內處理此類翻譯的新聞編譯、或專、兼任譯者可能不熟悉俄羅斯人的姓氏稱呼模式，因此常常照本宣科地將翻譯歐美人士名稱的習慣直接套進俄羅斯姓氏當中，以人氣扶搖直上的俄羅斯美少女網球名將「莎拉波娃」（Sharapova）為例，「莎拉波娃」並非其名，而是本姓，採訪記者或是譯者直接稱呼她為Ms. Sharapova是不正確的，聽在俄國人耳裡也是十分不自然的。但臺灣地區處理外國人姓名時，「單純」的使用歐美人士命名習慣翻譯，早已是「約定俗成」了，特別是對於名人，而「Shavapora」這樣的稱呼也早已為國人所習慣與接受，很難改變，但倘若譯者在一般文件或專業文件翻譯俄羅斯姓名時，則必須專業地以其道地的稱呼方式譯出，以免破壞了翻譯的品質。以下列出一些俄羅斯網球名將等名人之全名以及臺灣地區的翻譯方法：

範例 (a) Nikolaus Nikolajewitsch ***<u>Zinin</u>*** 「居林教授」

(b) Maria Yuryevna ***<u>Sharápova</u>*** （Мари́я Ю́рьевна Шара́пова）「莎拉波娃」

(c) Anastasia Andreyevna ***<u>Myskina</u>*** （Анастасия Мыскина 「阿娜斯塔西亞・米斯基娜」

(d) Elena ***<u>Dementieva</u>*** （Елена Вячеславовна Дементьева） 「德門提耶娃」

(e) Pyotr Ilyich ***<u>Tchaikovsky</u>*** （Пётр Ильич Чайковский）「彼得・伊里奇・柴可夫斯基」

7.匈牙利文姓氏（Hungarian Names）

匈牙利人的姓名排列，和中國、日本相同，姓在前，名在後。女子出嫁後亦從夫姓，不過和俄羅斯文類似，匈牙利文必須在丈夫名字之後加上ne表示「某某夫人」之意，在中文譯作「妮」。

曾任教天主教輔仁大學（Fu-Jen Catholic University）、靜宜大學（Providence University），現任國立東華大學（Dong Hwa University）副教授的知名語言學家「蔡恪恕」（Szakos Jozsef），其姓之譯名就是「蔡」，而Jozsef才是其名字，但因為Szakos字首發音類似中文的「蔡」姓，因而使用「蔡」當作其中文的姓氏，算是十分成功的譯法。這一點如果譯者搞不清楚，很容易鬧出烏龍！例如以下兩例：

<u>Kossuth</u> <u>Lajos</u>（科蘇特・拉約什）
姓 名
<u>Vass</u> <u>lsvan+ne</u> （瓦什・伊斯特萬妮）
名 丈夫姓氏+妮

法國第23任總理「薩科齊」（Nicolas Sarkozy）全名為——Nicolas Paul Stéphane Sarközy de Nagy-Bocsa（尼古拉・保羅・斯特凡納・薩科齊・德納吉・博喬），薩科齊原是匈牙利裔，從他名字中的Sarkozy明顯可見。

三、失之毫里，差之千里——數字翻譯之處理（Translation of Numbers）

1.數字翻譯（Numbers）

不管在口譯或是筆譯領域，數字翻譯往往牽扯到龐大數字的中、英文轉換，除了以下幾節將會談到的部分如——度量衡單位翻譯、模糊數字表達等外，本節首先介紹翻譯時最常使用，也最容易有問題的部分，意即「數字增加／減少」的幾種表達方式。由於中、英文表達模式不盡相同，許多翻譯初學者往往傾向於「直譯」模式，此種容易產生不道地譯文產生的現象，應該要盡量避免！

（1）表示「數量增加」之翻譯技巧

數量增加表達有兩種情況：

（A）採取數字「直譯」模式

此種模式指的是單純的「數字狀態」。翻譯時，如果中文譯成「A是B的…倍」或「A為B的…幾倍」時，不強調主動的「增加動作」，而是簡單交代「增加狀態／結果」，此時這種表示純粹增加數字的只需要直譯即可。常出現的片語如：

A. increase/go up/soar/rocket…by N times

B. an increase of N%

C. N% more than/higher than…

D. be expanded to…等。

E. increase by N powers of ten（增加十的N次方）

例句（a）This quarter's sales have *increased by four times.*
（這一季的銷售量增加了三倍。）

（b）The earth is approximately *49 times bigger than* the moon.
（地球的體積約為月球的49倍大。）

（c）By 2010 the amusement park will have been *expanded to* one fourth more than that of today.
（2010年之前，這座遊樂園將會擴建至今天的四分之一。）

（d）The divorce rate among city-dwellers is *five times higher than* the urban dwellers.
（都市人的離婚率是鄉鎮居民的五倍。）
或（都市人的離婚率比鄉鎮居民高出了四倍。）

（B）採取「N-1減譯」模式

不同於前項，如果原文或譯文有較明顯「增加總數」的感覺，此種「增加總數結果」的模式在中文往往譯為「增加了N倍」，中文和英文不同之處在於，其倍數表達往往扣掉原本的基底數字，而英文卻原封不動的一併譯出，因此，英譯中時，必須以N-1倍作翻譯處理。和「N-1」搭配的片語為：

A. increase N times/fold

B. -fold increase

C. increase N times over

D. twice/N times as adj. as

E. increase by a factor of N

例句 （a）The divorce rate among city-dwellers is twice as high as urban dwellers.
（都市人的離婚率比鄉鎮居民高出了一倍。）（比較上述例句（d））

（b）These years, the impacts of greenhouse effect on the bio-diversity of the earth have been deteriorated. The amount of carbon dioxide has increased five times/five fold.
（這幾年，溫室效應帶給地球的鉅大效應漸趨惡化。二氧化碳的含量比往年又多增加了四倍。）

（c）But for the self-cleaning, PCB（Poly-chlorinated Biphenyl） contained in the Great Lakes would have increased more than three times/three fold.
（如果不是五大湖的自我淨化功能，其多氯聯苯含量早已增加超過兩倍之多。）

（2）表示「數量減少」之翻譯技巧

大致上，表示數量減少的模式和數字增加的表達大同小異。可以使用「直譯模式」，亦可採取「減譯模式」。唯一必須注意的是，使用倍數表示減少的狀況時，必須將倍數轉換為分數表示，因為在中文表達中，不使用N倍去說明短少的數字，譯者不得不注意。

例句 （a）The budget has been *cut three times*.
（預算被刪減了三分之二。）或（預算被刪減到剩下三分之一。）

（b）There is a *seven-fold of reduction* in price.
（價格降低了七分之六。）或（價格降到只剩原來的七分之一。）

（c）The cost was greatly *slashed by* 30 percent.
（成本大為刪減百分之三十。）

（d）The cost was *reduced by* one-fourth.
（成本降低了四分之一。）

（e）There is a *five-fold drop/fall* in production.
（產量驟減了五分之四。）或（產量降至原來的五分之一。）

表示倍數的比較，十分複雜，中文與英文表達習慣之差異性也是造成困難的因素之一，不管是中譯英或是英譯中文件，譯者首先應當判斷原文的表達模式，加上上述的整理分析，必可達到準確無誤的標準。長久以來，華文地區英語學習者對於中文裡「一倍」與「兩倍」的區分常感到困擾，大陸地區與香港採取較為統一的模式，由於中文翻譯或傳譯需要顧及市場與統一性，而又在臺灣地區缺乏一套統一模式的情況之下，筆者上述所介紹的為國際上華文翻譯的標準模式。

請各位看以下例子：

> Very well, when you dive, Ned, ***as many times 32 feet of water as there are above you***（潛入水底時，你的頭頂上足足覆蓋著32英尺高的海水）, so many times does your body bear a pressure equal to that of the atmosphere, that is to say, ***15 lb***（15磅）. for each square inch of its surface. It follows, then, that ***at 320 feet this pressure equals that of 10 atmospheres, of 100 atmospheres at 3,200 feet, and of 1,000 atmospheres at 32,000 feet, that is, about 6 miles***（海拔高度達320英呎時，所承受的壓力等同於10陶爾（毫米汞／銀柱（mm Hg））；到了320英呎則加深至100陶爾；當壓力單位高達1,000陶爾時，此時海拔高度增至3,200英呎，換算約為6英哩）; which is equivalent to saying that if you could attain this depth in the ocean, each square three-eighths of an inch of the surface of your body would bear ***a pressure of 5,600 lb***（5,600磅的壓力）. Ah! my brave Ned, do you know how many square inches you carry on the surface of your body?"
>
> ——*20,000 Leagues Under the Sea*（*Vingt mille lieues sous les mers*）
>
> 出自《海底兩萬哩》／《海底歷險記》

【翻譯處理】

處理關於「單位」翻譯，譯者必須先知道，海底兩萬「里」的「里」在法文原文是Lieue（英文：League），中文通常翻譯為「里格」。這個距離單位早已廢棄不用，而在使用期間，也缺乏公認的標準定義。現在通常以5.556公里為一海里格，而陸上的里格則是大約4公里或是4.4448公里。由於這是一部幻想科幻小說（science-fiction），如果將數字轉換得太精確則失去了懸疑的氣氛營造，因此，「海底歷險記」的譯法，優於「海底兩萬哩」。

另外，關於專業的「壓力單位」，譯者必須仔細查證，以免「失之毫里，差之千里」！

> Foreign investments there ***increased five times***.
> （那裡的外國投資增加了**五倍**）（奇摩線上字典譯文）

上句出自於奇摩線上字典資料庫，線上字典或是機器翻譯（Machine Translation）最大的問題在於，牽涉文化或倍數數字處理的譯文往往無法精準適當地呈現，這裡的……increased five times是將投資（investments）前後做了比較，因此必須使用「減譯法」，正確的翻譯應為「外國投資增長了四倍之多」。甚至可以譯為「外國投資金額翻了兩番」。

> **He has two times more books than I have.**
> **（他的書比我的多兩倍。）**

上述譯文出自於顏斯華《英檢及升大學英文法》一書，無疑又是臺灣與中國大陸在處理數字翻譯極大認知差異之例子。顏斯華認為，所謂的「多兩倍」可以是「兩倍」或「三倍」，但在口語習慣中是指「兩倍」。這樣的說法可以算是符合大眾的想法，但卻非專業華文地區專業筆譯或口譯之處理方式。

2.分位制與命數法（Numeration）

命數法單位表															
中國制度（華語地區）	個	十	百	千	萬	十萬	百萬	千萬	億	十億	百億	千億	兆	十兆	百兆
大陸制（美國／歐陸）	個	十	百	千	十千	百千	M	十M	百M	B	十B	百B	T	十T	百T
英國制（英國／德國）	個	十	百	千	十千	百千	M	十M	百M	千M	十千M	百千M	B	十B	百B

（M：million／B：billion／T：trillion）

數字翻譯可以算是翻譯工作中最難處理的課題之一。最大的困難點乃是因為中、英文的命數法（Numeration）及數目分位制度之差異。

中文以「四分位制」為主，也就是「個、十、百、千」。所有的單位最後都會落在「千」之上，例如：「萬、十萬、百萬、千萬」、「億、十億、百億、千億」、「兆、十兆、百兆、千兆」等。英文則採取「三分位制」模式，意即「個、十、百」。所有單位均以「百」結束如「千、十千、百千」、「M、十M、百M」等。由此可見，中文的「命數單位」明顯較為豐富。例如：「個、十、百、千、萬、億、兆、京、垓、杼、穰、溝、澗、正、載、極、恆河沙、阿僧祇、那由他、不可思議、無量、大數」等。

中文從「京」之後的命數，以千為單位依序為：

京（10*16）　垓（10*20）　秭（堯）（10*24）　穰（10*28）
溝（10*32）　澗（10*36）　正（10*40）　載（10*44）
極（10*48）　恆河沙（10*52）　阿僧祇（10*56）　那由他（10*60）
不可思議（10*64）　無量（10*68）　大數（10*72）

至於1,000 trillion之後的表達方式如下表。

3.模糊數字與數字慣用語翻譯（Vague Numbers and Idioms）

數字翻譯通常少有自由空間，尤其在社會科學或是科技文章、期刊中，必須忠實完整的呈現，然而，有些數字表達模式僅勾勒出一個模糊大概的數字涵蓋範圍，在寫作中，有時候似乎不必這麼硬梆梆的處理數字，例如小品文（a light read），或是文學性的文章，倘若將數詞譯得太過精確，恐怕效果會適得其反！另外，英文也有很豐富的數字或時間慣用表達！

單位表

單　　位	大　陸　制	英國制度
千兆	quadrillion/giga of location	1,000 billion
萬兆	ten thousand trillion	
億兆	hundred million promises the location	
百京（艾） 10*18	Quintillion	trillion
十垓（澤）10*21	Sextillion	1,000 trillion
秭（堯）10*24	Septillion	quadrillion
千秭10*27	Octillion	1,000 quadrillion
百穰10*30	Nonillion	quintillion
十溝10*33	Decillion	1,000 quintillion
澗10*36	Undecillion	sextillion
千澗10*39	Duodecillion	1,000 sextillion
百正10*42	Tredecillion	septillion
十載10*45	Quattuordecillion	1,000 septillion
極10*48	quindecillion （quinquadecillion）	octillion
千極10*51	sexdecillion （sedecillion）	1,000 octillion
百恆河沙10*54	Septendecillion	nonillion
十阿僧祇10*57	Octodecillion	1,000 nontillion
那由他10*60	novemdecillion （novendecillion）	decillion
千那由他10*63	Vigintillion	1,000 decillion
	centillion （10*303）	centillion （10*600）

表示數量表

英文表達	中文解釋	英文表達	中文解釋
-odd（fifty-odd）	……幾（五十幾）	long-（a long mile）	……多（一英哩多）
thousands upon thousands	成千上萬的	fortnight	兩個禮拜（十四天）
twenty and twenty	許多	decade	十年
a thousand and one	無數的	millennium	千年期
a plethora of	非常多	dozen	一打（十二）
an astronomical of	數量十分龐大的	a baker's dozen	十三
zillion	天數	score	二十
by the million	大量的	twos and threes	三三兩兩
one or two	少許、一些	be runneth over with/ be brimming with	充滿
by ones or twos	三三兩兩	at sixes and sevens	亂七八糟
by in twos and threes	三三兩兩	somewhere between A and B	大約A和B數字之間
nine tenths/ten to one	十之八九	within a factor of twenty	在二十之內
a few tenths of	有幾成		

➲ 與數字有關之慣用語

英文成語	中　譯
a hundred and one ways	千方百計
in the long run	最後／最終
the long and short of it	最終結果
on the dot	整點
keep late hours	晚睡晚起
at all hours	一直
wee hours of the morning	凌晨
at the eleventh hour	最後關頭
to the minute/moment	準確地
in a minute/second	立刻
a trying moment	艱難時刻
at any moment	時時刻刻
on the spur of the moment	臨時地（決定）
for eons	很長一段時間
a month of Sundays	很長一段時間
for a donkey's years	很長一段時間
catch-22	窘境
one in a thousand	萬中選一
on second thought	再三考慮
in two twos	立即／轉眼

4.群組英文翻譯（Names of Groups）

人　物	
allergists 過敏科醫師	1. a hive of allergists　2. a patch of allergists
accountants 會計師	A column of accountants
anatomists 解剖人員	1. a body of anatomists　2. a corps of anatomists
angles 天使	A host of angles
anthropologists 人類學家	A tribe of anthropologists
acupuncturists 針灸師父	1. a sting of acupuncturists　2. a point of acupuncturists
actors 演員	1. a cast of actors　2. a company of actors 3. a troupe of actors
assassins 刺客	A slew of assassins
arachonologists 節肢動物學家	A web of arachnologists

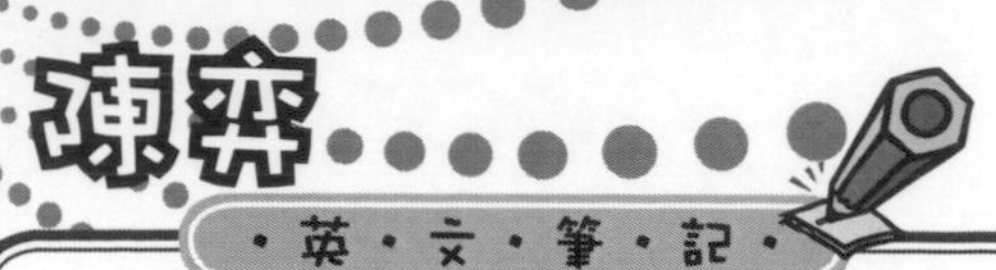

arrows 箭	1. a quiver of arrows 2. a sheaf of arrows
astronomers 天文學家	A galaxy of astronomers
bachelors 學士／單身漢	1. a score of bachelors 2. a debauchery of bachelors
barbers 理髮師	A babble of barbers
barflies 酒吧常客	A buzz of barflies
biologists 生物學家	A cell of biologists
brokers 經紀人	A portfolio of brokers
bureaucrats 官僚	1. a maze of bureaucrats 2. a confusion of bureaucrats 3. an inefficiency of bureaucrats 4. a waste of bureaucrats
bass 男低音	1. a fleet of bass 2. a shoal of bass
bakers 麵包師傅	A aroma of bakers
baseball players 棒球員	A team of baseball players
candidates 候選人	A slate of candidates
cardinals 樞機主教	1. a college of cardinals 2. a synod of cardinals
cardiologists 心臟科醫師	1. a click of cardiologists 2. a flutter of cardiologists 3. a fibrillation of cardiologists
city-dwellers 都市居民	A strange of city-dwellers
chiropractors 整脊師	1. a crack of chiropractors 2. an adjustment of chiropractors
clans 宗親	A gathering of clans
creditors 債權者	A curse of creditors
commuters 通勤者	1. a dash of commuters 2. a scurrying of commuters
dancers 舞者	A troupe of dancers
democrats 民主黨黨員	1. an inflation of democrats 2. a deception of democrats
cryptologists 解碼者	A secrecy of cryptologists
dermatologists 皮膚科醫師	A rash of dermatologists
dietitians 營養學家	A bland of dietitians
diagnosticians 診斷者	A guess of diagnosticians
dentists 牙醫	A wince of dentists
drunks 喝醉酒的人	A load of drunks
epidemiologists 流行病理學家	A plague of epidemiologists
electors 選舉者	A college of electors
egotists 自我中心者	A swell of egotists
electricians 電工	1. an ohm of electricians 2. a jolt of electricians
engineers 工程師	A corps of engineers
equestrians 騎馬者	A prance of equestrians
servants 傭人	A parcel of servants 一幫傭人（貶）
thieves 小偷	A pack of thieves（一群／夥／幫盜賊）

事物	
air conditioners 冷氣／空調	A drone of air conditioners（冷氣嗡嗡聲）
airplanes 飛機	1. a squadron of airplanes（艦隊） 2. a flight of airplanes（機隊）
bananas 香蕉	A bunch of bananas（一串香蕉）
beauties 優點／美	A bevy of beauties（一堆優點）
beepers BB Call（呼叫器）	1. an annoyance of beepers（一陣bb call鈴響） 2. an embarrassment of beepers
bells 鈴	A peal of bells（鐘鳴）
bowls 碗	A set of bowls（碗組）
bread 麵包 dough 生麵 sugar 糖 telegrams 電報	a batch of bread（一爐麵包） a batch of dough（一團生麵） a batch sugar（一批糖） a batch of telegrams（一批電報）
bullets 子彈	A fusillade of bullets（連續齊射）
buses 公車	A lurch of buses（一陣傾斜搖晃）
cards 牌	1. a deck of cards（一副牌） 2. a pack of cards
cars 車	A fleet of cars（車隊）
cell phones/mobil phones/handies 手機	1. a craze of cell phones（一陣手機鈴響） 2. an annoyance of cell phones 3. a babel of cell phones
centerfolds 雜誌內頁	A spread of centerfolds（整版／張內頁）
cheerleaders 啦啦隊	A frenzy of cheerleaders（一組啦啦隊）
chinaware 陶瓷	1. a set of chinaware （陶瓷組） 2. a service of chinaware（一套陶瓷組）
cigarettes 香菸	1. a pack of cigarettes（一包煙） 2. a coffin of cigarettes 3. a carnage of cigarettes
debt 債務	A mountain of debt（一大筆債務）
drinks 酒	A round of drinks（一巡酒）
dodos（古代）巨鳥	an extinction of dodos
eggs 蛋	A clutch of eggs（一窩蛋）
fire 火	A baptism of fire（一場洗禮／嚴峻考驗）
fax machines 傳真機	A discourse of fax machines（一段傳真）
lies 謊言	A pack of lies （一堆／派／串謊言）
thunder 雷	A peal of thunder（一陣雷聲）

動植物／其他生物	
amoebas 阿米巴原蟲	an ooze of amoebas
antelopes 羚羊	1. a herd of antelopes 2. a tribe of antelopes 3. a cluster of antelopes
ants 螞蟻	1. an army of ants 2. a picnic of ants 3. a swarm of ants 4. a colony of ants
carpenter ants 白蟻	A union of carpenter ants
apes 猿猴	1. a troop of apes 2. a shrewdness of apes
baboons 狒狒	1. a flange of baboons 2. a troop of baboons
assess 驢子	1. a drove of asses 2. a herd of asses
badgers 貛	1. a colony badgers 2. a cete of badgers
barnacles 黑雁／滕壺（甲殼類動物）	A fixture of barnacles
barracudas 梭魚	A battery of barracudas
bats 蝙蝠	1. a colony bats 2. a cloud bats 3. a hanger of bats
bees 蜜蜂	1. a swarm of bees 2. a rabble of bees 3. a colony of bees 4. an apiary of bees 5. a grist of beesA hive of bees
bears 熊	1. a sleuth of bears 2. a sloth of bears
beavers 海狸	A colony of beavers
bison 犎牛	A herd of bison
birds 鳥	1. a flight of birds 2. a fleet of birds 3. a flock of birds 4. a parcel of birds（一批／幫鳥）（貶） 5. a pod of birds（一小群鳥） 6. a dissimulation of birds
boa constrictors 大蟒蛇	A crush of boa constrictors
boars 未閹割公豬／野豬	1. a singular of boars 2. a herd of boars 3. a sounder of boars
bullocks 閹割過的牛	A drove of bullocks
buffaloes 水牛	1. a herd of buffaloes 2. an obstinary of buffaloes 3. a gang of buffaloes
cattle 牛	1. a herd of cattle 2. a drove of cattle
camels 駱駝	1. a flock of camels 2. a herd of camels
caterpillars 毛毛蟲	an army of caterpillars
butterflies 蝴蝶	1. a rabble of butter flies 2. a flight of butterflies
cats 貓	1. a kindle of cats 2. a cluster of cats 3. a clutter of cats 4. a clowder of cats
chickens/chicks 小雞	1. a flock of chickens 2. a clutch of chickens 3. a brood of chickens 4. a peep of chickens
cheetahs 印度豹	A dash of cheetahs
clams 蚌殼	1. a bed of clams 2. a squirt of clams
cockroaches 蟑螂	1. an intrusion of cockroaches 2. an eternity of cockroaches 3. a repugnance of cockroaches 4. an embarrassment of cockroaches
cottontails 白尾灰兔	A nest of cottontails（一窩灰兔）
crocodiles 鱷魚	A bask of crocodiles
crows 烏鴉	1. a hover of crows 2. a murder of crows

deer 鹿	1. a herd of deer　2. a flight of deer
dogs 狗	1. a pack of dogs　2. a kennel of dogs
eagles 老鷹	A convocation of eagles
eels 鰻	1. a swarm of eels　2. a congeries of eels
electric eels 電鰻	A battery of electric eels
ducks 鴨子	1. a brace of ducks　2. a paddling of ducks （on water） 3. a dopping of ducks （diving）　4. a team of ducks （flight） 5. a plump of ducks （flight）
elks 馴鹿	A gang of elks
falcons 獵鷹	A cast of falcons
ferrets 雪貂	1. a business of ferrets　2. a fussiness of ferrets　3. a fesnyng of ferrets
finches 鳴鳥	1. a charm of finches　2. a flock of finches 3. a trembling of finches　4. a trimming of finches
fireflies 螢火蟲	A sprinkle of fireflies
fish 魚	1. a school of fish　2. a shoal of fish　3. a run of fish　4. a catch of fish
elephants 大象	A herd of elephants
hounds 獵犬	A pack of hounds
seal海豹／whale鯨魚	A pod of seals/whales （一小群）

四、「音譯」處理（Transliteration）

和姓名翻譯一樣，「音譯」的處理也是一大學問。尤其牽涉專有名詞的處理時，使用的拼音系統與翻譯手法均會影響譯文的效果。本節將討論以下幾個關於音譯（Transliteration）的問題：

1.「英語譯音表」——談音譯之正確性與使用習慣

處理音譯時，「正確性」（accuracy）與「約定俗成」（common practice）用法之間的取捨是一大問題，所謂的「正確音譯」，固然有官方的譯音表可遵循，然而，地域性的差別所衍生出來的不同譯文，常常是因為某個「約定俗成」的原始譯文所造成的。在臺灣地區，對於許多「較不知名」專有名詞之譯法，十分混亂，毫無統一標準。因此，各家媒體各自使用不同的名詞是常見的現象，如果遇到這樣的爭議，英語譯音表就可以發揮功能，但最好的方法還是可以制定官方一致的版本。

首先，有些音譯差別單純來自於英語發音的誤解，進而影響了華語地區名詞翻譯之混亂，例如以下三例：

例句　（a）***Greenwich***　　格林威治（臺灣譯法）
格林尼治（大陸譯法）

（b）***Prince Charles*** 查理斯王子（臺灣早期譯法）
查爾斯王子（大陸譯法）

（c）***Jane Austen*** 珍·奧斯汀（臺灣譯法）
簡·奧斯丁／珍·奧斯汀（大陸譯法）

大陸地區與臺灣地區在Greenwich與Charles譯法上有明顯的差異，採音譯標準來看，大陸地區的譯法似乎比較正確，臺灣早期有許多類似的誤譯，由於不熟悉其真正的唸法，進而產生了翻譯上的迴異。但由於「格林威治」這樣的名詞已經根深蒂固，變成了約定俗成的用語，也毋需再去探討其正確性。有趣的是，Austen依照正確的音譯應該譯為「奧斯藤」，而非「奧斯汀」，這也是領一個使用習慣的問題，像是這一類知名的專有名詞，舉凡校名、人名、地名等，通常是要依照「實際使用」的習慣處理，就像沒有人會計較應該將Berkely譯為「柏克萊」或是「柏克里」是一樣的道理。

翻譯上的矛盾，在以下兩個例子不證自明：

例句 （a）***University of Texas at Austin***（德州大學奧斯汀分校）
（b）***Austin Nicols***（奧斯汀·尼可斯／奧斯汀·尼科爾斯）

同樣譯為「奧斯汀」，但卻是完全不同的兩個字，譯者在處理這類的譯文時，必須熟悉地區性的使用狀況，以免造成誤解。另一方面，某些較不知名、尚未確定通俗譯名的專有名詞，筆者認為，還是必須遵循標準音譯表的方向，才不會使原本就鮮為人知的名詞譯文變得更加混亂。舉例來說，在「異種Ⅲ」（Species）電影中，出現了Ashland這個位於美國俄亥俄州（Ohio）的地名，片中翻譯將其譯為「愛西倫」，此種譯法值得商榷！

美國有一所私立大學即以Ashland命名，Ashland University在臺灣媒體或是留學機構常出現的譯法有：艾許倫大學、愛許倫大學、艾雪蘭大學、愛西蘭大學等幾種。

因為譯名不統一，又難以修訂完整官方標準的緣故，各家媒體「各自為政」的情形屢見不鮮。姑且不論「愛許／艾許／艾雪」之間的取捨，Land依照讀音，較正確的譯法應該為「蘭」而非「倫」，Ashland University一直是基督書院學生的最愛，其間的合作關係讓教育部不承認的基督書院學歷有了一個很好的跳板，而「愛西蘭大學」屬於正確的譯法，當然，也是基督書院的譯法。而片中影視翻譯譯為「愛西倫」不僅讓原本缺乏標準的譯名更為混亂之外，也應當要做好查證的功夫。

另一個更為混亂的譯名為澳洲知名國立大學Macquaire University。光是臺灣、大陸以及香港出現過的譯名就多達以下十幾種：

（a）麥考瑞大學（中國大陸、香港譯法）
（b）麥格理大學（香港譯法）
（c）麥覺理大學／麥克里（裏）大學／麥奎爾（理）（立）／麥會里大學／麥覺爾大學／麥考里大學／馬凱瑞大學／馬奎里／麥歌利大學（臺灣譯法）

相較之下，香港與大陸地區在譯名上雖然沒有完全統一，但亦不至於像臺灣毫無規律的亂譯一通，上至教育部、下至坊間留學代辦中心，在校名翻譯上胡亂地採取各自的譯法，從事翻譯工作，不管正式或非正式，不仔細查證，不僅不專業，而且還會導致當地的譯名更為混亂，徒增困擾！言歸正傳，到底Macquaire結尾應該譯為「瑞」、「理／里／利」或是「爾」，應該視其讀音而定，通常這樣的字彙在發音上容易有兩種易混淆的方式：

（a）*Mac-quai-re*（麥考瑞）
（b）*Mac-quaire*（麥奎爾）

很明顯地，臺灣與大陸、香港的譯名均偏向第一類，然而，-re音節發音的中文譯音應該是「里」或「利／麗」，而不該是「瑞」，因此，在大陸及香港使用的「麥考瑞大學」在尚未約定俗成之前，有值得討論、修正的空間。閱讀至今，或許有讀者仍然對於以下譯名存有疑問：

（a）*Monterey Institute of International Studies*（蒙特瑞國際研究學院）
（b）*Montreal*（蒙特婁）

Monte-rey最後一個音節之所以不譯為「里」，是因為Monterey乃採西班牙文發音，重音落在-rey /**rei**/上，必須譯為「瑞」。最後，有些人因為其出生背景的關係，習慣以其母語作為音譯標準，請看兩個例子：

例句 （a）Chiang Kai-shek（蔣介石）
（b）Andy Lau（劉德華）

Kai-shek是粵語的「介石」；Lau則是粵語「劉」之音譯。以上關於音譯標準之講述，供有志從事翻譯工作者參考，但必須注意真實使用情況，不可完全依照硬梆梆的規則行事。

2.「音譯」與「意譯」（Transliteration vs. Liberal Translation）

除了上述討論的「音譯正確性」以外，專業譯者對於在「音譯」與「意譯」之間的取捨，亦是頗受爭議的重點。要如何拿捏才不至於失去了名詞原有的意義，是譯壇中一大重要課題。撇除「約定俗成」說法，筆者認為，如同電影名稱翻譯手法一樣，如果按照音譯／直譯，就可以產生令人印象深刻「概念」或「響音效果」，是可以被接受的，然而有時候，採取意譯卻更能夠表現出其「獨有的」特色時，就不應該直接音譯，以免失去真實感。

請看以下例子：

例句 （a）New Castle University（新堡大學）（臺灣譯法／意譯）
（紐卡素大學）（大陸譯法／音譯）

（b）Sinker Ball（伸卡球）（音譯）

（c）世紀公園（Shijih Park）（音譯）／（Century Park）（意譯）

上面三個例子可以清楚的闡明「音譯」與「意譯」之間的矛盾。New Castle該採用「音譯」為「紐卡素大學」或是「意譯」為「新堡大學」是見仁見智的問題，然而英國大學校園建築物多保留原始的建築風格，譯為「新堡大學」似乎比毫無字面意義的「紐卡素大學」在效果上略勝一籌。

而對於王建民最擅長的「伸卡球」（Sinker）一詞翻譯，曾有資深球評認為不該採取「音譯」，如同「曲球」（Curve）、滑球（Slider）、直球（Straight），均依球路特色命名翻譯，王建民擅長的Sinker以「下沉」（Sinking）球路出名，直接採取音譯「伸卡球」為譯名，恐無法將此球路精采之處表現出來，類似的情況如「卡特球」（Cutter），若譯為「切球」或許更加傳神！話雖如此，「伸卡球」一詞或許受到王建民魅力的影響，也增添了幾分神秘的色彩！

最後處理的是街道名稱的譯法。中國大陸路標譯文似乎跟臺灣一樣，呈現十分不一致的狀況，「外環路」（WaihuanLu）與「世紀公園」（Century Park）譯法不統一，造成許多外國遊客極大的困擾，這種情況和臺灣地區「漢語拼音」及「通用拼音」不一致的狀況頗為類似。而中國大陸採取的標準是——一律使用「專名＋通名」模式，專名一律採用「拼音」模式，可以大大減少誤會。因此，世紀公園正確的翻譯為Shijih Park，而避免採取容易混淆的Century Park。

3.拼音系統（Pinyin System）

拼音系統的使用，在國際間似乎沒有太大的爭議，一律採用國際通用的「漢語拼音」，然而在臺灣，因為政治力的介入，使得單純的拼音問題變得十分複雜而棘手。在2007年底，《中國時報》曾經揭露台北市路牌音譯標準出現三種不同的版本，著實讓外國遊客摸不著頭緒。光是一條「華江橋」就出現了幾種不同的音譯版本：

（a）Huajiang Bridge　**（b）Huajiang Brdg.**
（c）HuaJiang Brdg.　**（d）Hwachiang Brid.**

「華江橋」不管使用漢語拼音或是通用拼音，都應以「HuaJiang」表示，因此上述音譯，只有第三種才是正確的。

而臺灣的拼音系統種類繁多，以「漢語拼音」、「通用拼音」以及「威妥瑪」三種最為常見。像是Tai-pei（台北）、Kao-hsiung（高雄）、Tai-chung（台中）均屬於「威妥瑪拼音」，馬英九在台北市長任內，堅持主張全面性使用「漢語拼音」，其一以便和國際接軌，而二是為了消弭「威妥瑪拼音」在音譯上的不對稱，其將注音符號中的ㄅ、ㄆ一併以/p/作處理。而立委邱毅曾經爆料陳幸妤與陳致中在美開戶、擁有鉅額存款一事，鬧得滿城風雨，政治人物為了拼音系統問題，互相攻訐。以陳致中的中文姓名來看，漢語拼音為Zhi Zhong Chen，通用拼音為Chen, Chih-Chung；而陳幸妤漢語拼音為Xing Yu Chen，是完全沒有爭議的問題。

4.英文擬聲詞翻譯（Onomatopoeia）

中、英文狀聲詞轉換是翻譯時最大的障礙之一，由於每個獨立語言均具有其獨特的語音系統，因此，所發展出來的狀聲詞也完全不同，要學會道地的使用英文狀聲詞，最快的方法就是直接閱讀原文的漫畫如「史努比」（Snoopy）等。對於語音系統較單純的日本人而言，此種能力尤其困難，根據研究，日本小孩子在一兩歲時，都可以清楚分辨/l/與/r/之差異，但隨著年齡漸長，這樣的能力會逐漸喪失。一個語言的狀聲詞，可以算是其發音系統的雛型。

➲ 人發出的聲音

英文狀聲詞	中文意思／翻譯	英文狀聲詞	中文意思／翻譯
Muack	姆阿！（親親聲）	Shoo	噓！（趕鳥聲）
Slurp	吃喝發出聲音	Heeha	西部牛仔歡呼聲
Humm	嗯……（思考狀）	Ouch	唉喲！（驚叫聲）
Tuu-tut	嘖嘖嘖！（藐視）	Awwww!!	哀喲～（痛苦聲）） 阿～（感動或看見可愛事物）
Boohoo	嗚～（哭聲）	Boo	哇！（嚇人的聲音）
Hush/Shush	噓～（安靜）	Wee	刺激的歡呼聲
Psst	引起人注意聲	Aha	啊哈！
Eeeeeeek!!	哎呀！ （踩到腳或看到蟑螂叫聲）	Goosh	鬆一口氣
YipWhoopee	開心歡呼聲／興奮聲音	Ahchoo	哈啾！（噴嚏聲）
Ichabod	哀！（嘆息聲）		

➲ 動物發出的聲音

英文狀聲詞	中文意思／翻譯	英文狀聲詞	中文意思／翻譯
MeowPurr	喵～（貓叫聲）貓熟睡聲	Buzz	嗡～（蜜蜂叫聲）
Woof WoofBow WowArf/ Ruff	汪汪～（狗叫聲）	Bray!Hee-Haw	驢叫
Cuckoo	杜鵑／布穀鳥叫聲	Coo	鴿子叫聲
Crake	秧雞叫聲	Blippity-Blop-Ver-Slotch	胃痛發出的聲音
Hiss	蛇叫	Moo	哞（牛叫聲）
Tweet	唧唧（鳥叫聲）	Peep-Peep	雞叫聲
Moo	牛叫聲	Howl	啊嗚～（狼叫聲）
Oink-Oink	豬叫聲	Baah/Baa	羊叫聲
Chirp	蟬叫聲	Hoo / Tu-WhitTu-Whoo（英）	貓頭鷹叫聲
Roar	吼～（獅子叫聲）	Squeak	老鼠叫聲
Neigh / Whinney	馬叫聲	RibbitCroak（英）	青蛙叫聲
Honk/Keckel/Hiss	鵝叫聲	Quack	鴨子叫聲
Cackle / Cluck	母雞叫聲	Caw	烏鴉叫聲
Chirp / Peep-PeepCheep- Cheep（英）	小雞叫聲	Cock-a-doodle-doo	公雞叫聲

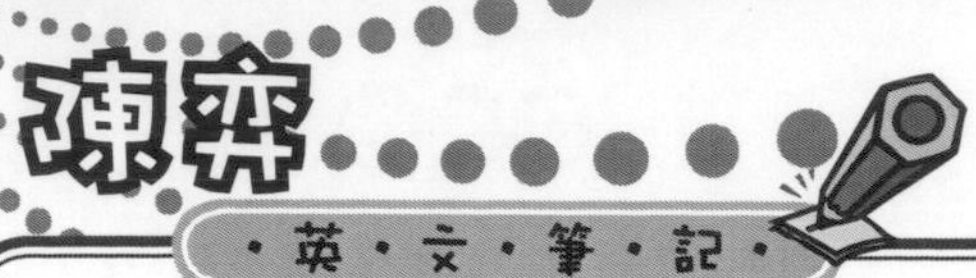

➲ 物體發出的聲音

英文狀聲詞	中文意思／翻譯	英文狀聲詞	中文意思／翻譯
Ruffling	沙沙（翻書聲）	Bang	槍聲
Screech/Squela	煞車聲	Boom	爆炸
Tick Tock	時鐘聲	Tud	重物落地聲
Plop	咚（石頭丟水面）	Ding Dong	門鈴聲
Splash	水花聲	Slap	啪（打巴掌）
Boom	轟（爆炸）	Bing!	叮（定時器）
Drone	轟（飛機引擎聲）	Buzz	唧唧（機器聲）
Burble	水滾聲	Bong	教堂鐘聲
Boing	彈簧彈出聲	Clang	鐵鎚敲打聲
Crackle	燒木材聲	Click	扣槍鈕聲
Fizz	開汽水聲	Gurgle	潺潺流水聲
Hiss	車胎漏氣聲	Lub-Dub	心臟跳動聲
Ping	重物落地聲彈耳朵聲	Squeak	走在木板地上發出聲音
Thwap	摩擦皮膚聲	TapThump	敲門聲
Wop	甩濕抹布聲	Thud	磚頭掉在土地上
Vroom	引擎聲	Honk/Beep-Beep	喇叭聲
Clap/Pow	拍打聲		

➲ 表示.狀態

英文狀聲詞	中文意思／翻譯	英文狀聲詞	中文意思／翻譯
Burrr	天氣很冷的感覺	Woosh	咻（快速飛過聲）
Ka-Boom	變魔術的瞬間	Braap	喋喋不休狀
Hum	答不出話時	Woosh	超人飛起來聲
Zap	被電電到	Chu-Chu	咻咻（噪音）
Swish	籃球空心進籃		

五、反譯法／轉譯法

「反譯法」顧名思義，即使用相反的表達模式譯出原文。此種翻譯技巧的產生，乃因應中、英文結構上的主要差異。中、英文在「正／反」表達上，有其各自的習慣與表達模式，翻譯者必須要兼具優良的中、英文表達能力，才能夠自然順暢的使用反譯法。除了使譯出語更加生動以外，「反譯法」亦可使原本冗長的句子，變得簡潔有力，而透過「主／被動」轉換，可使句子的「焦點」（focus）明顯易辨。「反譯法」大致上可以應用在以下幾種技巧上面：

1.片語／慣用語反譯法

關於英文慣用語之反譯法，大部分屬於「固定用法」，讀者可以從這些不管在生活對話或考試中常見的表達，感受到「反譯法」其實隱藏在大部分人的語言使用習慣中，請看以下例句：

Excuse me!（對不起！／抱歉！）
Stay in line（請勿插隊！）
After you!（您先請！）
Stay away!（請勿靠近！）
To tell the truth,（直言不諱。）（老實說）
Please tender exact fare.（恕不找零。）（請自備零錢）
have nodding acquaintance with（不太熟識）
The problem is above me.（這問題我解決不了。）
My guess is as good as yours.（我也不清楚。）
have smattering knowledge of（不太了解）
The jury is still out!（事情尚未定案！）
Just make yourself at home（不用客氣）
have yet to…（尚未……）
with no exception（全部、統統）
in no time（立刻）
be above V-ing（不屑……）
Exactly!（沒錯！）

例句 （a）We ***cannot*** be ***too*** careful in conducting experiments.
（我們做實驗越小心要越好。）
（cannot…too…　太……也不為過；越……越好）

（b）Hammering home or emphasizng the importance one's appearance ***to a fault*** I hold to be every bit as skin-deep.
（太過於強調一個人的外在，我覺得很膚淺。）
（to a fault 過分地）

（c）He has been investigating this murder case for ***no less than*** two year in a row.
（他調查這件謀殺案已經長達兩年之久。）
（no less than超過／不少於）

（d）***Nobody but*** a prodigy can solve this math problem.
（只有天才才有辦法解出這題數學。）
（Nobody/Nothing but 只有……）

（e）He is ***anything but*** a man of brutality.
（他絕對不是一個殘忍的人。）
（anything but 絕非）

(f) Irons do ***not*** melt ***until*** heated to a definite temperature.
(鐵加熱至一定溫度才會熔化。)
(not until 直到……才……)

(g) There is never a day ***but*** she goes to school on foot.
(她沒有一天不是走路上學的。)
(but = that does not……準關代用法)

(h) I am second to none.
(我是最厲害的。)
(second to none 不亞於……)

2.詞類轉譯法

詞類轉換能夠靈活運用，必須先對中、英語言結構有充分的了解。屬於「附加」語言的英文，為了使句子保持簡潔、精闢，通常多使用「名詞」，動詞的使用較少，介係詞使用的頻率也十分頻繁；中文則相反，「意合語言」由於常常缺乏結構上的主語，而多使用邏輯主語表示，因此，動詞的使用遠較英文頻繁得多，名詞卻相對地用得非常少，另外，方塊文字（characters）不需要介係詞表示句子各個成分之間的關係，因此，介係詞的使用在中文裡較為罕見。請看以下關於詞類反譯法之運用：

(1)「名詞」vs.「動詞」反譯

例句 (a) The rising of the Sun indicates the beginning of a new day.
(直譯：太陽的升起意味著一天的開始。)
(反譯：太陽升起，嶄新的一天便開始了。)

(b) Hillary's manipulation of strings under the table serves as a solid stepping stone to the White House.
(直譯：希拉蕊私底下動用的關係是作為她進入白宮的的墊腳石。)
(反譯：希拉蕊私下運用關係，藉以當成入主白宮的跳板。)

(c) These new policy are under discussion.
(直譯：這些新政策還在大家討論下。)
(反譯：這些新訂政策仍在進行討論中。)

(d) 他每天晚上打電話給我女朋友讓我很不爽。
(直譯：That he calls my girlfriend every night pisses me off.)
(反譯：His calling my girlfriend every night pissess me off.)

(e) Heating water to it boiling point does not alter its chemical composition.
(直譯：將水加熱到沸點這個動作並不會改變它的化學成分。)
(反譯：把水加熱到沸點不會改變其化學成分。)

(f) 有些人相信每個人都應該接受高等教育。然而，這些人並不強調教育的重要性。

（直譯：Some people think that everyone should receive advanced education. However, these people do not emphasize the importance of advanced education.）

（反譯：Some believe in the necessity/value of tertiary education to everyone. However, they give little credits to/ play down/shed little lights on the role of tertiary education.）

(g) The sight and the sound of our jet planes filled me with special longing.

（直譯：我們所看見的噴射機以及它的隆隆聲響讓我充滿了嚮往。）

（反譯：看到我們的噴射機，聽到轟隆隆的機聲，令我特別神往。）

——出自張培基《翻譯教程》

(2)「動詞」vs.「形容詞」反譯

例句 (a) 如果她們的父母嚴厲些，這些不良的效果是<u>**可以補救**</u>的。

（直譯： In case that their parents are stricter, these harmful effects ***<u>can be remedied</u>***.）

（反譯： If their parents are stricter, then these negative effects are ***<u>remediable</u>***.）

(b) The set value is ***<u>changeable</u>*** at a rate of 0.5K to 0.1K per minute so as ***<u>not to unbalance</u>*** the temperature distribution of cavity.

（直譯：設定值在每分鐘0.5K至0.1K時，<u>**是可變換的**</u>，<u>**不讓**</u>空腔溫度的分布<u>**不平衡**</u>。）

（反譯：設定值的<u>**變換**</u>速度為每分鐘0.5K至0.1K，以<u>**保持**</u>空腔溫度分布的<u>**平衡**</u>。）

(c) The pallor of his man's face manifested how he was feeling at that moment.

（直譯：這男人臉上的蒼白，清楚說明了當時他的感受如何。）

（反譯：這男子蒼白的臉色，清楚地說明了他當時的情緒。）

（反譯：這男子臉色蒼白，不難判斷當時他的感受為何。）

上例（c），依序採用「名詞－形容詞」與「名詞－動詞」兩種詞類反譯法，通常，中文表達模式以後者使用居多，但兩種譯法有時候會因文本種類及原作者語氣做適當變化。採用「名詞－形容詞」手法，因為句子較冗長，修飾概念較強烈，常出現在「藝術／偵探小說」等文章中，而「名詞－動詞」譯法則較適合像是Discovery這類「紀錄片」或是「非文學性」的文體。

(3)「介詞」vs.「動詞」反譯

例句 (a) He is a man of generosity.

（直譯：他是一個慷慨的人。）

（反譯：他很慷慨。）

(b) This machine is of great efficiency.

（直譯：這部機器是具有高效率的。）

（反譯：這台機器很有效率。）

（c）With medical advances, the advent of a Lazarus drug for HIV-infected patient is predictable.

（直譯：隨著醫藥的進步，能治癒愛滋病患之藥品的出現是可被期待的。）

（反譯：醫藥技術日益進步，未來可以期盼可治癒愛滋病患者藥物上市。）

（d）No astronomers have ever got a clear picture of Mercury even with Hubble Space Telescope （HST）.

（直譯：沒有天文學家曾經拍到一張水星清楚的照片，即使有哈柏太空望遠鏡。）

（反譯：即使使用哈柏太空望遠鏡，也沒有任何天文學家對水星有清楚的了解。）

（e）The health of babies can be guaranteed by the technology of ultrasonic.

（直譯：寶寶的健康可因為超音波技術使用而被確保。）

（反譯：使用超音波技術，可以確保寶寶的健康。）

（4）「名詞」vs.「形容詞」反譯

例句 （a）More and more Taiwanese people believe in an absolute necessity to declare independence from China.

（直譯：越來越多台灣人相信從中國大陸獨立的必要性。）

（反譯：越來越多台灣人民認為，台灣從中國大陸獨立是必要的。）

（b）The maiden voyage of Titanics was a success.

（直譯：鐵打泥號的處女航是一項成功。）

（反譯：鐵達尼號的處女航是成功的。）或（鐵達尼號的處女航很成功。）

（c）He has only a nodding acquaintance with the topic.

（直譯：對於這個主題，他僅有似點頭之交的認識。）

（反譯：他對於這個主題不太熟悉。）

3.「正／反」轉譯法

例句 （a）These experimental values agreed the theoretical values within the accuracy of ±0.2%.

（直譯：這些實驗數據與理論數據在精確度±0.2%範圍內相吻合。）

（反譯：這些實驗數據與假設理論數值相符，誤差在±0.1%內。）

（b）Be sure to buy me a souvenir.

（直譯：要確定記得買給我一個紀念品。）

（反譯：不要忘記買樣紀念品給我。）

（c）Computer parts may be left assembled unless it is necessary to service them.

（直譯：電腦零件若不需維修，就讓他們原封不動的組裝著。）

（反譯：若不需維修，電腦零件就不必拆卸。）

(d) There are many other sources in store.
(直譯：還有許多其他能源貯藏著。)
(反譯：還有多種其他能源尚未開發)

(e) Thanks to rigidity of the spindle and bearings, the fluid bearings never lose their accuracy.
(直譯：由於軸心和軸承剛性良好，流體軸承不會失去其精確度。)
(反譯：由於軸心和軸承剛性良好，流體軸承可以永保精確。)

(f) The worker was late for work due to his missing the first bus.
(直譯：這位員工上班遲到，乃因為他錯過了第一班公車。)
(反譯：沒有趕上第一班公車，所以這位員工沒能準時上班。)

4.「主動／被動」反譯法

例句 (a) Your reputation precedes you.
(直譯：你的名聲遠遠超過你。)
(反譯：(我) 久仰 (您的) 大名。)

(b) 他們不在乎受過高等教育的年輕人能否成功。
(直譯：They do not care whether the young people who received tertiary education can succeed or not.)
(反譯：They are unconcerned about/ignorant of whether success can be gained by those youngsters who have received tertiary education.)

(c) 體能娛樂與智能活動對人的好處是不同的。前者益於我們的健康。)
(直譯：The advantages between physical entertainment and mental activities are different. The former is good to our health.)
(反譯：Physical entertainment differs from intellectual activities. The former is beneficial to our health.
或 Physical entertainment and intellectual activities differ in that the former is beneficial to our health.)

(d) The good chance denied me.
(直譯：這麼一個大好機會拒絕了我。)
(反譯：我沒有把握住這個大好機會。)

5.「曲言法」(Litotes) 反譯法

「曲言法」(或稱「微言法」)，指的是使用一種可被接受的「雙重否定結構」(acceptable double negatives)，有時候，這種意思上較不清楚的表達，可以利用上述「正－反」反譯法將其語氣強化，請看下面的例子：

例句 (a) It is predicted that the implementation of euthanasia in the near future is not impossible.
（直譯：大家預測，在不久的將來，安樂死的實施不是不可能的。）
（反譯：據預測，未來實施合法安樂死是有可能的。）

(b) The two presidential candidates' education White Book is not without problems.
（直譯：這兩位總統候選人的教育政策白皮書不是沒有問題的。）
（反譯：兩位總統候選提出的政策白皮書明顯是有問題的。）

讀者可清楚感受到，使用正面直接的表達方式，句意顯得清楚易懂，然而，曲言法（Litotes）屬修辭格（figure of speech）技巧，翻譯處理時，卻不可一味的將其改變。換句話說，能否使用「反譯法」，必須視原文作者所欲賦予文章之語氣而定，這點需要譯者仔細分析解讀原文之後，才可做出決定，不可照本宣科地使用「反譯法」，另外，某些使用「曲言法」的句子，尤其像是具有十足強調性的「標語」（slogan），使用「反譯法」反而會使句子失去原味！例如，「愛迪達」（Adidas）的廣告標語：「Impossible Is Nothing！」，只能譯為「沒有不可能！」，如果將其譯為「所有事情都可能！」則顯得不自然。

以下，筆者將詳細介紹「曲言法」：

曲言法（Litotes），亦稱為「微言法」、「間接肯定」或「含蓄渲染」（Understatement），是一種利用刻意將事情輕描淡寫，「故意」不將實際情況完全表達清楚或藉由反面的口吻來強化論點的一種特殊修辭手法。句構上通常使用一否定詞如no, not等採取間接迂迴的口吻，（有些修辭學家亦稱作Meiosis，視其為明喻（simile）中的一類）。2004年雅典奧運，知名運動廠商「愛迪達」（Adidas）的廣告標語（slogan）：「Impossible Is Nothing！」，就是曲言法與倒裝修辭技巧展現的最佳範例，使人留下深刻的印象。曲言法（litotes）與誇示法（hyperbole）都是利用極端的論述方式，讓觀眾或讀者對某論點留下不可抹滅的印象，在寫作或演講時，可以依照情境及上下文表現出不同的感覺，算是一項不可或缺的武器。

根據*Merriam-Webster-English Usage Dictionary Usage*一書中，提出幾種曲言法所能帶來的特殊效果：

(1) 幽默效果（humor）

I spoke to goody this a.m., and dropped several hints *that you'd not be adverse to getting a few laughs*（我想你應該不會反對……）on the Tallulah show come Sunday.

——Fred Allen, letter, 30. Apr. 1951

(2) 諷刺效果（sarcasm）

He was not unaware that（他不會不知道……）in his dress and as the owner of a car he was a provocation to many white people.

——E. L. Doctorow, Ragtime, 1975

Fanny looked on and listened, *not unamused to observe the selfishness which, more or less disguised, seemed to govern them all.*（沒有不對多少隱藏在他們體內的自私基因感到愚蠢可笑的）

——Jane Austen, *Mansfield Park*, 1810

（此段話出自十九世紀女性作家珍・奧斯汀的一部小說——《曼斯菲爾莊園》，奧斯汀的寫作風格比較迂迴，喜歡使用長句及背景鋪陳來述說故事，或許也是身為女性作家之故，因此在表達此類諷刺的口氣時，曲言法的使用顯得非常的自然貼切，這點和社會語言學中男性較女性直接、肯定說法有些許關聯，這一句奧斯汀使用not unamused來表達Fanny的不屑，諷刺意味更為濃厚。）

（3）委婉、含蓄（shyness, indirect expression of personal affection）

I have *made no inconsiderable progress* in her affections.

—— Jane Austen, Mansfield Park, 1810

上句展現了對某人情感表現的一種委婉手法，英文中的considerable實屬一強烈的表達，通常譯為「相當程度的……」，但在奧斯汀筆下當然不會大剌剌的表達愛意，這類細膩的情感表達，在其他男性甚至女性作家作品中不容易發現，明明要說的是「我和他的感情有很大的進展」，但卻用「我們的感情時時刻刻，分分秒秒，沒有不為對方傾心」這樣瓊瑤式的手法表現，十分耐人尋味。

（4）一般強調效果（emphasis, accentuation）

Impossible is nothing.（=Everything is possible）
（沒有不可能的事！）

He turned his blue eyes on Mother. And keeping the fires burning ain't so easy, either, he said. He was not without charm.（=He is very charming）

—— E. L. Doctorow, Ragtime, 1975

（如果讀者仔細注意的話，不難發現，Doctorow這位男性作家亦大量使用曲言法，但不同於奧斯汀的情感表現，其曲言法使用所展現的效果，大多屬於「諷刺」、「強調」之用，由此可見，曲言法的正確使用，可以為寫作或口語表達增添不少色彩。）

（5）結構分析

曲言法的使用通常有幾種固定的結構：

（A）使用否定詞（no, not, nobody, nothing, none…）

NOT	NO	OTHERS
· not rare (common) · not improperly (best) · not unlikely (likely) · not dissimilar (similar) · not without disadvantages (with disadvantages) · not unannounced quiz (a scheduled quiz) · not all/everyone (some) · not always (sometimes) · not altogether (somewhat) · not many (few) · not everywhere (somewhere)	· no fool (clever, smart) · no rare occurrence (frequent occurrence) · no easy matter (difficult matter) · no little sorrow (painful, torturous) · no small pleasure (great pleasure) · no adj.-er than (as adj. as) · no less than (as much as) · no later than (as early as)	· a man of no mediocre life (a man with legend) · a guy of no common ability (a man of exceptional ability) · didn't do any good to (do harm to) · left nothing untried (have tried everything) · none but (only)

例句 (a) If you can tell the fair one's mind, it will be ***no small proof*** of your art, for I dare say it is more than she herself can do.

——Alexander Pope

(b) A figure lean or corpulent, tall or short, though deviating from beauty, may still have a certain union of the various parts, which may contribute to make them on the whole ***not unpleasing***.

——Sir Joshua Reynolds

(c) The Abraham spoke up again: "Now that I have been so bold as to speak to the Lord, though I am ***nothing but*** dust and ashes. (Gen. 18:27)

(d) We looked like grasshoppers in our own eyes, and we looked the same to them. Do not be afraid, O worm Jacob, O little Israel, for I myself will help you, declares the Lord. Paul answered, "I am a Jew, from Tarsus in Cilicia, ***a citizen of no ordinary city***.

(e) The face ***wasn't a bad one*** (the face was a fair one); it had what they called charm.

——Galsworthy

(f) There was ***not one*** that was ***not misshapen***, and there was ***not one*** that was ***not shabby***.

——H. L. Mencken

(g) I see myself, with Agnes at my side, journeying along the road of life, I see our children and our friends around us; and I hear the roar of many voices, ***not indifferent to*** me as I travel on.

——Charles Dickens

(h) ***Nothing*** great was ever achieved ***without enthusiasm***.

—— Emerson

注意：George Orwell在Politics and the English Language一書中指出，「not un-」結構（e.g., not unwilling）盡量使其使用不帶有歧視意味（used indiscriminately），方法為找出本身不含un-字首即有相反意思的字詞即可。例如，將We were not un-victorious改成We were not defeated或We did not fail to win較佳。

（B）使用直接肯定或否定結構刻意輕描淡寫

此種曲言法修辭技巧更為高明，其強調的程度較上述搭配否定詞之處理方式更為鮮明，頗有「暴風雨前的寧靜」之趣味感受。

（a）Milton was ***a little bit annoyed*** in finding his girlfriend double-crossed him.
（米爾頓發現女友晃點他時，感到有一點不爽。）
➔ Milton was infuriated, flying off the handle.（其實是很ㄍㄢˋ）

（b）Don't you consider the price is ***a little steep***?
（你不覺得這價錢有點高嗎？）
➔ It's a robbery.（其實是搶劫吧！）

講述至此，請讀者分析以下不佳的譯文：

...Post war, more than 1000 Jews self launched a movement; they placed their signatures together on a testimony ***which was to defend Schindler as not being a war criminal and handed to Schindler as not being a war criminal*** *and handed to Schindler...*
（原譯文：……戰爭結束後，一千多名猶太人將一份自動拉起簽名的證詞交給辛德勒，以證明他並非罪犯……）

——出自高雄市電影圖書館 二月節目活動會訊

說明：上段譯文出自於「高雄市電影圖書館」二月節目活動會訊內容、關於電影「辛德勒的名單」（Schindler's List）介紹之翻譯。負責英文審訂的是「世界翻譯社」，不難看出，這樣的譯文品質十分低劣，無法登上大雅之堂，除了文法字彙錯誤層出不窮以外，最為嚴重的乃是譯者缺乏中、英文能力之駕馭能力。文中「以證明他並非罪犯」譯為英文…to defend Schindler as not being a criminal…乃屬於中國式英文表達，硬梆梆的直譯，讓整篇文章顯得不自然（awkward），如果使用「反譯法」處理，會使文句更加道地通順如下：

...which was made to claim Schindler's innocence.
（……以證明辛德勒之清白。）

六、拆譯法

拆句技巧對於初學翻譯者，應屬最困難的部分之一。因為中文缺乏英文結構中的「定語從句」（形容詞子句），缺乏經驗的譯者，常常將冗長的句構採取毫無修飾的直譯手法，而使譯文顯得十分歐化、不自然。而所謂「拆譯法」，意即適當地將修飾語眾多或是帶有數個子句的句構分開處理，並在適當的地方加上讓句子更順暢的「順詞」。熟知拆譯法技巧，初學翻譯者即可譯出最順暢的譯文。然而，國內外大部分的翻譯研究均著重於長句拆譯，鮮少人知道，短句亦可採取拆譯手法，使句子更活潑生動，更具姿態。

1.短句拆譯

例句 (a) "You are the last man that I could marry."
(直譯：你是我要嫁的最後一個人選。)
(拆譯：我如果要嫁，也不會選你。)
(拆譯：就算全天下男人都死光了，我也不會嫁你。)

(b) Lee Yuan-zhe is one of the Nobel Laureates who have great contributions to Chemistry.
(直譯：李遠哲是所有對化學有極大貢獻的諾貝爾化學獎得主之一。)
(拆譯：贏得諾貝爾化學獎的人有很多，李遠哲先生是其中的一位，他們在化學研究領域有的貢獻，不言而喻。)

(c) One of the advantages of laser lies in its use in cosmetology.
(直譯：雷射的好處之一就是它在美容上的使用。)
(拆譯：雷射有諸多好處，其一為在美容醫學上的應用。)

(d) That guy is the most identifiable suspect.
(直譯：那個人是最有可能辨認的嫌疑犯。)
(拆譯：那男人涉有重嫌，這是每個人都看得出來的。)

(e) They, not surprisingly, did not pass the comprehensive exams.
(直譯：他們不出乎意料地未通過資格考試。)
(拆譯：他們資格考沒過，一點也不足為奇。)

(f) On a usual stormy night takes place a havoc in that haunted house.
(直譯：在一如往常的暴風雨夜晚有件悲劇在那棟鬧鬼的房子發生了。)
(拆譯：某個平常的暗夜，風雨交加，那棟鬧鬼的房子似乎醞釀著一場未知的悲劇。)

(g) The company's productivity increased with great efficiency.
(直譯：公司的生產力隨著效率增加了。)
(拆譯：公司的生產力提升，效率也跟著增加了。)

2.長句拆譯

例句 (a) Scientists have surprisingly proved the existence of water in Mars. That's why we are crystal gazing there are live creatures residing in there.
(直譯：科學家興奮的發現了水在火星是存在的。這就是為什麼我們揣測火星上有生物居住的原因。)
(拆譯：令人興奮的是，科學家發現火星上有水。這就是為什麼我們一直揣測火星有生物的存在。)

（b）The senior executive expressed the hope that he could get a raise.
（直譯：這位資深的主管表達出他想要加薪的希望。）
（拆譯：這位資深的主管表示，是否可以調漲薪資。）

（c）It will be observed that a difference has been made by the convention between the compensation of the President and of the judges, that of the former can neither be increased nor diminished; that of the latter can only not be diminished. This probably arose from the difference in the duration of the respective offices. As the President is to be elected for no more than four years, it can rarely happen that an adequate salary, fixed at the commencement of that period, will not continue to be such to its end. But with regard to the judges, who, if they behave properly, will be secured in their places for life...

——Hamilton, Alexander亞歷山大．漢彌爾頓

（直譯：大會所做的關於總統與法官之間的津貼差異將會被察覺。總統的薪資不能增加也不能減少，但法官的薪水則只能減少。這可能緣自於其任期的長短。由於總統任期將不超過四年，很難會發生總統的薪水自從就任以來一直維持不變直到結束的狀況。至於表現良好的法官將可以終身任職……）
（拆譯：我們會發現，大會已經對總統與法官的薪俸做了區分。總統的部分維持原狀，不做調整，至於法官的薪資只有下探的可能性。合理的解釋是，總統與法官的任期期限不一。總統的任期僅四年，因此在其任內不調整就任時所制定之薪資，這是難以預見的情況。至於法官的部分，如表現良好，將可任終生職……）

（d）Silver necklaces should be coated very often in order not to get rusted.
（直譯：銀製項鍊必須經常保養以為了不讓它生鏽。）
（拆譯：銀製項鍊最好常保養，以免生鏽。）

（e）All members of the Global Village are suppoesed to protect our mother land, a now universally acceped law.
（直譯：地球村所有成員必須保護地球是一個現在普遍認同的法則。）
（拆譯：所以地球村的公民必須愛惜地球，這是目前普遍的大衆認知。）

3.「因為」拆譯

「因為拆譯法」也是拆譯技巧的一種，屬於較簡單的翻譯手法，常見於「科技論文」等文章，由於用法簡單，十分適合初學翻譯者處理冗長複雜的長句時使用。英文結構中，有一種稱作「定語結構」（關係子句）的結構是中文所欠缺的，英文也常見V, V-ing分詞表達，亦多表達後續補充說明或背景陳述之功能，諸如此類的修飾語表達均適用「因為」拆譯技巧。

例句（a）Edison refused to develop projection technology, ***reasoning*** that if he made and sold projectors, then exhibitors would purchase only one machine-a projector-form him instead of several.
（愛迪生不願發展投射技術，「**因為**」如果這麼做，那麼展示者只會購買一台投射器。）

（b）Nights and day are very long on the moon, ***in which*** one day lasts as long as a fotnight on the earth.
（月球上白晝黑夜都很長，「**因為**」月球上一天等同於地球的十四天。）

（c）This is already a point in favor of organic polymers, whose specific gravities are between 0.9 and 1.5.

（這已是有機聚合物的優點，因為它們的比重僅在0.9到1.5之間。）

——出自陳安定《科技英語與翻譯》

（d）Electricity which is passed through the thin tungsten wire inside the bulb makes the wire very hot.

（因為電通過燈泡裡的鎢絲，鎢絲溫度就變的很高。）

——出自陳安定《科技英語與翻譯》

七、分譯法

「分譯法」，或稱為「（倒）拆譯法」，意即將原文所涵蓋的數個資訊，依照群組類將其順序重新排列，簡單的說，就是將一個完整的句子拆解，再依照中、英文的習慣表達，作出最正確的「主－從修飾」排列。和「反譯法」一樣，「分譯法」技巧之形成，不過是因應中、英文表達習慣而已。經驗不足的譯者，或者對中、英文語法修辭結構沒有深入了解的人，很容易不會先將中文「分析」過一次，就採取平鋪直敘的「順譯」模式，這樣的譯文不但生硬難懂，更破壞了原文所隱含的感覺。

就表達方式與結構模式差異而言，中文好鋪陳、醞釀，華語人口寫作、演講總喜歡長篇大論，將氣氛營造到極限時，真正的重點才慢慢「呼之欲出」。由於中文屬於「意合語言」，因此相較之下比較不受類似「頭重腳輕」或「頭輕腳重」這種結構上的缺失影響；英文則不同，是一「首輕尾重」（End-weighing）語言。英文的修飾語通常都使用「附加」模式，使用「子句」（clause），置於主要事件之後。此種結構上的迥異可以從以下例句清楚呈現：

中文：他跟莉莉墜入愛河，讓大家大吃一驚。

直譯：That he has fallen in love with Lily surprised everyone.

分譯：It surprised everyone that he has falle in love with Lily.

第一種「直譯法」顯得「頭重腳輕」，使用「子句」去表達「概念」當主詞的部分太過冗長，不符合英文的表達習慣。這個現象可以清楚地解釋為什麼英文總喜歡使用虛主詞it（dummy subject），而將真正的主角置於句後的緣故。「分譯法」可以應用在以下幾個範疇中：

1.表「時間」之副詞子句

表示「時間」副詞子句，通常使用連接詞when、while、as、before、after、as soon as、the moment/minute/instant等。漢語習慣將有修飾性意義的副詞子句譯在主要子句之前，作為「鋪陳」之用，而在英文中，時間連接詞的位置則十分彈性，也正因為這樣的一個差異性，造成許多不專業的譯者的誤會，以為中文也可這麼彈性的處理。我們可以從以下範例看出一些端倪：

Last night ***as*** I sat at the table burning the midnight oil for the coming final exam, suddenly a strange noise came behind.

可以改寫為：

Last night, I was sitting at the table burning the midnight oil for the coming final exam ***when*** suddenly a strange noise came behind.

中文翻譯可就沒有這麼大的彈性：

「昨晚，**當**背後突然傳出一陣奇怪的聲音時，我正坐在桌前，為了期末考挑燈夜戰時。」
——（劣）

「昨晚，**當**我坐在桌前，為了期末考熬夜唸書時，突然背後傳出一陣奇怪的聲音。」
——（優）

或許有讀者認為，時間連接詞when置於不同的子句前，必定有其細微性之差異，絕非只是「文法公式」套用問題。的確，當when置於「前景短動作」子句時，欲強調「瞬間發生」的感受，可以譯為「突然間／就在此時……」等類似語氣；相反地，「背景長動作」前如有when等時間連接詞，則是原文想要強調「鋪陳」的手法，試比較下列兩句：

（a）（This morning）while I was walking my dog, I came across an old friend of mine.
（早上我在溜狗的時候，巧遇了很久不見的老友。）

（b）（This morning）I was walking my dog, when I came across an old friend friend of mine.
（早上我出門去溜狗，就在那時，巧遇了好久不見的老友。）

從中文翻譯手法明顯可見例（a）與例（b）強調重點不同：例（a）重視「動作發生之前的鋪陳以及感覺營造」；例（b）則希望給予讀者「瞬間」的感受。值得讀者注意的是，例（b）的翻譯手法容易讓許多人誤以為when在這裡當作「代替時間先行詞的關代」（relative pronoun），這是一個長久以來被英語教學者、翻譯員所誤解的問題，when在例（b）之所以譯為「就在當時」，並非「替代前面的句子」，反之，這種含有「強調瞬間發生動作」的句子，在說話者的心理過程中，骨子裡還是屬於長短動作配合所形成的「前－背景時間邏輯」。when雖譯為「就在當時／那時」，看似「短動作」，其實是「就在（溜狗動作進行的）當時」，《譯藝壇》作者——黃邦傑先生書中之敘述，亦產生時間邏輯上之謬誤如下：

（a）I went out for a walk, ***when*** I met him.
（原譯：我出去散步，**正好**碰見他。）
——出自黃邦傑《譯藝壇》

（b）The conflict began, ***which*** it soon appeared which was the stronger of the two.
（戰鬥開始不久，雙方之間誰強誰弱，**也就**很清楚了。）
——出自黃邦傑《譯藝壇》

黃先生進一步解釋，when跟which屬於「對立連詞」（equivalent conjunction），這是不正確的，數個「動態動詞」排列，意謂「先後發生次序」，黃先生這兩個例句，不只翻譯不正確，其真正的原因出自「時間搭配邏輯」概念。

另外，「分譯法」表現在「科技文體翻譯」中更為清楚：

（a）When you heat the water to its boiling point, then it vaporizes.
（水加熱到達沸點時，會蒸發成氣體。）

（b）All these factors should improve ***once*** the reduction plant operations become fully stabilized and a standard steelmaking practice can be adopted.
（一旦還原裝置的操作變得完全穩定，並能夠採用標準的煉鋼操作法，那麼所有這些因素都會有所改進。）

——出自陳安定《科技英語與翻譯》

（c）The metal loses its surplus negative electricity ***as fast as*** it comes and does not collect an electric charge.
（金屬上有餘的負電荷一經產生，就很快消失，因而金屬不能集聚電荷。）

——出自陳安定《科技英語與翻譯》

最後，黃邦傑先生在其著作中提出了另一項十分武斷的說法，認為只要遇到when…之時間表達，均不可譯為「當……時候」，理由乃因為此表達模式過於累贅，同時，更進一步駁斥了其他譯者所提出「當……」以及「……的時候」兩種替代譯法，然而，在非科技類文章中，為了使單純表示「時間」的句子不至產生歧異混淆，此種說法的確值得討論！

2.表「原因」之副詞子句

表示「原因」副詞子句所用的連接詞包括：because、since、as、inasmuch as（the fact that）、owing/due to、on account of、for the reason that、now that、fort等等，均譯為「因為……」。在英文結構中，此種因果表達習慣將「原因子句」至於「結果子句」之後，屬於一「真正的因果句」；中文的情況則相對複雜得多，「因為……」在中文表達中，可以置前或置後，置後時，其所欲表達的並非真正的「因果關係」，而是屬於「後續補充說明」的功能，這一點有許多譯者不清楚，誤以為「因為……」可以自由地選擇擺放的位置。

而當作為「補充後續說明」功用時，通常使用for連接句子，因為中文這種「意合語言」有這樣的一個特色，處理某些帶有「形容詞子句」的長句翻譯時，甚至可以將其譯為「因為……」，這樣的翻譯手法亦不難見於許多專業譯者的作品中，將中文的特色發揮得淋漓盡致。

試比較上述兩種「因為……」子句的差異：

（a）We must start early, ***for*** it will take four hours to drive to the airport.
（我們得早點出發，因為開車去機場得花四個小時。）

（b）The material used was copper ***for the reason that*** it has better malleability than do any other metals.

（我們使用的材料是銅，因為銅比其他金屬擁有更好的延展性。）

（c）***Because*** he was ill, he was absent from the class today.

He was absent from the class today ***because*** he was ill.

（因為生病，所以他今天沒到學校上課。）

例（a）與例（b）均使用for/for the reason that連接句子，有濃厚的「後續補充說明」意味。很明顯地，如果逕自將例（1）、（2）的「因為」譯為because，並置於結果子句之前，則缺乏邏輯，英文的「因為—所以」必須是「真正的因果邏輯關係」，這一個長期為國人所誤解的概念，需要譯者將中文先分析過後才能避免。而在例（c）中，情況則又彈性許多，because置前符合因果邏輯（因為生病，所以缺席），置後則採取補充說明的模式，強調「缺席」這一件事情。

（d）Then there remains the most interesting subject--that, as it is, has only been touched on incidentally--of the magnificent system of military organization in force in that country, which, in my opinion, is much superior to that inaugurated by Chaka in Zululand, ***inasmuch as*** it permits of even more rapid mobilization, and does not necessitate the employment of the pernicious system of enforced celibacy.

——King Solomon's Mines by Haggard, Rider H.

（e）"And ***inasmuch***" continued the judge, ***as*** it is not proved that the act was not done by the connivance of the master with the servant, and ***as*** the master in any case must be held responsible for the acts of his paid servant, I condemn Phileas Fogg to a week's imprisonment and a fine of one hundred and fifty pounds.

（法官繼續說道:「因為現在還無法排除是主子縱容僕人作為的說法；而在任何情況下，主子也要對僕人的所作所為負責，因此處以霍格監禁一週並易科罰金一百五十磅」。）

——Around The World In Eighty Days by Verne, Jules

（f）Inasmuch as he has never made friends, and has ever had a rebellious family, he, John Harmon, gives to Nicodemus Boffin the Little Mound, which is quite enough for him, and gives the whole rest and residue of his property to the Crown.

——Our Mutual Friend by Dickens, Charles

（g）But the first day's operations were by no means of a successful character, inasmuch as the general public, though they manifested a lively interest in Mrs. Jarley personally, and such of her waxen satellites as were to be seen for nothing, were not affected by any impulses moving them to the payment of sixpence a head.

——The Old Curiosity Shop by Dickens, Charles

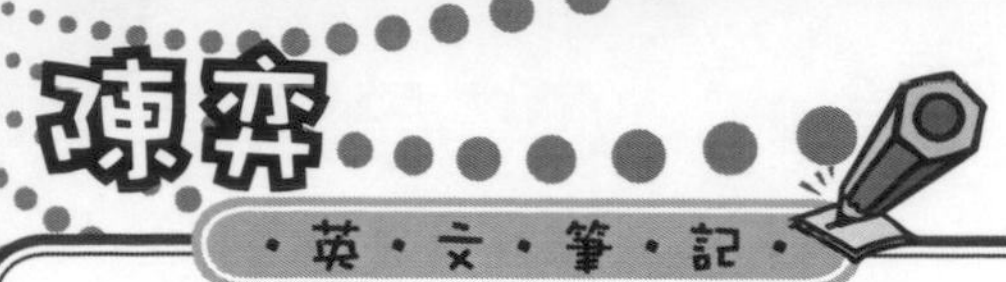

3.表「條件」之副詞子句

條件副詞子句使用的連接詞有（only）if, should, unless, as/so long as, provided/providing that, in case that, supposing that, in the event that, on condition that, granted that等。表條件之副詞子句位置較前兩類有彈性，可以置前或置後，取決的標準，視欲強調之語氣而定。然而，翻譯理論在處理「條件連接詞」之譯法有較多的歧異與爭議性，港臺與大陸地區所持看法不盡相同，除了譯者認知差異影響之外，真正造成混亂的還是區域性語言使用習慣之影響。大致上，除了採用「直譯」方式外，亦可有兩種處理的方式：

（1）將「條件」轉換成「時間」概念

這種用法常見於科技類文章。因為科技類文章之敘述均有其「不變性」（invariability），將「如果……」譯為「當……」時，句意完全不會有所改變；除此之外，表示「習慣」的動作，亦可使用此種翻譯技巧。

（a）（Angelina and her boyfriend go window-shopping every week） ***If/Whenever*** they are hungry, they go to the café for a cup of coffee.
（安潔莉娜和她男友每個週末都會去逛街。如果／每當餓了，他們就會到咖啡廳裡喝杯咖啡。）

（b）***If/When*** too much current flowed through an ammeter, the voltage would fall.
（假如／每當通過安培計的電流過多，電壓就可能會下降。）

（c）***As long as/When*** you heat the water to its boiling point, it vaporizes.
（只要／當你把水加熱到沸點，水就會蒸發。）

（d）"***You won't stop, I know, as long as you can trail round in a white gown with your hair down, and wear gold-paper jewelry.*** You are the best actress we've got, and there'll be an end of everything if you quit the boards," said Jo. "We ought to rehearse tonight. Come here, Amy, and do the fainting scene, for you are as stiff as a poker in that."
——Little Women by Alcott, Louisa May

（2）省略翻譯「連接詞」

關於連接詞的省譯，長久以來存在著爭議，不同的譯者對於「省譯技巧」看法褒貶不一。中文結構主要靠上下文釐清語言角色與前後邏輯概念，「省譯」在中文表達結構，似乎是十分自然的事情。話雖如此，少數不求甚解的譯者容易照本宣科，依樣畫葫蘆，一味的將所有的「連接詞」作省略處理。這是十分危險且極不專業的做法。如前所述，擁有「不變性」之科技文章不容易受到連接詞省略影響，因此，省譯技巧可以大大增進文章的簡潔性，符合科技文章之修辭原則，陳安定所著《科技英語與翻譯》（Toward a Science of Translation）一書中，有以下的示範：

（a）All gases at 0℃ are to increase their volume by 1/273 when heated to 1℃, ***so long as the pressure is maintained to constant***.

（**壓力保持不變（時）**，所有氣體以0℃加熱到1℃時，其體積增大1/273。）

——出自陳安定《科技英語與翻譯》

上例將條件連接詞so long as（只要……）改譯為時間子句（……時），完全不影響句子的原意，甚至更可以簡化為「壓力保持不變，所有氣體……」。科技類的文章因為有這樣的獨特性，翻譯時，較不受語言轉換之影響，但有時候，連接詞省略卻會造成誤會，這種狀況尤其以「時間連接詞」最為明顯，請看以下兩個不妥的例子：

（b）他來，我就走。

➔ If he comes, I'll go.（如果他來，我就走。）（一山不容二虎）

➔ When he comes, I'll leave.（他到的時候我在離開。）（單純表示時間點）

上例中，「他來，我就走。」的省譯處理手法，相對地顯得粗糙許多，這時的when以及if卻不能如上一類般隨意代換，除非在這樣具有爭議性的句子的前後，有十分足夠的上下文（context）背景敘述，確保讀者可以正確的判斷句子的真正語氣，否則不可囫圇吞棗的濫用這樣的翻譯技巧。

（c）When lying on the couch, the baby fell asleep.

= Lying on the couch, the baby fell asleep.

（原譯：躺在沙發上，小baby睡著了。）

——出自旋元祐《英文魔法書》

上例改寫自旋元佑先生《英文魔法師》一書中關於分詞構句簡化例句。旋先生將兩個句子視為「簡化」後的結果這種說法，明顯是不正確的。分詞構句中，省略連接詞之句子通常有「因果關係」之意涵，與保留連接詞句子不同。再者，中文「躺在沙發上，小baby睡著了」在缺乏充足上下文的背景鋪陳之下，是不清楚的，旋先生將其與科技性文章之處理手法如出一轍，實為誤解。

4.修飾語豐富句子之分譯技巧

所謂修飾語眾多，意思是某個包含著數語意群組的長句，譯者必須善用分譯技巧，先將句子所含的所有語意群組概念作切割，再依照中文的表達模式重新架構，手法類似上述幾類副詞子句，惟修飾語增加後，譯者容易受英文表達的影響，譯出太過洋化的語言結構，屬於翻譯技巧中較高階的手法，唯有不斷練習，同時增進中、英文閱讀與熟悉其習慣自然的表達，才可以靈活運用，不受原文結構的拘束。

（a）①The Presidential Office of Republic of China （R.O.C.） nodded its agreement ／②with the "*mutual-trust and one-China policy*" proposed by People's Republic of China ／③notwithstanding the long-existing fact that R.O.C. is de facto an independent, democratic country.

直譯：① 中華民國總統府點頭同意／②由中華人民共和國所提出的「一個中國互信」原則，／③不顧中華民國是一實質的獨立、民主國家這一個長存的事實。

分譯：③儘管中華民國身為一實質主權獨立的民主國家，長久以來是不爭的事實，／②但中共堅持主張建立在互信底下的一個中國原則立場；／① 對此，我國政府亦表達了相同的態度。

（b）①I wandered along the bank by the light of a half-moon／② just setting,／③where fainting rays slipped into the narrow crevice of the barracks' dying walls.

直譯：① 我倚著漸漸西落的半輪明月，／②漫步河堤邊；／③孱弱的月光悄悄地溜進陋室斑白牆壁的縫隙中。

分譯：②半輪明月漸漸墜落，／③伴隨孱弱月光悄悄溜進陋室斑白牆壁縫隙中，倚著半輪曉月，／①我漫步河堤中。

【錯例分析】

「在茫茫人海中，我們註定要重擊彼此。兩個黑人劫車混混、充滿政治野心的檢察官與他的老婆、有個下落不明的弟弟和成天為他擔憂的老媽警察、一個罹患尿道炎的警察和他的菜鳥搭檔、非裔美籍電視製作人和他老婆、一家商店的波斯老闆、擔心治安而不斷搬家的墨西哥鎖匠、一對韓籍夫妻，在洛杉磯的36個小時之間，改變了他們的生活與命運。」（衝擊效應）

Moving at the speed of life, we are bound to collide with each other. *Two carjackers, a political ambitious DA with his wife, a cop who has a missing younger brother and a mother who is worried about him everyday, a cop has a father who has urethritis problem and his rookie cop partner, an African-American television director and his wife, a Persian store owner, a Mexican locksmith who keeps moving due to concerns of the community security, and a Korean couple;* ***<u>their living and destinies have been totally changed in Los Angeles during a 36-hour period.</u>*** （*Crash*）

——出自高雄電影圖書館2月活動節目月訊（世界翻譯社審訂）

在中文原文電影預告敘述中，將人物主角一長串的放在動作之前（改變了他們的生活與命運），雖然背景鋪陳過於冗長，但仍符合中文表達模式。然而，譯者卻將其採取直譯模式（word-by-word translation），使得英譯文頭重腳輕，違反了英文end-weighing的原則，這是一位專業譯者最先要避免的問題，官方的文宣品出現這樣品質的譯文，明顯沒有嚴格把關翻譯的品質。

可以試著將中文原文中「改變了……」這樣的主要動作置於句前，並將所有故事中的人物主角放在後面作補充說明，如此才符合英文不花太多篇幅鋪陳敘述的大原則。

八、「守時」的翻譯員——時間邏輯搭配之翻譯技巧（Time Logic）

「時間邏輯」，應該是最具有共通性（Universality）的概念，不管世界上說任何語言的人，所經歷的時間與對時間的認知都應該會是一致的。然而，較令人不解的是，與「時間邏輯搭配」相關的表達，在各處不乏類似的錯誤，從國內中學教科書、參考書到翻譯員之譯文甚至是英語相關系所碩、博士與大學教授之文章，都可輕易地發現不恰當的時間搭配表達。筆者認為，造成錯誤的主要原因，乃是因為少數寫作教學者不曾認真的先將關於時間邏輯的中文句子做完整的「分析」，以致於學習者囫圇吞棗地遵循著所謂的「公式」依樣畫葫蘆。其實，世界上的時間邏輯搭配，大致可區分為五大類如下所述（為了講述方便，本節例句將使用過去時式呈現）：

1.「同時進行」的兩個動作

兩個動作在同一時間持續進行，使用以下句型表示：

A. *While* S1 + be + V-ing, S2 + be + V-ing
B. S1+ be + V-ing *while* S2 + be + V-ing
C. *While* S1 + Vpt., S2 + Vpt.

例句（a）While I was busy cramming for the final exam, my little brother was lying on the sofa, acting like a couch potato.
（當我正在為期末考做最後衝刺的時候，我弟弟卻整個人癱在沙發上，活像隻懶惰蟲。）

（b）I listened carefully, with hot tears welling into my eyes, while she shared with me some beautiful reminiscence in her childhood.
（她與我分享孩提時期難以抹滅的片刻美好回憶，我眼中泛著淚光，靜靜聆聽著。）

（c）My first care was to close the shutters, so that no light might be seen from without, and then to close and make fast the doors. ***While I did so, he stood at the table drinking rum and eating biscuit***; and when I saw him thus engaged, I saw my convict on the marshes at his meal again. It almost seemed to me as if he must stoop down presently, to file at his leg.

——Great Expectations by Dickens, Charles

上段文字節錄自狄更斯（Charles Dikens）作品——Great Expectations（中譯：烈愛風雲／孤星血淚），劇情描寫一名女子因遇人不淑而對天下男人展開報復；一名年輕人如何從黑手學徒搖身一變成為倫敦的紳士，以及對一名冷漠女子的痴心愛戀。由上面一小段節錄文字並可看出男女主角的「愛恨交織」，黑體字所要表達的即是「兩個同時進行時間」之概念：

While I did so, he stood at the table drinking rum and eating biscuit
「在那當下（關上門及百葉窗，不讓陽光照射近來），他站在桌前，搭配小點心，喝著萊姆酒。」

例句 (d) ***Look'ee here!" he went on, taking my watch out of my pocket, and turning towards him a ring on my finger, while I recoiled from his touch as if he had been a snake,*** "a gold 'un and a beauty: that's a gentleman's, I hope! A diamond all set round with rubies; that's a gentleman's, I hope! Look at your linen; fine and beautiful! Look at your clothes; better ain't to be got! And your books too," turning his eyes round the room, "mounting up, on their shelves, by hundreds! And you read 'em; don't you? I see you'd been a reading of 'em when I come in. Ha, ha, ha! You shall read 'em to me, dear boy! And if they're in foreign languages wot I don't understand, I shall be just as proud as if I did."

—*Great Expectations* by Dickens, Charles

例（d）為同一部作品中之節錄，讀者不難發現，例（c）與例（d）在表達「同時進行」的概念時，均傾向使用「過去簡單式」表示，而不採取「過去進行式」。使用單純的過去式來表現兩個同時進行的動作，多出現於「文學式」文章或相對較長篇的文章，因此在西洋文學作品中，不難大量看到此類用法，而文學類的文章，可以把單純的兩個「同時進行」動作，表現得極為生動如下：

…he went on, taking my watch out of my pocket, and turning towards him a ring on my finger, while I recoiled from his touch as if he had been a snake…
（他一碰到我，我好像看到蛇一樣，本能似驚嚇地把手立刻抽回來，他還是繼續把我的錶從口袋中拿了出來，並把戒指戴在我的手上。）

上句中文翻譯看似好像在「手抽回」之後，才繼續「拿出手錶、戴上戒指」。中文遇到這類動作的理解時，往往需仰賴上下文才能決定原文所賦予的「真實感覺」，英文就完全不同，可以使用十分細微的「時間搭配變化」，讓讀者立刻感受到原作者所欲表達的氣氛。關於此點，以下分類有更詳細的說明，讀者了解所有的時間分類之後，便可靈活運用。

2.「先後陸續發生」、「流水帳式」時間搭配

表示先後次序發生，猶如一個人在寫日記時，單純交代一天依照時間順序所排列的事件，可以算是時間邏輯中比較單純、簡單的概念，僅用以下方式表示：

A. S + V1, V2, V3, and V4
B. S + V1, V2-ing, V3-ing, and V4-ing.
C. When/As soon as/On V-ing/ S1 + Vpt, S2 + Vpt.
D. The moment/minute/instant S1 + Vpt., S2 + V.
E. Directly/Immediately/Instantly/Once S1 + Vpt., S2 + Vpt.
F. On + V-ing, S + V

註1：V1, V2, V3 以及V4均為「動態動詞」（*dynamic verbs*）
註2：前後動作不管主詞是否為同一人，必須有連接性及相關性。

G. S1 + had no sooner Vpp. than + S2 + Vpt

H. S1 + had hardly/scarcely Vpp. when/before + S2 + Vpt.（一……就……／當……馬上就……）

I. It is not until…that S + V（直到……才……）= Not until …+ Aux. V + S

J. Just as/when S1 + V, S2 + V.（前後動作連接較為緊湊）

例句（a）When I opened the door, I found a woman lying on the ground.
（我打開門（後），（才）發現一個女人躺在地上。）

（b）When he was told by the teacher to repeat a year, he cried out immediately.
（當他被老師告知要留級一年的時候，立刻放聲大哭。）

例（a）和例（b）均是同一主詞，所表現的是兩動作的「接續概念」；但如果when前後之主詞不同，必須注意，前後動作要有「後續的當下反應」之意，不可隨意將兩個完全沒有關係的動作擺放在一起，如下例子所示：

When I left the room, my mother turned on the TV.
（錯例：我離開房間後，我媽媽打開電視。）

例句（c）***The moment she got*** the Dear-John letter from her boyfriend, ***she was beside herself*** with her eyes coming into tears immediately.
= ***On getting*** the Dear-John letter from her boyfriend, ***she was beside herself*** with her eyes coming into tears immediately.
= ***Once she got*** the Dear-John letter from her boyfriend, ***she was beside herself*** with her eyes coming into tears immediately.
（一接到男友寄出的分手信，她立刻不能自已，掉下眼淚。）

（d）The shower ***had no sooner passed*** than a beautiful rainbow ***appeared*** in the sky.
=The shower ***had scarcely passed*** than a beautiful rainbow ***appeared*** in the sky.
（陣雨一過，天空立刻掛上一道美麗的彩虹。）

（e）***Not until I saved*** enough money ***did I go*** abroad for further studies.
（一直到我存夠了錢才出國留學深造。）

（f）For a moment he staggered drunkenly. Deliberately Malbihn put two more bullets into his friend's body at close range. Even in the midst of the excitement and her terror Meriem found herself wondering at the tenacity of life which the hit man displayed. His eyes were closed, his head dropped forward upon his breast, his hands hung limply before him. Yet still he stood there upon his feet, though he reeled horribly. ***It was not until the third bullet had found its mark within his body that he lunged forward upon his face***. Then Malbihn approached him, and with an oath kicked him viciously. Then he returned once more to Meriem. Again he seized her, and at the same instant the flaps of the tent opened silently and a tall white man stood in the aperture. Neither Meriem or Malbihn saw the newcomer. The latter's back was toward him while his body hid the stranger from Meriem's eyes.

——*The Son Of Tarzan*

例（f）是艾德加萊斯波洛斯的作品，此段有對於故事中角色動作變化十分豐富的描述與揣摩，其中也使用了「先後次序」時間邏輯表達。

It was not until the third bullet had found its mark within his body that he lunged forward upon his face.
（直到被第三顆子彈擊中身體時，他才立刻朝他的臉撲過去。）

上句亦使用了「主動－被動反譯法」技巧。the bullet found its target不應譯為「子彈找到身體的目標」，而譯為「某人中彈」較為恰當。

最後，以往中學到大學的英文教師，習慣教導學生，一個句子中，第二個以後的動詞為了「修辭簡潔原則」，可以逕自改寫為動名詞（V-ing），這點說法是十分不正確的。

如前所述，動態動詞依序排列時，本身已經有「先後」排列之意，但如欲將其後所有的動詞改寫為動名詞，則需要確定，往後的動作是否與第一個動詞不管在「時間」、「因果」、「立即後續」、「間／直接影響」有關聯，如果是動詞之間的關係屬於「平行」的概念，絕對不可不求甚解，假「修辭」知名，行「套公式」之實，誤導學習者。以下示範幾個正確的例句：

例句 （a）The dog was standing in front of the dog stand with his mouth ***watering***.
（這隻狗站在熱狗攤前，嘴裡流著口水。）

（b）If the parents are stricter, ***limiting*** television time for their children, then these negative effects are avoidable.
（如果父母親可以更嚴格一點，控制小孩們看電視的時間，那麼這些不良後果是可避免的。）

3.「強調先後陸續發生」時間搭配

與上述分類類似，「強調先後陸續發生」之時間搭配均牽涉兩個在過去發生的動作，主要差別在於寫作者欲採「流水帳式」或「強調先後」的表達模式。另外，「強調先後」之搭配，也可以在「未來時間」當中。此種時間邏輯搭配，表現在以下幾種句型：

A. After S1 + had + Vpp.（先）, S2 + Vpt.（後）
B. When S1 + had + Vpp.（先）, S2 + Vpt.（後）
C. When S1 + Vpt（後）, S2 + had + Vpp.（先）
D. By +（一未來時間）（後）, S will + have V-pp.（先）

例句 （a）When ***it suddenly occurred to her*** that he ***had left the passport*** at home, she ***had been standing at the checking counter*** for more than two hours.
（當他突然驚覺出門時沒把護照帶出來時，已經在櫃檯站了超過兩個小時了。）

（b）When/After she ***had got*** all the files thoroughly checked, she ***gave*** them to the general manager.
（在她徹底把所有文件檢查過一次之後，就交給了總經理。）

(c) ***By 2010***, a well-organized plan ***will have been established***.
(在公元2010年以前，一套組織架構完整的計畫會制定完成。)

(d) His mother, Louise Bentley, the girl who ***came into*** the world on that night when Jesse ***ran through*** the fields crying to God that he be given a son, ***had grown*** to womanhood on the farm and ***had married*** young John Hardy of Wines- burg, who ***became*** a banker.
——Winesberg, Ohio by Anderson, Sherwood

例（d）是節錄自薛伍德・安德生的作品。作者使用had grown to womanhood與had married young John Hardy作為came into the world與run through the fields的「歷史背景」敘述。讀者可清楚的看出其時間先後次序。

4.「前景－背景」時間搭配

「背景動作」（background）指的是一個相對耗時較長的動作，而「前景動作」（foreground）則是在背景動作進行中所發生的一個「短動作」。此種時間邏輯搭配可以算是英語學習者、譯者甚至是教學者最容易犯錯的部分。英文在這種時間搭配的邏輯下，相較於中文，變化性較豐富，而中文因為本身結構的關係，常常需要清楚的上下文才可看出「前背景」的搭配關係。以下詳列表示「前－背景」搭配之句型：

A. When/While/As S1 + be V-ing, S2 + Vpt.
B. S1 + be V-ing, when S2 + Vpt.
C. As S1 + Vpt. S2 + Vpt.
附註：狀態（Be）亦可表示「背景動作」

例句 (a) Strike ***while*** the iron is hot.
(打鐵要趁熱。)

(b) ***While*** you are away, I will take care of everything for you.
(你不在時，我會替你打理好一切。)

(c) ***As*** the sun rose, the fog soon disappeared.
(太陽慢慢升起時，霧立刻隨之散去。)

例（c）很容易誤解為使用as連接表示「先後次第發生」的搭配，由於「太陽升起」在邏輯上來說，並非一個絕對的「動態動作」，「升起與否」的標準無從定論，在此，rose是指太陽升起了緩慢動作，而在這過程中（the sun is rising），突然霧氣散去，天空佈滿晨間的曙光。

例句 (d) Last night ***when*** I was taking a shower, a strong earthquake suddenly took place.
(昨晚我在洗澡時，突然發生一陣強烈地震。)

例（d）使用when連接「進行式」，功能等同於while或As，坊間參考書歸納的公式——「when只接簡單式／while接進行式」的說法是完全不正確的，這樣的誤解所造成的錯誤充斥在各類文章中。

例句 (e) **ALONSO**. What, all so soon asleep! I wish mine eyes
Would, with themselves, shut up my thoughts; I find
They are inclin'd to do so.
SEBASTIAN. Please you, sir,
Do not omit the heavy offer of it:
It seldom visits sorrow; when it doth,
It is a comforter.
ANTONIO. ***We two, my lord,***
Will guard your person while you take your rest,
And watch your safety.
ALONSO. Thank you-wondrous heavy!

——*Tempest* by Shakespeare, William

例（e）節錄自莎士比亞的一部喜劇——《暴風雨》（The Tempest），可以清楚的看到，在莎翁時代，時間邏輯也不可能與現在有所差別。

We will guard your person while you take your rest.

此例仍然是採用「前－背景」搭配，只不過把這樣的時間邏輯從「現在」擴展到「未來」。由於while後面使用的是「簡單式」（take rest），具有「一般狀況」之意，例外，從while可知，這個動作屬於「在不久外來，耗時稍微較短的單一事件」，請比較下列各句：

比較：① I will guard your person ***when/whenever*** you take your rest.
② I will guard your person ***while*** you take your rest.
③ I will guard your person ***while*** your are taking your rest.

① 句用when/whenever加上「簡單式」，清楚的表示其為「一般狀況」，而②句類似①，主要差別在於when改寫成while，while所帶出的時間通常有「稍縱即逝」、「耗時較短」的引涵意義，因此將take rest的動作時量縮短了。至於③，使用進行式，則表示「不久的未來即將會發生的一個較短動作」。

例句 (f) Nobody spoke for a minute; then Meg said in an altered tone, "You know the reason Mother proposed not having any presents this Christmas was because it is going to be a hard winter for everyone; ***and she thinks we ought not to spend money for pleasure, when our men are suffering so in the army***. We can't do much, but we can make our little sacrifices, and ought to do it gladly. But I am afraid I don't." And Meg shook her head, as she thought regretfully of all the pretty things she wanted.

——*Little Women* by Alcott, Louisa May

上段節錄自經典小說《小婦人》（Little Women），our men are suffering so in the army這個「背景動作」搭配了should not spend money這個「前景動作」。值得讀者注意的是，when後面所接的是一個「進行式」（suffering），國內許多升學「名師」所歸納出的解題公式——「when只接簡單式」的說法，不攻自破。

例句（g）My girlfriend and I enjoy going window-shopping on Sundays.） When （ever）/If we are hungry, we grab something to eat.
（我跟我女朋友喜歡星期天逛街。每一次逛到肚子餓了，我們就會隨便買東西吃。）

例（g）的背景是When/Whenever所帶出的一個大範圍（每當……），前景是短短的一個動作（買東西吃）。由此可見，「前－背景」的時間搭配用法使用十分頻繁。

5.「兩個幾乎同時發生」的時間搭配

除了上述四種常見之時間邏輯搭配之外，「兩個幾乎同時發生」的時間搭配，會給讀者一種強烈的「驚喜」或是「驚慌」的感受，通常用於偵探小說、警匪片，或是其他需要營造緊張、懸疑氣氛的文章中，算是活化文章一種不可或缺的元素。另外，以下兩種句型中，以be on the verge of在文學作品中較為常見。

A. S1 + be on the point/verge of V-ing when S2 + Vpt./had + Vpp.

B. S1 + be about to VR when S2 + Vpt./had + Vpp.

例句（a）I was about to tell you the secret when he came into my room.
（就在我要告訴你這個秘密時，這時候他就進來了。）

（b）It had begun to seem to them that events were trying to prove that they were impotent. These little battles had evidently endeavored to demonstrate that the men could not fight well. ***When on the verge of submission to these opinions, the small duel had showed them that the proportions were not impossible, and by it they had revenged themselves upon their misgivings and upon the foe.***

——*The Red Badge of Courage* by Crane, Stephen

（c）Mimi was greatly distressed when she saw her cousin lying prone. ***She had a few times in her life seen Lilla on the verge of fainting***, but never senseless; and now she was frightened. She threw herself on her knees beside Lilla, and tried, by rubbing her hands and other measures commonly known, to restore her. But all her efforts were unavailing. Lilla still lay white and senseless. In fact, each moment she looked worse; her breast, that had been heaving with the stress, became still, and the pallor of her face grew like marble.

——*The Lair of the White Worm* by Stoker, Bram

（d）“Oh, I don't mind his being wicked: he's all the better for that; and as for disliking him--I shouldn't greatly object to being Lady Ashby of Ashby Park, if I must marry. But if I could be always young, I would be always single. ***I should like to enjoy myself thoroughly, and coquet with all the world, till I am on the verge of being called an old maid***; and then, to escape the infamy of that, after having made ten thousand conquests, to break all their hearts save one, by marrying some high-born, rich, indulgent husband, whom, on the other hand, fifty ladies were dying to have.”

——*Agnes Grey* by Bronte, Anne

（e）"What the hell are you up to?" he was demanding.

I had strayed forward where the sailors were painting, and I came to myself to find my advancing foot on the verge of overturning a paint-pot.

"Sleep-walking, sunstroke,--what?" he barked.

"No; indigestion," I retorted, and continued my walk as if nothing untoward had occurred.

——*The Sea Wolf* by London, Jack

講述至此，讀者應該對時間搭配邏輯有完整的概念了。不過，這些看似簡單的概念，卻也是錯誤分析中的常客，以下筆者列出幾處平日教學所觀察到的錯誤分析，令人驚訝的是，這些錯誤例子的作者，均為補教名師或是大學外文系教師，似乎間接證明了，語言的學習跟邏輯有很大的關聯，跟一個人的「博士學位」沒什麼太大的關係。

【錯例一】

When you phoned me last night, I was planning to watch a baseball game.

（原譯：當你昨晚打電話給我的時候，我正計畫看球賽。）

——出自何誠《考試王》

這是非常離譜的錯誤，作者欲使用「前－背景」時間搭配，不過，和短動作的前景「電話突然響了」搭配的背景的長時間動作居然是「正計畫去看棒球節目」，文法看似正確，不過，背影動作明顯不合邏輯，中文所說的「正在計畫」真正的意思為「正打算去」，因此這兩的動作應該是屬於「幾乎同時發生」的搭配，造成此種錯誤的原因乃是因為寫作者沒有仔細分析過中文句子的真正意思，這也是許多初學翻譯者常常犯的錯誤。正確的譯法應該為：

When you phoned me last night, I was about to watch a baseball game.

（昨晚當我接到你電話時，我原本正（計畫）要去（開電視）看棒球節目。）

【錯例二】

I listened carefully while he was reading the article.

（原譯：他讀文章時，我聽得很仔細。）

——出自何誠《考試王》

錯例二仍然使用「前－背景」搭配，不過，稍微有一點中文語感的學習者應該可以馬上反應，「聽得很仔細」不可能是一個在「讀文章」進行中的「瞬間動作」。「他（正在）讀文章」時，我不也「（正在）認真聽」嗎？這明顯是兩個同時進行的長動作，可以有以下幾種修改方式：

① I listened carefully while he read the article.

（他讀文章時，我聽得很仔細。）

② I tried to catch the point while he was reading the article.

（他唸文章時，我試圖從中找出重點。）

將listened carefully（仔細聽）縮小為一個動作範圍較小的tried to catch…（試圖……），讓整句的「前－背景」搭配更有邏輯。必須注意的是，這種關於「前－背景」之間的「大小」、「輕重」關係的理解能力，是決定一個人能否寫出最正確句子的關鍵。請看下例進一步比較分析：

比較 劣：When I was in Japan, I went to eat sushi.
（我在日本時，我去吃壽司。）

優：When I was in Japan, I went to eat sushi many times.
（我在日本的時候，常常去吃壽司。）

猶如戲劇演出，背景與前景比例必須嚴格掌控拿捏，才不至於出現「頭重腳輕」的狀況。如果一場戲劇演出的背景是氣勢磅礡的山水畫，前景演出的卻是三公分長的「螞蟻雄兵」，這場戲明顯失焦。語言邏輯何嘗不是如此，當使用中文「我在日本時，我去吃壽司」描述時，天生的語感會告訴我們，這樣的搭配不合常理，因為「在日本」這麼大的背景，如果搭配「去吃壽司」這種無厘頭的短小描述，會讓整個畫面不協調，加上次數增加動作的「時量」即可解決問題，讓前背景平衡。

【錯例三】

（a）I went out for a walk, when I met him.
（原譯：我出去散步，正好碰見他。）

（b）He was on the verge of losing his temper with his wife, when she uttered a cry.
（原譯：他正要對妻子發脾氣，她忽然大喊一聲。）

（c）The conflict began, when it soon appeared which was the stronger of the two.
（戰鬥開始不久，雙方之間誰強誰弱，也就清楚了。）

——出自黃邦傑《新編譯藝壇》

上述三個例句均出自中國大陸黃邦傑先生《新編譯藝壇》一書內容，這種關於when真正用法的錯誤，似乎已經在臺灣英文學習者中根深蒂固，第一個句子使用when連接上兩個動態動詞（dynamic verbs）——met（碰見）及went out（出門），邏輯上屬於「先後次序發生」的排列，而這種「先後陸續發生」的兩個動作也都必須要是「後續動作」或「立即反應」之關係，例一中，met（碰見）先發生，went out（出門）後發生，倒因為果。黃邦傑先生認為，when在此作為「對立連詞」（equivalent conjunction）功能，意為「就在那時候……」，這是誤解。

簡單的說，when（當……）倘若作為類似「表時間的關係代名詞」時，其「先行詞」必須是一個「特定的時間」，不可以只是一個「概念」或「動作」，這一點長久以來為華語人口誤解。而在黃邦傑先生的以上三例中，when不管當成「關係代名詞」或是「等立連詞」，都不符合邏輯。我想最主要的原因是因為英文的「前－背景搭配」句子，when的位置較中文彈性（中文習慣鋪陳敘述，因此when不放在「結果動作」，而是放在「背景敘述」），而華語人口遇到英文將when置於「瞬間發生前景動作」字句之前時，容易讓人誤解為「突然間……／忽然……」這種強烈的瞬間語氣。

請看以下例句示範when當關係代名詞時的正確使用：

（a）The annual board meeting will be postponed to ***next week*, *when*** the president will be able to attend.
（年度股東會議延後至下個禮拜，屆時總裁將可撥出時間親自出席。）

（b）There were ***times when*** I didn't know what to do.
（有些時候我不知道該怎麼辦才好。）

（c）Four years ago, when I was a freshman in college, the 921 earthquake struck Taiwan, killing more than a thousand victims.
（四年前，當我還是大學新鮮人時，九二一大地震侵襲臺灣，帶走超過千條無辜的生命。）

【錯例四】

如前所述，在英文學習的領域，往往跟「博士學位」沒有什麼太大的關係，就算是擁有外文系博士學位的大學教師，能寫出正確的時間子句的人也寥寥無幾，以下幾個錯例出自於某位淡江大學英語教學博士的博士論文——「主題探索式課程對成人英文寫作學習者的影響（The Effects of Implementing Theme Cycles on Adult EFL Writers）」感謝函（acknowledgment）之文句，寫作或翻譯如果無法先駕馭自己的母語，寫出十分離譜的句子是常有的事。

（a）…To my advisor, I'm particularly appreciative of her unfailing faith in me as I chose this topic, prepared the proposal, conducted the research and wrote the dissertation.

說明 例（a）中，as的用法令人摸不著頭緒。作「由於……」解釋，不符合前後文邏輯：如果視其為「當……」時間邏輯用法，原句意為「當我選擇這一個主題、準備大綱發表、做研究到最後從事博士論文的寫作之後，我特別感謝教授對我的信心。」，仍然是毫無意義的句子。

（b）Dr. Loewe helped me in my research ***when*** I visited Michigan again in 1999.

說明 例（b）是「前－背景」用法，visited（拜訪）雖然表面上是「瞬間、非持續性的動詞」，但其真正意思類似stayed（停留），屬於持續性的「長時間動作」。就像有人告訴你：「我去年拜訪北京的時候，……」意指「到北京訪問（那一段時間）」，沒有人會有這方面理解上的問題。
原作者犯了一個「前背景比例失調」的錯誤，「拜訪密西根」（visited Michigan）這麼大的背景搭配了「幫忙我」helped這樣簡單微小的前景，是不妥的。可改寫為：
Dr. Loewe helped a lot in my research when I went back to Michigan again in 1999.
(1999年我再度回到密西根時，Loewe教授幫了我不少忙。)

（c）Dr. Kowal ***took*** my vague ideas seriously at the very beginning of this study, ***read*** clearly very early drafts and ***inspired*** me with constant encouragement.

說明 例（c）中，作者將三個動態動詞使用過去時式依序排列（took, read, and inspired），屬於「可接受」的基本用法，仔細分析，這四個動作其中均有關聯性，如果使用分詞表示，會更生動，符合修辭原則：

Dr. Kowal ***took*** my vague ideas seriously at the very beginning of this study, ***reading*** clearly very early drafts and ***inspiring*** me with constant encouragement.

【錯例五】

盧員外正在解庫廳前坐著，看著那班主管收解，只聽得街上喧鬧……

——出自《水滸》第六十一回

"Master Lu ***was sitting*** in the pawnshop and ***watching*** the superintendents ***taking in*** the securities, ***when he heard*** a hubbub of voices in the street."

——黃邦傑之譯文

黃邦傑先生的譯文有幾點嚴重的誤解。首先，「解庫廳前坐著」與「看著」使用and連接顯得平淡無奇，無法精確的感受兩個動作之間的關係。第二，when當作其所稱的「對等連詞」毫無根據。最後，中文的「只聽得街上喧鬧」明顯是一種「持續的狀態」，而非黃先生使用when連接的heard a hubbub of voices（聽到一陣喧鬧聲）這樣的短動作。三個動作基本上都處於「平行的持續狀態」，如果將其硬生生的壓縮為一句，使人摸不著頭緒。可以試著將第三個動作斷句敘述：

"Master Lu ***was sitting*** in the pawnshop, ***watching*** the superintendents ***taking in*** the collaterals. The street was bustling with the hubbub of sounds. "

最後，我們再來檢視朱學恆先生所翻譯《魔戒》一書中，較嚴重的翻譯缺失。

（1）譯者要有時間概念（Time Logic）

It was begun soon after The Hobbit was written and before its publication in 1973.

在筆者開始撰寫《魔戒前傳》時，以及該書於一九七三年出版前，這樣的演化就已經開始。

——出自朱學恆《魔戒》譯本

上句明顯時間錯置，原文時間順序依次為The Hobbit was written, It was begun soon, its publication，譯者對於英文動詞之抽象性無法全盤掌握，動態動詞所代表的意義為「動作發生」，文中使用after「強調」時間的先後順序，則必須忠實譯出。可以修改如下：

在《魔戒前傳》完成不久之後以及該書在一九七三年付梓之前，這樣的演化立刻揭開序幕。

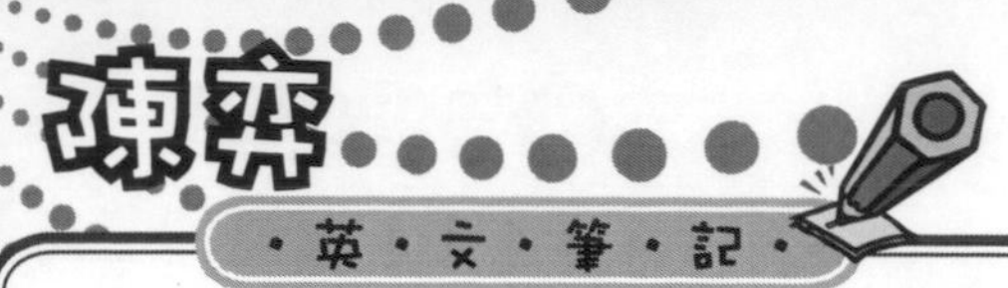

(2) 譯者不可自創故事(Avoid Over-Translation)

I had little hope that other people would be interested in this work, especially since it was primarily linguistic in inspiration and was begun in order to provide the necessary background of 'history' for Elvish tongues.

筆者並不認為這能夠引起其他人多大的注意。而且，筆者當初是基於對語言學的個人嗜好，才會想要鋪陳和設計精靈語言的歷史背景。

——出自朱學恆《魔戒》譯本

上例譯文有四項錯誤。首先，I had little hope…表達的是委婉的口吻，譯者將其譯為「我不認為」太過武斷；再者，it was primarily linguistic in inspiration 譯為「對語言學的個人嗜好」以及 was begun in order to provide the necessary background of 'history' for Elvish tongues譯為「才會想要鋪陳和設計精靈語言的歷史背景」都屬於作者自我的揣測與過度翻譯，試問，精靈語言是作者「設計」的嗎？linguistics雖意為「語言學」，但此處不應生硬譯出，否則顯得文不對題，建議修改如下：

我不奢望這部作品能夠引起多少人的共鳴，尤其該書之誕生乃源於語言上之啟發，進而想要替讀者提供關於精靈語言的背景。

The discovery of the significance of these glimpses and of their relation to the ancient histories revealed the Third AGE and its culmination in the War of the Ring.

這些歷史的浮光掠影，讓讀者漸漸進入第三紀元的世界，並且進而得知魔戒聖戰的來龍去脈。

——出自朱學恆《魔戒》譯本

上例完全不知所云，屬於「過度翻譯」最嚴重的範例，譯者在必要時的確可以適度地加入自己的概念翻譯，但不可擅自曲解原文，建議修改如下：

這些歷史的浮光掠影，揭開了第三紀元的序幕以及聖戰的高潮。

九、英文比較句型(Comparison)

「比較邏輯」題型是GMAT修辭考得最多的一類。旨在測驗考生對比較的對象、動作的邏輯判斷。考生必須熟記某些慣用的比較句型，尤其是某些華語人口所不熟悉的特定常考句型，另外，處理這類題目更需要「語意」上的幫助，才能使用邏輯思考正確判斷句子間的「可比性」。台灣傳統文法教學材料，在這方面的教學均流於「過度規律」，而實際在使用上，句子中具可比性的成分往往不如印象中之規律。總括地說，ETS在這部分所要測驗的項目有以下幾類：

① 基本的比較型態，包含平等比較、差距比較以及最高級比較，屬於傳統文法教學部分，大部分考生只要不被陷阱重重的長句嚇倒，都可以正確無誤地解答。

② 倍數比較。
③ 慣用句型比較。
④ 倒裝之比較。
⑤ 比較句構中語意邏輯之判斷，這又包含了「時間概念邏輯」與「空間概念邏輯」。
⑥ As與Like之區別。

1.倍數的比較方式

A. A twice/…times as many/much as B

例句 In 1980, the United States exported twice as much of its national output of goods as it did in 1970.

B. A twice/…times greater/less than B

例句 (a) Once positioned in space, the Hubble Space Telescope will capture light from sources twenty times fainter than those that can be detected by ground-based instruments.

(b) I am resolved to smoke ten times less than before.
= I am resolved to smoke one-tenth as much as before.

C. A twice/…times the size of B

D. A twice/…times what it is/was in B

例句 In the 1980's, the rate of increase of the minority population of the United States was nearly twice it was in the 1970's.

E. A double/triple/quadruple/quintuple/sextuple/septuple/octuple/increase/decrease (by … %)

例句 (a) The number of the undergraduate degrees in engineering awarded by colleges and universities in the United States more than doubled from 1978 to 1985.

(b) A Labor Department study states that the number of women employed outside the home increased by more than thirty-five percent in the past decade and accounted for more than sixty-two percent of the global growth in the civilian work force.

F. Sb. be …% more/less likely to (do) sth. than to (do) sth.

G. A …times as great again (as) B

例句 The 921 earthquake is one third as great again as the 1906 San Francisco earthquake.

2.慣用比較句型

A. more because…than because…

例句 Two new studies indicate that many people become obese more because their bodies burn calories too slowly than because they eat too much.

B. The more/less…, the more/less…（注意順序會顛倒）

此種結構在GMAT修辭考題中，由於形式明顯，可以算是「送分題」！

例句 （a）A body weights less the further it gets from the surface of the earth.
=The further the body gets from the earth, the less it weights.

（b）The taller the bamboo grows, the lower it bends.

C. A not so/as much as B（與其說A, 倒不如說B）

A not so much in …as in…

A not so much a…as a…

A not so much that S + V as/but that S + V

A not so adj. as to VR（沒有……到哪去）

=A not such a… as to VR

A can't so much as VR（連……都不會）

=A can't even VR

without so much as（without之加強語氣）

D. A at least as great as B

= A as great as or greater than B

= A as great as B, if not more so

例句 （a）The use of chemical pesticide in this country is as extensive as it was ten years ago, if not more so.

（b）The visiting pharmacologists concluded that the present amalgam of Chinese and Western medicine is probably as good as, or better than, any other system that may be devised for the patients treated at the National Taiwan University hospital in Taipei.

（c）Wind resistance created by opening windows while driving results in a fuel penalty at least as great as that incurred by using air conditioning.

E. A no more than…（A 不超過……）

A no more…than B（A與B一樣都不……）

A no less…than B（A與B都一樣……）

3.比較之對等概念

比較對等概念應該算是所有英語學習者都具有的常識，同樣性質的東西才具有可比性（動詞與動詞；名詞與名詞；介係詞與介係詞；副詞與副詞等）。然而，在GMAT考試中，句子結構的判讀性往往無法立即辨識，被比較的事物不見得會「對稱」的出現在相同的位置，GMAT的考題中，處理比較性的題型時，考生必須鉅細靡遺地比較前後句子所具有的「相同內容」，進而決定需要被比較之事物。例如，兩句子的介係詞片語位置可能分別在句首與句末，如果考生無法立即找出其「相對性」，則很容易被題目所設下的陷阱所影響。以下先列出一般用來比較的片語，接著再示範GMAT比較性之題型，最後則介紹幾種比較難纏的陷阱。

（1）常見之比較方式

A. Of/Between 兩者, A is the better.（比較級）
Of/Among 三者以上, A is the best.（最高級）
（兩者使用比較級；三者以上則用最高級。）

例句 Of all the possible disasters that threaten American agriculture, the possibility of an adverse change in climate is probably the most difficult to analyze.

B.（Un）Like A, B…（比較A和B本身）

例句 （a）Like many self-taught artists, Perle Hessing did not begin to paint until she was well into middle age.

（b）Unlike the honeybee, the yellow jacket can sting repeatedly without dying and carries a potent venom that can cause intense pain.

C.（UN） Like that/those of A, B's…（比較A和B的特性）
N1 of N2,（un）like that/those of N3, …（N2和N3之特性比較）

例句 （a）While Jackie Robinson was a Brooklyn Dodger, his courage in the face of physical threats and verbal attacks was not unlike that of Rosa Parks, who refused to move to the back of a bus in Montgomery, Alabama.

（b）Like Auden's, James Merrill's language is chatty, arch, and conversational-given to complex syntactic flights as well as to prosaic free-verse strolls.

D. Just as A, so B…（A 和B一樣……）　（*連接的為「句子」，非「名詞」。）

例句 Just as plant species native to regions with browsing mammals evolved many natural anti-browser defenses (such as sharp spins and toxic chemicals), so humans in malarial regions have evolved dozens of chemical defense against malaria.

E. A as…as B（A和B一樣……）　（*前面不可以加修飾語如nearly, almost…）

例句（a）A migraine typically afflicts one side of the head, lasts for hours or days, and may recur as infrequently as once every other month or as often as daily.

（b）Carbon-14 dating reveals that the megalithic monuments in Brittany are nearly 2,000 years older than any of their supposed Mediterranean predecessors.
（此處如果寫成nearly 2,000 years as old as……則不正確。）

F. A more…than B/A…more than B（A比B還……）

G. In contrast to（with）A, B…/Contrary to A, B…（A和B相異）

例句 In contrast to large steel plants that take iron ore through all the steps needed to produce several different kinds of steel, small mills, by processing steel scrap into a specialized group of products, have been able to put capital into new technology and remain economically viable.

H. S prefer A to B/S would rather A than B（寧願A不願B）

I. A....while/whereas B...（A和B兩句子情況之陳述）

J. Compared to A, B...（把B比喻成A）
Compared with A, B...（拿A和B比較）

例句 The metabolic rate of sharks is low compared with the rates of most other fishes.

K. A, similar to B, ...（A和B類似）（注意：Similar to 不可放在句首。）

L. A rather than B V…
S + V1. rather than VR（永遠接原形動詞）

（2）比較句構之「可比性」與「對稱性」

（A）動詞比較動詞

（a）The mistakes [children make in learning to speak] tell linguists more about how children learn language than do the correct forms [they use] .

（b）[In the United States], trade unions encountered far more intense opposition in their struggle for social legitimacy than did the organized labor movements [of most other democratic nations] .

精闢解析

第一句中，考生必須先找到the mistakes與the correct forms之對應性，再將括號中影響判斷之不必要成分去掉，即可反應、可比較的為「動作」（tell和do），動詞的比較均用助動詞代替，避免累贅。第二句中，考生也必須先判斷出trade unions與the organized labor movements為相對的主詞，才能比較動作，注意在GMAT中，這種「對應性的判斷」往往都需要「語意」幫助，不若以往簡單句構十分對稱的架構（例如John對Mary；outside對inside）。

(B) 主詞比較主詞

In 1982 the median income for married-couple families with a wage-earning wife was $ 9,000 more than that of families in which only one husband was employed.

(C) 不定詞比較不定詞

During the 1980s it became clear that for environmentalists who sought financial aid, it was far more efficient to solicit private funds than to go to state or federal agencies.

精闢解析

同上，考生必須先判斷出for married-couple families with a wage-earning wife與of families in which only one husband was employed為對等的成分（語意對等大於形式對等），才能知道被比較的是the median income，相同的事物在不同背景下之比較使用代名詞that即可。

(D) 介詞片語比較介詞片語

Once positioned in space, the Hubble Space Telescope will capture light from sources twenty times fainter than those that can be detected by ground-based instruments.

精闢解析

看出了相對應的部分後（the Hubble Space Telescope與ground-based instruments屬工具對應／will capture light與can be detected之動作對應），即可立即正確無誤地判斷出需要被拿來比較的是sources，相同的事物使用those替代即可。

(E) 所有格比較所有格

Ranked as one of the most important of Europe's young playwrights, Franz Xaver Kroetz has written forty plays; his works [-translated into over thirty languages-] are produced more often than those of any other contemporary dramatists.

精闢解析

比較級more than之前使用了所有格his（Franz's） works，後面理當使用相對結構的other contemporary dramatists' works。但此種結構太過囉唆、累贅，因此使用…of…結構變換，使其比較意味達到之外，更顯得簡潔，這是GMAT出題的特色，務必注意！

(F) 受詞比較受詞

Neanderthals had a vocal tract resembling an ape's (vocal tract) and so were probably without language, a shortcoming that may explain why they were supplanted by our own species.

精闢解析

上例拿猿猴（ape）與尼安德塔人（Neanderthals）的聲帶（vocal tract）比較（resemble）。其實更好的寫法是：Neanderthals had a vocal tract that resembled/resembling that of the apes。但此句是OG第十版167題篩選出的「最佳答案」，因此也算是可以接受的寫法（退而求其次的寫法）。

筆者在教授托福閱讀的課程時，在朗文（Longman）所出版的模擬試題中發現了下面這個句子：

Casts [made of Neanderthal brains by archaeologists] show little difference in size from those [of modern man].

照字面結構分析，casts應該和後面的代名詞those （casts）比較。但是這裡產生了一個很大的問題。如果作者想要比較的是「用尼安德塔人腦做的模子」（Casts made of Neanderthals）與用人腦做的模子，那至少也應該寫成…from those （made） of modern man brains才算清楚。此句會讓讀者誤解，以為those對應前句的brains；modern man對應Neanderthal，然而以比較句型來說，是完全不合理的。連知名出版社朗文都會出現這樣的烏龍，更遑論等待求知的學子們，我想比較句構的複雜性，是美國ETS機構使其在GMAT佔了極大比重的最主要原因！各位考生不得不小心應付分析此類問題。

（G）虛擬主詞（Dummy Subject）、時式比較比較

A recent national study of the public schools shows that there is now one microcomputer for every thirty-two pupils, four times as many as there were four years ago.

精闢解析

上例使用倍數比較句型…times as many as…，由兩句的時式運用對應來看，there is（now）比較的是there were （four years ago）。

（H）受詞與主詞比較

According to a study by the Carnegie Foundation for the Advancement of Teaching, companies in the United States are providing job training and general education for nearly eight million people, about as many as are enrolled in the nation's four-year colleges and universities.

精闢解析

句中不同位置的成分，倘若有「可比性」之事物，亦可以拿來做比較。上例中，兩句比較的部分均為「人的數量」，只是分別居於「受詞」與「主詞」位置而已。而後句are enrolled in…其前又省略了those，很容易造成混淆，不過只要釐清兩句的關係，就不會造成太大的困難。

(3) 其他題型及注意事項

(A) 名詞對等之後，往往會忽略掉其後作修飾功能的介係詞片語或子句。

例句 Wind resistance [created by opening winds while driving] results in a fuel penalty at least as great as that [incurred by using air conditioning] .

(B) 如果比較的是「動作」，此時不可單純使用一名詞代替之。

例句 Although fruit can no longer grow once it is picked, it continues for some times to respire, taking in oxygen and giving carbon dioxide,

(a) just as human do when they breathe.(優)

(b) just as the breathing of human beings.(劣)

(c) just as the way human beings breathe.(劣)

(C) 比較的less than/more than可以放在動詞之後修飾動作，當作「插入句」使用。此種句型為GMAT考試中的陷阱題之一。

例句 Because natural gas is composed mostly of methane, a simple hydrocarbon, vehicles [powered by natural gas] emit less of certain pollutants than those [burning gasoline or diesel fuel] .

= Because natural gas is composed mostly of methane, a simple hydrocarbon, vehicles [powered by natural gas] emit certain pollutants less than those [burning gasoline or diesel fuel] .

(D) 承上，as…as…亦會在句子中出現，造成判斷上的混淆。必須注意被分開後的as…adj. N as…結構，其前後比較的事物在「表面型態」上不會對等，而是採取「概念對等」的模式出現。

例句 The books of W. E. B. DuBois before World War I constituted as fundamental a challenge to the accepted ideas of race relations as, two generations later, would be true of the writings of the radical writers of the 1960's.

= The books of W. E. B. DuBois before World War I constituted a challenge to the accepted ideas of race relations as fundamental as would be true of the writings of the radical writers of the 1960's.

精闢解析

上例句子在GMAT修辭題型中比較容易誤判的部分。as fundamental as…修飾的應為challenge，因此原句將其放在a challenge之後，而句後拿來比較的的…as would be true of the writings of the radical writers of the 1960's所指涉的是challenge，由於此句沒有使用that來代替前面出現過的challenge，考生常在此類題型中慘遭滑鐵盧。

例句 Although many whites, [nothing the presence of some blacks in the middle class], think [that the time for enforcing civil rights measures is past] , Blacks generally are aware [that average-income and unemployment figure show as wide a radical discrepancy as ever] .

= Although many whites, [nothing the presence of some blacks in the middle class] , think [that the time for enforcing civil rights measures is past] , Blacks generally are aware [that average-income and unemployment figure show a radical discrepancy as wide as ever] .

精闢解析

as adj. as ever本來應該當成「慣用片語」看待使用（亦即不需要以對等的角度去衡量句子），但GMAT的修辭考題中，亦會將此「慣用」性質的片語拆開使用，故意造成混淆，考生務必小心！

（E）比較句構中所謂的「對等」，不只是「形式上的對等」，也可以是「語意上的對等」。

例句 Domestic automobile manufacturers have invested millions of dollars in research to develop cars even more gasoline-efficient than those at present on the road.

精闢解析

cars與those at present on the road對應，句構上稍嫌複雜，亦為常誤判的重點之一。

（F）時態不一致之「對等」。此種題型需要用到「語義」概念來解題。屬於GMAT修辭考題中的難題。

例句 Inflation has made many Americans reevaluate their assumptions about the future; they still expect to live better than their parents did, but not so well as they once thought they could.

聰明的讀者想必對上例「動詞比較」未倒裝感到疑惑。比較好的方法應為...to live better than did their parents，然而倒裝屬於「修辭層面」，沒有倒裝的句子亦不算不正確。

The U.S. government did more things than did any other government.

比較需要小心的問題是倒裝後的「時態不一致之動詞比較」。這類題目則稍微加深了難度。

The quantities of rare gases threaten to warm the earth more than will carbon dioxide during the next 50 years.

後面的during the next 50 years影響了比較動詞之時態。考生容易混淆的是，threaten to warm the earth這個動作，沒有任何「相對應的時間副詞」。

Never before had taxpayers confronted as many challenges at once as they confronted in the Tax Reform Act of 1986.

同上，先將其倒裝還原再行判斷。

Taxpayers had never confronted as many challenges [at once] as they confronted [in the Tax Reform Act of 1986] .

改寫之後，明顯地，拿來比較的是「兩個不同時間點的動詞比較」。

（G）不需太認真比較的「慣用比較」。

這一類結構被當作慣用語使用，不需要考慮被比較前後形體或意念上的「對等」，考生只要熟悉，不難解題。

A. later than it's usual = later than usual 比往年晚了

B. than usual/before/ever/necessary/estimated/thought/anticipated

C. sooner or later 早晚

D. prior to

E. junior/senior to

F. superior/inferior to

G. at most/least/best

H. not…in the least

I. be the last man to…

= not at all

J. might/may as well to… 不妨……

K. Just as well as ＋表原因子句

L. second to none 不亞於任何人

M. Last and anything but least 最後但非最重要的一點

= Last but not least

N. borders on the impossible

O. What's worse/more,…

P. much less = let alone = not to mention

Q. more often than not 時常

R. as likely as not 很有可能

S. far be it from me to VR… 我絕對不是要……

例句 （a）The amount of paper that will be recycled this year is expected to be greater than ever.

（b）The report on the gross national product-the nation's total production of goods and services-showed that second-quarter inflation was somewhat lower than previously estimated and that the savings rate was slightly higher.

（G）藏在子句中且比較對象難以判斷之句構。考生必須具有極佳的子句判斷能力或比較概念之外的文法能力，才能正確無誤地判斷解答，此類題型是GMAT的陷阱題。

Salt deposits and moisture threaten to destroy the Mohenjo-Karo excavation in Pakistan, the site of an ancient civilizations [that flourished at the same time as the civilizations in the Nile delta and the river valleys of the Tigris and Euphrates] .

精闢解析

上句結構在GMAT修辭考題中屬於較複雜的高階題型。比較句型at the same time as所要連接的兩個「比較事物」模糊不清。考生要先明白前面的關代that所修飾的是N1 of N2 中的哪一個，這決定考生選擇後面被比較的選項，屬於進階的複雜難題。簡單的說，在美式英文中，that在這樣的句構裡修飾的是N2（an ancient civilization），拿來跟它比較的，當然也會是同性質的事物（the civilizations in the Nile delta and the valleys of the Tigris and Euphrates）。

Chicago, which had industrial growth [in the nineteenth century] more rapid than that of other American cities, was plagued by labor troubles like the Pullman Strikes of 1894.

精闢解析

關代which代替Chicago，與子句內的other American cities對應，可馬上判斷比較範圍僅止於子句之內，因此表示年代的介係詞片語in the nineteenth century屬於混淆元素，試圖讓其與句子後面的1894相對，如果可以看得出這項關係與陷阱，則可知道rapid（形容詞）是在比較兩類城市的industrial growth，比較不同主角之相同元素用代名詞that即可。

此句可簡化如下：

Chicago had industrial growth more rapid than that （= industrial growth） of other American cities.

A large rise [in the number of housing starts] in the coming year should boost new construction dollars [by several billion dollars] , making the construction industry's economic health much more robust than it was five years ago.

精闢解析

此句需要用到「分詞構句」概念，making為前面動作boost的後續影響，因此，比較的範圍為整句，不侷限於V-ing子句之內。考生必須將in the coming year與five years ago表時間的介係詞片語對應上，因此，被比較的robust則自然指的是前面的economic health。不同年代的相同狀態比較則用be動詞替代即可。

（I）動作後的介係詞片語中的比較句型不回溯至動作，而是在介係詞片語中完成比較的動作，而「不同時空背景中相同的事物省略」是常常造成誤判的陷阱。

例句 Although Napoleon's army entered Russia [with far more supplies than for any previous campaign, it had provisions for over twenty-four days] .

精闢解析

上例中，比較之動作在介係詞片語with…中完成。more than比較的是supplies，但後面的supplies被省略掉了（supplies for any previous campaign）。

（J）倒裝句中的比較句型

有時候，比較句構會合併倒裝句型考題出現，此時考生更需要縝密的判斷能力。困難之處為修飾的語義判斷，換句話說，倒裝句型本身就已經不容易立即分辨其意，加入比較概念之後，則往往需要「語意」幫助考生釐清句子中具有「比較性」的成分。值得一提的是，在倒裝比較中，倘若有時式概念，也常常會出現時式不一致之比較，試分析下例。

Nowhere in Prakta is the influence of modern European architecture as apparent as it is in its government building.

精闢解析

倘若此類題目造成考生判讀上的困難，建議先將其倒裝還原，再行判斷。上例屬於「地方副詞語倒裝」，屬於「完全倒裝一類」。

The influence of modern European architecture is nowhere in Prakta as apparent as it is in its government building.

還原之後，則可明白拿來比較的是兩組「狀態」。

It is nowhere in Prakta as apparent as it is nowhere in its government building.

（K）特殊句型及陷阱題型

GMAT常常會不定期地出現一些「不符合常理」的例外題，通常想要在語法改錯（sentence correction）一項拿到滿分，實屬不易。以下介紹三種在全真考題中出現過的三類「陷阱題」。

As many as are here will receive coupons.
（來了多少人，就送多少優惠券吧！）

精闢解析

上例中，as many as明顯當成主詞，後面接上了一個複數動詞are。照翻譯字面上看來，as many as譯為「不管有多少人……」。其實，As many as是As many as （those who） are here，省略掉those who，這種文體在現今的英文中很不常見，是十九世紀時代寫作常見之文體。ETS在這方面出題實屬吹毛求疵，考生僅需要了解即可，毋須鑽牛角尖，浪費時間研讀這類「不正常的英文」。

例題

More concrete and glass structures were constructed in the decade of 1960's *__as any other did__*.

A. as any other did

B. than in any other

C. as any other
D. than any other period
E. than in any other period

精闢解析

More無法修飾concrete and glass structures，轉而修飾時間副詞in the decade of 1960s，因此(B)為正解，屬於高難度題型。

（4）As與Like之區別

As與Like在比較概念之區別，之所以獨立講解，乃由於市面上所有關於GMAT修辭語法改錯解題著作，鮮少對其清楚明白地交代清楚。傳統文法書籍均將兩者區分為當作「介係詞」及「連接詞」時之分類。但在GMAT考試時，通常沒有多餘的心力去考慮文法的層面，筆者將其「規則化」，並搭配文句「語意」之幫助，期能立即解決考生在這方面的疑惑。

A. Like A, B…

只能連接名詞，不可接句子，意為「像／類似……一樣」。當被比較的兩者在「處境、特質」類似，或是「作出類似但不相同的動作」時使用。也可以說是「比喻」用法。

B. As is A, B…

此種用法與第一類「Like」一樣，不過be動詞is只能在比較兩者之「特性」時使用，可以說是like用法的一種。

C. As + N1, N2…

As加上名詞時，解釋為「當作／作為……」。意思是前後身分一致。

D. As + Aux. N1…

和Like（做類似的不同事件）不同的是，此種結構是表示「做同樣的一件事情」。

【請看以下OG第10版部分例題解說】

例 1 More than thirty years ago Dr. Barbara McClintock, the Nobel Prize winner, reported that genes can “jump,” **as pearls moving mysteriously from one necklace to another**.

（A）as pearls moving mysteriously from one necklace to another
（B）like pearls moving mysteriously from one necklace to another
（C）as pearls do that move mysteriously from one necklace to others
（D）like pearls do that move mysteriously from one necklace to others
（E）as do pearls that move mysteriously from one necklace to some other one

上例拿基因（genes）與珍珠（pearls）都會做出類似「跳」的動作來「比喻」。因此，（B）選項的like為最佳的選項。（A）的as意為「作為／身為……」，與（C）、（E）「完全一致動作」的比較，均與文句中的「比喻」意味不符合。

例2 Proponents of artificial intelligence say they will be able to make computers that can understand English and other human languages, recognize objects, and reason **as an expert does—computers that will be used to diagnose equipment breakdowns, deciding whether to authorize a loan, or other purposes such as these.**

（A）as an expert does—computers that will be used to diagnose equipment breakdowns, deciding whether to authorize a loan, or other purposes such as these
（B）as an expert does, which may be used for purposes such as diagnosing equipment breakdowns or deciding whether to authorize a loan
（C）like an expert—computers that will be used for such purposes as diagnosing equipment breakdowns or deciding whether to authorize a loan
（D）like an expert, the use of which would be for purposes like the diagnosis of equipment breakdowns or the decision whether or not a loan should be authorized
（E）like an expert, to be used to diagnose equipment breakdowns, deciding whether to authorize a loan or not, or the like

上句分析完ETS作為陷阱的子句成分，可以得出兩個句子：

①computers recognize objects 及②computers reason兩個動作。

而第一句的「比喻」，使用形容詞子句「暗示」其與「人類了解語言」的「比喻」（to make computers that can understand English and other human languages）；第二句的reason（邏輯思辨能力）理當就跟「專家」做比喻。如果可以不被題目中囉唆的陷阱影響判斷出這樣的比較邏輯，即可輕易地選出like這種「比喻」。

十、假設語氣（Subjunctive Mood）

Juliet
O Romeo, Romeo! wherefore art thou Romeo?
Deny thy father and refuse thy name;
Or, if thou wilt not, be but sworn my love,
And I'll no longer be a Capulet.

茱麗葉
羅密歐啊，羅密歐！為什麼你偏偏是羅密歐呢？
否認你的父親，拋棄你的姓名吧；
也許你不願意這樣做，那麼只要你宣誓做我的愛人，
我也不願再姓凱普萊特了。

——出自*Romeo & Juliet*羅密歐與茱麗葉

Life is indeed valuable; even higher is the price of love;
If for the sake of liberty, both can be sacrificed.
（生命誠可貴，愛情價更高，若為自由故，兩者皆可拋。）

——*Romain Rolland*（羅曼‧羅蘭）

英文主要有三大語氣：直述語氣（Indicative Mood）、祈使語氣 （Imperative Mood）及假設語氣 （Subjunctive Mood）。直述語氣意即一般常見表達的陳述句子；祈使語氣則是省略主詞、用來表示「請求」、「命令」、「建議」、「勸告」等含意之句子；而假設語氣則較為複雜。由於前兩種語氣類別對初階以上的讀者不會造成任何學習上的困難，本章將把重點放置在假設語氣的處理跟學習層面上。傳統市售的文法教學書籍在處理假設語氣的時候，大部分均只列出三、四個十分類似的公式，將所有的條件句（conditionals）粗略的區分成三大類：1.與現在事實相反、2.與過去事實相反及3.與未來事實相反。這樣的處理模式明顯地無法涵蓋所有真實情況中的條件句。筆者認為，學習假設語氣有三個程度不同的等級區分如下：

【解題三大層面】

測驗題：傳統文法教學 ➔ 公式學習。
翻譯：語言邏輯問題 ➔ 思考。
寫作：語言邏輯問題 ➔ 思考。

以測驗題為升學考試主軸的台灣，僅能牽涉到假設語氣解題的第一個層面——公式化學習。然而，語言是活的，所有的假設情況絕對不能僅用三、四個固定公式就能夠完全處理，牽涉到翻譯或寫作的層面，屬於比較高層次的學習，這時候就必須仰賴讀者個人的語言邏輯能力，而非單向公式化的解題技巧，進入主題之前，請讀者自行揣測底下幾個關於假設語氣的問題，看看是否能夠運用傳統的公式化學習一一解決，並利用解答先自我測驗一下！

疑慮一：If I was taller, I'd like to be a super model. 這個句子正確嗎？如何翻譯？

疑慮二：If Venus Williams lost the tournament tomorrow, she would feel down in the dumps and cry.
這個句子正確嗎？如何翻譯？

疑慮三：If I had been you, I'd marry him. 這個句子正確嗎？

疑慮四：If you passed TOEFL next week, you could probably begin academic studies in the following quarter. 正確嗎？如何翻譯？

疑慮五：「萬一明天大學聯考失利了，我該怎麼辦？」
「萬一明天大學聯考失利了，我就請客。」
這兩句中文的英文翻譯各為何？有什麼異同之處呢？

解答 (a) 正確。譯為「如果我再長高一點，我想當超級名模。」
(b) 正確。萬一大威廉斯「不幸」輸掉了這場錦標賽，她會很難過嚎啕大哭。

（c）不正確。

（d）如果你下個月「真的可以」考過托福，那你下個學期就可以開始唸書了。

（e）If I should fail the TOEFL test tomorrow, what should I do?
If I failed the TOEFL test tomorrow, I'd shout you.

上面五個問題，都是使用傳統公式學習無法解決的句子，大部分屬於較高層次的寫作或翻譯層面，由於英語教學在台灣仍以考試為導向，大部分的英文教師或是英文參考書均用公式解題，西洋文法學家在假設語氣的分類上不盡相同，可見假設語氣的概念並不是僅僅使用公式就能輕鬆解決得了的。

如Azar在這方面的處理較簡略，跟台灣市售文法書籍中的說法沒有太大的差異，比較適合初階學習者吸收，但不免流於過度簡化；而Stephen H. Thewlis所著*Grammar Dimensions-Form, Meaning, and Use*一套四本書中，將條件句分為四大類別：*Factual Conditionals*（「事實」條件句）、*Predictive Conditionals*（「預測」條件句）、*Inferential Conditionals*（「推論」條件句）、*Hypothetical Conditionals*（「假設」條件句）。

這樣的分類法跟筆者的概念十分吻合，筆者認為由這三個概念切入條件句的學習，可以充分讓讀者發揮語言邏輯的運用，因此在本章中，筆者將以Thewlis的概念作為編寫主軸。另外，由於此章概念較抽象，筆者引用Thewlis文法書中多處的整理表格，並加以修改，幫助讀者釐清觀念。

1.事實條件句（Factual Conditionals）

事實條件句（factual conditionals）主要用來表現一般的因果關係（general cause-and-effect relationship），通常在if-子句（if-clause）或then子句（then-clause） 中均使用相同的時態；在事實條件句中可以使用「當-when」或「每當-whenever」替代「如果-if」而不改變句意。另外，許多聖賢、名人所說出的雋語，被後人當成是「金科玉律」，也可以算是一種表現真理的事實條件句。

（1）普遍性的「推論」、「真理」及「必然性互動關係」（generic relationships and timeless truths）

（a）If a glass of water is exposed to air, it vaporizes/will begin to evaporate.
（如果你把一杯水放在空氣中，水（將）會蒸發。）

（b）If vinegar is added to baking soda, CO^2 is produced.
（把醋加進小蘇打裡會產生二氧化碳。）
——THEWLIS

（c）If water reaches its boiling point, it changes into steam.
（水沸騰後會變成水蒸氣。）

（d）If you add three to eleven, you get/will get fourteen.
（3加11等於14。）

（e）A wise man never loses anything if he has himself.
（聰明的人只要能掌握自己，便什麼也不會失去。）
——NIETZSCHE（尼采）

（f）Nothing is beneath you if it is in the direction of you life.
（只要符合你的人生方向，什麼樣的工作都不低下。）
——RALPH. W. EMERSON（愛默生）

（g）If thou dost ill, the joy fades, not the pains; if well, the pain doth fade, the joy remains.
（你若作惡，消失的是快樂而非痛苦；你若行善，消失的是痛苦，而快樂依舊。）
——BENJAMIN FRANKLIN（班潔明・富蘭克林）

（h）If a jewel falls into the mire, it remains as precious as before; and though dust should ascend to heaven, its former worthlessness will not be altered.
（寶石即使落在泥潭裏，仍是一樣可貴；塵土縱然揚到天上，還是沒有價值。）
——JABER （賈比爾）

(2) 「習慣」和「重複發生事件」（habitual and recurrent situations）

（a）（My boyfriend and I always go window shopping on Sundays.） If we feel hungry, we go to a café for coffee and sandwiches.
（我跟我男友都會在禮拜天去逛街。）
如果我們逛累了，就去咖啡廳喝個咖啡、享用三明治。

（b）If I go to work by bus, it takes about an hour and a half, but when I drive, I can get there in 40 minutes.
（如果我搭公車上班，要一個半小時；但如果是開車的話，40分鐘就可以到達。）

2.推論條件句（Inferential Conditionals）

推論條件句（inferential conditionals）以一般文法書的分類，應是屬於「與未來事實相反」中可能性大於50%的一類。也有某些書籍將之歸類為表客觀之「中立假設」。「假設條件句」是所有條件句中，最容易為讀者混淆的一個觀念，因為升學考試系統底下的題型均只引導學生遵循公式：

A. If + S + V-s…, S + can/will/may/shall/must VR
B. 祈使句

當然，這樣的公式絕對無法造出最正確、最合乎原始語意的句子。

「推論條件句」的確是一種「中立假設」。不過這樣的中立假設，其時間指涉不僅可以推及未來，甚至可以假設「過去」。換言之，過去某件令人不確定的事情，亦可使用「中立假設」。這樣的說法跟傳統文法教學的觀念不盡相同，以下筆者將引用Thewlis對其之定義：

> **With inferential conditionals, there is no strict parallelism of tense. This is because we use conditional to make a present or past inference. The result clause often contains an inferential modal such as must.**
> **（假設條件句中，在時態上並無嚴格之限制。這是因為我們通常使用「條件句」去引導一個「現在」或是「過去」的推論。結果子句當中通常會包含一個表推論的情態助動詞如must。）**

從Thewlis的定義中可明顯的看出來，我們可以很彈性的用過去的事件去假設現在／過去的情況；同樣地，亦可用現在的事件去推論現在／過去的情況，不僅過去式可以使用，連現在進行式（表未來及現在這一刻）、完成式均可使用。推論的條件句十分活潑生動，在這一類別中表現地淋漓盡致。

➲ 推論條件句

事件、情況（Condition）	推論結果（Inferred Results）
現在時間：	現在／過去推論：
If the machine ***is*** out of order,	1. the naughty kids ***must have done*** it. (past) 2. we ***need to have*** the mechanic fix it. (present)
If you ***have finished*** your daily chore,	you ***can leave***. (present)
If you ***are looking for*** your baggage, （現在進行式指涉現在這一刻時間）	you ***can/will get it back*** by referring to the Lost and Found Service. / you ***have to/must refer*** to the Lost and Found Service.(present)
If you ***are coming to*** our potluck party, （現在進行式指涉未來時間）	you ***must/have to bring*** a dish. (present)
過去時間：	現在／過去推論：
If Mrs. Baker ***missed*** the train,	she ***won't*** be able to be here before the symposium begins. (future)
If Christina ***was*** at the board meeting,	1. why ***didn't*** I see her? (past) 2. she probably ***knows*** about the new policy. (present)

（a）If the jewelry is missing, someone must have broken into the building.
（如果珠寶遺失了，一定是有人闖入大樓。）

（b）If Sandra was born in Norway, she is still eligible to have a Norwegian passport.
（如果珊卓在挪威出生，那她應該有資格擁有挪威的護照。）

（c）If someone is always being hard to you, you can warn him.
（如果有人老是找你麻煩，你可以警告他。）

（d）If you don't get a gas, you've done the experiment incorrectly.
（如果沒有氣體產生，你的實驗就應該是做錯了。）

——THEWLIS

(e) If you're using a non free program, you've given up your freedom; your freedom's been taken away by the owner of the software, who has power to control what you can do.
（若你使用一個非自由軟體，你就是在放棄自己的自由，你的自由已被軟體的所有者拿走，而他有控制你所作所為的力量。）

——出自Linux Soft與Richard Stallman訪談

(f) If you do what you should not, you must hear what you would not.
（如果做了不應做之事，必然會聽見不願聽之語。）

——BENJAMIN FRANKLIN（班傑明・富蘭克林）

(g) "If man is not to stifle human feelings, he must practice kindness toward animals, for he who is cruel to animals becomes hard also in his dealings with men. We can judge the heart of man by his treatment of animals."
（如果人類不壓抑自己的七情六慾的話，那麼他應該會以愛心善待動物；因為對動物殘忍的人，對待人類也一定不會好到哪裡去。我們可以從一個人對待動物的方式來斷定他的心地好不好。）

——IMMANUEL KANT（康德）

(h) If you want to understand today, you have to search yesterday.
（想要懂得今天，就必須研究昨天。）

——PEARL BUCK（賽珍珠）

(i) If you can look into the seed of time, And say which grain will grow and which will not, Speak then to me, who neither beg nor fear, Your favors nor your hate.
（假若你能卜知將來，預測這粒種子會發芽而那粒不會，那就請鐵口直斷，我是既不畏凶，也不祈吉。）

——MACBETH（馬克白）

(j) If you do not learn to think when you are young, you may never learn.
（如果你年輕時不學會思考，那就永遠不會。）

——EDISON（愛迪生）

(k) Dare and the world always yields. If it beats you sometimes, dare it again and again and it will succumb.
（大膽挑戰，世界總會讓步。如果有時候你被它打敗了，不斷地挑戰，它總會屈服的。）

—— THACKERAY（薩克雷）

3.預測條件句（Predictive Conditionals）

預測條件句（predictive conditionals）通常在if-子句（if-clause）裡使用現在簡單式（simple present tense），而在結果子句（result clause）中則多使用標明未來時間的情態助動詞（future modals），而不同的情態助動詞之使用表示肯定語氣的程度，讀者可以參閱下表，使用適當的情態助動詞來指涉事件發生的可能性。

➲ 未來預測（future predictions）中情態助動詞（modals）之涵義

	隱含意義（Implied Meaning）
If you do the laundry for me, I ***will*** pay you $ 100.	如果假設情況實現，結果**必定**會發生。
If you do the laundry for me, I ***may*** pay you $ 100.	如果假設情況實現，結果**可能會／可能不會**發生。
If you do the laundry for me, I ***might*** pay you $ 100.	結果**不太可能**會發生。

➲ 預測條件句

情況（Condition）	預測結果（Predicted Results）
If I win the lottery,	I ***will shout*** you.
If the tennis tournament is called off,	Veins ***will be*** disappointed.（將會失望）
If Hans loses the game,	he ***may feel*** upset.（可能感到沮喪）
If Steve finishes the job by the end of June,	he ***might get*** a plenty of bonus this year.（或許能得到大筆紅利獎金）

（a）If Frans is able to get three free tickets, we'll definitely go to the concert.
（如果法蘭斯可以拿到三張免費票，我們就可以去聽演唱會了。）

（b）If winter comes, can spring be far behind?
（冬天來了，春天還會遠嗎？）
——P. B. SHELLEY（雪萊）

4.假設條件句（Hypothetical Conditionals）

假設條件句（hypothetical conditionals）在時態上使用「過去時式（Past tense forms）」，所謂過去時式包含了「過去式（simple past tense）」以及「過去完成式（past perfect tense）」。不管使用哪一種，假設條件句所有的情況跟結果都是假設性的（hypothetical）、發生可能性不大的（not possible）。形式上來講，在假設條件句中，動詞雖然都用過去式，但是其所指涉的時間框架卻是：1.現在的情況（present condition）、2.未來的情況（future conditions）以及3.過去的情況（past conditions）三種。另一方面，從功能上來討論，使用假設條件句則有 1.與現在事實相反、2.與過去事實相反、3.與未來事實相反（完全虛擬假設）、4. 可能性不大的未來（說話者認為不太可能發生的未來）以及5.委婉、不肯定的推論條件句（語氣較不肯定的一種「中立假設」）五種功能。這個部分由於牽涉功能較多，容易混淆，因此筆者試著將其複雜性使用表格整理，以清楚地闡述正確的用法。

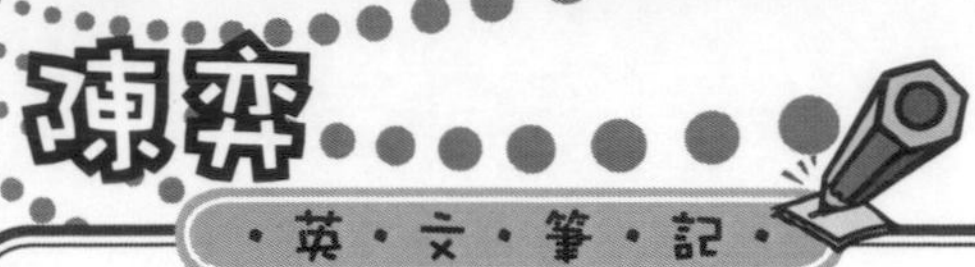

➲ 使用過去式動詞之假設條件句

型式：If + S1 + V-ed…, S2 + would／could／might／should + VR.

例句 If I were you, I wouldn't do that.（如果我是你，我不會那樣做。）

現在情況（present conditions）	現在、未來結果（present／future results）
1. 與現在事實相反 （a）If I ***were/was*** richer, （were完全虛擬／was部分虛擬） （b）If I ***didn't have to work***, （c）If I ***were*** in your shoes, （d）If it ***were not for/Were it not for*** your help,	 （a）I ***would buy*** pay the down payment by myself. （b）I ***would travel*** all around the world. （c）I ***could not stand*** such a white lie. （d）I ***would*** die.
2.委婉、不肯定的「推論條件句」 （a）If this project ***could be carried out***, ➔If this project ***can be carried out***, （b）If Melissa ***took*** the earliest plane, ➔If Melissa ***takes*** the earliest plane, （c）If we ***contributed*** one billion dollars, ➔If we ***contribute*** one billion dollars,	 （a）we ***could earn*** more than $ 1,000,000. ➔we ***can earn*** more than $ 1,000,000. （b）she ***could get there*** in time. ➔she ***will get there*** in time. （c）we ***could have*** that big company annexed. ➔we ***can have*** that big company annexed.
未來情況（future conditions）	**現在、未來結果（present／future results）**
3. 與未來事實相反 （a）If the sun ***were to rise*** in the west,	 （a）the end of the world ***would be*** just around the corner.
4.說者認為可能性不大的未來 （a）If David Beckham ***lost*** the game, （b）If James Sung ***won*** the presidential election,	 （a）his fans ***would be*** down in the dumps. （b）Taiwan ***would be*** about to be eaten up by China.

➲ 直接、禮貌表達／間接表達

十分直接／禮貌性較低 Very Direct／Less Polite	較間接／禮貌性較高 Less Direct／More Polite
The studio apartment will be much more comfy if the air-conditioner is on.	The studio apartment would be much more comfy if the air-conditioner was on.
If you have time, can you have my sedan served？	If you had time, could you have my sedan served？
I won't check out that latest flick because I have to cover my co-worker's graveyard shift tonight.	I would not check out that latest flick because I had to cover my co-worker's graveyard shift tonight.

➲ 使用過去完成式之假設條件句

型式一：If + S1 + *had* + *PP*., S2 + *should*／*would*／*could*／*might* + *have* + *PP*

例句 If I had arrived at the station earlier, I wouldn't have missed the last train.
（如果我早點到車站，就不會錯過末班車。）

型式二：If + S1 + *had* + *PP*. , S2 + *would*／*could*／*might* + *VR*（＋表未來的時間副詞）

例句 If I had been informed that you were alright in the fender-bender, I wouldn't be so worried now.
（如果我早被告知你在那場小車禍中安然無恙，我現在就不會一直擔心了。）

過去假設情況（past hypothetical conditions）	過去假設結果（past results）
（a）If Yves ***had been*** at Professor Johnson's lecture,	he ***would have taken*** very complete notes. he ***wouldn't have minded*** Xeroxing a few copies for those who played hooky.
	現在、未來假設結果（present／future results）
（b）If I ***hadn't salted away*** all money last two years,	we ***wouldn't be able to take*** a trip to Japan next summer break.（表「未來」）
（c）If William the Conqueror ***hadn't invaded*** England in 1066,	the English language ***would probably have*** fewer words of French origin.（表「現在」） ──THEWLIS

★考試重點

在假設條件句中，英語學習者往往只記得第一個公式，但考試卻常出現第二組公式的考題。此處使用「推論時間指涉」來教導讀者判斷應該使用哪一種時態做結果推論，不需要強記公式。簡言之，如果結果子句（result clause）或主要子句（main clause）的時間副詞（time adverb）為「現在」或「未來」時間，則僅使用should／would／could／might + VR（原形動詞）即可。

（a）Many a man's reputation would not know his character if they met on the street.
（許多人的名聲如果在街上遇到自己的品德會互相不認識。）
──*E. HUBBARD*（哈伯德）

（b）If there were less sympathy in the world, there would be less trouble in the world.
（如果世界上少一些同情，世界上也就會少一些麻煩。）
──*O. WILDE*（王爾德）

（c）If we had no winter, the spring would not be so pleasant; if we did not sometimes taste of adversity, prosperity would not be so welcome.
（如果沒有冬天，春天不會如此怡人；如果不偶爾遭逢不幸，幸福就不會如此甜蜜。）
──*ANNE BRADSTREET*（安妮・布拉德斯特里特）

（d）As long as the world shall last there will be wrongs, and if no man rebelled, those wrongs would last forever.
（只要世界還存在，就會有錯誤，如果沒有人反叛，這些錯誤將永遠存在下去。）
——*C. DARROW*（達羅）

（e）SEAN：So, if I ***asked*** you about art, you***'d probably give*** me the skinny on every art book ever written. Michelangelo. You know a lot about him: life's work, political aspirations, him and the Pope, sexual orientation, the whole works, right? But I bet you can't tell me what it smells like in the Sistine Chapel. You've never actually stood there and looked up at that beautiful ceiling…seen that. If I ***ask*** you about women, you***'ll probably give*** me a syllabus of your personal favorites. You may have even been laid a few times…
（尚恩：所以問你藝術，你可能會提出藝術書籍中的粗淺論調，有關米開朗基羅，你知道很多，他的政治抱負、他和教皇……性向，所有作品，對嗎？但你不知道西斯汀教堂的氣味，你從沒站在那兒觀賞過天花板，我看過。如果我問關於女人的事，你八成會說出個人偏好的謬論，你可能上過幾次床……。）
——*GOOD WILL HUNTING*（心靈捕手）

5.其它條件句（Other Conditionals）

（1）Should （萬一）

如果在if子句中使用should（萬一），代表所述說的事情發生的機率很小，或者說話者認為不太有發生的可能性。聰明的讀者可能會意識到，上述「假設條件句（hypothetical conditionals）」中，如果使用「過去式動詞指涉未來」，意謂著說話者本身認為這件尚未發生的事件不太有可能會成真。例如：If I passed the TOEFL next week, I would continue to cram for GRE before the deadline of the application to University of Texas at Austin.（如果我下禮拜真的可以考過托福，那我要趕在德州大學奧斯汀分校申請截止之前趕快繼續去補習GRE考試。），說這一句話的人自己也不肯定或沒有把握自己可以通過托福門檻。這兩種用法十分類似，大部分時候可以代換使用，但是讀者應該不難發現，中文中有「萬一」的句子，並不一定全部都是屬於不會發生或發生機率極為渺茫的情況。舉本章開頭測驗兩個句子做說明：

疑慮五：「萬一明天大學聯考失利了，我該怎麼辦？」
「萬一明天大學聯考失利了，我就請客。」

這兩個句子都有「萬一」，但明顯地，第一句的語氣並無法聽出來「聯考失利」是一件發生機率極小的事件，反之，如果要表達第二句中「聯考失利」是說話者認為不太可能發生的感覺，那麼使用「假設條件句」似乎較能表現出欲表現的語氣。

比較 (a) If you should lose your shirt, you can ask each of us chip in, or you can try brown-bagging it for the time being.
（萬一你輸個精光，那你就叫大家資助你一點，或者你要開始暫時包便當了。）
➔（這個「萬一」其實還是有帶點「中立」的意味。）

(b) If you lost your shirt, you could ask each of us chip in, or you would try brown-bagging it for the time being.
（萬一你輸個精光，那你就叫大家資助你一點，或者你就要開始暫時包便當了。）
➔（這個「萬一」代表說話者認為他不可能「輸光光」。）

(c) If you should/Should you meet him, tell him to give me a ring.
（萬一你遇到他，叫他給我一通電話。）

(2) Will（表「意願」／未來的「將」）

will如果都使用在if子句（if-clause）及主要子句（main clause），可以表現出兩種功能：

1.表達意願
2.表示未來的情形

這兩種用法在市售文法書籍中鮮少有人深入探討，因此讀者在生活中遇見這樣的條件句十分容易混淆。

(a) I'll clean if you'll do the errands.
（如果你「願意」跑腿，我就「願意」負責打掃。）
——*STUDIO CLASSROOM*（空中英語教室）

(b) If you will need me to pull strings for you, you will have to pay under the table first and don't forget my commission.
（如果你「有需要」我動用關係幫你關說，那你自己「就得先送」一點紅包，還有可別忘了我的佣金啊！）

(c) If a man will begin with certainties, he shall end in doubts, but if he will be content to begin with doubts, he shall end in certainties.
（一個人如果從肯定入手，必定以疑問告終；如果他樂於從疑問入手，則必定以肯定告終。）

6.其它常見用於假設陳述之動詞（Other Common Verbs Used with Hypothetical Statements）

（1） I wish （that）、How I wish、Would （that）、O that/Oh, that、If only

上列動詞意為「多麼希望……」，其後接假設語氣。可以對「現在」、「過去」或「未來」表示一種無法成真實現之願望。

(1) **與現在事實相反**：V-ed、were、could + VR。

(2) **與過去事實相反**：had + PP、could have + PP。

(3) **與未來事實相反**：should／would／could／might + VR。

例句 （a）How I wish my check hadn't bounced.
（多希望我的支票沒有跳票。）
➔（早跳票啦！）

（b）Would that money grew on trees.
（多希望錢長在樹上呀！）
➔（做白日夢！）

（c）O that you could come.
（真希望妳可以來。）
➔（她不能去）

（2）as if/as though

意為「好像……」，可以使用「陳述語氣」或者「假設語氣」。使用「陳述語氣」時，代表一種猜測；反之則代表一種虛擬的狀況，使用方法視句意情況而定。

例句 （a）Those Chinese immigrants look as if/as though they ***don't know*** our ten-second rule.
（那群中國移民看起來好像不知道我們的十秒法則。）
➔（我猜的）

（b）Those Chinese immigrants look as if/as though they ***didn't know*** our ten-second rule.
（那群中國移民看起來好像不知道我們的十秒法則。）
➔（其實他們知道）

（3）suppose、what if、pretend、imagine

以上均有「假如、倘若……」之意。代表一種想像、假設的虛擬狀態。其中「suppose」跟「what if」亦可以使用「陳述語氣」，使用過去時態語氣則顯得較弱，較不肯定。

例句 （a）Let's imagine/pretend that we ***had*** a villa.
（想像／假裝我們有一棟別墅。）

（b）Suppose we ***went*** to Hawaii next winter vacation. How much do you think we would spend besides the expenses of tickets?
（假設我們寒假去夏威夷渡假，你覺得除了機票外我們還要負擔多少錢啊？）
➔（語氣較不肯定或表虛擬假設狀況）

（c）Hey bro, just stop flipping the channels！What if it ***becomes*** out of order.
（老兄！拜託電視不要一直轉個不停！假如它壞了怎麼辦阿？）
➔（語氣較肯定）

（d）We've tried our best to cut those unnecessary daily expenses. But what if we still ***found*** ourselves caught short next month.
（我們已經盡所能的節省開銷了。但倘若下個月我們還是一樣捉襟見肘該怎麼辦啊？）
➔（語氣較委婉、不確定）

（4）but that/but for/without

這組具有虛擬語氣的字，意思為「如果沒有……」，考試常考，因為其時態的選擇常常容易使人混淆。

型式一：But that + S1 + V-s, S2 + should／would／could／might + VR.
＝Were it not for…／If it were not for…

例句 But that she ***helps*** us, we ***would be*** at a loss.
（如果不是她幫忙，我們一定會不知所措。）

型式二：But that + S1 + V-ed, S2 + should／would／could／might + have PP.
＝Had it not been for…／If it had not been for…

例句 But that we ***crossed*** the Rubicon by grounding ourselves, cramming for the entrance exams, we ***wouldn't have gotten admission*** from National Kaohsiung Normal University.
（如果不是我們破釜沉舟，把自己禁足起來準備考試，我們現在哪有辦法考進高師大？）

型式三：But for/Without/Were it not for + N, S + should／would／could／might + VR.

例句 But for / Without / Were it not for ***your love***, I ***couldn't survive***.
（沒有你的愛我活不下去。）

型式四：But for/Had it not been for + N, S + should／would／could／might + have PP.

例句 But for the ***water rationing***, we ***could have wasted water down the drain***.
（如果不是有限水的話，我們一定會把水浪費光光。）

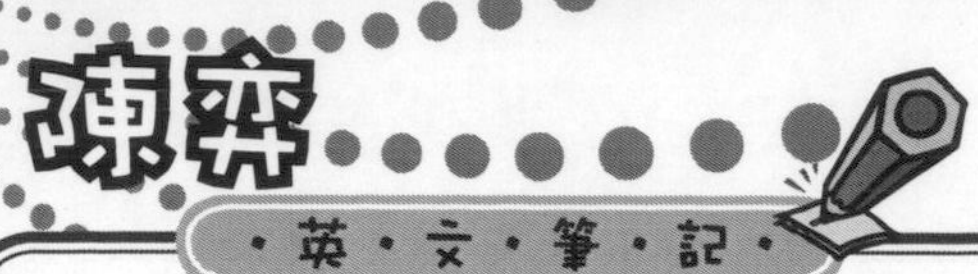

(5) It is high time/It is about time/It is almost time

It is time...（早該……）亦是考試常考題型，有三種表達方式：

型式一：It is time for + S + to + V.R….

例句 It is about time ***for you to take a rest*** and relax.
（該是你喘口氣放鬆的時候了。）

型式二：It is time （that） *S + should + V.R….*

例句 It is high time that ***we should start*** carrying out our scheme.
（早該是我們實現計畫的時候了。）

型式三：It is time （that） *S + V-ed….*

例句 It is almost time that ***we cleaned*** our room.
（我們早就該整理一下房間了。）

(6) as it is/as it was/as it were

as it is跟as it was意思為「情況就是如此……，有時候會有抱怨的意思。as it were 則表示「可以這麼比喻／可以這麼說……」。

例句 (a) He was a sort of Chinese Edison, ***as it were***.
（我們可以這麼說，他是中國的愛迪生。）
➔（可能他很愛發明東西。）

(b) Stop brushing me off. The situation is worse enough, ***as it is***.
（不要再敷衍我了。情況已經夠糟了。）
➔（拜託你別再製造麻煩。）

(7) otherwise

otherwise不只可以當「不然……」使用，亦可當作假設語氣用法。

例句 (a) Stay tuned, <u>otherwise</u> you'***ll miss something interesting***.
（不要轉台，不然你會錯過一些好料的。）

(b) I am so busy, <u>otherwise</u> I ***would*** go.
= If I were not so busy, I would go.
（我好忙喔！如果不是這樣的話，我是一定會去的。）

(c) He studied very hard; <u>otherwise</u> he ***would have failed*** the comprehensive test.
= If he had not studied very hard, he would have failed the comprehensive test.
（他很用功，否則他資格考鐵定不會過的。）

（8）would rather

S + would rather A than B＝S + prefer A to B（寧願A而不願B／喜歡A更甚於B）是最標準的用法，在would rather之後加上原形動詞，但是如果前後主詞不同時，would rather後面則必須接上一個「過去式動詞」。

例句（a）I would rather stay home than go window shopping.
（我寧願待在家也不要出門逛街。）

（b）① Can I go play basketball after school, Mom？
（媽，我放學後可以去打籃球嗎？）
② I'd rather you finished your assignment first.
（我希望你先把你的作業完成再說。）

（9）always were/always did prefer

always were的意思為「總是如此……」；always did prefer則為「老是喜歡……」， 有抱怨或是加強語氣之功用。

例句（a）You always did prefer horror movies.
（妳怎麼老是愛看恐怖片。）

（b）You always were a freak who is not easy to please.
（妳老是愛當難搞的怪胎。）

（10）to hear/to see…

例句（a）To hear him talk, you would feel that he was your Dad.
（聽他講話，你會以為他是你老子。）

（b）To see the way he behaves, you'd think that he was a go-go boy.
（看他的動作，你會以為他是個舞男。）

（11）if be/if need be/whatever be…

較嚴肅口吻，可以在較正式的法律文件中或詩詞、詩歌中發現其蹤跡。

例句 The murderers, whatever be their reasons for killing, will be beheaded.
不管這些謀殺者有什麼理由，一律砍頭。

（12）be that as it may（**就算是真的**）／Be + S + ever so + adj.（**不管多麼的…**）

例句 （a）She is your mother, be she ever so stingy.
她不管多摳門，終究還是你媽呀。

（b）It is rumored that Victoria is a two-timer, having an extra marital affair with Yves. Be that as it may, her lovely husband, David Beckham, still loves her for good.
謠傳維多利亞劈腿，跟葉夫搞婚外情。就算這是真的，她老公貝克漢一樣永遠愛她。

（13）Long live Taiwan （**台灣萬歲**）

跟上述類似的還有Perish the thought（別想了）、God bless you（願主保佑你）、May you live happy（願你活得愉快）等等。大部分文法書作者都將之歸類為「祈使語氣」一類。

7.Mandative Subjunctive（**擬設語氣**）

Mandative Subjunctive有人將之譯為「擬請語氣」，不過筆者倒是鮮少在其他文法書中看見此名詞的中譯。Mandative Subjunctive主要使用三種類似的句型，搭配具有「**提議**」、「**主張**」、「**要求**」、「**命令**」等字，依句型不同而選擇使用「名詞」或「動詞」。如果使用「形容詞」則選擇具有「**必須**」、「**最好**」、「**強制**」、「**迫切**」意義的字。必須注意的一點是：Mandative Subjunctive的使用語氣較嚴肅、正式，一般無關緊要的陳述不需要用到。Mandative Subjunctive為考試常考題型之一，考試重點著重在其後的動詞前面可省略「should」，因此無論主詞為何，動詞均使用原形（V.R.）。

句型一：It is + ADJ（主張意義形容詞）+ that + *S* +（*should*）+ *V.R.*….

例句 （a）It is <u>*advisable*</u> that you ***(should) go to*** the writing center to sharpen your writing skills before applying to Harvard University.
（在你申請哈佛大學之前，我建議你先到寫作中心磨練一下技巧。）

（b）It is <u>*obligatory*</u> that every man ***(should) finish*** their military service.
（每個男人都有服兵役的義務。）

➲ **具「主張」意義等形容詞**

必　須	最　好	強　制	迫　切
· necessary（必須的） · essential（必要的） · imperative（必要） · important（重要的） · vital（重要的） · crucial（關鍵的） · resolved（斷然的）	· Desirable（所欲的） · Advisable（不錯的） · Preferred（較想的） · Better（較好的）	· Obligatory（義務） · Mandatory（強制）	· Urgent（迫切的） · Proper（適當的） · Natural（自然的） · Strange（奇怪的） · Anxious（擔憂）

句型二：S + V + that + *S* + （*should*） + *V.R*⋯.

例句 （a）I move that this plan ***(should) be*** carried out ahead of the scheduled time.
（我提議這個計畫必須按原定計畫之前進行。）

（b）The chairperson of PFP (People First Party), James Sung, insisted that president Chen ***(should) step down***.
（親民黨主席宋楚瑜堅持陳水扁總統應該下臺。）

句型三：It is one's N + that + S + （should） + V.R⋯.

例句 （a）It was the attorney's suggestion that the plaintiff （should） forfeit the custody.
（辯護律師強烈建議原告應該放棄監護權。）

（b）It is my insistence that the criminal （should） be sentenced to life imprisonment.
（我堅持這個犯人應該被求處無期徒刑。）

也可以將這些表「提議」、「主張」、「要求」、「命令」、「其它」等字搭配正確的動詞，以名詞方式呈現，如：
give orders
make a request／suggestions
give the command

（c）Mom made a request that we wash the dishes.
（媽要求我們洗碗。）

➲ 具有「提議」、「主張」、「要求」、「命令」、「其他」等意義之動、名詞

提　議	主　張	要　求	命　令	其　它
‧suggest（提議） ‧advise（建議） ‧recommend（推薦） ‧propose（提出） ‧move（臨時動議）	‧insist（堅持） ‧persist（堅持） ‧maintain（堅持） ‧hold（主張） ‧urge（堅持） ‧agree（同意） ‧direct（命令、指示）	‧ask（要求） ‧require（要求） ‧request（請求） ‧demand（要求） ‧rule（裁決） ‧provide（規定） ‧specify（規定） ‧stipulate（規定） ‧desire（希求） ‧beg（請求） ‧plead（懇求）	‧order（命令） ‧command（命令） ‧mandate（命令） ‧decree（頒布、命令）	‧prefer（較喜愛） ‧clamor（鼓噪） ‧decide（決定）

註：Mandative Subjunctive 在一般會話中很少使用，但是在台灣，考試時仍然會出現此種考題，讀者不得不注意。Michael Lewis對Mandative Subjunctive提出以下看法：
It (Mandative Subjunctive) is extremely rare, and indeed not used by a large amount of native speakers. It is almost disappearing from the language.（Mandative Subjunctive十分罕見，大部分的母語人士已經不見其使用，或者可以說已經漸漸地消失在英文中了。）

十一、修飾語的修辭問題 （Modifiers）

讀者在《托福閱讀技巧》「代名詞篇」與「插入句篇」中學會了代名詞題型的解題原則，然而，GMAT修辭中，代名詞的問題則顯得複雜得多了。

1.代名詞、關係代名詞與分詞

（1）關係代名詞前避免多個先行詞

雖然在托福閱讀，關係代名詞有「鄰近原則」，但在GMAT修辭中，關代（that, which）前，如果有數個可以對應上的先行詞，容易造成語意不清楚，通常均屬於不正確的選項，此種句子通常需要使用分詞、一般代名詞或插入句補充說明等其他模式改寫。

A huge flying repitle that dried out with the dinosaurs 65 million years ago, The Quetzalcoattus had a wingspan of 36 feet, **which** is believed to be the largest flying creature the world has ever seen.（**劣**）

上例中，which前分別有repitle與a wingspan兩個在「數」相對應的先行詞，GMAT修辭在關代修飾中，均視其為修辭不佳之表達，其原來具有的「鄰近原則」，在這樣的前提之下，完全不被列入考慮。而值得注意的是，上例的which，根據語意，修飾的應為reptile而非a wingspan，亦不符合「鄰近原則」，可以改寫如下：

（A）依據代名詞「主詞優先原則」改寫

A huge flying **reptile** that dried out with the dinosaurs 65 million years ago, The Quetzalcoattus had a wingspan of 36 feet. **It** is believed to be the largest flying creature the world has ever seen.

（B）根據「插入補充」原則改寫

A huge flying reptile, **the largest flying creature the world has ever seen that dried out with the dinosaurs 65 million years ago**, The Quetzalcoattus had a wingspan of 36 feet.

再看另外一個例子：

Since the 1930's, aircraft **manufacturers** have tried to build **airplanes** with friction-less **wings**, **that** are shaped so smoothly and perfectly that the air passing over them would not become turbulent.（劣）

Since the 1930's, aircraft manufacturers have tried to build airplanes with friction-less **wings**, **wings** so smooth and perfectly shaped that the air passing over them would not become turbulent.（優）

同上，即使關係代名詞具有「鄰近原則」，而在托福閱讀中也可以依照此原則快速解題，但在GMAT的修辭題型裡，只要關代有多於一個以上可能的先行詞，均被視為修辭不完美的選項。

（2）V-ing只修飾「前置之動詞」，不可修飾單純的「名詞片語」

承上概念，GMAT的修辭題型中，遇到需要處理關係代名詞修飾模糊的問題時，正確的選項多傾向於帶有分詞「V, V-ing」之結構，這一點可從歷年GMAT的修辭考古題中得知。即使在考試中可以多少依循這種「經驗法則」，但讀者必須清楚，分詞（V-ing）的出現，修飾的是「前置的動詞」，這種V, V-ing結構，以往為國內英語教學者誤解，以為其功能僅是「簡潔原則」，實則不然，「平行的動作」是絕對不可使用V, V-ing結構的，V, V-ing的兩個動作必須有所關聯，後者必須為前者的「後續動作」、「立即反應」、「附屬說明」等。另外，在GMAT中，必須避免置於名詞片語後修飾的分詞V-ing，換句話說，在GMAT修辭裡，修飾名詞片語的分詞，多為「過去分詞」。

> The cameras of the Voyage II **Spacecraft** ***detected*** six small, previously unseen moons ***circling*** **Uranus**, **which** doubles to 12 the number of satellites now known orbiting the distant planet.（劣）

上例出自於OG第十版之題目，可以清楚的看到，circling（環繞）跟著前置動詞detected（偵測），作為附帶說明，沒有任何問題。然而，關代which之修飾仍然不明確，上例中，不管which真正修飾的對象是「**spacecraft**」、「**Uranus**」或是前面「**整個句子**」，GMAT均不考慮其適切性，一律採取改寫的方法，以呈現最沒有模糊的表達。請看以下GMAT的正確選項：

> The cameras of the Voyage II Spacecraft detected six small, previously unseen moons circling Uranus, **doubling** to 12 the number of satellites now known orbiting the distant planet.（優）

這是GMAT的處理模式，which doubles…改成doubling之後，修飾的對象移到前面的動作（detected six small…），當「附屬說明」之用，解決了關代修飾不明的問題。再看下一個例子：

> The coloration of black-and-white films by computers is definitely by those who own the film rights, for the process can mean increased revenues for them; many others in the film industry, however, contend that **the techniques** degrades major **works** of **art**, **which they** liken to a Greek statue with lipstick put on it.（劣）

上例是GMAT修辭的考古題，出題的方向和欲測驗的概念與上一題如出一轍，which仍然修飾不清，倒是代名詞they依「主詞優先原則」完美地對應句子主詞many others。值得讀者注意的是，GMAT處理這類問題，手法幾乎毫無差別：

> The coloration of black-and-white films by computers is definitely by those who own the film rights, for the process can mean increased revenues for them; many others in the film industry, however, contend that the techniques ***degrades*** major works of art, **likening** it to a Greek statue with lipstick put on it.（劣）

上述V, V-ing概念，說穿了就是要考驗考生對於英文的「語感」，什麼時候該使用關代，什麼時候該使用分詞，或許在一般寫作並不會有太嚴苛的要求，但GMAT要考驗的正是此類語言學習過程中較為抽象的部分。我們最後再探討一道十分典型的考古題：

Jean Baptiste Pierre Antoine de Monet, Chevalier de Lamarck, was among the first to propound the thesis of the evolution, **that which is stating that the use of disuse of structures in an organism affects the hereditary process.**

（A）that which is stating that the use of disuse of structures in an organism affects the hereditary process.

（B）which states that the use of disuse of structures in an organism affects the hereditary process.

（C）that which theorizes that the using or not using of structures in an organism is affecting the hereditary process.

（D）stating that the use or disuse of structures in an organism affects the hereditary process.

（E）stating that which affects the hereditary process is the using or not using of structures in an organism.

本句動詞was呈現「狀態」，很明顯地無法與分詞stating…（宣稱）有任何的對應效果；反之，關代which之前僅有單一個名詞片語the thesis of evolution作為其先行詞，修飾毫無瑕疵，因此（B）為最佳的選項，讀者可清楚看見，只要掌握修辭的基本原則，遇到GMAT修辭這樣冗長的表達，還是可以非常快速的判斷出正確答案。

上例看似複雜的修辭問題，說穿了，考驗的僅是關代與分詞的取捨能力。選項（A）與（C）that which…表達不正確先行刪除，考生只需要在關代which…與分詞stating之間，在修辭層面上判斷即可立刻選出較佳的表達選項。

最後，要盡量避免將分詞V-ing置於單純的名詞片語之後，這點是許多國內應考GMAT的學生常常忽略的，GMAT修辭均會傾向使用過去分詞V-pp修飾名詞片語，請看以下例句：

In Her book illustrations, **carefully coordinating them with her narritives**, Beatrix Potter captured on her keen observation and love of the natural world.（劣）

ETS故意在這麼單純的名詞片語後放置分詞V-ing，無疑是要混淆學生的判斷，像上述這個例句，分詞的出現缺乏了修飾的對象，屬於修飾問題中「矯枉過正」之實例，解決方法十分簡單，只要將修飾的關係代名詞還原即可。讀者必須注意，修飾名詞片語時多用過去分詞V-pp.，少用現在分詞V-ing，這一點在，「形容詞修飾語」一節會有詳盡的介紹。

In Her book illustrations, **which she carefully coordinated them with her narratives**, Beatrix Potter captured on her keen observation and love of the natural world.（優）

GMAT之所以將所有置於名詞之後修飾的現在分詞V-ing視為錯誤，乃是因為往往容易與名詞之前的動作混淆，分詞欲修飾名詞片語或是前置動詞，就會變得混淆不清，在這種情況下，GMAT傾向將其關代還原，不再一味的「濫用」子句簡潔原則，請看下面兩例示範：

（a）In theory, international civil servants at the United Nations are prohibited from continuing to draw salaries from their own governments; in practice, however, some governments merely substitute living allowances for the paychecks of their employers , ***having been assigned*** to the United Nations.（劣）

In theory, international civil servants at the United Nations are prohibited from continuing to draw salaries from their own governments; in practice, however, some governments merely substitute living allowances for the paychecks of their employers, who ***have been assigned*** to the United Nations.（優）

（b）In 1929, relatively small declines in the market ruined many speculators ***having brought on margin***; they had to sell, and their selling pushed other investors to the brink.（劣）

In 1929, relatively small declines in the market ruined many speculators ***who had brought on margin***; they had to sell, and their selling pushed other investors to the brink.（優）

「V, V-ing」的概念看似簡單，其實不然，GMAT題型中，為了避免考生套用公式，往往會出現數個V-ing分詞，試圖混淆考生，讓考生誤判所有的分詞形式屬於平行對等狀態，實則不然，考生必須利用「**語意**」判斷，動詞在V, V-ing的架構下真正對應的部分，此種需要由句意決定形式的修辭手法，是托福閱讀題型不會測驗到的部分，也是GMAT修辭困難之處。

Florida will ***gain*** another quarter-million jobs this year alone, many of them in such high-paying fields as electronics and banking, and ***make*** the state's economy far more diversified than it was ten years ago.（劣）

Florida will ***gain*** another quarter-million jobs this year alone, many of them in such high-paying fields as electronics and banking, ***making*** the state's economy far more diversified than it was ten years ago.（優）

國內英語教學長久以來，將兩種用法視為「簡化句子的修辭原則」，然而，在GMAT中，V, Ving形式之使用必須做到百分之百的準確性。上兩例中，gain another quarter-million jobs…（會有近25萬個工作機會）與making the state's economy far more diversified…（促使國家整體經濟狀況較十年前為優）兩個動作，屬於「後續影響連帶動作」，不可使用平行對等的模式（gain another quarter-million jobs and make the state's economy…）。

請看OG第210題：

Scientists have recently discovered what could be the largest and oldest living organism on earth, a giant fungus that is an interwoven filigree of mushrooms and rootlike tentacles spawned by a single fertilized spore some 10,000 years ago and **extending** for more than 30 acres in the soil of a Michigan forest.

（A）extending　（B）extends　（C）extended　（D）is extended　（E）is extending

上例為GMAT十分典型之題型。and之後的動詞extend變化形式，必須仰賴「語意」才有辦法選出最正確的選項。純粹就「文法層面」來說，extend可平行之對象有have recently discovered以及spawned兩個，根據語意，過去分詞spawned才是其對應的對象，不少考生只能看到第一層陷阱，缺忽略了子句簡化後的分詞型態，這在GMAT修辭項目中，佔有不少比例。

a giant fungus that is an interwoven filigree of mushrooms and rootlike tentacles ***that are spawned*** by a single fertilized spore some 10,000 years ago [and] ***that extends*** for more than 30 acres in the soil of a Michigan forest.（還原句子）

a giant fungus that is an interwoven filigree of mushrooms and rootlike tentacles ***spawned*** by a single fertilized spore some 10,000 years ago [and] ***extending*** for more than 30 acres in the soil of a Michigan forest.（簡化句子）

這一類國內中學均會教授到的「子句簡化」概念，在GMAT的包裝之下，就變成了陷阱重重的難題了。再看考古題中類似的題目：

（a）The growth of the railroads led to the abolition of local time ***which was determined*** by when the Sun reached the observer's meridian [and] ***which differed*** from time to time.（還原句子）

（b）The growth of the railroads led to the abolition of local time ***determined*** by when the Sun reached the observer's meridian [and] ***differing*** from time to time.（還原句子）

請再看下面一例：

The little boy cried loudly because he was frightened by the lightening.
=the little boy cried loudly, frightened by the lightening.
（小男孩因為被閃電嚇到而放聲大哭。）

上例出自張一慈編著之「全民英檢一路通」系列書籍，作者想使用分詞V-ing表示前面動作的「背景」，但卻略掉其時兩個動作有更強烈的「後續動作」概念，應改寫如下：

The little boy was frightened by the lightening, crying out loudly.
（小男孩被閃電嚇得嚎啕大哭。）

（3）代名詞不可修飾整句

代名詞it或which修飾其前整個句子，在托福閱讀屬於可以接受之表達，但在GMAT的修辭中均屬於錯誤選項，寫作時應該盡量避免此種不清楚的修飾，最直接的解決方法為：以一個擁有可代表前面整個句子的具體名詞取代單純的which或it。請看以例句：

Several hundreds of victims have been buried following a destructive earthquake that is measured 7 on the Richter Scale. The police have been trying to make every effort to see if there is any survivor or not. The president's office expressed their concern over the incident. **It** caused quite a stir nationwide.（劣）

如上所述，寫作時應盡量參考GMAT修辭之大原則，代名詞it或關係代名詞which等盡量避免指涉整個句子概念，修改方式如下：

Several hundreds of victims have been buried following a destructive earthquake that is measured 7 on the Richter's Scale. The police have been trying to make every effort to see if there is any survivor or not. The president's office expressed their concern over the incident. ***Such a TRAGEDY did cause quite a stir nationwide***.

我們再看托福閱讀中對於代名詞的處理手法：

There is a standard pattern to the process of hunting in groups. ■ The process is initiated by a single female, who stations herself at a raised elevation to serve as a lookout to stop potential prey. ■ When prey is spotted, a group of young lionesses advances on the herd and pushes the herd in the direction of a different lioness who has hidden herself downwind. ■ It is up to this concealed female to choose the weakest member of the herd for the kill. ■

This is usually accompanied by knocking the prey to the ground and breaking its neck.

上例為托福閱讀「插入句」題型，所欲插入的表達，明顯只能替代「整個句子概念」，讀者可清楚發現，同為ETS所設計的考題，同樣的概念在托福以及GMAT卻必須有著不同的解題方向。

（4）代名詞後指用法 （cataphoric use）

顧名思義，「代名詞後指用法」意指代名詞出現於名詞之前，此種用法在GMAT的修辭題型中十分常見，但在托福閱讀的出現比例明顯較低，國人對於「代名詞後指用法」相對之下較為生疏，在使用方法上，認知也多有誤解，忽略此種用法之限制，在這樣的條件下，又需要判斷代名詞的指涉問題，使得此類題目在GMAT修辭類別中，顯得十分不易判斷，在寫作上要寫出最正確的句子，則更具挑戰性。

Although **it** is just inside the orbit of Jupiter, ***amateur astronomers*** with good telescopes should be able to see the ***comet*** within the next few weeks. **（劣）**

這是GMAT歷年考古題之錯例，此題要測驗的即是「代名詞後指用法」概念，但題目使用代名詞it在副詞子句中，試圖讓考生忽略掉其指涉的對象。

簡單的說，it在語意邏輯上理當修飾comet（彗星），但修辭上，則必須修飾amateur astronomers（業餘天文學家），雖然在「數」的原則下有所對應，但明顯是一修辭不佳的表達，在GMAT考試中，此種題目算是難度較高的類別。

代名詞後指用法，除了盡量在「較正式或文學式的句子」中出現外，必須在以下兩種情況之下使用：

（A）附屬子句中帶有所有格時

附屬子句若帶有所有格表達，則主要子句中的主詞則沒有對應，此時，應該將附屬子句中的所有格以「所有格代名詞」形式呈現為佳。

In **<u>the president's</u>** memoirs, ***he*** depicted many impressive anecdotes imprinted forever on his memory.（劣）

In ***his*** memoirs, the **<u>president depicted</u>** many impressive anecdotes imprinted forever on his memory.（優）

由於後指用法國人較為生疏，因此，常有不必要的誤解產生，筆者曾經在「奇摩知識」討論中，看見有從事GMAT修辭教授的網友，對於以下GMAT修辭題目的「最佳選項」提出質疑，顯然是不了解「代名詞後指」用法真正的使用方法：

Because ***they*** were restricted to low-paying work during their productive years by discriminatory practices, **<u>many elderly Black people</u>** now receive the lowest of wage-related retirement benefits.（優）

（B）當主詞或其附加修飾語太長時

英文屬於「首輕尾重」（end-weighing）之語言，如果主語太長，則容易失焦，在寫作上應當盡量避免。

When <u>the window of the house in which he lived for more than 30 years</u> was bumped, **<u>it</u>** crashed suddenly.（劣）

When **<u>it</u>** was bumped, <u>the window of the house in which he lived for more than 30 years</u> crashed suddenly.（優）

筆者認為，除了「比較級」之外，「修飾語」應該算是GMAT修辭項目中，題數較多、陷阱最多的題型之一。能夠將上述概念融會貫通，則可以在平常的寫作或閱讀中，書寫或判斷出最符合修辭原則的句子，最後筆者列出國內知名出版社或英文媒體所書寫之句子，試判斷其優劣：

A. GMAT

（a）As Jane was greatly influenced by her history teacher, she chose ***it*** as her major.（劣）

（b）As <u>researchers</u> continue to probe the highly expressive vocal and postural language of wolves, their resemblance to dogs has become more striking.（劣）

B. TIME

（a）In the early 1990s, the ageing hotel got a new lease on life when French company <u>Accor</u> poured $9 million into renovations and expansions, carefully preserving ***its*** original character.（佳）

（b）Stealing up on ***their*** prey at break of dawn and using tranquilizers or tranquilizing goodies, the <u>catnapers</u> spirit the animals away to clinical experimenters, who <u>require</u> some 300 specimens each day.（優）

C. NEWSWEEK

例句 (a) Greater mobility has helped wronged villagers travel to provincial capitals to air ***their*** grievances.（佳）

(b) For the first time in American history, the end of world has become a campaign issue. It arouse during the second presidential debate, when Ronald Reagan was asked if he truly believes that the world is headed for a "nuclear Armageddon."（不佳）

➔ 《時代雜誌》鮮少使用IT代替前面整句，少部分的句子仍會遵守代名詞主詞優先原則，不過如果整個句子還是有多於一個的指涉對象，建議改寫。相同地，CHINA POST在此部分品質表現較差。

(c) If ***his*** own candidate wins the presidential election planned for next March, Furimori would become the power behind the throne.（佳）

D. CHINA POST

例句 (a) A Thai software site has launched a downloadable program ***which it*** says will keep mosquitoes at bay by emitting a low-frequency sound from computer speakers.（佳）

(b) Hiromu Nonaka's announcement jolted the party and intensified jockeying for posts in a shake-up of the Cabinet and ruling party ***that*** is expected early next week.（劣）

➔ 很明顯地，在「代名詞指涉清楚」部分，各經典雜誌的主筆明顯注重寫作時的替代修飾原則，惟CHINA POST在此部分常出現模糊不清的指涉，奇怪的是，其修飾優良與不佳的句子品質差異頗大，疑為國內新聞編譯所譯。

(c) That Marcos was allowed to go scot-free and flee to U.S. exile still rankles many Filipinos, who say ***it*** set a bad precedent.（不佳）

(d) Before ***he*** even went to school, Patterson began helping his parents design and install the electrics in a new house.（中等）

十二、「真正」的未來式（Future Tense）

英文的時式（tense）在所有文法議題當中應屬最複雜的部分。但英文的時式應用，不如國內文法書所敘述的那般侷限。不同的時式大致上可以跳脫時空、互相混用，本章將介紹英文「真正的未來式」使用方法

1.will的基本概念

請讀者回想過去國編本時代，每當課堂進行到所謂的「未來式」（future tense），授課教師是如何教導的？我想有超過九成的人會想到will，中文解釋為「將要」。這樣的說法其實是屬於長久

以來文法「過度簡化」的結果。英文不同於大部分使用動詞變化表示未來概念的歐洲語系語言，其對於「未來」時間的指涉，使用其他的方式來輔助如「現在簡單式」（simple present）、「現在進行式」（present progressive）或者其他一些英文句型如be going to等。簡單的說，will一字只能譯為「要」而非「將要」，這是因為will主要代表以下兩種概念：

1. 表示「預測」、
2. 表示說話者當下的「意願」。

舉例來說，當你欲預測不久的將來有可能發生的事件時，就可以使用will，我們可以預測天氣、預測球賽結果等等。此種預測與「有痕跡可循」的預測是不相同的，這個觀念十分重要，屬於語言邏輯問題，請看以下例句示範：

（a）The tornado will probably make landfall tomorrow.
（暴風雨明天將帶來豪雨。）
——主播

（b）According to its performance last quarter, The Tiger will beat the socks off its opponent.
（根據上年度的的表現，老虎隊將會把對手打得落花流水。）
——球評

讀者不難發現，上述兩個例子中，跟我們所謂的真正未來指涉不盡相同，僅表示預測或是當下的「允諾」或「意願」狀態。而shall與will be V-ing兩種形式較接近「將」，因此以往的「將要」說法必須被推翻了。

（a）I shall have further discussions with the general manager tomorrow.

（b）You should be flying south fir the winter, Woody.

（a）中譯為「將」的shall，即是一種真正未來。（b）摘自Woody Woodpecker: Whistle Stop Woody一書，should be V-ing不單純意味著「應該」的意思，而是以一種超然客觀的態度表示目前（照邏輯來說）應該有的動作。

The Secretary Warren Christopher will be traveling a great deal in the coming months, says a senior aide, “so he needs someone here who can manage the other big issues, who can really serve as alter ego.”
—— TIME, Nov, 22, 1993, p. 48

2.真正未來表達模式

（1）現在簡單式（Simple Present Tense）

（a）Tomorrow is Sunday. But I still need to work.

（b）（in an itinerary） The plane takes off at 3 p.m. on March 28th.

（c）Strike when the iron is hot.

上述例句是一般市售文法書所稱的「現在式代替未來式」用法。舉凡時間固定的「日月曆」（calendar）或是旅行社所安排的「行程表」（itinerary）中，都可以使用現在簡單式表示某個未來時間。但這一種未來的表示，僅是客觀超然的未來，並非真正指涉某個未來的時間，例如當我們說「明天是星期天」時，不說Tomorrow will be Sunday而說Tomorrow is Sunday，就是一種超然客觀的敘述。

（2）現在進行式 （Simple Progressive Tense）

（a）I am having an important meeting with Mr. Jackson tomorrow morning.

（b）Alisa is coming to join the farewell party with us.

使用「現在進行式」（present progressive tense）亦可表示未來時間，而且是確定性十分強烈的未來。此種用法通常會在句子後面加上一表未來的時間副詞，如：now, this evening, next month等，若使用「來去動詞」如come, go等，無需時間副詞亦可有相同的效果。這樣的使用意謂著此件事有十足的確定性，說話者可能已經和別人約定好做什麼事情、在哪裡做、如何做，一切大致抵定，只差說話者還沒有所動作而已。

（3）表示未來的句型如be going to, on the point of, on the verge of, be about to, be due to

（a）James Song, chairperson of PFP （People First Party）, is going to run for the presidency.

（b）While Vincent was on the point of stepping outside, the phone rang.

（c）The plane is due to arrive in New York at 7.

（d）President Ma is to meet U.S. president Bush tomorrow.

上述的句型均可用來指涉未來，其中，be on the point/verge of V-ing的緊迫性又較be going to來得更強烈，如果用在時間子句中，可用來表示兩件事情發生緊湊的關係，如上例二，step out與the phone rang兩個動作幾乎重疊、同時發生（two actions take place nearly in synch）（請參照「時間邏輯」一章）。

我們使用上述句型做概念示範如下:

（a）The Bear will win.

（b）The Bear is going to win.

（c）The Bear is winning.

上面三個句子按照其「確定性」多寡排列。這些句子可能出自球評口中。在球賽未開始之前，球評可依照上半季熊隊（The Bear）的表現做出預測，此時確定性非常低，即使有了上半季的加持，球賽本身的不確定性仍無法預料，屬於「預測」用法。第二句為「有痕跡可循」的用法，必須有些許蛛絲馬跡才可使用，而非隨意的推測。（按：算命仙（fortune teller）預測一個人的未來時，是有痕跡可循的，或者假設有痕跡可循，這和球評依照上半季表現預測的概念不同。）這樣的句子可能出現在棒球賽進行到一半的時候，熊隊領先對手六分比數所做出的論述，但在球賽結束之前都可能有變數，使用「有痕跡可循」的be going to最為貼切。至於第三句使用進行式表示一種「趨勢形成」的概念，此時假設球賽已經進行到九局上半，熊隊仍領先對手相當懸殊的比數，可以說熊隊已經「邁向成功的道路了」（is winning）。

（a）It will rain.
（b）It is going to rain.
（c）It is raining.
（d）*It is going to rain tomorrow.

第二組例句概念大致相同，第一句同樣表示氣象預報員所做出的天氣預測（weather forecast），如果走在街上看見天空烏雲密佈，好像要下雨或者身體已經滴到了小雨點，就可以使用「有痕跡可循」用法。第三句進行式則表示此刻正在進行動作（按：兩例句之進行式使用形式相同，語意卻不盡相同）。至於第四句，確定性極高之現在進行式用法不可用在變化莫測的天氣預報中，除非在小說中，你和雷公或雨婆是忘年之交，不過在一般題材中是不適用的。

值得一提的是，前述的算命仙預測命運，應該視為「單純的預測」（will）或「有跡可循」（be going to），應該是見仁見智的問題，不過在英文表達中，我們必須假設或是假裝算命仙果真能夠預見未來，就算遇見神棍亦然，因此使用be going to句型表示最為自然。另外，「立定志向」也使用be going to句型，使用「有痕跡可循」的概念理解最為貼切。

（a）You are going to be a millionaire one day.（算命師）
（b）I am going to be a top-notch lawyer in the future.（立定志向）

上列句型亦可用於新聞標題中（News Headline）：

（a）President Ma **visits** Uruguay.
（b）President Ma **to visit** Uruguay.
（c）President Ma **visiting** Uruguay.
（d）President **will visit** Uruguay.
（e）President Ma **resigned**.

新聞標題中，不使用「過去式」，大多使用「現在式」給讀者新鮮的感受，例（a）即為此用法；例（e）容易被誤解為「過去式」，實則不然，而是「完成式」的簡化（President Ma has（been） resigned）。例（b）與例（c）分別是be to與現在進行式用法，與前述概念一致，至於例（d）則是「正式用法」，會在標題使用will表示未來的事件，需屬重大決策或嚴肅的事件才可使用。

十三、動詞時間性（Verb）

英文的動詞宛如人的靈魂之窗，語言優美與否，文法修辭正確與否，事實上都與動詞脫離不了關係，動詞依照「動靜態」以及「持續性與否」可以作初步的區分。某些動詞兼具述態（stative）以及動態（dynamic）功能，例如：think（認為／思考）、appreciate（感謝／鑑賞／升值），以及十分複雜的感官動詞及聯繫動詞，例如：smell（聞到／<主動>去聞）、feel（認為＝think／身體感覺）等。

只有動態動詞才可使用進行式，但由於當代美式英語出現了I am ***doubting*** every word of it.或是I am ***loving*** it!（McDonald）這樣的句子。使得許多人在動詞區分上產生極大的混淆，在此提出說明，期能解決讀者在分類時不必要的困擾。

在Azar所著*Understanding and Using English Grammar*一書中，將forget, mean, want等字區分為「兼具動、靜態」的功能字彙。而在Steven J. Molinsky & Bill Bliss所著之*Side by Side*一書中發現下列句子，請各位思考其間的差異：

Mr. and Mrs. DiCarlo are sad because their son speaks so little Italian. They're afraid he's forgetting his language, his culture, and his country.

在這一段文字裡，不難發現到，forget一字作者使用了進行式，很容易令某些讀者百思不得其解，英文的時式中，使用現在進行式可以表示一項「趨勢或是事件正在逐漸形成」，例如：The Elephants is ***losing***! The old patient is ***dying***...等等。而這裡forget所使用的現在進行式乃亦是一種「趨勢形成」，意即：「DiCarlo夫婦害怕他們的兒子會漸漸地忘記祖國、文化和語言」。兼具動、靜態的字彙其中文的解釋意思是不同的，但如果進行式的使用只是用在表達：

1. 趨勢形成，如前forget之進行式（forget/forgetting都意為「忘記」）或者
2. 目前這一刻的心理狀態如I am loving it!時（love/loving都意為「愛」，love在這裡必不能譯為「正在愛……」，當然也稱不上是一動態動詞。）

其中文解釋意思則不變，在這樣的情況之下，這些動詞沒有資格稱得上是兼具動、靜態功能，大部分情況下亦不用進行式。和forget相反的remember一字，則是兼具動、靜態動詞——當靜態動詞時譯為「記得……」；當動態動詞則譯為「回想= recollect／reminisce」。

ND Turton & JB Heaton所著之*Longman Dictionary Of Common Errors*一書中之有十分明確之分類如下：

...Verbs with 'state' meanings which are NOT used in progressive tenses include:

LINKS and DISLIKE : admire, adore, like/dislike, love, prefer, hate...
NEEDS and WANTS : need, lack, want...
SENSE : *feel*, hear, wish, see, notice...
KNOWLEDGE : *forget*, know, realize, *remember*, *understand*...
（略）...

Remember that many verbs have both 'action' and 'state' meanings.

比較 (a) George is *having a bath*.

(b) George *has* two sisters and one brother.

(c) I'm *thinking about* where to go for my next holiday.

(d) I *think* history lessons are boring.

(以下略)

因此，hope, doubt, love, hate, forget, mean, want, wonder, remember等字均為述態動詞（Stative Verbs），照理說應不使用進行式（V+ing），當然事實也是如此，請看下列示範：

(a) I am ***suspecting*** his intention.

(b) I am ***loving*** it!

(c) Mr. and Mrs. Beckham are afraid that their elder son, David, is ***forgetting*** his culture, his mother tongue, and values.

(d) Jolin and Jay had a beautiful ***reminiscence***. Now, Jolin is remembering what had happened before they broke up---which is due to the unflagging, obnoxious molestation by paparazzi as well as various infamous tabloids in Taiwan.

(e) <COMPARISON>

A. I ***wonder*** if you'd like to come along.

B. I ***wondered*** if you'd like to come along.

C. I ***was wondering*** if you'd like to come along.

上面（a）、（b）句均表示現在「目前這一刻的心理狀態」，（c）句則是「一項趨勢漸漸形成」的狀況。至於（d）句，這裡代表「回憶、回想」（recall/recollect）的意思。（e）的三個例句則是表示「禮貌性、試探性等的「客氣」程度。I was wondering…表示「較有禮貌」的詢問方法。

動詞時間性的概念正確與否，攸關英文學習者是否能夠書寫出最正確的句子能力。在不同的時式變化中，同樣的句型架構也會產生不同的意義，這些都跟對動詞的了解與否有著密切的關係，筆者以簡單表格，搭配錯誤例句詳細說明：

➲ 時式變化與動詞時間性之限制

時 式 種 類	動 詞 限 制
簡 單 式	持續性動詞
現在進行式	動態動詞
現在完成式	持續性動詞
現在完成進行式	動態動詞

（a）國立高雄師範大學英語碩士論文（南台灣高中英文教師對高中新英文教材之意見及使用現況之研究）：

English, since one hundred years ago, has become a common language for international communication.

上例作者使用「現在完成式+since」的用法，表示從過去某一時間點開始持續到現在甚至未來的動作，當然動詞也必須是「持續性動詞」（continuity verb）。此例的become（變成）僅是稍微耗時較長的一個「短動作」，因此上例顯得十分不自然，可以改寫如下：

In the last one hundred years, English ***has been a lingua franca*** for international communication.

（b）高雄師範大學英語碩士論文（高雄市國民中學英語科審定版教材選用現況及教師滿意度之研究）：

As the whole world is becoming a global language, English has been more and more important.

此例仍不正確。has been後面所接的狀態為more and more important（越來越重要），應屬於較短的概念，不可能為長時間的持續狀態（一直越來越重要？），與上例相反，此例的動詞反而應該使用較短的動作：

While the whole world is forming a global village, English ***has become more and more important***.

（c）台大語言中心全民英檢預試試題：

Whitney told the doctor that she had coughed all night, and he gave her another kind of medicine.

cough（咳嗽）為毫無過程的短動作，使用在過去的時間持續架構下（had+Vpp.）十分不自然，此時，只需要加上進行式輔助動作的拉長。

Whitney told the doctor that she ***had been coughing*** all night, and he gave her another kind of medicine.

（d）某知名留學補習班托福試題：

In the same way the news services have changed since the invention of television, so does entertainment.

上句所要表達的中文意思應為「電視發明之後，新聞報導服務方式就一直不斷地改變」。同樣地，change（改變）是「非持續性動詞」（non-continuity verb），甚至比reform（轉變）這個稍為耗時較長的動作更短，可以修改如下：

In the same way the news services ***have been changing*** since the invention of television, so does entertainment.或

In the same way the news services ***have changed a lot*** since the invention of television, so does entertainment.

第二句中，雖然change（改變）不屬於「持續性動詞」，但只要將句子的重點擺放在「累計概念」加上數量詞，則可轉移焦點，使句子變得合理，這是許多英文媒體常使用的手法，常見於災難性等著重「死傷結果」的論述中，讀者只要試著使用邏輯理解，就不難理解下面這個句子中，establish意為「認為」而非「建造」。

Since the early 1980s, research into L2 learning and acquisition has established that NNs（non-native speakers） frequently transfer the knowledge of L1 rhetorical and discourse paradigms and conventions to L2 writing.

最後，筆者示範時代雜誌中（TIME）完成式使用：

（a）At about 2:30 the next morning, a white van loaded with special police units in stocking masks and jeans roared up to the leafy compound where the extrongman Slobodan Milosovic had been holed up since last fall.

——TIME, Apr, 9, 2001, p. 90

（b）During the past six months Bank of Thailand's governor Chaty Mongol Sonakul and Thai Finance Minister Tarrin Nimmanahaeminda have locked horns over several big issues: the management of state-run Krung Thai Bank, the whereabouts of funds donated to the government by Buddhist.

——TIME, May, 22, 2000, p. 24

（c）In the U.S., state and local governments have been increasingly active in implementing greenhouse programs of their own, clamping down on emissions within their borders, stepping up mass-transit initiatives and enforcing conservation laws.

——TIME, Apr, 9, 2001, p. 36

（d）His particular bete noire has been his early idol Miles Davis, whom Marsalis once accused of being "corrupted" by his move into fusion, sparking a bitter public feud between the two men.

——TIME, Oct, 22, 1990, p. 64

（e）Beat Takeshi has been both the archetypal Japanese macho man－the rebel, the outlaw, the yakuza－while also playing the subversive clown prince version of all those cherished tough guys.

——TIME, Feb, 12, 2001, p. 48

（f）Because most Americans are themselves descendants of immigrants, there has traditionally been a laissez-faire attitude toward all forms of immigration.

——TIME, Dec, 2, 1993, p. 16

（g）Controversy has certainly sold the movie to guys; Philadelphia has been the hot topic for a month, and nobody wants to miss out the dish du jour.

—— TIME, Feb, 7, 1994, p. 62

十四、分詞構句（Participle Construction）

分詞構句（Participle Construction）屬於修辭手法，主要為簡化句子，使句子更為優美簡潔，如能運用得宜，可使文章增色不少。與大部分的文法概念一樣，長久以來，分詞構句亦是公式下的產物，也是受到最多誤解的概念之一，傳統測驗題型僅測試結構，無法深入探討語意層面的區別。不同於傳統文法書之處理模式，本節中筆者將以考試設計題型為主，還原分詞構句之全貌。

【分詞構句題型架構】

__________, S + V.

（a） V-ing

（b） V-pp.

（c） Having V-pp./Having been V-ing

（d） Conj. V-ing/V-pp.

上例題型架構是分詞構句考試全貌，以下筆者將針對上述五種設計選項深入探討其差異與深層語意概念。

1.主動（V-ing）與被動（V-pp.）的關係

分詞構句是由「副詞子句」簡化而成的，由於附屬子句與主要子句之主詞必須一致，否則為搖擺式結構（Dangling Construction），為了簡潔原則，將附屬子句（Subordinate Clause）的主詞先行省略。很自然的，遺留下的動詞則必須改變型態，這時只需要將附屬子句留下的動詞與主要子句的主詞分析，判斷其為主動關係（V-ing）或者是被動關係（V-pp.），這是國內考試最常測試的重點。

（a）(Being) ***Worried*** that Islamic militants or unfriendly governments like North Korea will come up with a better offer, ***the agency*** has earmarked $55 million for the missiles.

——TIME Aug, 2, 1993, p. 11.

（b）***Deported*** across the eastern Soviet Union en masse in 1994 after Stalin accused them of Collaborating with the Nazis, ***the Crimean Tatars*** have been returning by the tens of thousands in the past two years.

——TIME, Jun, 15, 1992, p. 39

（c）(Being) ***Inspired*** by the child instinct, ***he*** stood up and joined the game.
Being under the weather, ***he*** took a sick leave for the whole day.

（d）(Being) ***disappointed***, then, in his search for the king, ***Orion*** went away to Crete and spent his time hunting in company with Artemis and Leto. It seems that he threatened to kill every beast there was on earth; whereupon, in her anger, Earth sent up against him a scorpion of very great size by which he was stung and so perished. After this Zeus, at one prayer of

Artemis and Leto, put him among the stars, because of his manliness, and the scorpion also as a memorial of him and of what had occurred.

——*Collection Of Hesiod, Homer and Homerica* by Homer

以上三例均正確地依照主動、被動狀態更改附屬子句之動詞形式，但讀者不難發現，形容詞之前的BE動詞在不同的句子當中，省略狀況不盡相同。傳統文法教學教導學生可以將所有「非主動詞之BE動詞」予以刪除，這是不正確的。可以省略BE動詞，僅留下單純形容詞的，只有在「過去分詞所轉化的形容詞」時適用。如果是一般的形容詞類，則必須將BE動詞還原，不可任意刪除。

2.Having been V-pp./V-ing 與V-pp./V-ing.的區別

除了主、被動概念之外，分詞構句第二個重點為「完成式」使用與否在語意上的差異。簡單來說，一般的分詞構句，前後子句的兩個動作關係為「立即後續動作」，而帶有完成式的Having been V-pp./V-ing.架構，前後動作反應需要有較長的「醞釀時間」，第二個動作經過較長的時間，在心裡產生化學變化才會發生，讀者需要仰賴語意邏輯才能造出正確的句子。

（a）Having been told to repeat a year, Jesse finally decided to transfer to another school.

（b）Being told to repeat a year, Jesse cried out loudly immediately.

上例（a）「被告知留級的消息」與後續「決定轉學」理當耗時較長，諸如此類需要做出人生重大抉擇之敘述表達，如將改成「立即反應」則顯得不自然；相反的，例（b）中「被告知留級」與「立刻嚎啕大哭」應屬於十分緊湊的「立刻反應」。

"Oh, no. I haven't any such idea," Tom said. "I've got enough work laid out now to keep me in Shopton for the next year. I have no notion of going anywhere with Professor Bumper. Yet I can't help being impressed by this," and, ***having found the article in the magazine to which he referred, he handed it to his chum***.（在雜誌中發現了他所提到的文章，他立刻將其遞給他的好友。）

——*Tom Swift In The Land Of Wonders* by Appleton, Victor

3.連接詞保留與否

連接詞在分詞構句中存在與否，也是影響語意的重要關鍵之一。一般來說，省略連接詞的句子，會當作後續動作的「背景」，有「因果關係」之意涵；保存連接詞則是為了強調連接詞所賦予的概念，如：although（讓步）、because（因果）、when（時間）等，這部分是國內英語教學錯誤最多的部分。

While lying on the couch, the boy fell asleep.

Lying on the couch, the boy fell asleep.

上例是登峰美語旋元佑先生《英文魔法書》中的敘述，認為連接詞while存在與否僅僅是修辭簡化的結果，這種說法引起許多爭議，很明顯的，第一句的lying on the couch（躺在沙發上）必須是fell asleep（睡著）的背景或原因，而第二句中while引導的句子則單純說明時間，兩句不盡相同。

另一知名系列英檢叢書——「全民英檢一路通」（張一慈編著），亦有類似的錯誤敘述，這些錯誤均是公式教學底下的產物。

（a）When I called Joe, I told him I needed my notebook back by Monday.
= Calling Joe, I told him I needed my notebook back by Monday.
（打電話給喬的時候，我告訴他我要在週一前拿回我的筆記本。）

（b）While I was traveling in South Africa, I met man friendly and interesting people.
= Traveling in South Africa, I met man friendly and interesting people.
（在南美洲旅行的時候，我遇到了很多友善又有趣的人。）

（c）If you use the method I taught you, you'll find the job a piece of cake.
= Using the method I taught you, you'll find the job a piece of cake.
（如果你用我教你的方法，你會發現這工作易如反掌。）

（d）Nancy saw a big blue bird when she was looking out of the window.
= Looking out of the window, Nancy saw a big blue bird.
（望出窗外時，南西看見一隻大青鳥。）

（e）While Mary was softly singing a lullaby, she carried the child to bed.
= Softly singing a lullaby, Mary carried the child to bed.
（輕輕唱著搖籃曲的同時，瑪莉把孩子抱上床。）

值得注意的是，在某些極少的情況之下，我們可以使用省略連接詞的分詞構句，但卻又不表示「因果關係」，例如某些難以預測的狀況如巧遇（come across）等或是自然的時間如出生（born）。

（a）***Born*** in Bonn Germany in the year 1770 to Johann van Beethoven and Maria Magdalena, ***Beethoven*** is considered one of the greatest musicians in the world.

（b）(While) ***Walking*** on He-ping East Road, I run into an old friend of mine.

4.獨立分詞構句

獨立分詞構句是指前後子句可保留不同的主詞，作為分詞的動作則充當「原因背景」子句。許多英語教學者不察，造出了許多不合邏輯的句子如下所示：

John washing clothes, his wife was watching TV.

這是毫無意義的句子，「洗衣服」與「看電視」動作並未有任何交集，這樣的句子仍然是公式套用的後果。

（a）The sky getting darker and darker, we'd better run.

（天越來越黑了，我們要趕快走。）

（b）The sales representative, his sales soaring quickly in a month, was promoted.

（因為業績一個月內飆漲，這位銷售代表升官了。）

十五、簡潔表達原則（Brevity）

GMAT的修辭考題中，「簡潔表達原則」通常會當成幫助考生最後篩選答案的「重要標準」。現代修辭著重簡單、明瞭的表達模式，這一點在GMAT語法改錯中屬於十分重要的觀念。考生在熟悉各類文法概念句型以及慣用語之後，出題者通常會在最後的兩個「可能選項」中，套入此種概念，以測驗考生能否判斷出最「精確、簡潔」的表達方式。以下筆者整理出GMAT常常出現的類型，但必須注意下列整理僅供考生參考之用，優劣表達方式純粹是以修辭角度出發，無關對錯，在沒有其他選擇情況之下，在相對優美的選項中亦可能出現修辭中認為較不簡潔之表達。例如：在GMAT考古試題中，so that...幾乎優於so as to...用法，然而，在沒有任何「含有so that用法之競爭選項」情況時，so as to...亦可能是考生的最佳選擇，此種考試注重的是整體性，和以往單純測驗單一文法概念的CBT托福文法考題相去甚遠。

➲ **避免冗長、囉唆笨重的表達方式：動詞優於名詞、片語；單純形容詞優於子句（cumbersome/bulky expressions）。**

劣	優
1. for the reason that…/the reason for due to the fact that… inasmuch as… considering the fact that… in light of the fact that… on the grounds that… owing to the fact that…	because / since
2. 4 scores and 7 years	87 years
3. be able to do be in a position to has the capacity for has the ability to has the opportunity to with the capability to VR have capability of V-ing	Can be capable of V-ing have ability to VR
4. be suggestive of	suggest
5. in lack of/be lacking in/be devoid of/ be in a paucity of	lack
6. be in a dubious way	be dubious about
7. not any	no
8. that which	what
9. have been done/having V-pp	done/V-pp
10. at the departure of	depart
11. have a need of	need

12. a force for	be forcing
13. by proclamation of	proclaim
14. to the thought of	to think/to consider
15. in an invoking of/with the invocation	to invoke
16. at the beginning of	begin
17. the reason why this is why	the reason why
18. despite the fact that… regardless of the fact that… notwithstanding the fact that…	although / even though
19. having majored in	who major in/majoring in
20. in the event that… if it should transpire/happen that… under circumstances in which	if
21. at one time	once
22. prior to/in anticipation of	before
23. subsequent of	after
24. at the same time/as simultaneously with	as
25. be in isolation from	be isolated from
26. a girl who is beautiful residents were part of the people who	a beautiful girl residents were part of
27. around the world	global
28. the reason is because	the reason is that
29. with accounts of/by the accounts of	account
30. as a protection of	to protecting/protecting
31. has the result of	result in
32. in the decline of	decline
33. doubtful/have doubt/be in doubt	doubt
34. have made an agreement reach an agreement are in agreement on	agree
35. by necessity	must
36. in attendance of	attending
37. access is available	have access to
38. have a danger of	be in danger of
39. on the occasion of in a situation in which under circumstances in which	when
40. as regards in reference to with regard to concerning the matter of where…is concerned pertaining to	about
41.it is crucial/important/incumbent/ necessary that… there is a necessity/need for cannot be avoided	must, should
42. it is possible that it is on/in the cards that there is a chance that it could happen that it stands a good chance that the possibility exits for	may, might, can, could
43. be influential to have an influence on	influence, affect
44. on the basis of	be based on如果放在句首形成分詞構句則必須小心邏輯主語之對應性。

➲ 避免重複性表達（tautology）

語　　意　　重　　複		
• return back	• nearly approximately	• and also
• repeat again	• cost and expense	• soaring rate…risen
• advance forward	• twice times	• attempt to try
• reduce down	• mighty and powerful	• at least and more
• may perhaps	• vast and enormous	• extremely very
• puzzling in nature	• old and ancient	• quite fairly
• biography of his own	• incredible and unbelievable	• considerably and greatly
• throughout the entire summer	• same and unchanged	• easily readily
• maybe…unlikely	• costly and expensive	• very especially
• however…despite	• progress and advance	• generally normally
• not only…but also as well	• probably…must have been done	• almost nearly
• since/because/as…so/therefore	• old antique	• roughly about
• as…, so…	• divide up	• part and portion
• at least…or more	• join together	• equal to and the same as
• extinguish and put out	• surrounded on all sides	• synthetic and man-made
• rise and go up	• consensus of opinions	• sufficient enough
• establish and found	• a.m. in the morning	• original first
• differ and vary	• in the year of 2007	• audible to the ear
• find out and discover	• completely and totally	• short and brief
• enlarge and make bigger	• be inevitably doomed	• main/major and chief
• compile and put together	• gather together	• enough to/so
• ordinarily customarily	• and in this way	• from…down／up to

➲ 句子省略簡潔原則（brevity of the sentence）

劣	優
相同成分宜省略	
1. A was/have V-pp, was V-pp, and was V-pp	• A was/have V-pp, V-pp, and V-pp
2. by V-ing and by V-ing	• by V-ing and V-ing
3. A is the –est N…,and therefore is the –est N	• A is the –est N, and therefore the –est N
4. S1 has become more adj., and S2 has become more adj.	• S1 has become more adj., and S2 more adj.
5. When S V1, S V2…	• When Ving, S V…
6. 10 out of the Ns + V, but only one of the Ns + V…	• 10 out of the Ns + V, but only one Ns + V…
7. S + V for V-ing, not for V-ing	• S + V for V-ing, not V-ing
8. In Taiwan, 30% of Ns + V, compared with 20% of Ns in U.S.	• In Taiwan, 30% of Ns + V, compared with 20% in U.S.
9. N1 of N2 is N3, and N1 of N4 is N5	• N1 of N2 is N3, and that of N4 is N5
10. V-ing to…is to…	• to…is to…
可選擇省略與否	
11. whatever its merits may be	• whatever its merits
省略不可造成意思混淆不清	
12. S + V 20% in 1980, and in 1990 30%	• S + V 20% in 1980, and in 1990, the figure was 30%
13. S1 has been V-ing as do S2	• S1 has been V-ing as has S2

GMAT獨特用字二元法則（binary choice of words）

幾乎不選、少選	對應優先選擇
1. A instead of B	• A rather than B / Not A but B
2. due to	
3. like	• such as
4. Both…not	• neither…nor
5. so as to	• so that
6. being adj./N as being adj./N/V-ing	

十六、慣用表達（Idiomatic Expressions）

「慣用表達」可以算是GMAT考生在解題掙扎過程當中的一線曙機，其「立即性」可以幫助考生當下立刻刪除不正確的表達選項，減少不必要的句法修辭判斷。想在GMAT修辭考題中爭取時間，必須熟記各類常考之重要慣用語、片語、成語或是詞語搭配等等。

GMAT常考慣用語（Common Expressions）

重要詞語搭配	
1. Require require sb. to do sth. require of sb. to do sth. require of sb. sth. require that…S VR 2. Credit be credited with V-ing be credited for N take credits for be charged with be in charge of be responsible for take the responsibility of have responsibility for doing sth. A responsibility to do sth. give credits to sb. for sth. credit sb. sth. with doing sth. 3. Estimate estimate N at/to be N estimate N to be adj. estimate that S + V… It is estimated/anticipated that…	13. Order order sb. to do sth. order that S + VR 14. Make make N1 N2 make N adj. make do（勉強、湊合） make it adj. (for sb.) to so sth. 15. End end up + V-ing end with + N 16. Propose propose N propose to do sth. propose doing sth. propose that S + VR 17. Decide decide to do sth. decide on + N decide that… 18.Freedom of speech is essential

4. Aim aim to do sth. aimed at/for doing sth. 5. Suggest suggest + V-ing suggest sb. to do sth. suggest that S VR suggest that S will VR 6. Evidence evidence of + N evident that S + V… 7. Range range from A to B range between A and B 8. Damage do danger to sb. a damage to sth. be detrimental to 9. Equal be equal to be equivalent to the equivalent of 10. Likely be likely to Likewise,… …is alike …, as likely as not,… Likely/Unlikely,… likelihood of sth. likelihood that… It is likely that…（多為未來式） 11. Permit permit sb. to do sth. Permit doing sth. 12. Consider consider N1 N2 consider sth. to be adj.	19. Oppose be opposed to object to 20. Cost N1 costs N2 in… The cost of N1 in … is $ sth. cost sb. (money/energy) the cost to sb. of doing sth. 21. Condemn condemn sb. to（刑罰） sb. be condemned to（刑罰） 22. Conclude conclude with + N conclude by + V-ing 23. Differ differ A from B differentiate A from B sth. distinguish A from B sb. distinguish between A and B different between A and B 24. Pursuit in pursuit of to pursuit for for a foray into 25. Rule rule on sth. rule that… 26. Compare compare to（比喻作……） compare with…（和……比較） 27. Replace the replacement of A by/with B a replacement for sth. to replace sth. with/by sth. 28. Possibility the possibility of doing sth. The possibility that（同位語）

固定慣用語	
• rather than + VR • determined by • as revealed in • in protest of • look ahead to	• look ahead to • focus on = center • the degree/extent to which • not only…but also • either A or B

• be compromised for	• interval between (NOT *of*)
• be handicapped by	• neither A nor B
• be liable to	• between A and B
• be dubious about	• both A and B
• be dedicated to	• attempt to
• be devoted to	• attend to
• be crucial in	• have impact/effect on
• be rooted in	• an increase /decrease of %
• be intended to	• responding to/in response to
• be isolated from	• Relative to = Compared with
• be inclined to	• on display in
• be predisposed to	• view/think of/perceive/regard/depict…as
• be susceptible to	• be seen/acclaimed/prized as
• be subject to	• in a performance of（扮演）
• be thought of as	• (Just) as S1 + V…, so S2 + V…
• be fascinated with	• to opt for
• be associated with	• the rates for
• be linked to	• aspire to/after
• be regarded as + N/adj.	• substitute A for B
• be considered + N/adj.	• take turns V-ing
• be in danger of V-ing	• liken A to B 把A比成B
• of a kind/a type/ a genre（屬於某一範疇、種類……）	• merge A with B結合AB
• prohibit/keep/prevent from	• model A after B（以A為模型創造B）
• the need for sb. to do sth.	• the resistance of A to B
• the right of sb. to do sth.	• at the invitation /request of sb.
• the use of sth. to do sth.	
易混淆動詞三態變化	
• spread ➔ spread ➔ spread	
搭配修飾語	
• a large staff/vocabulary/number • a wealth of theories	• greater weight/resources（*more resources錯誤）

十七、學術英文寫作時式之探討（Tenses in Academic Writing）

學術英文裡所使用的時式變化，長久以來就為以英語為外語（EFL）的學生所頭痛。國內外英語相關的研究所學生無論是碩士班或是博士班的學生，在選擇時式的使用時，往往會陷入兩難的局面。

在台灣，許多大學教授認為在學術英文（academic writing）中，引用學者專家的理論或學說應當一致使用過去時態（past tense），這樣的說法顯然是一種誤解，國內外的相關研究在這一方面著墨屈指可數，許多文法、修辭專家學者在期刊論文中發表了不少冠冕堂皇的學術文章，卻很少有人對學術英文的時態作深入的探討。本章將以簡單的方式大概介紹學術英文在時態上的應用，不同於市面上一般文法書的論述方式，本章節亦會對英文中時式中的時間概念及使用做完整的交代。

英文的時式，在所有的文法概念裡面應當算是最複雜的章節之一，舉例來說，英文其實並沒有表達真正的未來的時式。以往老一輩的英文老師教導我們，will翻譯成「將要」，這樣的說法是錯誤的。充其量，will所可以表達的只是一種「預測的未來」，而非「純粹的真正未來」。簡言之，will只能翻譯成「要」（表達預測或說話當下的意願）而非「將」（表達純粹的未來時間指涉）。

另一方面，英文的現在式（present tense）不僅可以表示現在目前的狀況、習慣、能力等等，更可以指涉到過去甚至未來的時間。

語言學家在這一個文法領域裡，亦有些許的相關論述，只不過，筆者認為語言學中的句法學所能夠清楚闡述文法深層涵義的部分實在不足，即使是語言學大家杭士基（Chomsky）所提倡的生成語法（generative grammar）也僅僅都限制在形式文法（formal grammar）的框架裡而已。無法作全面性的解釋。

我們先來看一下語言學家George Yule在其著作Explanation English Grammar中對學術英文的時式應用所做的闡述：

> **…There is a tendency to use past tense forms to report on research that is identified as a finding, but not the type of findings that the author uses as a generalization. Generalizations are expressed in the present tense….Some specific results are reported in the past tense, with the researchers as agents.**
>
> **（呈現研究成果時，通常使用過去時式，這點和研究學者把研究成果已經當作是一種一般概念的情況不盡相同。）**

例句 (a) *In one of the experiments carried out by Cochrane (1980), Japanese children scored higher than adults.*

In contrast, generalizations by the current writer(s) are made in the present tense, with researchers' names and publication dates in brackets, but not as agents.

(b) *That some ontogenetic neurological change limits the ability of adults to learn a new sound system is not proven (see, e.g., Flege 1988; Leather 1988).*

基本上，Yule的概念已經初步表現出學術英文的使用狀況，不過，並非所有以研究者為施事者（agent）的情況，所有的動詞都必須改成過去時式（past tense），Yule這樣的說法顯然跟實際研究學者的使用情況大相逕庭。

筆者主張，動詞到底該使用現在式亦或是過去時式應當考慮兩點：

1. 動詞的時間概念

2. 論述為一實驗結果或僅僅是一個概念。

動詞如果代表的是時間概念為較短的動作，如：report, point out, mention, find, examine,compare等等則會比較趨向於使用過去時式，因為這一個短的動作，應該是在過去的某一個特定的時間點發生的。哪怕後面的陳述不是一個實驗的立即結果也無所謂。舉例來說：

Buttjes and Byram (1991) *approached* the teaching of language and culture are integrated and advocated intercultural mediation to serve as a source of casual knowledge about culture.

以上這一個句子，approach使用了過去時式，但是後面的論述並不見得是一個研究實驗的成果，就算是，也已經在研究實驗的成果之後轉變成一種一般的理論或概念，更不用提那些純粹質性分析（qualitative analysis）下衍生出來的概念了！

另一方面，其他時間概念相對較長的動詞如：state、claim、contend、assert、argue、say等等則後面多跟著概念式的描述結果。

但是，經由閱讀不難發現，經常會看見同一種動詞卻同時出現了這兩種用法，這是因為動詞在中文翻譯不同的關係，一個動詞往往有幾種不同的翻譯方式，當翻譯的方式賦予同樣的動詞不同的意義的時候，其時間概念當然也會跟著改變，看看以下兩組例子：

A. State

例句 (a) The function of non-referential clause subjects in academic writing in English is discussed in Biber (1988) and in Quirk et al. (1985), who *state* that it has little lexical content.

(b) Jacobs (1995) *stated* that concessive clauses can be used to contrast ideas and that the information included in the subordinate structures is usually less crucial than that in the independent clause.

B. Observe

例句 (a) Thomas (1983, 1984) *observes* that nonnative speakers are often perceived to display inappropriate language behaviors and often are not even aware that they do.

(b) Byram (1989) *observed* that culture represents "hidden" curriculum in second and foreign language teaching.

上述例句之所以會有出現混用的狀況，絕非如部分不求甚解的大學教授所採取的全部過去式用法，亦非Yule所提出的理由。從state用法的例子中不難發現，後面兩句論述內容均和文法有關聯，這樣的論述通常不太可能是一個實驗結果。這個時候想要了解原因，就必須看動詞的類別及解釋。

第一組例句中，state應當翻譯做「宣稱、認為」等較靜態的心理概念；而stated則為（在過去某一個時間點）「提出說明」的意思。

簡言之，該使用現在式或過去式在學術英文寫作當中，說穿了僅是一個人的邏輯判斷以及對於動詞的了解與否而已。學習形式文法的人，僅看見出現的用法就如法炮製、照本宣科的使用。這也是太過依賴句法學（syntax）很容易出現的弊病。經過以上的闡述說明，我們知道其應用十分的彈性，不過即使如此，我們還是應該去做深層的語意區分，寫出最正確的學術英文。舉例來說：如果研究者想要陳述的是一個研究的實驗結果，當然會傾向以上述時間概念較短的動詞搭配過去時式使用；相反地，如果論述內容並非實驗結果，僅僅是一個概念，那麼使用現在式或過去式其時間指涉跟中文翻譯的意思當然就不同。雖然並非所有的動詞都可以混用，但是只要細心思考觀察，搭配大量的閱讀，這方面的語感必會變得十分強烈。

最後，筆者在各知名教育學家的著作中蒐集一些相關例句，以便各位參考以及做更深入的思考！

例句 （a）Strevens (1987) **asserts** that the need for (Aristotelian) rhetorical objectivity and justification may present a formidable obstacle for L2 learners if they are "absent in the learner's culture".

（b）Leki (1995) **devotes** several sections of her textbook to using, gathering, arranging, and presenting "objective pieces of evidence" and establishing the writer's credibility in order to convince the reader.

（c）Damen (1987) **summarizes** this point forcefully: "The current dedication to the development of the communicative competence of language learners mandated the development of the intercultural communicative skills and an understanding of the part of students and teachers alike."

（d）As Meyer (1991) **says**, "intercultural competence includes the capacity of stabilizing one's self-identity in the process of cross-cultural mediation, and of helping people to stabilize their self-identity."

這裡的say之所以用現在式可以看作以下兩種可能性：

（a）Meyer這位學者人依然健在，他所提出的這個概念影響力十分鉅大，到現在依然如故。

（b）"say"在這裡翻譯成「宣稱」（有點類似state而非「說」）。這樣的用法是表示說話者一般的一個信念或想法概念，翻譯的時候就會有不同的解釋。

在英文裡，有一種動詞叫做「溝通動詞」（communication verbs）。這一類動詞包含say ,hear, learn（知道、通曉）、understand……等。當這類動詞的「溝通」效果仍然存在或影響到現在，那麼我們也會使用現在式。

例句 （a）Hueber (1983) **classifies** it as a complex syntactic hedging device that removes the main proposition to the secondary clausal position.

（b）Meyers (1989) **comments** that, in academic writing in English, the filler it serves to depersonalize text and create a sense of hedged objectivity, particularly when accompanied by private and perception verbs that mark evidentiality (e.g., seem/ appear).

（c）Maynard (1993) **shows** that the speaker/writer in Japanese is assumed to be subjunctive and the need to support a generalization may not apply.

（d）Similarily, Flowerdew and Miller (1995) **refer to** ethnic culture, local culture, academic culture, and disciplinary culture when they discuss the specifics of academic demands on nonnative speakers of English faced with a second language medium of instruction.

（e）Rosaldo (1984) **points out** that culture is "far more than a mere catalogue of rituals and beliefs."

(f) Hymes (1972b) **notes** that in linguistics, a descriptive theory of speech and interaction has to consider the "speech community," to be "all forms of language, including writing…," and speech events."

(g) Hymes (1996)similarly **calls for** the introducing ethnography and research on influences of culture on language into education and **states** that both disciplines can draw on and change one another.

(h) Bryam (1991, p. 22) **specified** that the analysis of sociological, structural, and cultural aspects of languages enhances "the language awareness component" of learning and contributes directly to the learner awareness of language and proficiency as a whole.

(i) Kordes (1991, p. 288) **reports** that after 3 years of French study, including time in country, one third of students in a sixth German Oberstufe remained monocultural, a small minority attained some intercultural understanding, and only six students reached the level of transculturation, in which they achieved some degree of identification with the foreign culture.

(j) Corder (1971) **provided** a model for identifying erroneous or idiosyncratic utterances in a second language.

(k) Tannen (1996) and others **have found** that males place more value, in conversational interaction, on status and report talk, competing for the floor, while females value connection and rapport, fulfilling their role as more "cooperative and facilitative conversationalists, connected for their partner's positive face needs".

(l) Torrance (1980) **lists** several characteristics of left-and-right-brain dominance.

(m) Collins and Gentner (1980) **make** the following observation about native-speaker writing:

(n) Kennedy (1985) **gave** college students three related articles and instructed them to write an objective essay on the material in the articles.

(o) MacLaughlin, Rossman and McLeod (1983) argue against Krashen's 'learning-acquisition' distinction because it rests on what they consider to be the unsupportable distinction between conscious and unconscious knowledge.

(p) Sternberg and Powell (1983) **use** eight functional categories which describe the type of information conveyed rather than the devices used to convey the information.

(q) Manzo (1970) **suggests** that extra points be given for correct answers.

(r) Nation and Kennedy (1994) **found** that academic vocabulary (the University Word List) accounted for 8.4 % of the tokens in the Learned and Scientific sections of the LOB and Wellington corpora, and 8.7% of the tokens in an academic corpus.

(s) Baxter (1980) **argues** that using a monolingual dictionary makes learners realize that meaning can be conveyed by a definition to make up for gaps in their productive vocabulary.

附錄一　譯文範本分析

留學申請文件校長推薦信

本人陳弘育目前為陽明國中校長，得知陳弈老師欲前往美國再學習進修，本人非常高興並樂於出具此一推薦信函，支持陳老師於貴系就讀高等教研所課程。

陳老師在當初大學一畢業，即以高分考進本校擔任導師一職，在服務的這五年，陳老師認真負責的態度令人印象深刻，雖然年輕但是努力學習的精神值得大家讚賞，和同事間互動良好，在家長的口中更是一位教學活潑、班級經營技巧好的老師，和學生的關係良好，因此得到學生們的信任，也使學生在課業和生活品行中有顯著的進步並且建立學生的上進心和自信心，實在是一位用心的老師。

除了擔任三年級的導師之外並擔任學校的英語老師在課程的教授相當的認真，受到學生的好評和同仁的讚美，還要兼任企鵝班指導老師（具有英語學習天賦的學生組成班級）的行政工作，今年寒假更主持英語冬令營，工作量十分龐大。然而，他仍利用公餘時間，全力充實本身的學識，這樣的好學精神令我深感佩服。陳老師確實是一位優秀的教育工作者我認為他的個性與才能很適合做高等教育行政的研究，我也相信以他對於教育領域，充滿得無比熱誠，一定能全心投入於修讀貴學院的教育碩士課程。

To whom it may concern,

My name is Hung-Yu Chen. I am currently serving as the principal of Kaohsiung Municipal Yang-Ming Senior High school, Kaohsiung City, Taiwan. Having learned Chen-Yi's wishing to pursue further studies in the States, I feel much honored to endorse his credentials via this recommendation letter.

Right after the coda of his long but abundant journey in his professional academic arena, Chen-Yi overwhelmingly surpassed all other competitors in the screening test. During the five years as the homeroom teacher in our school, Chen-Yi has been very cooperative and conscientious, to those I together with any of his acquaintances, even a nodding one included, am willing to give a standing ovation. Young as he is, Chen-Yi always impresses people by his seasoned performance and contribution in teaching. There is never a single person around him but credits Chen-Yi with such merits as excellent classroom management skills, sound relationship with students as well as colleagues, and his devotion to the profession. Of course, the list goes on and on.

Chen-Yi is not so much as a seasoned instructor as a mentor to her students. To make it clearer, in addition to his professional role as both a teacher and a homeroom teacher, he also spares his precious hours out of his hectic schedule to be the advisor of "The Penguin Class", an elite group in which encompasses a number of learners who are endowed with flair in specific academic field based on the upshot of a series of aptitude tests. On top of that, his great workload did not result in his absence from the Winter English Camp that took place during the winter break this year. Axiomatically, such would be the direct evidence bearing witness to his being qualified to get the precious chance to be one of your prospective students in the near future. His determination and inspiration would serve as the mother lode in the teaching profession and academic research. I am impatient to give him a thumbs-up.

To conclude in a laconic fashion, I am certain that with his complete credentials, enthusiasm, strong passion and positive attitudes towards the teaching profession, Chen-Yi's achievement in research can be dredged up through the professional guidance in your department. I am, therefore, very pleased to be able to commend him to your attention with my enthusiasm and regard. I am certain that his contributions and devotion to the area of education can be expected in the near future.

Sincerely,
H.Y. Chen.
Kaohsiung Municipal Yang Ming Junior High School

留學文件主管推薦信

敬啟者您好：

本人為台灣積體電路製造股份有限公司（TSMC）六廠擴散工程部經理陳弘育（H.Y.Chen），本公司提供先進晶圓製程技術與最佳的製造效率。 根據IC Insight在1997年三月發表的報告，台積公司在2006年是全球第六大半導體公司。陳弈（Chen-Yi）先生即擔任本公司Diffusion Engineering Dept工程師，其職務內容除了排除生產線上硬體所發生的問題外，亦負責協調生產線上產能的分配，此外，尚須策劃與執行擴充產能與增加產品競爭力等計畫，例如改善設備運作效率及有效降低營運成本，他在面對問題與挫折，以及和不同部門間的合作態度，讓我非常欣賞，今欣知他有心出國深造，我很樂意為他寫這封推薦信。

陳弈個性嚴謹，工作態度認真，行事秉持著本公司的經營理念ICIC（Integrity, Customer partnership,innovation,commitment）。誠信正直。與 客戶建立深遠並信賴的關係。 創新，並具有執行力 。信守其承諾。在解決問題方面，會先了解問題的本質是什麼，對於所需處理的問題有全面性的觀點後，以最有效率的方式完成。對於策劃與執行力方面，可發現在和不同領域的同事合作之下，具有良好的溝通和規劃。當所決定的命令下達給生產線上的操作員之前，會先與操作員確認實際執行上有無困難，做好完善的配套措施後執行，達到預期最佳的效率。陳弈曾表示，工程唯有和管理密切的結合，才能發揮最大的功效。

這是我的榮幸推薦陳弈，我以他在本公司的表現幾乎都保持在前百分之五 感到驕傲，我深信他會在貴所表現的比其他同儕更優秀。等他未來學成後，也能對這社會有所貢獻。我深切希望貴校能與以陳弈為優先考量，相信他在貴校的培育下，往後在諮商輔導的領域中定能有更優秀的表現。

台灣積體電路製造股份有限公司六廠
擴散工程部經理 陳弘育（H.Y.Chen）
（Taiwan Semiconductor Manufacturing Company Limited）

To whom it may concern:

I would like to take this opportunity to make a formal recommendation for Chen-Yi. As a TSMC FAB. 6 Section Diffusion Manager, via this recommendation letter, I am impatient to confirm his vitality in wishing to pursue further studies in your department. Our company offers leading-edge, advanced wafer Fabrication technology with greatest manufacturing efficiency. According to a research paper presented by IC Insight in March, 2006, TSMC （Taiwan Semiconductor Manufacturing Company Limited） was pigeonholed as the six largest of the global semiconductor companies to date. Chen-Yi is affiliated to the Diffusion Engineering Department, occupying an instrumental position as a seasoned engineer. His responsibilities range from the exclusion of a plethora of hardware-generated problems to the coordination of capacity distribution in the production line. In the bargain, rough-cut plans to maximizing capacity as well as to boosting the product competitiveness such the increase of our equipment operation efficiency and cost-cutting are, of course, the habitué of his hectic schedule, to those along with his being willing to cooperate as well as his turning on a dime whenever faced with difficulties I give a standing ovation. This recommendation letter does serve as one bearing witness to my wholeheartedness and eagerness to recommend Chen-Yi to you.

Chen-Yi is conscientious, diligent, and willing to cooperate all the time. Integral creative as he is, Chen-Yi has long built up a solid relationship with his clients. On the other hand, in problem solving, there is no any single case but he sets great store by spotting, delving into, and dredging up the gist and fine prints of a variety of problems before submitting a plausible and feasible solution with efficiency. As for his vision and execution, communication always precedes any pivotal decision made. Hammering home or putting a new premium on one's capacity to organize well at the stage and incipience of planning and discussion he holds to be of top priority before passing on any orders or directions to production line workers. Only when such an interrelated web is established can an inspiring upshot is reached.

In a nutshell, the pleasure is mine to make an official recommendation for Mr. Chen to you. His top performance did serve as the catholicon to all frustrations and sufferings of our company. I take them as a recognition and minor achievement of our company in disguise. It is my contention that the above-mentioned credentials are the backroom boys to his being admitted to your department. I have no doubt that he will go on to make a distinguished name for himself in whatever professional areas he undertakes, and that he will, therefore, bring considerable honor to the corporation with which he is affiliated. I am, therefore, very pleased to be able to commend him to your attention with my enthusiasm and regard. I am certain that his contributions and devotion to the area of Counseling and Guidance can be expected in the near future.

Sincerely,
H.Y.Chen
TSMC FAB. 6 Section Diffusion Manager
Taiwan Semiconductor Manufacturing Company Limited

附錄二　英語譯音表

	輔音	b	P	d	t	g	k	v	w	f	z dz	ts
母音		布	普	德	特	格	夫 （弗）	夫 （弗）	夫 （弗）	茲	茨	斯 （絲）
a : æ ʌ	阿	巴	帕	達	塔	加	卡	瓦 （娃）	瓦 （娃）	法 （娃）	扎	察
e/ei	埃	貝	佩	德	特泰	蓋	凱	韋	韋	費	澤	策
ə : ə	厄	伯	珀	德	特	克	弗	沃	弗	澤	策	瑟
i : i （j）	伊	比	皮	迪	蒂	吉	基	維	威	菲	齊	齊
ɔo : oʊoəʊ	奧	博	波	多	托	戈	科	沃	沃	福	佐	措
u : u	烏	布	普	杜	圖	古	庫	武	伍	富	祖	楚
ju : ju	尤	比尤	皮尤	迪尤	蒂尤	久	丘	維尤	威尤	菲尤	久	丘
ai	艾	拜	派	代	泰	蓋	凱	韋	懷	法	宰	蔡
au	奧	鮑	保	道	陶	高	考	沃	沃	福	藻	曹
æn ʌn an æŋ	安	班	潘	丹	坦	甘	坎	萬	萬	凡	贊	燦
a : naun ʌŋɔ : nɔɔŋ	昂	邦	龐	當	唐	剛	康	旺	旺	方	藏	倉
eneŋə : nɔneŋ	恩	本	彭	登	滕	根	肯	文	文	芬	曾	岑
ini : niənjən	因	賓	平	丁	廷	金	金	溫	溫	芬	津	欣
iŋ	英	賓	平	丁	廷	京	金	溫	溫	芬	京	青
u : nunoun	溫	本	蓬	敦	通	貢	昆	文	文	豐	尊	聰
uŋ	翁宏	邦	蓬	東	通	貢	孔	翁	翁	豐	宗	聰

	輔音	sðθ	ʒ	ʃ	dʒ	tʃ	h	m	n	l	r*	j	ɑw	kw	hw
母音		斯 （絲）	曰	什	奇	奇	赫	姆	恩	爾	爾	伊	古	庫	胡
a : æ ʌ		薩 （莎）	扎	沙 （莎）	賈	察	哈	馬 （瑪）	納 （娜）	拉	拉	亞 （婭）	瓜	誇	華
e/ei		塞	熱	謝	傑	切	赫 黑	梅	內	萊	雷 （蕾）	耶	圭	奎	惠
ə : ə		瑟	熱	舍	哲	徹	赫	默	納 （娜）	勒	勒	耶	果	闊	霍
i : i （j）		西	日	希	吉	奇	希	米	尼 （妮）	利 （莉）	里 （麗）	伊	圭	奎	惠
ɔo : oʊoəʊ		索	若	肖	喬	喬	霍	莫	諾	洛	羅 （蘿）	約	果	闊	霍
u : u		蘇	茹	舒	朱	楚	胡	穆	努	盧	魯	尤		庫	
ju : ju		休		休	久	丘	休	繆	紐	柳	留				
ai		賽		夏	賈	柴	海	邁	奈	萊	賴	耶	瓜伊	誇	懷
au		紹		紹	焦	喬	豪	毛	瑙	勞	勞	堯		闊	
æn ʌn an æŋ		桑		尚	詹	錢	漢	曼	南	蘭	蘭	揚	關	寬	環
a : naun ʌŋɔ : nɔɔŋ		桑	讓	尚	章	呂	杭	芒	南	朗	朗	揚	光	匡	黃
eneŋə : nɔneŋ		森	任	申	真	琴	亨	門	嫩	倫	倫	延	吉恩	昆	
ini : niənjən		辛		欣	金	欽	欣	明	寧	林 （琳）	林 （琳）	因	古因	昆	
iŋ		幸		興	京	青	興	明	寧	林 （琳）	林 （琳）	英	古英		
u : nunoun		孫		順	準	春	洪	蒙	農	倫	倫	雲			
uŋ		松	容	雄	瓊	瓊	洪	蒙	農	隆	龍	永			洪

（資料來源：世界人名翻譯大辭典，新華社譯名室編，1993年10月）

【說明】

a在詞首發 [ə] 時，按 [a:] 行譯寫；ia在詞尾時，a按「亞」譯寫；
母音a、e、i、o和u在非重音節時，一般形譯；雙母音ai和ay在詞首時，按「艾」行譯寫； r或re在詞尾，音標為 [ə] 時，均按「爾」譯寫； [tr] 和 [dr] 分別按 [t] 加 [r] 和 [d] 加 [r] 行漢字譯寫； m在b或p前時按 [n] 行譯寫，但當m後面的b不發音，m仍按 [m] 譯寫；
濁輔音清化或清輔音濁化一般仍按形譯；（婭）、（瑪）、（琳）、（娜）、（麗）、（莉）、（莎）、（黛）、（絲）和（妮）等用於女性名字，（弗）用於詞首。

【女性名字用字（按漢語拼音排列）】

莉、麗、蓮、蕾、琳、蘿、瑪、娜、妮、莎、絲、娃和婭。其他可用的字包括：黛（dai）、芙（fu）和珍（zhen）。

【其它用字】

弗和戴，一般用於詞首；德，一般用於詞首和詞尾；
「/」表示該行有數個語音組合，而大部分用字相同，有異者以此符號分隔。
漢語拼音Dong、nan和xi的譯音用於人名時，可使用東、南和西；用於地名時，可使用漢字棟、楠和錫。
譯音表暫以中國大陸的資料為準。音譯時除了可參考譯音表，也需要顧及名從主人和約定俗成的原則。

附錄三　英文書信地址音譯

如果您不知道如何寫出正確的英文地址，請利用下面的列表，用道路名稱的國語注音，找出相對的英文拼音，最後再依按照樓層、門牌號碼、弄、巷、路街名、鄉鎮、縣市、省、國家依序填寫。

範例

台北市凱達格蘭大道123巷4弄5之6號7樓

7 Fl., No. 5-6, Alley 4, Lane 123, Kaidagelandadau Blvd., Taipei, Taiwan, R.O.C.

英文	縮寫	拼音	中文	英文	縮寫	拼音	中文
Road	Rd.	Lu	路	Lane	Ln.	Siang	巷
Street	St.	Jie	街	Alley	Aly.	Long	弄
Boulevard	Blvd.	DaDao	大道（最大）	Number	No.	Hao	號
Avenue	Ave.	DaDao	大道	Floor	F	Lo	樓
Expressway	Expwy.	KuaiDao	快速道路	Room	Rm.	Shi	室
East	E.	Dong	東	Province	Prov.	Sheng	省
West	W.	Si	西	City		Shi	市
South	S.	Nan	南	County		Sian	縣
North	N.	Bei	北	District	Dist.	Qu	區
First	1st	Yi	一	Town		Siang	鄉
Second	2nd	Err	二	Town		Zhen	鎮
Third	3rd	San	三	Village	Vill.	Tsuen	村
Fourth	4th	S	四			Li	里
Section	Sec.	Duan	段	Neighborhood		Lin	鄰

（摘自：中華郵政全球資訊網）

2

Reading Is A Psycholinguistic Guessing Game
—— Kenneth Goodman

Reading

托福閱讀八大題型破解
TOEFL Reading Skills

托福測驗（TOEFL）歷經幾次重大變革，從最早的PBT（Paper-Based Test）、電腦輔助測驗CBT（Computer-Based Test）到改良過後的iBT（Internet-Based Test）。由於寫作測驗加入了閱讀聽力結合的整合性寫作（Integrated Writing）及口說測驗，許多考生對於新一代托福測驗望之怯步。然而，在ETS逐年增加托福難度的同時，考生唯有把握住閱讀測驗以及獨立式寫作（Independent Writing）的優勢，才能勝出。托福閱讀改變不大，只要對題型有深入了解，拿滿分並不是難事！筆者整合教授托福閱讀及寫作經驗，對各種類型考題深入的分析及講解如下，國內研究所或較高級的英文測驗考試通常都會使用托福程度的文章為題材，此部分對於國內外升學、留學、證照測驗有極大的幫助！

iBT閱讀一次有3至5篇文章，每篇約有12至14道考題，700字左右，在限時60-100分鐘內完成，共有八大類題如下：

一、字彙題（Vocabulary/Synonym/Antonym）

「字彙題」要求考生在四個選項中選擇一個符合上下文的「近義詞」，和GRE字彙（Verbal）考題一樣，此部分測驗的是學生是否可以由上下文得知最恰當的代換，但字彙能力較佳的考生，很少需要真正經由文章上下文判斷即可以「理解出」正確選項。

A. ETS對於字彙考題的定義：

定義 These questions ask you to identify the meanings of individual words and phrases as they are used in the reading passage (a word might have more than one meaning, but in the reading passage, only one of those meanings is relevant.) There is no “list of words” that must be tested. Usually a word or phrase is chosen to be tested as vocabulary item because understanding that word or phrase is important to understanding a large or important part of the passage. ***On the TOEFL iBT, words in the passage that are unusual, technical, or have special meanings in the context of the topic are defined for you.*** If you click on the word in the passage, a definition will appear in a box. Naturally, words that are tested as vocabulary questions are not defined for you.

B.字彙考題題型辨認

題型 Vocabulary questions are usually easy to identify. You will see one word or phrase highlighted in the passage. You are then asked a question like this:

➔ The word X in the passage is closest in meaning to…

In the case of a phrase, the question might be:

➔ In stating X, the author means that…

C.字彙考題技巧

技巧 Remember that the question is not just asking the meaning of a word; it is asking for the meaning as it is used in passage. Do not just choose an answer just because it can be a correct meaning of the word; understand which meaning the author is using in the passage.

關於托福字彙題目，除了考生所具備的能力之外，尚需使用某些技巧推敲出字彙可能代表的意思。在考生無法當下立判字彙所代表的意義時，這些技巧可以有效率地迅速幫助考生篩選出最適當的選項。常見的方法如下：

1.反義推敲

「反義推敲」指的是，某個單字前後出現的內容提示考生前後句子為反義關係。例如：「老虎是______的動物，相反地兔子則是草食性動物」。我們可以由句子後面的「草食性動物」（herbivorous）推敲出正確答案應為「肉食性動物」（carnivorous）。因此必須注意句子有無相反的連接詞如rather than, instead of, unlike, contrast, on the contrary…等具有反義連接的詞語。

例題 The main conflict in the novel is between a mother who ***places a high value*** on hard work and honor and a son who ***repudiates*** his mother's values instead preferring the easier path to fortune and celebrity

問題 The word ***repudiates*** in the passage in closest in meaning to __________

（A） refuses to accep　　（B） lives up to

（C） tries to understand　　（D） makes the best of

很明顯的，我們利用前一句的places high values推敲出相反的詞義，得知repudiate至少應為「負面語義」，因而判斷正確答案為（A）選項。

2.並列關係推敲

不管是寫作或是閱讀，使用並列關係詞與連接的事物必須有「對等性」與「可比性」。所謂並列關係詞語如and, not only ..but also, as…as…, both…and…, either… or…, neither… nor…等。

例題 She ***embarked*** on her career by working as a newspaper reporter in Wisconsin and soon began writing novels.

問題 The phrase ***embarked*** on in this sentence is closest in meaning to_______.
（A） took a trip to （B） started out on
（C） improved upon （D） had a opinion about

這是一個明顯的類似敘述，當考生看見began writing novels時，與上句embarked on her career對照概念互相吻合，即可以得知embarked應該同義於began（開始），因此正確答案為（B）選項。

3. 解釋關係推敲

這是利用句子間的邏輯關係推敲字義的技巧，考生可以利用句子的「因果關係」、「讓步關係」等正確推敲出適當的語義，考生須注意某些連接詞如：contribute to, take credits for, be credited with, be responsible for, since, inasmuch as, on the grounds that, for, in that等等，即可正確無誤的推敲出最適當的選項。

例題 His big ***break*** came with the novel *so big* (1924), which was ***awarded*** the Pulitzer in literature.

問題 The word ***break*** in this sentence could best be replaced by _______.
（A）rupture （B）revelation （C）opportunity （D）rest

由後面的修飾句子——which was awarded the Pulitzer in Literature告訴我們，break必定是一帶有「正面意義」之解釋，只有（C）選項符合。

4.動賓關係推敲

這點屬於修辭中的「動賓邏輯關係」判斷，中文的語義在這方面可以有很大的幫助，換句話說，動詞其所接受的受詞必須在邏輯與語義上是有意義的。

例題 The oxidation of exhaust gases is one of primary sources of the world's pollutions. The ***brown haze*** that is ***poised*** over some of the world's largest cities is properly called ***photochemical smog***.

問題 The word ***poised*** in this sentence is closest in meaning to __________.
（A） interacting （B） sitting （C） blowing （D） poisoning

首先從搭配關係上可以排除interacting, interact with。然後可以從上下文關係排除 blowing over，因為吹走了就不會有smog。而poison在考試中只有當「及物動詞」時才有pollute的含義，「不及物動詞」則只有一種含義，表示「投毒」。

5.形容詞／名詞修飾關係推敲

同上，此種技巧仍是利用考生語言的邏輯與語感，進而判斷形容詞與所欲修飾的名詞之間的關係。

例題 When the gas reaches the air, it comes into contact with available oxygen from atmosphere and combines with the oxygen to produce nitrogen dioxide (No2), which is a gas with a ***brownish hue***.

題目 The word ***hue*** in this sentence is closest in meaning to
（A）color （B）odor （C）thickness （D）smoke

首先從形容詞修飾名詞關係可以直接排除odor與thickness，另外由a gas with brownish hue前面的gas 排除smoke，所以正確答案是（A）。

字彙準備方法

而提到關於字彙的準備方法，主要有兩個大方向：「托福一般字彙」與「托福專業字彙」，坊間關於iBT閱讀所出版的字彙書籍，大同小異，以下依序簡單介紹托福字彙準備方向：

1.托福閱讀一般字彙

字彙能力攸關閱讀過程順暢與否，屬於托福考試中最基本也最重要的部分。基本上，托福字彙可以依照程度區分為三個層級，考生必須在進入托福準備課程之前，先對自己的字彙能力有通盤的了解，才能對症下藥，收得事半功倍之效。這三個層級依序為：

初級程度（500～550分）
中級程度（550～600分）
高級程度（600以上）

請各位讀者使用以下三組題目自我檢視，自己的字彙能力屬於哪一層級，作為準備的依據標準：

（1）初級程度

1. The __________ rain caused the river to overflow its banks.
   （A） abstract （B） indigenous （C） hollow （D） incessant
2. With its __________ engine, the car performed better than we had hoped.
   （A） marginalized （B） rigorous （C） modifieds （D） garner
3. A heavy object will __________ other objects toward it by its gravity.
   （A） drain （B） draw （C） exploit （D） colloquial
4. Over the sounds of the storm, she could not hear the __________ sound of footsteps outside her bedroom door.
   （A） acclaimed （B） condemned （C） eternal （D） fainter
5. Through his __________, the billionaire will be remembered for many centuries.
   （A） binary （B） ordeal （C） taboo （D） legacy
6. Several individuals from __________ groups of society protested in front of the government offices today.
   （A） encrypted （B） incessant （C） marginalized （D） inalienable
7. Providing an excellent view of the landscape up to 120 miles in all directions, the mountain __________ over the surrounding countryside.
   （A） deviates （B） lies （C） portrays （D） towers
8. Some career choices are better suited for individuals with good problem-solving skills and _________ minds.
   （A） analytical （B） beneficial （C） dependent （D） epic
9. The people of that particular village are famous for the goods they **create**.
   （A） depict （B） impart （C） adorn （D） craft
10. He focused his telescope on a small **group** of stars high in the night sky.
    （A） cluster （B） memory （C） temperance （D） colonist
11. It is my great privilege to accept this **important** award on behalf of my colleague.
    （A） acrobatic （B） devastating （C） implicit （D） prestigious
12. The pot holds enough water for **approximately** four cups of tea.
    （A） attentively （B） respectively （C） roughly （D） widely
13. With most advertisements, the **suggestion** is that newer is better.
    （A） conception （B） triumph （C） implication （D） manipulation
14. That is considered a **forbidden** subject in my family's household.
    （A） taboo （B） prestigious （C） rigorous （D） marginalized
15. Not so long ago, eye surgery of any kind was often a difficult **experience** for the patient.
    （A） circuit （B） mime （C） ordeal （D） set

参考答案：

1. D　2. C　3. B　4. D　5. D　6. C　7. D　8. A　9. D
10. A　11. D　12. C　13. C　14. A　15. C

（2）中級程度

16. The government continues to disparage smoking because of its __________effects on the body.
（A） distinctive　（B） detrimental　（C） preeminent　（D） emblematic

17. The woman filed a law suit after her ex-husband continued to __________ her.
（A） immerse　（B） weak havoc　（C） harass　（D） manipulate

18. Winning him over was no difficulty. He already seemed __________ to our ideas.
（A） predisposed　（B） permissive　（C） contradictory　（D） dramatic

19. He was __________ toward her bad manners, but he couldn't accept her constant swearing.
（A） unsure　（B） contradictory　（C） tolerant　（D） literary

20. With the destruction caused by hurricane damage, the government needed to __________ some swift procedures.
（A） implement　（B） ensure　（C） enable　（D） attribute

21. His promotion to vice executive marked a distinctive __________ in his career.
（A） gesture　（B） outcome　（C） onset　（D） milestone

22. Even with their persistent attempts to __________ him, his drug habit could never be taken.
（A） manipulate　（B） rehabilitate　（C） predispose　（D） incarcerate

23. Without their direct __________, this company would have collapsed under all the current economic pressure.
（A） improvisation　（B） intervention　（C） encroachment　（D） inception

24. The company expects all senior management at the convention when we __________ our new range of products.
（A） insulate　（B） popularize　（C） pinpoint　（D） unveil

25. The company's sales have increased significantly after their __________ advertising campaign.
（A） instrumental　（B） innovative　（C） buoyant　（D） preeminent

26. They are so similar, you would need an expert to __________ them.
（A） trace　（B） pinpoint　（C） differentiate　（D） dedicate

27. He is very __________ individual. He needs to relax a little.
（A） intense　（B） emote　（C） distinctive　（D） tolerant

28. As a lawyer, he shouldn't make so many __________ statements in his cases.
（A） instrumental　（B） emblematic　（C） climatic　（D） contradictory

29. Since its __________ in the late 90s, the company's growth has surpassed all expectation.
(A) inception (B) improvisation (C) outcome (D) distinction

30. He was __________ after finally being caught for bank fraud.
(A) incarcerated (B) harassed (C) manipulated (D) released

31. He is **famous** for his grace and eloquence in public speaking.
(A) exhibited (B) depicted (C) renowned (D) immersed

32. Because of the **disturbance**, all hotel guests were advised to remain in their rooms.
(A) misery (B) momentum (C) wrath (D) turmoil

33. They were unhappy about the **intrusion** of the squatters on their land.
(A) misfortune (B) integration (C) encroachment (D) disparity

34. After meeting the famous actor in the flesh, they felt a sense of **disappointment**.
(A) disillusionment (B) improvisation (C) encroachment (D) establishment

35. Because of their **fundamental difference**, they would never be close friends.
(A) contradictory (B) disparity (C) delinquency (D) intensity

36. The stadium doesn't have the **capability** to hold one hundred thousand supporters for the game.
(A) maximization (B) contingent (C) capacity (D) source

37. I think the professor failed me because my **understanding** of the play differed so much from hers.
(A) interpretation (B) improvisation (C) inception (D) contribution

38. His **reliability** has gone down in my eyes, ever since he lost that big account with the advertising firm.
(A) likelihood (B) credibility (C) delinquency (D) distinction

39. He was fired because his ideas were always too **vague** and incomplete.
(A) general (B) distinctive (C) homogeneous (D) inflated

40. We were very pleased with the substantial **donation** that was made to our organization.
(A) milestone (B) momentum (C) intervention (D) contribution

41. I don't like her. She always tries to **influence** all the other employees in her favor.
(A) maintain (B) manipulate (C) pinpoint (D) adapt

42. The lecturers in our university are quite **liberal and broad minded**.
(A) preeminent (B) obsessed (C) renowned (D) permissive

43. Her **knowledge** of the theory leaves a lot to be desired.
(A) tribute (B) grasp (C) gauge (D) wrath

44. The promoters of the event are still unsure of the **location**.
(A) source (B) tariff (C) venue (D) venture

45. When choosing your future career, you would do well to **remember** that you will probably be engaged in that particular field for the rest of your life.
(A) maintain (B) express (C) bear in mind (D) assert

参考答案

16. B	17. C	18. A	19. C	20. A	21. D	22. B	23. B
24. D	25. B	26. C	27. A	28. D	29. A	30. A	31. C
32. D	33. C	34. A	35. B	36.C	37. A	38. B	39. A
40. D	41. B	42. D	43. B	44. C	45. C		

（3）高級程度

46. They administered an injection which would help __________ the pain.
（A） interpret （B） alleviate （C） aspire （D） hinder

47. Because of its __________, they were unsure of the significance of the letter.
（A） application （B） closure （C） ambiguity （D） emphasis

48. With so much water having __________ its exterior, the engine was effectively ruined.
（A） pertained （B） impacted （C） evoke （D） penetrated

49. He was a __________ conservative spokesperson, right until his death last year.
（A） vital （B） staunch （C） judiciary （D） legendary

50. Had we been able to foresee the __________, we would never have begun the experiment.
（A） repercussions （B） miscellany （C） dimensions （D） innovation

51. The party needed a representative to __________ their new campaign.
（A） subsidize （B） render （C） spearhead （D） infuse

52. With such overwhelming evidence, the decision was always going to be __________.
（A） unanimous （B） prophetic （C） intangible （D） indispensable

53. The witness stated he would never have __________ hurt his wife.
（A） intentionally （B） relentlessly （C） seemingly （D） respectively

54. The students had great difficulty trying to __________ the concept.
（A） evoke （B） facilitate （C） encompass （D） grasp

55. Though he tried to remain __________, he was too personally involved in the issue.
（A） subjective （B） objective （C） indispensable （D） diligent

56. The report was unsatisfactory, as it failed to __________ the key points mentioned.
（A） pertain to （B） reflect on （C） evoke （D） collude

57. The director criticized his staff for not fully __________ the facilities available.
（A） infusing （B） relegating （C） contemplating （D） utilizing

58. We were intimidated by such __________ opponents.
（A） formidable （B） horrendous （C） rugged （D） diligent

59. Though no accusations were made, we could recognize the __________.
    (A) predisposition (B) implications (C) tensions (D) imitations

60. Channel 63 was granted a (n) __________ interview with the actor.
    (A) exclusive (B) apparent (C) resolution (D) narrative

61. His **loyalty** to the cause is unparalleled.
    (A) reverence (B) resolution (C) devotion (D) innovation

62. This philosophy paper is extremely confusing. Its key concepts are so **abstract**.
    (A) subjective (B) indispensable (C) intangible (D) unanimous

63. Mr. Ryan was **influential** in having the bill passed by congress.
    (A) legendary (B) diligent (C) formidable (D) instrumental

64. The prisoner was **apparently** unaffected by his unanimous conviction.
    (A) seemingly (B) relentlessly (C) intentionally (D) inevitably

65. Unfortunately, they were unaware of the **extent** of the damage.
    (A) fortitude (B) magnitude (C) essence (D) grasp

66. The translators disagreed about the writer's intention because of **vagueness** in the language use by the writer.
    (A) ambiguity (B) blockage (C) hurdles (D) phenomena

67. The police attempt to **overpower** the crowd resulted in a series of riots.
    (A) retain (B) render (C) evoke (D) subdue

68. The minister desired the position simply for the **status** associated with it.
    (A) reverence (B) prestige (C) scope (D) norms

69. The board is considering making 10 years of experience a **requirement** for the position.
    (A) determinant (B) repercussion (C) prerequisite (D) uniformity

70. He played a **crucial** role in the campaign's success.
    (A) pivotal (B) formidable (C) diplomatic (D) cataclysmic

71. He continued to **impede** their progress, even after he was cautioned.
    (A) utilize (B) render (C) infuse (D) hinder

72. Detroit in 1919 and upon his death in 1947 left the **bulk** of his personal fortune of over $600 million to the non-profit Ford Foundation.
    (A) majority (B) hevy (C) large (D) pletora

73. The new slogan for our company must **embody** all that we stand for.
    (A) encompass (B) inaugurate (C) condense (D) alleviate

74. The government partially **funded** the student exchange program in order to improve international relations.
    (A) infused (B) expended (C) subsidized (D) discredited

75. It supposes that life on Earth began in relatively simple forms which over hundreds of millions of years gave rise, by a series of small changes, to a succession of living organs which became more **varied** and more complex.

(A) miscellaneous (B) diverse (C) different (D) complicated

76. After the long winter month, an amazing transformation takes place when the chrysalis breaks open and **reforms** into butterfly. This process of changing from one form into another is called metamorphosis.

(A) emerges (B) changes (C) grows (D) produces

77. Unlike the lion, a **carnivorous** creature, which is an infamous predator in the wild, giraffes, mostly herbivorous, are more docile and meek.

(A) one that does not kill or trap animals
(B) one that does not take in nutrients
(C) one that does not feed on animals
(D) one that kills and feeds on animals

78. Government's role in the economy was to promote competition by **destroying monopolies** and individual privileges.

(A) Anti-Funding (B) Anti-Financing (C) Anti-Trust (D) Anti-cloning

79. Several skeletons of Basilosaurus, an early whale, were found in sediments left by the Tethys Sea and now **exposed** in the Sahara desert.

(A) located (B) visible (C) appear (D) exhaled

80. **Relative to** most of the main rivers in the United States, the Great Lakes contains a huge quantity of PCB (Polychlorinated Biphenyl).

(A) compared to (B) relatively (C) compared with (D) comparatively

參考答案

46. B	47. C	48. D	49. B	50. B	51. A	52. C	53. B
54. D	55. B	56. B	57. D	58. A	59. B	60. A	61. C
62. C	63. D	64. A	65. B	66. A	67. D	68. B	69. C
70. A	71. D	72. A	73. A	74. C	75. B	76. C	77. D
78. C	79. B	80. C					

2.托福專業字彙

除了一般字彙，托福考生仍必須對托福閱讀常考領域之背景字彙有基本的概念。目前台灣地區留學中心所開設的托福課程，有很大一部分遵循中國大陸模式，使用「機經」來培養學生對於各個專業領域之了解，筆者認為，這是完全沒有效率的作法。托福閱讀題材均摘自百科全書，題材千變萬化，就算能夠依照考古題整理出歷年測驗過的專業主題，亦無法有效率地幫助學生得到高分，筆者認為，考生所必須具備的僅僅是托福閱讀題材中某些基本的專業字彙，而非全盤照單全收，以下筆者整理各個托福專業領域之必備專業字彙供讀參考。

（1）自我測試

以下是托福閱讀與長篇聽力常用到之專業背景字彙，請同學務必看熟，托福會考的內容均和美國有關，科學或醫學的內容則不在此限。各位讀者可以先測試自己對下列重要字彙之瞭解程度。

1. ticket __________
2. dyslexia __________
3. outstanding __________
4. malleability __________
5. caricature __________
6. cataract __________
7. Richter Scale __________
8. mantle __________
9. Manga __________
10. apple __________
11. panacea __________
12. tertiary education __________
13. move __________
14. Watergate __________
15. catch-22 __________
16. thermal blanket __________
17. plethora/hemophilia __________
18. Ophthalmology __________
19. precipitation __________
20. stroke __________
21. exhibit __________
22. manifest __________
23. digits __________
24. brush __________

參考答案：

1.（政治）候選人配對
2.（心理學）閱讀障礙症
3.（商業）未付的
4.（藝術）延展性
5.（政治）諷刺漫畫
6.（醫學）白內障；（地質）瀑布
7.（地質）芮氏地震規模
8.（地質）地幔
9.（娛樂）漫畫
10.（生理）瞳孔
11.（生活）萬靈藥
12.（教育）高等教育
13.（會議）臨時動議
14.（政治）水門案
15.（政治） 窘境
16.（生活）電毯
17.（醫學）多血症／血友病
18.（醫學） 眼科
19.（氣象）降雨量
20.（醫學）中風；（藝術）筆觸
21.（法律）提出（證據）
22.（飛機）乘客名單；船貨清單
23. 位元；手指
24.（作家、畫家）筆法

答對題數

1-5	Poor	16-20	Not Bad!
6-10	Be Diligent!	20-22	Excellent!
11-15	Average		

➲ 地質學Geology

silver 銀	volcanic rock 火山岩
copper 黃銅	eruption 火山爆發
aluminum 鋁	crater 火山口
tin 錫	lava 火山岩漿
lead 鉛	volcanic 火山的
zinc 鋅	volcanic dust 火山塵
nickel 鎳	volcanic ash 火山灰
mercury 汞／水銀	earthquake（quake, tremor, seism） 地震
sodium 鈉	seismic 地震
gem 寶石	epicenter 震央
diamond 鑽石	aftershock 餘震
emerald 綠寶石	seismology 地震學
ruby 紅寶石	geonomy 地球學
the Northern Hemisphere 北半球	magnitude 震級
glacier 冰川	tributary 支流
glacial 冰川的	volcano eruption 火山爆發
glacial epoch（age, period） 冰川期	swamp/quagmire 沼澤

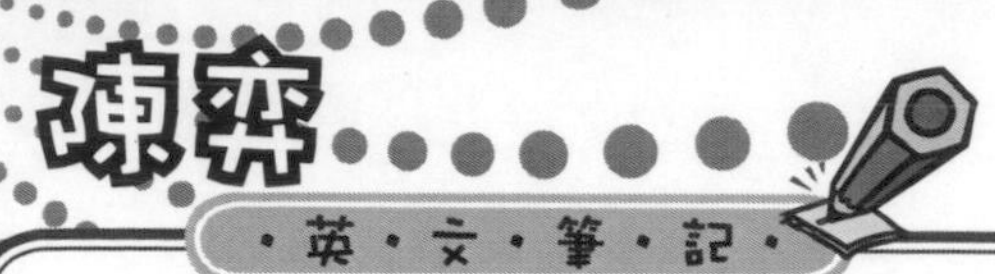

glacial drift 冰漬	vegetation 植被
dormantvolcano 休眠火山	Great Canyon 大峽谷
active volcano 活火山	natural wonder 自然景觀
extinct volcano 死火山	The Nile River 尼羅河
seep 小泉、滲出	quartz 石英
geologist 地質學家	quartzite 石英岩
stratum（pl:strata）,layer 地層	sedimentary rock 沈積岩
stratigraphy 地層學	limestone 石灰岩
crust 地殼	granite 花崗岩
subduction 地殼潛沒	marble 大理石
continental drift 板塊漂移	lithosphere 岩石圈
mantle地幔	magma/molten lava 岩漿
core 地核	mineral 礦物
continental crust 大陸地殼	ore 礦石
oceanic crust 海洋地殼	deposit 礦床
plate 板塊	platinum 白金
fault 斷層	seismic wave 震波
fault plane 斷層面	cataclysm 災變
fault zone 斷層帶	tidal force/tsunami 海嘯
rift（crack, split） 斷裂	melt global warming 全球氣候暖化
disintegration（decomposition） 分解	aquifer 蓄水層
erosion 腐蝕	Colorado river 科羅拉多河
fossil 化石	Geologic survey 地質調查
outer core 外核	Greenwich Mean Time 格林威治時間
igneous rock 火成岩	The Richter Scale 芮式地震規模
metamorphic rock 變質岩	coastline 海岸線
ridge 屋脊、山脈	

➲ 氣象學Meteorology

blizzard/snowstorm 暴風雪	avalanche/snow slide 雪崩
precipitation 降水量	thunder 雷
breeze 微風	sandstorm 沙暴
monsoon 季風	gale 大風
whirlwind 旋風	typhoon 颱風
hurricane 颶風	tornado/twister 龍捲風
upper atmosphere 上層大氣	funnel 漏斗，漏斗雲
disaster, calamity, catastrophe 災難	devastation 破壞
submerge 淹沒	drought 旱災
convection 對流	wind velocity 風速
wind scale 風級	wind direction 風向
long-range forecast 長期預報	numerical weather prediction 數值天氣預報

nephanalysis 衛星雲圖	stratus 層雲
carbon dioxide release 二氧化碳排放	acid rain 酸雨
sewage disposal 汙水處理	Meteorologist 氣象學家
meteorological station 氣象站	forecast predict 天氣預測
climate 氣候	atmosphere 大氣層
troposphere 對流層	stratosphere 平流層
cold front 冷鋒	warm air mass 熱氣團
current 氣流	vapor 蒸汽
evaporate 蒸發	damp, wet, moist, humid 潮濕
humidity 濕度	moisture 潮濕
saturate 飽和	dew 露
frost 霜	fog, mist 霧
smog 煙霧	droplet 小水滴
condense 濃縮	crystal 水晶體
downpour, torrential rain 豪雨	tempest storm 暴風雨
drizzle 毛毛雨	shower 陣雨
hail 冰雹	waste disposal 廢物處理

➲ Microbiology微生物學/Biology生物學

microorganism/microbe 微生物	antibody 抗體
toxin 毒素	immunity 免疫
immunology 免疫學	vaccine 疫苗
fungus（fungi） 真菌	bacteria 細菌
fermentation 發酵	infection 傳染（感染）
virus 毒素	disinfection 消毒
sterilization 滅菌	food chain 食物鏈
nest 巢	robin 知更鳥
wasp 黃蜂	offspring/progeny 後代，子孫
chew up 咀嚼	rodent 齧齒類動物
burro 驢子	octopus 章魚
spider 蜘蛛	unfertilized eggs 未受精的卵
nutrient 營養	nourishment 營養品
cannibalism 同類相食	gene 基因
respiration system 呼吸系統	reproductive system 生殖系統
ingestion 攝食	digestion 消化
digestive enzyme 消化酶	nucleus 細胞核
protein 蛋白質	amino acid 氨基酸
plankton 浮游生物	heredity 遺傳
mutation of species 物種突變	chromosome 染色體
genetic engineering 遺傳工程	solitary 獨居
social/gregarious 群居	bio-diversity 生物多樣性

metamorphosis 變態	mutation 變種
hibernation 冬眠	evolution 進化
biologist 生物學家	marine biology 海洋生物學
entomology 昆蟲學	ornithology 鳥類學
genetics 遺傳學	speciology 物種學
parasitology 寄生蟲學	dinosaur 恐龍
die out/extinction 滅絕	microbiology 微生物學
paleontology 古生物學	paleontologist 古生物學家
mammal 哺乳動物	barnacle 藤壺（甲殼類）／黑雁
marine 海洋的	scuba diving 裝備潛水
one-celled organism 單細胞生物	jellyfish 水母
tissue 組織	protective camouflage 保護色
predator 掠食者	snail 蝸牛
animal adaptation 動物適應性	wild environment 野生環境
owl 貓頭鷹	insecticide/bug spray 殺蟲劑
prenatal care 胎教	habitat 棲息地
squid/calamary 魷魚，烏賊	tentacle 觸鬚
prey 捕食	navigate 導航，航行
tiny receptor 接受器	specimen 標本
amphibian 兩棲類	genetic 基因的，遺傳的
endangered species 瀕臨絕種物種	survival 倖存
transition 轉變／過渡	yeast 酵母（菌）
single-cell 單細胞	reptile 爬蟲類
turtle 海龜	tortoise 陸龜
hatch 孵化	variation 變異
anemone 海葵	antenna 觸角，天線

➲ 動物學Zoology

dolphin 海豚	whale 鯨魚
bat 蝙蝠	gorilla 大猩猩
chimpanzee 黑猩猩	microbe 微生物
shrimp 小蝦	prawn 對蝦
lobster 龍蝦	crab 螃蟹
clam蛤蜊	sponge海綿
coral 珊瑚	starfish 海星
canary金絲雀	chirp（鳥／蟲的叫聲）唧唧
owl 貓頭鷹	vulture 禿鷲
penguin 企鵝	crane 鶴
stork 鸛	squeak（老鼠等）吱吱
porpoise 海豚	otter 水獺
frog 青蛙	tadpole 蝌蚪

salamander 蠑螈	scorpion 蠍子
centipede 蜈蚣	cicada 蟬
mantis 螳螂	wasp 黃蜂
hornet 大黃蜂	cockroach 蟑螂
earthworm 蚯蚓	sloth 樹獺
slothful 懶惰的	hygiene 衛生
sanitation 衛生	parasite 寄生蟲
moth 蛾	caterpillar 毛蟲
horde（昆蟲等）群	swarm（昆蟲等）群
flock（鳥羊等）群	community 部落，社會，群體
herd 獸群	bunch 花束
beaver 海狸	monogamous 一夫一妻的
polygamous 一夫多妻的	polyandrous 一妻多夫的
trapper 誘捕動物者	rhinoceros 犀牛
rare animal稀有動物	vestige 退化器官/遺跡
oyster 牡蠣	fertilizer 使受精
larva 幼蟲	tentacle 觸角
homoiotherm 恆溫動物	poikilotherm 變溫動物
metabolism 新陳代謝	baboon 狒狒
breed 品種，繁殖	multiply, reproduce 繁殖
hatch 孵化	spawn（魚、蝦、蛙等）孵
anatomy 解剖學	Darwinism 達爾文學說
natural selection 物競天擇	class 綱
order 目	family 科
genus 屬	suborder 亞目
species 種	invertebrate 無脊椎動物
vertebrate 脊椎動物	aquatic life 水生動物
amphibious animal 兩棲類	protozoa 原生動物／單細胞動物
rodent 齧齒類	ruminant 反芻動物
cold-blooded animal 冷血動物	warm-blooded animal 溫血動物
parasitic animal 寄生動物	primate 靈長動物
plankton 浮游生物	mollusk 軟體動物
coelenterate 腔腸動物	herbivore 草食動物
carnivore 肉食動物	omnivore 雜食性動物
dinosaur恐龍	extinction 絕種
mammal 哺乳動物	primates 靈長目動物
insect 昆蟲	antenna（pl: antennae）觸鬚
larva 幼蟲	camouflage 偽裝
pest 害蟲	worm 蠕蟲
hibernate 冬眠	lizard 蜥蜴
chameleon 變色龍	regeneration 再生

bipedal 兩足動物的	beast 野獸
domesticate 馴養	predator 捕食者
beluga 白鯨	scavenger 食腐動物
migrate 遷徙	wing 翅膀
bill 鳥喙	beak（鷹等的）嘴
nest 築巢	antelope 羚羊
aphid 蚜蟲	scale 鱗
feather 羽毛	armor 盔甲
spinal cord 脊椎	digestive system 消化系統
excretory system 排泄系統	reproductive system 生殖系統
circulatory system 循環系統	respiratory system 呼吸系統
hormonal system 內分泌系統	

➲ 生態學Ecology

sewage 污水	sewage purification 污水淨化
sewage disposal 汙水處理	decibel 分貝
soil pollution 土壤污染	pollution-free 無污染
noxious/toxic/venomous 有毒的	fume 有毒廢氣
solid waste 固體垃圾	pollution control 污染控制
air pollution 空氣污染	water pollution 水污染
noise pollution 噪音污染	ecologist 生態學家
ecosystem 生態系統	balance of nature 自然生態平衡
fauna 動物群	flora 植物群
rain forest 雨林	food chain 食物鏈
acid rain 酸雨	greenhouse effect 溫室效應
infrared radiation 紅外線輻射	ozone layer（ozonosphere） 臭氧層
ultraviolet radiation 紫外線輻射	

➲ 醫學Medicine

plethora 多血症（很多的）	Hemophilia 血友病
Leukemia 血癌	Arthritis 關節炎
heartt attack 心臟病發	heart disease 心臟病
Alzhelmer's Disease 老人癡呆症	V.D.（veneral disease） 性病
Obesity 肥胖症	Cataract 白內障（大瀑布）
Emphysema 肺氣腫	dental surgeon 牙醫
Obstritics 產科	Gynecology 婦科
Optician 眼鏡商	Cardiologist 心臟科醫師
Dermatology 皮膚科	metabolism 新陳代謝
Oculist/Ophthalmologist 眼科醫師	Optometrist 驗光師
Bronchitis 支氣管炎	Otolaryngoloy 耳鼻喉科
Pediatrics 小兒科	dyscrasia 體液不調

dyslexia 閱讀障礙症	dyskinesia 運動困難
dysgenics 劣生學	dysmenorrhea 月經困難
dyslogia 言語困難	dysphagia 嚥下困難
dyspepsia 消化不良／胃弱	dysphoria 煩躁不安
dysphonia 發音困難	dysplasia 發育障礙
dyspnea 呼吸困難	dyspraxia 動作協調能力失調症 =clumsy child syndrome
asthma 氣喘	dysthymia 輕鬱症
dysrhythmia 節律障礙	dystrophy 營養失調
dystocia 難產	

➲ 能源和環境Energy and Environment

fossil fuel 化石燃料	fuel-efficient 節能的
rush hour 巔峰期	zero emission 零輻射
wildness 野生	preservation 保育
atmosphere 大氣	climate 氣候
recycling 回收再生	recycling center 回收中心
litter/trash/garbage/rubbish 垃圾	desertification 沙漠化
deforestation 濫伐森林	deteriorate, exacerbate, worsen 惡化
acid rain 酸雨	food chain 食物鏈
carbon dioxide release 二氧化碳排放	ozone layer 臭氧層
upper atmosphere 上層大氣	emission 汽車廢氣排放
El Nino 聖嬰現象	soot 煙塵
photosynthesis 光合作用	solar energy 太陽能
nonrenewable 不可再生的	energy conservation 能源保育
energy source 能源資源	tidal energy 潮汐能源
traffic jam 交通堵塞	carbon 碳
dioxide 二氧化物	burning of coal and oil 煤油燃燒
global warming 全球暖化	industrial sewage 工業污水
rise in sea level 海平面上升	long-term climatic change長期氣候變化
drought 乾旱	water shortage 水源短缺
offshore spillage 近海岸溢出	

➲ 化學Chemistry

chemical bond 化學鍵	chemical apparatus 化學器械
substance（matter, material） 物質	periodic table（元素）週期表
hydrogen 氫	oxygen 氧
nitrogen 氮	silicon 矽
sulfur 硫	iodine 碘
combustion 燃燒	cohesive 聚合力

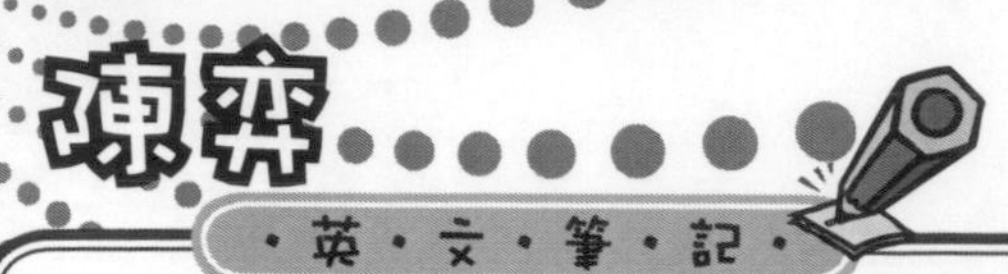

adhesive 粘合力	atom 原子
nucleus 原子核	electron 電子
neutron 中子	proton 質子
molecule 分子	particle 粒子
ion 離子	particle accelerator 粒子加速器
catalysis（pl: catalyses） 催化作用	catalyst /catalytic agent 催化劑
artificial 人造的	synthetic 合成的
synthetic fiber 人造纖維	polymerization 聚合作用
dye 染料	organic chemistry 有機化學
inorganic chemistry 無機化學	biochemistry 生物化學
radioactivity 放射性	PCB （Polychlorophyll Biphenyl） 多氯聯苯
chemical property 化學特性	chemical composition 化學成分
chemical agent 化學試劑	chemical reaction 化學反應
helium 氦	carbon 碳
calcium 鈣	chemical change 化學變化
compound 化合物	polymer 聚合物
hydrocarbon 碳氫化合物	derivative 衍生物
alchemy 煉金術	petroleum 石油
petroleum products 石油產品	crude oil 原油
refine 精煉	gasoline 汽油
methane 甲烷	solution 溶液
dissolve 溶解	solvent 溶劑／有償付能力的
solubility 可溶性	oxidation 氧化
dilution 稀釋	distillation 蒸餾
reduction 還原	element 元素
decomposition 分解	reagent 試劑
test tube 試管	test paper 試紙
isotope 同位素	sensitivity 靈敏度

➲ 人物Figures

genre 風格／體裁	eccentric 古怪的
odd 怪誕的／奇數的	erratic 奇怪的
weird 怪異的	innocent 天真的/無罪的
lovelorn 相思病的	emotional 情緒的／情感的
sentimental 多愁善感的	cheerless 無精打采的／無生命力的
patriarchal 家長的／族長的	rigid 僵化的
spare 簡樸的	clumsy 笨拙的
classic 經典的	zigzag 曲折的
contemporary 當代的	acclaimed 受歡迎的
preeminent 傑出的	outstanding 未付的

versatile 多才多藝的, 多功能的	household 家庭的
genuine 真正的	authentic 逼真的
choreographer 舞蹈編排家	critic 批評家
satirist 諷刺作家	biographer 自傳作家
sculptor 雕刻家	feminist 女性主義者
humanitarian 人道主義者	imagist 意象派詩人
philanthropist 慈善家	proprietor 業主
mortal 凡人	precursor 先驅
figurehead 名譽領袖	posthumous 死後的
apprentice/journeyman/disciple 學徒	mechanic 機械工
minimalist 簡單抽象派藝術	avant-grade 前衛派
territory 領域	immortal 不朽的
nostalgia 思鄉	prodigious 巨大的

➲ 政治Politics

Lincoln-Johnson ticket 林肯強森配	absentee ballot 不在場投票
cast a ballot 投票	referendum/plebiscite 公投
boycott 杯葛	outstanding 未付的
Capitol 美國國會山莊	

➲ 攝影Photography

foreground 前景	background 背景
high definition 高清晰度	close-up 特寫
out of focus 失焦	exposure 曝光
instant camera 拍立得	camera lens 相機鏡頭
long focus lens 長鏡頭	negative 底片
photographer 攝影家	panorama 全景照片
snap shot 快照	develop 沖洗底片
enlarge 放大	tripod 三角架
dark room 暗室	wide angle lens 廣角鏡頭
filter 濾色鏡	roll film 軟片
develop 沖洗（相片）	

➲ 教育學Education

treasurer 財務大臣	elective system 選課制度
curriculum 課程	discipline 學科／管理
learn by rote 硬背	tertiary education 高等教育
moral character 道德品質	domain 領域
faculty 全體教員	alumni 男校友

➲ 數學、電腦科學Mathematics/Computing

aggregate 總計	fraction 分數／小數
decimal 十進位	digit 數位
percentage 百分比	addition 加法
plus 加	subtraction 減法
minus 減	multiplication 乘法
multiplication table 九九乘法表	quantity 表示量的數或符號
equation 方程式／等式	formula 公式
root 根	differential calculus 微分學
integral calculus 積分學	function 函數
probability 概率	statistics 統計
quantitative 量的／數量的	qualitative 質的／質量的
deduction（inference）推論／演繹	induction 歸納
circle 圓形	ellipse（oval）橢圓形
cone 圓錐形	circumference 圓周
dynamic memory allocation 動態存儲器（分配）	arithmetic 算術
calculator 計算機	abacus算盤
numeral 數字	sum和
multiply 乘以	times 次
power 乘方	square 平方
division 除法	divide 除以
algebra 代數	geometry 幾何
dimension 維／量綱	parallel 平行的／平行線
quadrilateral 四邊形	square 正方形
area 面積	rectangle 長方形／矩形
polygon 多邊形	cube 立方體
volume 體積	sphere 球形
triangle 三角形	calculus 微積分
radius 半徑	diameter 直徑
dynamic hypertext markup language 動態超文件標示語言	score 20
quinary system 五進位	dozen 12
vigesimal 二十進位的	a baker's dozen 13
sexagesimal 六十進位的	fortnight 14天（兩星期）
decimal 十進位的	ultimate 最後
penultimate 倒數第二	antepenultimate 倒數第三

➲ 建築學Architecture

elevator 電梯	skyscraper 摩天大樓
design element 設計元素	aquarium 水族館
archives 檔案館	gas station 加油站

cathedral 大教堂	mosque 清真寺
the Statue of Liberty 自由女神像	the Triumphal Arch 凱旋門
sphinx 獅身人面像	Pyramid 金字塔
castle 城堡	architect 建築學家
planetarium 天文館	wing 輔樓／側樓／派系
log structure 原木結構	cabin 小木屋／（鐵路）信號房／（船）客艙
beam 樑	prototype 原型
building technique 建築工藝	repair person 修理工
metal-frame 金屬結構	

物理學Physics

Newton's laws of motion 牛頓運動定律	equilibrium 平衡
statics 靜力學	motion 運動
inertia 慣性	gravitation 引力
relativity 相對論	gravity 地心引力
centrifugal force 離心力	centripetal force 向心力
acceleration of gravity 重力加速度	reaction 反作用
velocity/speed/rate 速度	momentum 動量
vibration 震動	static electricity 靜電
magnetism 磁性	magnetic force 磁力
magnet 磁鐵	electromagnet 電磁
magnetic field 磁場	charge 電荷
alternating current（AC）交流電	electric circuit 電路
electric shock 觸電	electric appliance 電器
conduction 傳導	conductor 導體
insulator 絕緣體	semiconductor 半導體
battery（cell） 電池	dry battery 乾電池
storage battery 蓄電池	watt 瓦特
volt伏特	convex 凸透鏡
concave 凹透鏡	microscope 顯微鏡
telescope 望遠鏡	magnifier 放大鏡
spectrum 光譜	ultraviolet 紫外線
X ray X射線	Gamma ray γ射線
infrared ray 紅外線	thermal energy 熱能
pulley 滑輪	convection 對流
expansion 膨脹	reflection 反射
resonance 共振	compression 壓縮
refraction 折射／（天文）大氣差	volume 音量
intensity 音強	heat conductivity 熱傳導
integrated circuit 積體電路	chip 集成電器片／集成塊
electron tube 電子管	vacuum tube 真空管
transistor 電晶體	amplification 放大

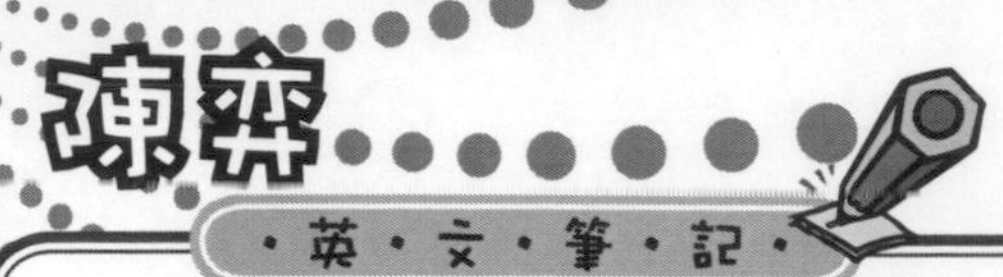

amplify 放大	amplifier 放大器／揚聲器
oscillation 震盪	optical 光（學）的
optical fiber 光學纖維	fluorescence 螢光
microwave 微波	mechanics力學
heat 熱學	thermodynamics 熱力學
acoustics 聲學	electromagnetism 電磁學
optics 光學	gas dynamic 氣體動力學
dynamics 動力學、動力、（音）力度變化	dynameter（望遠鏡）擴度計
dynamic accuracy 動態精度	dynamic analysis 動態分析
dynamic balancing/equilibrium 動態平衡	dynamic breaking 電態制動
dynamic beffering 動態緩衝	dynamic characteristic 動態特性
dynamic deviation 動態偏差	dynamic dump 動態轉儲
dynamic efficiency 動態效率	dynamic electrode potential 動態電極電位
dynamic error 動態偏差	dynamic magnetisation 動態磁化曲線
dynamic optimization 動態最佳化	dynamic range 動態範圍（圖像所包含從最暗至最亮範圍，動態範圍越大，表示的層次越豐富，所包含的色空間也越廣）
dynamoelectrical 電動的、發電的	dynamograph 動力描記器
dynamotor 發電機組	dynatron 介子、（電子）負特性管
dyne 達因（力的單位）	force 力
conservation of energy 能量守恆定律	velocity 速度
acceleration 加速度	deceleration 減速度
uniform motion 勻速運動	medium（media） 媒質
frequency 頻率	wavelength 波長
pitch 音高，音調	intensity強度
power 功率	echo 回聲
resonance 回聲／洪亮	sonar 聲納
ultrasonic 超聲學	electric current 電流
direct current（DC） 直流電	electric charge 電荷
electric voltage 電壓	electrode 電極
anode 正極	cathode 負極
electronics 電子學	electronic 電子的
electronic component（part） 電子零件	dispersion 色散
transparent 透明	translucent 半透明
opaque 不透明的	solidify 固化
gasify 氣化	liquefy 液化
volatilize 揮發	calorie 卡路里
friction 摩擦	lens 透鏡／鏡片

➲ 考古學Archaeology

anthropologist 人類學家	rock painting 岩畫
ecological anthropologist 生態人類學家	cave man 山頂洞人

Stone Age 石器時代	Bronze Age 青銅器時代
Iron Age 鐵器時代	Paleolithic 舊石器時代的
Mesolithic 中石器時代的	Neolithic 新石器時代的
Morphology 形態學	skull 顱骨
cranial 顱骨的	fossil 化石
ancient civilization 古代文明	Neanderthal 尼安德塔人
archeologist 考古學家	paleontology 古生物學
cultural relic 文物	ancestor祖先
hominid 人類祖先	homogeneous 同一種族的
tribe 部落	clan 氏族
excavation 挖掘	excavate（unearth） 挖掘
ruin 遺跡／廢墟	remain 遺跡／遺骸
artifact 手工藝品	

➲ 文學、哲學Literature/Philosophy

fiction 小說	allegory 寓言
fairy tale 童話	legend 傳說
proverb 諺語	model 人物原型
protagonist 主角	main plot 主要情節
prelude 序曲	prologue 序言
epilogue 尾聲	literary criticism 文學批評
literary study 文學研究	futurism 未來主義
modernism現代主義	post-modernism 後現代主義
feminism 女性主義	prose/prosaic 散文／普通的、散文的
autobiography 自傳	editorial 社論
narrative poem 敘事詩	transcendentalism 超越論
essay 短文	poetry 詩歌
ballad 民謠	lullaby 催眠曲
schools of literature 文學流派	comparative literature 比較文學
realism 現實主義	surrealism 超現實主義
aestheticism 唯美主義	dynamism（哲）物力論、力本說
dysteleology（哲）無目的論	

➲ 音樂Music

shook rattle 搖撥浪鼓	pound drum 擊鼓
foot beat 腳踏	note 音符
score 樂譜	movement 樂章
fanatical 狂熱的	hillbilly music 鄉村音樂
folk music 民間音樂	pop music 流行音樂
classical music 古典音樂	keyboard instrument 鍵盤音樂
percussion 震盪／打擊樂器	vocal music 聲樂

concerto 協奏曲	accompaniment 伴奏
quality 音質	volume 音量
chord 和絃	harmony 和聲
rest 休止	time 節拍
epilogue 尾聲	musical instrument 樂器
orchestra 管絃樂團	Jazz 爵士
symphony 交響樂	rock and roll 搖滾樂
wind music 管樂	string 弦樂
violin 小提琴	viola 中提琴
cello 大提琴	harp 豎琴
horn 號	clarinet 單簧管
oboe 雙簧管	sonata 奏
serenade 小夜曲	solo 獨奏／獨唱
duet 二重唱	conducting 指揮
podium 指揮台	lullaby 催眠曲
prelude 序曲	coda 終曲

➲ 藝術Art

canvas 油畫布	brush 畫筆／筆法
stroke 筆觸	niche 利基、壁龕
perspective 透視畫法	drawing board 畫板
copy 臨本	original 原作
genuine 真的	reproduction/replica 複製品
gallery 美術館	fake 贗品
panorama 全景畫	autograph 真跡
paste 裱糊	calligraphy 書法
figurine 小雕像	sculpture 雕塑
canvas 油畫	fine arts 美術
sketch 速寫／素描	water color/aquarelle 水彩畫
charcoal drawing 木炭畫	pastel 彩粉畫
engraving 版畫	mural painting/fresco 壁畫
landscape painting 風景畫	lithograph 石版畫
portrait 肖像畫	still life 靜物畫
impressionistic style 印象派風格	caricature 諷刺性漫畫
sculptor 雕塑家	framing 裝框
tempera 蛋彩畫法	bust 半身雕塑像
cast 澆鑄畫法	frill 波形褶邊

➲ 植物學Botany

leaflet 小葉	rosette（葉）叢生
stem 莖	stalk 杆
leafstalk 葉柄	shoot（sprout） 嫩芽

bud 花蕾	petal 花瓣
peel（skin） 果皮	shell （硬）果殼
prairie 大草原	shrub（bush） 灌木
cluster 一簇（灌木）	fern 蕨類植物
herb 草	photosynthesis 光合作用
chlorophyll 葉綠素	symbiosis 共生
everlasting 永久的	orchid 蘭花
crossbreed 雜交	sequoia 紅杉
root pressure 根壓	redwood 紅木樹
cohesion-tension 凝聚壓力	style 花柱
futile 無用的	carbohydrate（starch） 碳水化合物（澱粉）／醣類
fat 脂肪	protein 蛋白質
annual 一年一生的	evergreen 常綠樹
larch 落葉松	pine 松樹
spruce 雲杉	elm 榆樹
botanist 植物學家	botanical（botanic） 植物的
aquatic plant 水生植物	parasite plant 寄生植物
root 根	canopy 樹冠層／頂棚
foliage（leaf） 葉	husk（幹）果殼／（玉米）苞葉
trunk 樹幹	bark 樹皮
branch 樹枝	bough 大或者粗的樹枝
twig 小樹枝	jungle 叢林
lawn 草坪	meadow 草地／牧場
wither（shrivel, fade）凋謝	blossom 花
pollen 花粉	nectar 花蜜
leaf 樹葉	pollinate 傳授花粉
pollination 授粉	cell 細胞
tissue 組織	symbiotic 共生的
immunity 免疫	organism 生物／有機物
necrosis 壞死	barren 貧瘠
glucose 葡萄糖	starch 澱粉
vitamin 維他命	malnourished 營不良的
perennial 多年生（植物）	walnut 核桃樹

➲ 天文學Astronomy

planetoid（asteroid） 小行星	revolve 旋轉
twinkle 閃爍	naked eye 肉眼
Mercury 水星	Venus 金星
Mars 火星	Jupiter 木星
Saturn 土星	Uranus 天王星
Neptune 海王星	Pluto 冥王星

orbit 軌道	spin 旋轉
lunar 月球的	meteor 流星
meteor shower 流星雨	meteoroid 流星體
meteorite 隕石	outer space 外太空
spacecraft（spaceship） 太空船	spaceman（astronaut） 領航員，太空人
space suit 太空服	space shuttle 太空梭
space telescope 太空望遠鏡	star 恆星
stellar 恆星的	intergalactic 星系間的
interplanetary 行星間的	nebula 星雲
leap year 閏年	rotation 自轉
revolution 公轉	sunspot 太陽黑子
black hole 黑洞	ultraviolet ray 紫外線
infrared ray 紅外線	luminosity 光度
light year 光年	interferometer 干擾儀
illusive object 幻影體	faint 微弱的
image 影像	molten 熔化的（金屬、岩石）
astronomical 天文的	astronomical observatory 天文臺
planetarium 天文館	astronomer 天文學家
astrophysics 天文物理學	astrology 占星學
pseudoscience 偽科學	cosmos（universe） 宇宙
gravitational 吸引力	cosmic 宇宙的
cosmic radiation 宇宙輻射	cosmic rays 宇宙射線
celestial 天體的	celestial body（heavenly body） 天體
celestial map（sky atlas） 天體圖	celestial sphere 天球
dwarf（dwarf star） 矮星	quasar 類星體
constellation 星座	galaxy（Milky Way） 銀河系
star cluster 星團	asterism 星群
solar system 太陽系	solar corona 日冕
solar eclipse 日食	solar radiation 太陽輻射
satellite 衛星	planet 行星
comet 彗星	interstellar 恆星間的
asteroid 小行星	space debris 太空垃圾
ammonia 氨	corona 日冕
chromosphere 色球	photosphere 光球
convection zone 對流層	vacuum 真空
absolute magnitude 絕對量級	radiation 輻射
emission 發射／散發	high-resolution 高清晰度

➲ 地理學Geography

geographer 地理學家	hemisphere 半球

meridian 子午線／經線	parallel 平行圈
latitude 緯線	longitude 經度
elevation 海拔	altitude 海拔
temperate latitudes 溫帶地區	horizon 地平線
equator 赤道	peak 山峰
cavern 洞穴	terrain 地域
subterranean（underground）地底下／掩蓋基層	coastland 沿海地區
coastline 海岸線	watershed 分水嶺
upper reaches 上游	lower reaches 下游
tributary 支流	deposit 沉積
spring/fountain 泉水	tropical rain forest 熱帶雨林
island 島嶼	continental island 大陸島／大陸棚
volcanic island 火山島	coral island 珊瑚島
islet 小島	valley 山谷，峽谷
hillside/mountain slope 山坡	continental shelf 大陸架
canyon 峽谷	channel（strait） 海峽
remote-sensing 遙感的	terrestrial 陸地的
terrestrial heat（geothermal） 地熱	terrestrial magnetism（geomagnetism）地磁
salinity 含鹽度	ocean bottom 海床
tropical 熱帶的	tropic 熱帶地區
Arctic/the north pole 北極	Antarctic（Antarctica） 南極
the Antarctic continent 南極洲	Antarctic circle 南極圈
Aurora 極光	Tropic of Cancer 北回歸線
Tropic of Capricorn 南回歸線	international date line 國際換日線
time difference 時差	jet lag 時差
expedition 探險	time zone 時區
topography 地形學	plain 平原
plateau 高地	lowland 低地
basin 盆地	oasis 綠洲
iceberg 冰山	riverbed 河床
gulf/bay 海灣	waterfall 瀑布
reef 暗礁	tide 潮汐
peninsular 半島的	archipelago 群島
delta 三角洲	landlocked area 內陸
continent 大陸	inland waterway 內陸河
subcontinent 次大陸	range 山脈
cliff 山崖	temperate 溫帶的
frigid 寒帶的	frost heaving 凍漲現象
fieldstone 卵石	continental drift theory 大陸漂移學說
sea-floor spreading 海床擴展	evaporation 蒸發
sediment 沉積物	

二、句子重述題（Sentence Restatement）

此部分非真正測驗考生「文法概念」，而是要看應試者能否選出語意最相近的說法，因此選項中會有四個「重述句子」（Paraphrasing），只要選擇出語意未被曲解的選項即可，倒不必真正「完全讀懂」句子的意思，但要知道「**句子間的關係**」，與修辭考題（Rhetorical Devices）類似。

ETS所謂的文法考題，其真正考的並非「文法能力」，而是考生對於「**句子邏輯與句構之間『關係』之理解能力**」，因此在Official Guide中，ETS稱此類題目為句子重述題（Sentence Restatement），測驗考生能否有判讀換句話說（paraphrasing）之句構解析能力。文法能力很難使用測驗題（multiple-choice questions）實際檢測，事實上，托福網路測驗（iBT）的此類新考法說穿了也僅僅只是托福題型一貫的「特色」而已，除了聽力測驗外，閱讀中大部分的題型如「字彙題」、「代名詞指涉考題」、「插入句考題」或是「修辭目的考題」等均是考句子跟句子間的「關係」而已。另外，托福試題選項中會穿插幾個文章中「未提」之資訊，這些亦是利用「刪去法」快速解題之技巧。考生倘若可以克服重重困難專業字彙的障眼法，此類題目算是「送分題型」的一種。

托福閱讀句子重述的選項設計通常是依照下列的邏輯撰寫的：

（一）選項錯誤（Incorrect Statement）
（二）選項未提（Irrevalent Information）
（三）資訊不完整（Omitting Essential Information）
（四）文字敘述推敲（Sentence Paraphrasing）

簡言之，善用「**刪去法**」將托福選項中錯誤以及未提之資訊在第一時間予以刪除，並謹記「**結構為主；語意為輔**」之解題原則，如此可較有效率地選出最正確的答案。

A. ETS對於句子重述考題的定義

You will see two or three ***sentence restatement questions*** in the Reading Section. This type of question presents a sentence from the passage and then asks you to choose the statement that best restates or summarizes the information in the original sentence. The correct choice will not look like the original sentence. It will use different grammar and different vocabulary, substituting synonyms for words in the original sentence.

The special directions that are given for these questions tell you that you have to select the choice that has the ***essential*** information that is in the original sentence. The directions also tell you that incorrect choices ***omit important information*** form the original sentence or ***change the meaning*** of the original sentence. To find correct choices, you must identify the sentence that summarizes or simplifies the information in the sentence from the passage. In other words, ***a choice that eliminates details and examples from the original sentence may be correct answer as long as it does not leave out important information***.

B. 句子重述考題題型辨認

Sentence Simplification questions always look the same. A single sentence in the passage is highlighted. You are then asked:

題型 Which of the following best expresses the essential information in the highlighted sentence? Incorrect answer choices change the meaning in important ways or leave out essential information.

C. 句子重述考題技巧

Make sure you understand both ways a choice can be incorrect:

技巧 （a）It contradicts something in the highlighted sentence.
（b）It leaves out something important form the highlighted sentence.

以下示範Official Guide （OG）中比較具有代表性的例題作為參考，不過，考生仍應該多增強字彙能力，對於解題速度上會有明顯的進步。

例 1 Among mammals, rodents show the greatest variety of nest-building patterns. Beaver dams contain a single-chambered lodge that provides a home for a pair of beavers and their last two litters. ***Wood rats, also known as pack rats or trade rats, build nests of twigs and leaves in wooded areas, while in the desert, they build houses of pebbles and cacti***. Laboratory rats and house mice use cloth, appear, or similar material to build bowl-shaped nests. Prairie dogs build virtual underground towns consisting of interconnected burrows. Each burrow contains a multi-chambered living area. One chamber is built high above the bottom of the burrow. This serves as an underground "lifeboat" that traps air for the prairie dogs in case the burrow is flooded.

題目 Which of the following sentences best explains what the author means in the sentence in ***bold*** in the passage above?

（A）Wood rats are given their name ***because*** they are found only in wooded areas.
（B）***Wood rats, pack rats, and trade rats*** all use different materials to build their nests.
（C）The houses built by wood rats in forests are ***larger than*** those they build in the desert.
（D）Wood rats use different materials for nest building depending on what is available.

精闢解析

此重述句構句型為「**A...while/whereas B...**」，明顯的是將兩種不同的老鼠種類使用「平行」的方式做介紹。在托福閱讀中，此種結構常常出現，設計的陷阱多使用不相關的句子關係如「比較、對比、因果」等改寫句子，扭曲句子的原意，但因其內容敘述又完全正確無誤，缺乏經驗的考生容易掉入陷阱。

(A) 選項中的「因果關係」（because）與（C）選項的「比較關係」（larger than）在結構上不相符合，立即刪除。而（B）選項將兩個同位的敘述結構視為兩個獨立的事物（Wood rats, also known as pack rats or trade rats ➔ Wood rats, pack rats, and trade rats），測驗考生同位語結構（apposition）之概念，正確答案應為（D）選項。

例 2 Some organisms cross barriers with the intentional or unintentional help of humans, a process called invasion. An example is the New Zealand mud snail, which was accidentally brought to North maraca when trout from New Zealand were imported to a fish hatchery in the United States. It has caused extensive environmental damage in streams and rivers. ***In the invasive species' native environments, there are typically predators, parasites, and competitors that keep their numbers down, but in their new environment, natural checks are left behind, giving the invaders an advantage over native species.*** Invasive species may spread so quickly that they threaten commercial, agricultural, or recreational activities.

題目 Which of the following sentences best explains what the author means in the sentence in bold in the passage above?

（A）Invasive species are organisms that ***leave their native environments behind and move to a new environment.***

（B）Native species are at a disadvantage compared to invasive species because they face environmental dangers that invasive species have left behind.

（C）***The greatest danger*** from invasive species in that they spread parasites among native species.

（D）In a new environment, predators, parasites, and competitors prevent invasive species from spreading ***as fast as*** native species.

精闢解析

此題結構大致上為「**In A environment, they are..., but in B environment, they are...**」，亦是屬於兩種不同狀況之敘述，其間並無明顯的關係。了解此種關係之後，即可立刻刪除（A）選項（…leave their native environments behind and move to a new environment）、（C）選項（the greatest danger…）與（D）選項（…prevent invasive species from spreading as fast as native species）。

例 3 ***The extreme seriousness of desertification results from the vast areas of land and the tremendous numbers of people affected, as well as from the great difficulty of reversing or even slowing the process.*** Once the soil has been removed by erosion, only the passage of centuries or millennia will enable new soil to form. In areas where considerable soil still remains, though, a rigorously enforced program of land protection and cover-crop planting may make it possible to reverse the present deterioration of the surface.

題目 Which of the following sentences best explains what the author means in the sentence in bold in the passage above?

（A）Desertification is a significant problem because it is so hard to reverse and affects large areas of land and great numbers of people.

（B）Slowing down the process of desertification is difficult ***because of population growth that has spread over large areas of land.***

（C）The spread of deserts is considered a very serious problem ***that can be solved.***

（D）Desertification is extremely hard to reverse unless ***the population is reduced in the vast areas affected.***

精闢解析

例四之句子重述結構為「**A results from B and C, as well as D**」因果關係（沙漠化問題加速嚴重程度乃起因於受影響的廣大土地面積與人口以及難以扭轉或減緩災害之情勢）。（B）選項忽略了其他重要的訊息，只提到了人口的問題，（C）選項則包含了資訊未提敘述（…that can be solved.），而（D）選項則是資訊錯誤（…unless the population is reduced in the vast areas affected.），因為文中所提之人口乃沙漠化問題影響所及之範圍，並非人口過多因而成沙漠化問題。

例 4 Alice Walker has written books of poetry and short stories, a biography, and several novels. She is probably best known for her novel The Color Purple, published in 1982. The book vividly narrates the richness and complexity of black people living in rural Georgia during the 1920's and 1930's. Although the novel was attacked by cretin critics when it was first published, it was highly praised by others and won both the American Book Award and the Pulitzer Prize for fiction. It became a best-seller and was made into successful film by director Steven Spielberg. The novel gets much of its special flavor from its use of the vocabulary, rhythms, and grammar of Black English, as well as from its epistolary style. This style of writing was a narrative structure commonly used by eighteenth-century novelists, such as Jane Austen and Jean-Jacques Rousseau. ***Unlike most epistolary novels, which have the effect of distancing the reader from the events described by the letter writer, The Color Purple uses the letter form to bring the reader into absolute intimacy with the uneducated but wonderfully observant Celie, the main character of the novels.***

題目 Which of the following sentences best explains what the author means in the sentence in bold in the passage above?

（A）Rather than make events in the novel that seem to be more distant, the letter style in The Color Purple brings the reader close to the primary character Celie.

（B）The epistolary style generally makes readers feel more distant from the action of the novel, ***as can be seen in the novel The Color Purple***.

（C）If Celie, the main character in ***The Color Purple, had been more educated***, then the events that take place in ***this book would seem more intimate***.

（D）Unlike books that are written in the epistolary style, The Color Purple brings the reader very close to its main character, Celie, ***because the author of this book is so wonderfully observant***.

精闢解析

例四結構為「**Unlike A, which uses A1, B, uses B1**」之比較句型，屬於十分容易判讀之句子。（B）選項明顯資訊錯誤，將兩個主角的相異處（the distance between the the reader and the events in the novel）改寫為相同處（…, as can be seen in …），（C）與（D）選項毫無考慮價值，其句子所包含的「因果關係」與原句毫無關係。

例 5 A sense of humor has long been considered an important character trait. People regularly rank humor as one of the most important traits that they look for when choosing a friend, a roommate, an employee, or a potential spouse. Public speakers are told to begin their speeches with a joke, and sales personnel are told that they will have more success if they can get their clients laughing before they begin their sales pitch. There is medical research to indicate that laughter can reduce stress and even extend life. Clearly, humor is important, but few people spend much time thinking about the topic of humor. There are, however, a couple of important facts that everyone should know about humor, but quickly learn what is funny from their parents and later from friends and from books, television, magazines, and movies. It is, therefore, possible to sharpen your sense of humor, no matter what your age. Another important fact to remember is that humor is highly subjective. What are funny changes from era to era, from country to country, and from group to group? A joke book from the nineteenth century may contain a few jokes, but it also contains jokes that leave us scratching our heads and wondering "Why was that funny?" Similarly, if you go to a comedy act when you visit another country, you probably won't laugh as hard or as often as the other. ***This may be in part because you don't understand the cultural preferences－a joke about a politician that you have never heard of will probably not be very funny－but it is also because there are some basic differences in what people in various countries think is humorous.*** Studies have also shown that men and women find different things funny, and so do people of different age groups. All of this indicates that you have to pay attention to your audience when you employ humor. What you find hilarious, someone else may find baffling or even offensive.

題目 Which of the following sentences best explains what the author means in the sentence in bold in the passage above?

(A) A comedian's joke about a politician that you are unfamiliar with is not funny because this kind of joke depends on an unknown cultural reference.

(B) People often do not laugh at jokes told by a comedian from another country partly because they do not know the cultural references and ***partly because they don't understand the laughing very well***.

(C) ***Jokes that are about politicians*** are common all over the world, and so can be understood by people no matter where they come from.

(D) ***Even if you understand the cultural references, you may not find a joke funny*** because of basic differences in humor from culture to culture.

精闢解析

例五重述結構為「***This is because A, but it is also because B***」之「因果關係」。四個選項敘述都十分冗長，試圖擾亂考生之判斷，但仔細分析不難發現，（B）選項的第二個原因與文中敘述不同，資訊錯誤。而選項（C）拿插入補充敘述當成主角，並探討其原因，忽略了最重要的資訊。至於（D）選項則屬於「資訊未提」之陷阱設計，文中僅說明「文化對於笑話的偏好之迴異是不懂笑話之原因」，但（D）選項所敘述的是「即使了解文化偏好，也無法完全了解笑話之笑點」。

例 6 A bird's territory may be small or large. Some males claim only their nest and the area right around it, while others, such as hawks, claim immense territories which include their hunting areas. Gulls, penguins, and other waterfowls nest in huge colonies, but even in the biggest colonies, each male and his mate have tiny territories of their own immediately around their nest. Males defend their territories chiefly against other males of the same species. ***In some cases, a warning call or a threatening pose may be the only defense that is needed, but in other cases, intruders may refuse to leave peacefully and a battle for the territory takes place.***

題目 Which of the following sentences best explains what the author means in the sentence in bold in the passage above?

（A）Usually a warning call is all that is required to get the invading bird to leave, but sometimes a threatening pose is also needed.

（B）If an intruder is threatened by the pose of the bird that occupies the territory, a struggle will take place.

（C）Sometimes the invader can be frightened away, but sometimes the defender must fight.

（D）The intruder generally frightens the defender with warning calls and threatening poses.

精闢解析

例六結構為「**In some cases,...but in other cases,...**」。正確選項必須建立在內容敘述正確無誤、不含未提資訊以及符合重述句子之整體架構三種情況之下，才屬於最好的重述表達。很明顯地，（A）與（B）內容正確無誤，但只偏重重述句構中的某一角度，未能涵蓋所有重要資訊。至於（D）選項，內容敘述因果錯置，將warning calls與threatening poses的施力者（defender）與承受對象（intruder）倒置。

例 7 Maslow believed that individuals try to fulfill the most basic needs first. He suggested that a largely satisfy need－it does not have to be fully satisfied－is no longer a motivator of behavior. People move on to try to satisfy higher-level needs. It follows that for people whose hunger is regularly satisfied, the need for food does not motivate them in the way that it does people who are concerned about the availability of food. ***It is also possible, of course, that simultaneously, as would be the case if, on the same day, a person installed a fire safety alarm (satisfying a need for protection) and joined a folk-dancing club (satisfying a need for belonging).***

題目 Which of the following sentences best explains what the author means in the sentence in bold in the passage above?

（A）People may satisfy more than one of Maslow's categories of needs at the same time.

（B）Obviously, for some people, installing a fire safety alarm is ***more important than*** joining a social club.

（C）A typical person is ***more motivated*** to satisfy a higher-level need, such as the need for belonging, than a lower-level need, such as the need for protection from fire.

（D）The fact that people can simultaneously satisfy several of these classes of motivation suggests that ***Maslow's hierarchy is not a valid theory***.

精闢解析

例七重述句構為「**A is concerned with several of these classes of B, as would be the case in C and D**」。首先刪除（D）選項，其包含了未提之資訊（Maslow's hierarchy is not a valid theory），另外（B）與（C）選項均犯了同樣的錯誤，將文中馬斯洛（Maslow）理論之層級（classes）隨意比較（comparison），明顯與原重述句構不吻合。

例 8 There has ever been an adult scientist who has been half as curious as almost any child under the age of six. Adults sometimes mistake this superb curiosity any leap from topic to topic quickly and unpredictably. ***The truth is that children begin to learn at birth, and by the time they begin formal schooling at the age of six, they have already absorbed a fantastic amount of information, perhaps more, fact for fact, than they will learn for the rest of their lives.*** Adults can multiply by many times the amount of knowledge children absorb if they learn to appreciate this curiosity while simultaneously encouraging children to learn.

題目 Which of the following sentences best explains what the author means in the sentence in bold in the passage above?

（A）The first five or six years of school should be considered the most important for children.

（B）Before the age of five to six, children probably learn more than they do for the rest of their lives.

（C）Children who are in school learn facts faster than preschool children do.

（D）Formal schooling may actually cause children to begin learning at a slower rate.

精闢解析

例八句構為「A begin to VR at birth, and by the time A VR at six, A have V-pp., more than A will VR for the rest of the life」之時間與比較表達。經過分析後可以簡單表達如下：

1.Children begin to learn (at birth)

2.Children have absorbed lots of information (before six)

➔ more than the rest of their lives

選項（B）中的時間（before the age of six），與原句（by the time they…at the age of six）不盡相同，屬「資訊錯誤」一類。（C）選項與（D）均包含了文中未提的比較概念，原句構唯一可當成比較題材的只有「時間先後」（VR vs. have V-pp.）與「學習數量」（…more than they will learn for the rest of their lives），屬於「資訊未提」之一類。

例 9 The art profession recognized Carr during her life time, and galleries in Vancouver, Toronto, Montreal, and Seattle displayed her paintings in solo exhibitions. While art historians have characterized her works as showing the influence of the Group of Seven, they also acknowledge that Carr produced paintings that were uniquely hers and credit her for raising Canadian art to a new height. The subjects Carr chose to paint, the region of the country in which she painted, and her own ideas about art combined to produce a vision that distinguished her from other artists. ***Carr's paintings endure as visual icons that Canadians can most easily associate with an individual artist, and for this reason she is the best-known woman artist in Canadian history.***

題目 Which of the following sentences best explains what the author means in the sentence in bold in the passage above?

(A) It was very sad when ***Emily Carr could no longer paint***, but she is still considered the best woman artist in Canada.

(B) Emily Carr remains Canada's most famous woman artist because her paintings are instantly recognized as hers.

(C) Most Canadians know about the visual icons of Emily Carr ***because they studied her paintings in art history class***.

(D) ***Few people appreciated Emily Carr's paintings*** while she lived, but today most Canadians value her individuality.

精闢解析

例八的重述結構為「**A is..., and for this reason A is...**」之因果關係，屬於托福閱讀常考之題型。明顯地，（A）與（D）選項均包含段落未提之資訊，立刻刪除。至於（C）選項，雖屬「因果關係」句子，但與重述結構中之語意完全不同，因此可以立即判斷正確選項應為（B）。

例10 By the close of the eighteenth century, the outlines of a world economy were clearly visible. Centered in Western Europe, it included Russia, India, the East Indies, the Middle East, northern and western Africa, and the Americas. Trade had increased greatly and shipping had grown in volume and speed, connecting the markets of the world more closely than ever before. ***The world market, however, was confined to the coasts and along rivers, and its effects were rarely felt a hundred miles inland***. The expansion of economic activity into the interior, and its spread throughout China, Japan, Oceania, and Africa, was a major development of the nineteenth century. It was largely accomplished through a revolution in transportation, particularly the development of the steamship, canals, and railroads.

題目 Which of the following sentences best explains what the author means in the sentence in bold in the passage above?

(A) International trade had to take place near oceans and rivers and did not extend to interior regions.

(B) ***After several centuries*** of slow growth, the world economy was no longer confined to geography.

(C) ***The effects of economic activity were felt everywhere***, but especially along coasts and rivers.

(D) World markets expanded rapidly, affecting people who lived ***hundreds of miles from the coast***.

精闢解析

例十重述結構為「**A was confined to B and C, and A's effects were rarely....**」之列點關係，在此類題目中亦屬於較容易的類別。（B）選項的「時間先後表達」（after several centuries）在段落中並未提及，（C）選項則屬「資訊錯誤」一類，其對於「影響區域」之敘述（the effects were felt everywhere）與段落中的語意（its effects were rarely felt…）完全相反。同樣地，（D）選項亦犯了「資訊不正確」之問題，對於「影響範圍」的敘述，亦是呈現完全相反的狀況。只有（A）選項為正確答案，只要讀者有能力判讀對照「world market vs. international trade」、「confined to coasts and rivers vs. near oceans and rivers」與「be rarely felt a hundred miles inland vs. not extend to interior regions」三組相對應的語意關係即可。

例11 The creation of a labor force that was accustomed to working in factories did not occur easily. Before the rise of the factory, artisans had worked within the home. ***Apprentices were considered part of the family, and masters were responsible not only for teaching their apprentices a trade but also for providing them some education and for supervising their moral behavior.*** Journeymen knew that if they perfected their skill, they could become respected master artisans with their own shops. Also, skilled artisans did not work by the clock, at a steady pace, but rather in bursts of intense labor alternating with more leisurely time.

題目 Which of the following sentences best explains what the author means in the sentence in bold in the passage above?

（A）Masters demanded moral behavior from apprentices but often ***treated them irresponsibly***.

（B）The responsibilities of the master to the apprentice went beyond the teaching of a trade.

（C）Masters preferred to ***maintain the trade within the family*** by supervising and educating the younger family members.

（D）Masters who ***trained members of their own family*** as apprentices ***demanded excellence*** from them.

精闢解析

選項（A）包含了段落未提之資訊（treated them irresponsibly），不難在第一時間予以剔除。選項（C）與（D）則屬於較有難度之陷阱題，段落中apprentices were considered part of the family意指「學徒被視為家庭中的一份子」，屬於譬喻用法，並非指涉其為真正的家庭成員，但（C）、（D）選項之敘述明顯表示「學徒是真正的家庭一員」，考生必須注意此種「文字陷阱」。

例12 ***Hills and mountains are often regarded as the epitome of permanence, successfully resisting the destructive forces of nature, but in fact they tend to be relatively short-lived in geological terms.*** As a general rule, the higher a mountain is, the more recently it was formed; for example, the high mountains of the Himalayas are only about 50 million years old. Lower mountains tend to be older, and are often the eroded relics of much higher mountain chains. About 400 million years ago, when the present-day continents of North America and Europe were joined, the Caledonian mountain chain was the same size as the modern Himalayas. Today, however, the relics of the Caledonian orogeny （mountain-building period） exist as the comparatively low mountains of Greenland, the northern Appalachians in the United States, the Scottish Highlands, and the Norwegian coastal plateau.

題目 Which of the following sentences best explains what the author means in the sentence in bold in the passage above?

（A）***When they are relatively young***, hills and mountains successfully resist the destructive forces of nature.

（B）Although they seem permanent, hills and mountains exist for a relatively short period of geological time.

（C）Hills and mountains successfully resist the destructive forces of nature, but ***only for a short time***.

（D）Hills and mountains resist the destructive forces of nature ***better than*** other types of landforms.

精闢解析

例十二重述結構包含了「V, V-ing」分詞結構，在托福閱讀或寫作中，此種結構佔有舉足輕重的修辭地位。傳統英語教學視其為「動詞之簡潔修辭手法」，認為V, V-ing結構係V1, V2, and V3…簡化而成，實則不然。在托福閱讀實際考試中，曾經出現V, V-ing分詞結構當成「修辭目的」（Rhetorical Purposes）之考題，出乎一般考生意料的是，正確答案將V, V-ing視為一種「因果關係」（cause-and-effect relationship），這乃是基於修飾語的修辭原則——分詞V-ing應為其前主動詞之「附屬動作」、「因果關係」與「時間重疊」等，因此，將V-ing分詞視為其前動作之「原因」十分自然。

因此，上例重述結構可以表示為「**A and B are regarded as ..., (because) they resist...**」，正確答案為（B）。（A）、（C）、（D）選項均包含未提之資訊，分別為「when they are relatively young」、「only for a short time 」與「better than」。

例13 An even more exciting find was reported in 1994, also from Pakistan. The now extinct whale Ambulocetus natans (“the walking whale that swam”) lived in the Tethys Sea 49 million years ago. It lived around 3 million years after Pakicetus but 9 million before Basilosaurus. The fossil luckily includes a good portion of the hind legs. The legs were strong and ended in long feet very much like those of a modern pinniped. The legs were certainly functional both on land and at sea. The whale retained a tail and lacked a fluke, the major means of locomotion in modern cetaceans. ***The structure of the backbone shows, however, that Ambulocetus swam like modern whales by moving the rear portion of its body up and down, even though a fluke was missing.*** The large hind legs were used for propulsion in water. On land, where it probably bred and gave birth, Ambulocetus may have moved around very much like a modern sea lion. It was undoubtedly a whale that linked life on land with life at sea.

題目 Which of the following sentences best explains what the author means in the sentence in bold in the passage above?

（A）Even though Ambulocetus swam by moving its body up and down, ***it did not have a backbone***.

(B) The backbone of Ambulocetus, which allowed it to swim, ***provides evidence of its missing fluke***.

(C) Although Ambulocetus had no fluke, its backbone structure shows that it swam like modern whales.

(D) By moving the rear parts of their bodies up and down, ***modern whales swim in a different way from the way Ambulocetus swam***.

精闢解析

綜合上述概念，讀者應該可以輕鬆判斷例十三之出題邏輯。(A) 選項資訊錯誤 (it did not have a backbone)；(B) 選項資所隱含之因果關係屬於資訊未提一類；至於 (D) 選項之比較概念也未見於段落之中。

例14 In some ways the social makeup of the two parties was similar. To be competitive in winning votes, Whigs and Democrats both had to have significant support among farmers, the largest group in society, and workers. Neither party could win an election by appealingly exclusively to the rich or the poor. The Whigs, however, enjoyed disproportionate strength among the business and commercial classes. Whigs appealed to planters who needed credit to finance their cotton and rice trade in the world market, to farmers who were eager to sell their surpluses, and to workers who wished to improve themselves. Democrats attracted farmers isolated from the market or uncomfortable with it, workers alienated from the emerging industrial system, and rising entrepreneurs who wanted to break monopolies and open the economy to newcomers like themselves. ***The Whigs were strongest in the towns, cities, and those rural areas that were fully integrated into the market economy, whereas Democrats dominated areas of semisubsistence farming that were more isolated and languishing economically.***

題目 Which of the following sentences best explains what the author means in the sentence in bold in the passage above?

(A) Whigs were able to ***attract support only in the wealthiest parts of the economy*** because Democrats dominated in other areas.

(B) Whig and Democrat areas of influence were ***naturally split between urban and rural areas, respectively***.

(C) The semisubsistence farming areas dominated by Democrats ***became increasingly isolated by the Whigs' control*** of the market economy.

(D) The Democrats' power was greatest in poorer areas while the Whigs were strongest in those areas where the market was already fully operating

精闢解析

(C) 選項屬於「資訊未提」一類。段落中並未對Democrats與Whigs做出任何「比較」或「因果」概念。至於 (A) 與 (B) 選項，敘述內容不完全正確，其將Whigs與Democrats的分野單純使用「城市／鄉村」與「貧窮／富有」作為區分標準，但原句中則有交叉混合的敘述，並非單純的分類，屬於「資訊錯誤」。

三、細節題（Details）

細節題必須將文章段落較詳細閱讀才可選出答案，測驗的是考生能否在文章段落中判斷進而定位出所欲尋找的資訊，屬於難度不算太高的題型，通常只要將題目先看懂，快速閱讀（Skimming）定位找出答案是很容易的，此類考題有時候會使用重述表達（paraphrasing）的方式增加題目的困難度，要特別細心分析。

值得注意的是，托福閱讀文章考題設計幾乎都著重筆者所謂的「四句箴言」——「**比較**」、「**對比**」、「**強調**」、「**列點**」句型，熟知托福閱讀考試此一方向，有經驗的考生甚至在未閱讀題目之前，可以正確無誤地正確判斷出段落中會有考題出現的部分。

A. ETS對於細節考題的定義

There questions ask you to identify factual information that is explicitly stated in the passage. Factual Information questions can focus on facts, details, definitions, or other information presented by the author. They ask you to identify specific information that is typically mentioned only in part of the passage. They generally do not ask about general themes that the passage as a whole discusses. Often the relevant information is in one or two sentences.

The second type of questions ask you to verify what information is true and what information is NOT true or not included in the passage based on information that is explicitly stated in the passage. To answer this kind of question, first locate the relevant information in the passage. Then verify what three of the four answer choices are true and that the remaining choice is false. Remember, for this type of question, the correct answer is the one that is NOT true.

B. 細節考題題型辨認

Factual information questions are often phrased in one of these ways:

- According to the paragraph, which of the following is true of X?
- The author's description of X mentions which of the following?
- According to the paragraph, X occurred because…
- According to the paragraph, X did Y because…
- According to the paragraph, why did X do Y?
- The author's description of mentions which of the following?
- According to the passage, which of the following is NOT true of X?
- The author's description of X mentions all of the following EXCEPT

C. 細節考題技巧

- You may need to refer back to the passage in order to know what exactly is said about the subject of the questions. Since the question may be about a detail, you may not recall the detail from your first reading of the passage.

- Eliminate choices that present information that is contradicted in the passage.
- Do not select an answer just because it is mentioned in the passage. Your choice should answer the specific question that was asked.

以下將示範Official Guide（OG）中數篇題材在未閱讀考題之前，如何使用「比較、對比、強調、列點」定位細節考題出題來源：

例 1 In some ways the social makeup of the two parties was similar. To be competitive in winning votes, Whigs and Democrats both had to have significant support among farmers, the largest group in society, and workers. ***Neither party could win an election by appealingly exclusively to the rich or the poor.***（強調）***The Whigs, however, enjoyed disproportionate strength among the business and commercial classes.***（對比）Whigs appealed to ***planters*** who needed credit to finance their cotton and rice trade in the world market, to ***farmers*** who were eager to sell their surpluses, and to workers who wished to improve themselves. Democrats attracted ***farmers*** isolated from the market or uncomfortable with it, workers alienated from the emerging industrial system, and ***rising entrepreneurs***（列點）who wanted to break monopolies and open the economy to newcomers like themselves. ***The Whigs were strongest in the towns, cities, and those rural areas that were fully integrated into the market economy, whereas Democrats dominated areas of semisubsistence farming that were more isolated and languishing economically.***（比較）

題目 According to the paragraph, the Democrats were supported by all of the following groups EXCEPT

（A）workers unhappy with the new industrial system

（B）planters involved in international trade

（C）rising entrepreneurs

（D）individuals

精闢解析

上例要求考生選出相反的敘述，使用重點句構定位，可以立即判斷選項（C）、（D）屬於「資訊錯誤」一類，而（A）選項則是「未提資訊」類別，只有（B）選項敘述，由段落中的「列點」所得到的相對概念得知，其與段落內容敘述完全相反，是正確答案。

例 2 The Earth's crust is thought to be divided into huge, movable segments, called plates, which float on a soft plastic layer of rock. ***Some mountains were formed as a result of these plates crashing into each other*** and forcing up the rock at the plate margins. In this process, sedimentary rocks that originally formed in the seabed may be folded upwards to altitudes of more than 26,000 feet. ***Other mountains may be raised by earthquakes***, which fracture the Earth's crust and can displace enough rock to produce block mountains. ***A third type of mountain may be formed as a result of volcanic activity*** which occurs in regions of active fold mountain belts, such as in the Cascade Range of western North America. The Cascades are made up of lavas and volcanic materials. Many of the peaks are extinct volcanoes.

題目 According to the paragraph, one cause of mountain formation is the
(A) effect of climatic change on sea level
(B) slowing down of volcanic activity
(C) force of Earth's crustal plates hitting each other
(D) replacement of sedimentary rock with volcanic rock

精闢解析

上例屬於「列點」段落，主要列山脈形成的三大原因也自然的反映在考題上，排除與段落敘述不符合的選項後，正確答案為（C）選項force of Earth's crustal plates hitting each other（板塊互相擠壓）。

例 3 Under very cold conditions, ***rocks can be shattered by ice and frost***, glaciers may form in permanently cold areas, and these slowly moving masses of ice cut out valleys, carrying with them huge quantities of eroded rock debris. In dry areas the wind is the principal agent of erosion. It carries fine particles of ***sand, which bombard exposed rock surfaces***, thereby wearing them into yet more sand. Even living things contribute to the formation of landscapes. ***Tree roots force their way into cracks in rocks*** and, in so doing, speed their splitting. In contrast, the roots of grasses and other small plants may help to hold loose soil fragments together, thereby helping to prevent erosion by the wind.

題目 According to the paragraph, which of the following is both a cause and result of erosion?
(A) Glacial activity
(B) Rock debris
(C) Three roots
(D) Sand

精闢解析

同上例，例三段落列出了三種侵蝕力量（erosive force），考題亦落在此處重點。題目要考生判斷既是侵蝕動作的施力者亦是受力者的選項，理當屬於文中提到第二個侵蝕力量－It carries fine particles of sand, which bombard exposed rock surfaces, thereby wearing them into yet more sand（接著夾帶沙礫，侵蝕岩石表面，使其崩解成更多的沙粒），因此正確答案為（D）。

例 4 Another major discovery was made in Egypt in 1989. Several skeletons of another early whale, Basilosaurus, were found in sediments left by the Tethys Sea and now exposed in the Sahara desert. This whale lived around 40 million years ago, ***12 million years after Pakicetus***.（比較）Many incomplete skeletons were found but they included, for the first time in an archaeocyte, a complete hind leg that features a foot with three tiny toes. Such legs would have been far too small to have supported the 50-foot-long Basilosaurus on land. Basilosaurus was ***undoubtedly***（強調）a fully marine whale with possibly nonfunctional, or vestigial, hind legs.

題目 The hind leg of Basilosaurus was a significant find because it showed that Basilosaurus
(A) lived later than Ambulocetus natans
(B) lived at the same time as Pakicetus
(C) was able to swim well
(D) could not have walked on land

精闢解析

例四段落包含了「比較」、「強調」兩個重點結構，考題落在「強調」句構之上，可以迅速由文中敘述——Basilosaurus was undoubtedly a fully marine whale with possibly nonfunctional, or vestigial, hind legs（無疑地，Basilosaurus是完全的海洋生物，因其退化的後腳不具有行走功能）判斷正確答案為（D）Basilosaurus could not have walked on land（Basilosaurus可能從未有在陸地上行走的經驗）。

例 5 The first generation to experience these changes did not adopt the new attitudes easily. ***The factory clock became the symbol of the new work rules***.（強調）One mill worker who finally quit complained revealingly about "***obedience to the ding-dong of the bell-just as though we are so many living machines.***"（強調）With ***the loss of personal freedom*** also came ***the loss of standing in the community***. ***Unlike***（比較）artisan workshops in which apprentices worked closely with the masters supervising them, factories sharply separated workers from management. Few workers ***rose through the ranks to supervisory positions***, and even fewer could ***achieve the artisan's dream of setting up one's own business***. Even ***well-paid workers sensed their decline in status***.（列點）

題目 All of the following are mentioned in the paragraph as consequences of the new system for workers EXCEPT a loss of
(A) freedom
(B) status in the community
(C) opportunities for advancement
(D) contact among workers who were not managers

精闢解析

段落中同時包含了「強調」、「比較」與「列點」三大重點句構，亦是出題的來源。此題測驗的是列點概念，題目提到就新系統的誕生，員工所喪失的部分選出未提的選項，選項（D）contact among workers who were not managers（非管理階層員工之間的接觸）未提，因此是此題的正確選項。

例 6 With the advent of projection in 1895-1896, motion pictures became the ***ultimate***（強調）form of mass consumption. ***Previously***（比較）, ***large audiences had viewed spectacles at the theater***, where vaudeville, popular dramas, musical and minstrel shows, classical plays, lectures, and slide-and-lantern shows had been presented to several hundred spectators at a time. But the ***movies differed significantly from theses other forms of entertainment***, which depended on either **live performance** or （in the case of slide-and-lantern shows） the **active involvement of a master of ceremonies**（列點）who assembled the final program.

題目 According to the paragraph, how did the early movies differ from previous spectacles that were presented to large audiences?

（A）They were a more expensive form of entertainment.

（B）They were viewed by large audiences.

（C）They were more educational.

（D）They did not require live entertainers.

精闢解析

例六段落包含了「強調」與「比較」概念，考題則落在「比較」之上。題目要考生選出電影與早期觀賞模式之區別，選項（D）They did not require live entertainers（不包含現場實況演出）為正確答案。

例 7 Psychological researchers generally recognize that facial expressions reflect emotional state. In fact, various emotional states give rise to certain patterns of electrical activity in the facial muscles and in the brain. The facial-feedback hypothesis argues, however, that the casual relationship between emotions and facial expressions can also work in the opposite direction. According to this hypothesis, signals from the facial muscles （"feedback"） are sent back to emotion centers of the brain, and so a person's facial expressions can influence that person's emotional state. Consider Darwin's words: ***"The free expression by outward signs of an emotion intensifies it. On the other hand, the repression, as far as possible, of all outward signs softens our emotions."*** Can smiling give rise to feelings of good will, for example, and frowning anger?

題目 According to the passage, what did Darwin believe would happen to human emotions that were not expressed?

（A）They would become less intense.

（B）They would last longer than usual.

（C）They would cause problems later.

（D）They would become more negative.

精闢解析

此題測驗考生「達爾文」（Darwin）引言之意涵，段落中直接定位引言中之敘述，明顯的可以看出（A）為正確答案。

四、代名詞指涉題（Reference Questions）

「代名詞指涉題」要求考生判斷文中的it、which等代名詞之指涉對象，只要考生對代名詞或關係代名詞的特性及原則有充分了解，算是送分題，但也是以往考生最害怕的類題之一，寫作時，代名詞指涉清楚與否是可以影響文章品質的，這部分的閱讀訓練可以從《時代》雜誌 （TIME）、《英國學人》雜誌（The Economists）等寫作較嚴謹的期刊中學習。

A. ETS對於代名詞指涉考題之定義

These questions ask you to identify referential relationships between the words in the passage. Often, the relationship is between a pronoun and its antecedent (he word to which the pronoun refers). Sometimes other kinds of grammatical reference are tested (like which or this).

B. 代名詞指涉考題類型

Reference questions look similar to vocabulary questions. In the passage, one word or phrase is highlighted. Usually the word is a pronoun. Then you are asked

- The word X in the passage refers to…
  The four answer choices will be words or phrases from the passage. Only one choice is the word to which the highlighted word refers.

C 代名詞指涉考題技巧

代名詞與比較結構邏輯上必須清楚，「指代」與「對稱」的功能十分重要，但這卻也是寫作者或閱讀者常常忽略或感到困難的部分。為了讓同學在不同種類文章中可以全盤了解其用法，本章將探討GMAT、國內外新聞以及其他「經典」雜誌，如《時代》雜誌、《英國學人》雜誌或是The China Post、Business Week等處理這兩種句構之情形。

可以清楚明確使用此兩種句構之文章乃屬於符合修辭之佳作。根據筆者長期閱讀的觀察，《時代》雜誌雖然在句構上偏好長句及困難字彙（big words）之使用，但其文章之修辭的確少有缺點，算是高級閱讀者十分重要的題材。反觀國內新聞報紙The China Post，是少數文章品質較差的報章雜誌之一。筆者建議，寫作者可以模仿GMAT修辭中注重的幾大規則，畢竟能夠批改如此重要文章的人，必定也注重修辭。

1.「關係代名詞」與「先行詞」之間的關係

關係代名詞與先行詞之間必須互相對應，其間的關係可以使用下列幾種方式作判斷：

（1）關係代名詞必須「盡量」靠近其先行詞

根據「修辭鄰近原則」，這樣的修飾關係跟效果會比較自然。但值得注意的是，這種原則只是「修辭上」的建議原則，實際上寫作或語言測驗考試如：全民英檢（GEPT）、多益（TOEIC）、托福（TOEFL）或是雅思（IELTS）的題目編寫，不完全會照著這樣的原則，尤其是托福閱讀中的「代名詞考題」，如果是關係代名詞，還是務必請讀者使用文法或語意角度分析整句後再行作答。

"The local employees understand the bureaucracy and how to get through the red tape, which is usually much worse than in this country." says Charles Stevens, Microsoft's general manager for worldwide business strategy.

[Time, Nov, 29, 1993. p.28]

（2）使用「數」的概念判斷關代所修飾的先行詞

當關代之前出現了許多個名詞語，每一個都有可能當作其先行詞時，可以先試著使用「數」的方式推敲修飾關係，如關代跟著一個複數動詞，而碰巧之前的名詞片語只有一個是複數，很自然的，兩者之間的修飾關係不言而喻。這時候就不需要大費周章地分析句構了，考試的時候可以當作解題判斷的第一道手續。

Dottie with his ***girlfriend*** drove his ***fancy sports car*** to ***Sogo Department Store*** to buy some ***kitchen appliances*** that are nice in quality.

（道堤跟他的女友開著那輛拉風的跑車到Sogo百貨公司買一些品質較高的廚房電器用品。）

上例明顯可以看到，that只能對應到前面的kitchen appliances，同時也符合「鄰近原則」。

（3）使用「其他方式」使修飾、指涉關係更清楚明確

如果寫作者欲修飾前面眾多先行詞的「第一個」或是「最後一個」，可以使用其他方式使其之間的修飾關係更加明確，減少歧義性，也減輕讀者語意判斷上的負擔。

修飾最前一個名詞片語時，可以另起一句，使用「代名詞」it、they等起首。這是由於代名詞有「主詞優先」之修辭原則，這樣的改寫方式可以讓文章更清楚，如果遇到需要一長串不易理解的長句，這樣的方式也可以幫助句子更符合修辭「簡潔原則」。另外一方面，若欲修飾的名詞片語為最後一個，亦可使用破折號（dash）「－」表示。

值得一提的是，這兩種方式對於名詞片語中含有「N1 of N2」情形，或是無法遵守「鄰近原則」的複雜句構，有很大的幫助！

The genetic map is also letting scientist probe *the genomes of other organisms for DNA* that could turn out to be a mother lode for medicine.

[Time, Apr, 10, 2000. 9. 45]

這句是《時代》雜誌（Times）中的例句，《時代》雜誌內容取材千變萬化，倘若讀者不熟悉生物科學等相關知識，很難在第一時間正確無誤的判斷that所修飾的先行詞為何。上例中，that之前的名詞片語有the genetic map, scientists, the genomes（基因組）, organisms和DNA，根據「鄰近原則」，that應當修飾最靠近的名詞，但N1 of N2的句型使得整個修飾關係變得複雜，再者，此句也無法使用「數」的對應概念推敲。根據語意判斷（或者經驗豐富的學習者依照句型架構判斷），the genomes of the organisms for DNA的語意「主角」為the genomes（基因組），因為此種重要的生物元素才足以對應後者子句內的敘述：…that could turn out to be a mother lode for medicine.（此將轉變成為醫藥科學中的寶藏），因此that的先行詞為the genomes。但在美式英文中，DNA才是N1 of N2架構下要修飾的元素。

底下筆者再更深入地使用兩篇托福閱讀文章中「代名詞」考題進一步詳細說明上述概念（範文摘自Longman Preparation Course for the TOEFL test一書）。

例 1 **Chromium Compounds**

Most chromium compounds have brightly colored hues, and as a result (a) ***they*** are widely used as coloring agents, or pigments, in paints. In addition to having a pleasing color, ***a paint*** must protect ***the surface*** to (b) ***which*** (c) ***it*** is applied and be easy to apply in a thin, uniform coat.

All paints consist of two parts. One is a ***powder*** of ***solid particles*** (d) ***that*** is the source of the color and the opaqueness and is known as the pigment. The other, called the ***binder***, is ***the liquid*** into (e) ***which*** the pigment is blended. The binder used in some paints is made from oily solvents such as those derived from petroleum resources. When applied, these solvents evaporate, leaving deposits of pigment o the surface.

精闢解析

（a）根據代名詞「主詞優先原則」，they指涉chromium compounds.
（b）根據關係代名詞「鄰近原則」，which 修飾the surface.
（c）根據代名詞「主詞優先原則」，it指涉a paint.
（d）此題為N1 of N2句構，這種句型主角大多為N1，因此that代替a powder。另外，單數動詞is只能對應a powder，也是判斷的方法之一。
（e）which前面的句構…the binder, is the liquid…代表前兩個名詞是同樣的東西，因此，which既代替the binder，也代替the liquid。

例 2 **New World Epidemics**

A huge loss of life resulted from the introduction of Old World diseases into the Americans in the early sixteenth century. The inhabitants of the Americas were separated from Asia, Africa, and Europe by rising oceans following the Ice Ages, and as a result, (a) ***they*** were isolated by means of this watery barrier from numerous virulent epidemic diseases (b) ***that*** had developed across the ocean, such as measles, smallpox, pneumonia, and malaria.

Pre-Columbian Americans had a relatively disease-free environment but also lacked the antibodies needed to protect them from bacteria and viruses brought to America by European explorers and colonists. A devastating *outbreak* of *disease* (c) ***that*** strikes for the first time against a completely unprotected population is known as a virgin soil epidemic. *Virgin soil epidemics* contributed to an unbelievable *decline* in *the population* of *native inhabitants* of *the Americas*, one (d) ***that*** has been estimated at as much as an 80 percent *decrease* of the native population in the centuries following the arrival of Europeans in the Americas.

精闢解析

（a）根據代名詞「主詞優先原則」，that的先行詞為the inhabitants。再者，the inhabitants of the Americas的「主角」亦為the inhabitants。

（b）根據關係代名詞「鄰近原則」，that指涉epidemic diseases。

（c）that理當指涉outbreak，但根據語意，the outbreak of disease可以視為一個整體，後面的that代替整個結構也算自然。

（d）關代that接單數動詞has，前面只有decline與the population為單數，但由於that的先行詞為one，one代替的應該是前面的「主角」decline。再者，decline和下面的decrease對應，提供了很好的線索。

例 3 Geology and Landscape

Under very cold conditions, rocks can be shattered by ice and frost, glaciers may form in permanently cold areas, and ***these slowly moving masses of ice*** **cut out** valleys, **carrying** with ***them*** huge quantities of eroded rock debris. In dry areas the wind is the principal agent of erosion. It carries fine particles of sand, which bombard exposed rock surfaces, thereby wearing them into yet more sand. Even living things contribute to the formation of landscapes. Tree roots force their way into cracks in rocks and, in so doing, speed their splitting. In contrast, the roots of grasses and other small plants may help to hold loose soil fragments together, thereby helping to prevent erosion by the wind.

精闢解析

代名詞當作受詞時，在托福文章中較難使用技巧解題，大部分都需要些許的語意作為判斷的依據，這是托福考題中唯一必須仰賴文章內容才能正確無誤解題的題型類別。上例中，複數受詞代名詞them之前可以依照「數」的原則對應的有conditions, ice and frost, glaciers, cold areas, masses of ice，但仔細使用修辭分析，them出現在托福文章常出現的V, V-ing分詞結構中，則讀者可以逕自判斷，主動詞cut out的主詞為masses of ice，也最有可能是them的指涉對象。

例 4 Artisans and Industrialization

Workers were united in resenting the industrial system and their loss of status, but they were divided by ethnic and racial antagonisms, gender, conflicting religious perspectives, occupational differences, political party loyalties, and disagreements over tactics. For ***them***, the factory and industrialism were not agents of opportunity but reminders of their loss of independence and a measure of control over their lives. As United States society became more specialized and differentiated, greater extremes of wealth began to appear. And as the new markets created fortunes for the few, the factory system lowered the wages of workers by dividing labor into smaller, less skilled tasks.

精闢解析

上例中，them雖然是受詞代名詞，但其位置（For them,…）（對於他們來說，……）隱含指涉主角的意思，因此可以判斷them應為前面子句的主詞之代名詞。

例 5 **Early Cinema**

With the advent of projection, the viewer's relationship with the image was no longer private, as it had been with earlier peepshow devices such as the Kinetoscope and the Mutoscope, which was a similar machine that reproduced motion by means of successive images on individual photographic cars instead of on strips of celluloid. ***It*** suddenly became public－an experience that the viewer shared with dozens, scores, and even hundreds of others. At the same time, the image that the spectator looked at expanded from the minuscule peepshow dimensions of 2 or 3 inches (in height) to the size proportions of 7-9 feet.

精闢解析

很明顯地，依照「主詞優先原則」，It代替前面子句的主角——the viewer's relationship with the image（觀衆與影像間的關係）。

（4）代名詞當「受詞」解題之技巧

代名詞當「受詞」使用，在iBT托福閱讀考題中出題比例相對較少，與「一般代名詞」及「關係代名詞」不同的是，其解題多數需要「語意」的幫助。解決此類問題，除了使用最基本的「數」對應之外，其實「修辭能力」的重要性遠大於「語意」。將「機經」奉為聖經的考生與托福教師，通常無法有效率的快速解題。

例 1 One particular construction, which is located in the Chaco Canyon area of the state of New Mexico, has been the subject of considerable attention and discussion among archeologists and astronomers. This construction, which is at least 700 years old, consists of large slabs of rock located on top of the flat surface of a high butte that seem to form an observatory of sorts. What makes it appear to experts to be an observatory is that the slabs of rock are positioned so that shafts of sunlight fall between them and hit special markings carved into the side of a cliff. As the Sun changes positions with the progression of the seasons, the shafts of light fall in different places on the markings in the cliff wall. Using the system, it must have been possible for early inhabitants of the area to predict upcoming seasonal changes and the events based on them.

（A） experts
（B） slabs
（C） shafts
（D） markings

精闢解析

代名詞當受詞使用時，由於多置於複雜冗長的句構中，因此可先將指涉範圍限定、定位於句子本身，(D) markings則不在考慮選項當中。上例中，.首先排除(C) shafts，替代shafts時則代名詞需改寫為themselves（反身代名詞）。其次，代名詞當受詞盡量修飾子句之內的元素，因此排除(A) experts，正確答案為(B) slabs。

例 2 The majority of the Earth's major mountain ranges are found in zones where plates converge. The Himalayas, which are the world's highest mountains, along with the central Asian mountains of varying heights associated with them, were by crumpling and folding of two massive plates that collides at a convergent boundary. The landmass that is today known as India was originally part of Gondwanaland, the giant supercontinent in the Southern Hemisphere, but it broke off from Gondwanaland approximately 200 million years ago and drifted north to collide with part of Laurasia, the giant supercontinent in the Northern Hemisphere, to create the world's tallest mountains.

（A） zones
（B） the Himalayas
（C） central Asian mountains
（D） two massive plates

精闢解析

同上，依代名詞限定範圍立即刪除(A) zones與(D) two massive plates。「A along with B」(The Himalayas along with the central Asian mountains)屬於托福閱讀重點定位結構——「比較、對比、強調、列點」，語意重心明顯落在(A)上，(B) the Himalayas為正確解答。

例 3 However, by the end of the 1920s, the era of silent films ended rather abruptly. Edison an other inventors had introduced technology for creating motion pictures with sound at various times throughout the early decades of the twentieth century, but those early devices could not ensure good quality and amplification to induce studios to try any of them out. Finally, Warner Brothers took a chance with the 1927 film, The Jazz Singer, which starred popular recording artist Al Jolson and featured both singing and talking. When The Jazz Singer became a tremendous hit, Warner Brothers and Fox immediately converted to producing motion pictures with sound; the other large studios, believing that talking pictures might be only a passing fad, continued making silent pictures for one more year. When t became clear that talking pictures were the future of film rather than a passing fad, the remaining studios converted to the exclusive production of talking films a year later; by 1929, all of the films produced in Hollywood studios were talking pictures, and the era of silent films was over.

（A）early decades
（B）early devices
（C）sound quality and amplification
（D）studios

精闢解析

(A) early decades距離代名詞太遠，不在選項中，首先排除。(D) studios因未使用反身代名詞，themselves亦不考慮。(B)與(C)選項則需要使用「語意」解題，(B) early devices為正解，值得注意的是，雖然代名詞當受詞使用，解題上較為困難，但必須真正使用「語意」的題目其實並不多，大致上還是必須以「修辭」為主。

例 4 The earliest known American painters, who were active in the latter part of the seventeenth century and the early part of the eighteenth century, were described in documents, journals, and letters of the time as limners. Most of the paintings created by limners were portraits, and they were unsigned because the finished pieces did not belong to the limners who created them but were instead the possessions of the subjects portrayed in them, and a particular portrait is named Mrs. Elizabeth Freake and Baby Mary after the people in the portrait, and the limner who created the portrait is known only as the Freake Limner. Art historians who specialize in art from this era have been able to identify clusters of portraits painted by each of a number of limners but, in many cases, do not know the name of the actual limner.

（A）limners
（B）portraits
（C）ideas
（D）fragments

精闢解析

經由範圍限定之後，率先排除(C) ideas與(D) fragments。(Ａ) limners必須使用反身代名詞themselves，因此正解為(B) portraits。

例 5 Many species of the fish, particularly smaller fish, travel in schools, moving in tight formations often with he precision of the most highly disciplined military unit on parade. Some move in synchronized hordes, while others move in starkly geometric forms. In addition to the varieties of shapes of schools of fish, there are countless varieties of schooling behaviors. Some fish coalesce into schools and then spread out in random patterns, while others move into close formations at specific times, such as feeding times, but are more spread out at other times. Some move in school composed of members of all age groups, while others move in schools predominantly when they are young but take up a more solitary existence as they mature. Though his behavior is quite a regular, familiar phenomenon, there is much that is not completely known about it, particularly the exact function that it serves ad what mechanisms fish use to make it happen.

（A）existence
（B）behavior
（C）fish
（D）function

精闢解析

此題屬於托福閱讀考試中偶爾出現的「送分題」。限定範圍裡的單數名詞僅(B) behavior出現在候選選項中，為正解。

例 6 A final type of schizophrenia is acute schizophrenia, which is characterized by a sudden onset of schizophrenic symptoms such as confusion, excitement, emotionality, depression and irrational fear. The acute schizophrenic, unlike the simple schizophrenic, shows a sudden onset of the disease rather than a slow progression from one stage of it to the other. Additionally, the acute schizophrenic exhibits various types of schizophrenic behaviors during different episodes, sometimes exhibiting the characteristics f hebephrenic, catatonic, or even paranoid schizophrenia. In this type of schizophrenia, the patient' s personality seems to have completely disintegrated.

（A）the disease
（B）a slow progression
（C）one stage
（D）the other

精闢解析

例六屬於「修辭」解題的最佳範例。「unlike A, B…」與「A rather than B」語意重心分別落在B與A，因此(A) the stage為正解。

除了上述幾個「代名詞當受詞」的代表例題外，有時候亦會出現以下陷阱考題：

Many types of animals combine the advantages of family association with those [conferred by membership in still large group.]

考生很容易依照代名詞「主詞優先原則」，將those指涉types，然而，此題真正要測驗的是「比較結構的可比性」，those在結構中明顯是居於「受詞」的位置，因此可相對應的名詞為advantages。

讀者研讀至此，應當對關係代名詞及其先行詞之關係有充分的了解，然而，在某些題目裡，卻會發生衝突，請看下列題目：

Q：Roman law is <u>one</u> of the ***greatest*** <u>systems</u> ________ ever existed.

這是某年大學聯考英文試題之一，當時聯招會給的「參考答案」為that has。此題當時引起不少高中教師以及知名學者之爭議，認為that have亦可。

依照N1 of N2結構，「真正的」主詞應該為one，因此使用單數動詞has，然而，在「正式文法」中，one of the Ns結構應當使用複數動詞，使用單動詞乃非正式用法，除非在one之前將上the only，此時仍應接單數動詞。

由此可見，大部分的學者均認為根據關代「鄰近原則」，接上that have較好。另外，亦有知名文法學家提出，如果one在陳述者的心目中佔了主要的地位，此時使用單數動詞亦無不妥，請讀者看以下例句。

（a）Tyranny is one of those evils which ***tend*** to perpetuate themselves.
（Principle and Practice of English Grammar－George O. Curme）

（b）It is one of the many roads that ***lead*** to Rome.
（Understanding Grammar－Paul Roberts）

（c）He is one of those men who always ***know/knows*** what to do.
（Guide to American English－*L.M. Myres*）

最後我們使用以上代名詞修辭概念，判斷在《時代》雜誌（TIME）等英文期刊中的使用狀況：

GMAT

（a）As Jane was greatly influenced by her history teacher, she chose ***it*** as her major.（不佳）

（b）As researchers continue to probe the highly expressive vocal and postural language of wolves, ***their*** resemblance to dogs has become more striking.（不佳）

TIME

In the early 1990s, the ageing hotel got a new lease on life when French company Accor poured $9 million into renovations and expansions, carefully preserving ***its*** original character.（佳句）

NEWSWEEK

Greater mobility has helped wronged villagers travel to provincial capitals to air ***their*** grievances.（佳句）

CHINA POST

（a）A Thai software site has launched a downloadable program ***which it*** says will keep mosquitoes at bay by emitting a low-frequency sound from computer speakers.（佳）

（b）Hiromu Nonaka's announcement jolted the party and intensified jockeying for posts in a shake-up of the Cabinet and ruling party ***that*** is expected early next week.（劣）

➔ 在「代名詞指涉清楚」的部分，各經典雜誌的主筆明顯注重寫作時的替代修飾原則，惟THE CHINA POST在此部分常出現模糊不清的指涉，奇怪的是，其修飾優良與不佳的句子品質差異頗大，疑為國內新聞編譯所譯。

*代名詞it不可代替整句，其有「主詞優先」原則。（但使用太頻繁，建議改寫句子結構）

CHINA POST

That Marcos was allowed to go scot-free and flee to U.S. exile still rankles many Filipinos, who say ***it*** set a bad precedent.（不佳）

NEWSWEEK

For the first time in American history, the end of world has become a campaign issue. ***It*** arouse during the second presidential debate, when Ronald Reagan was asked if he truly believes that the world is headed for a "nuclear Armageddon."（不佳）

➔ 《時代》雜誌鮮少使用It代替前面整句，少部分的句子仍會遵守代名詞主詞優先原則，不過如果整個句子還是有多於一個的指涉對象，建議改寫。相同地，THE CHINA POST在此部分品質表現較差。

* 代名詞之「後指用法」使用頻繁，但注意修飾對象要清楚，通常用於主詞過長，或者為了避免指涉不清之情況，此為寫作最重要評比之一。

CHINA POST

Before ***he*** even went to school, Patterson began helping his parents design and install the electrics in a new house.（不佳）

NEWSWEEK

If ***his*** own candidate wins the presidential election planned for next March, Furimori would become the power behind the throne.（佳句）

TIME

Stealing up on ***their*** prey at break of dawn and using tranquilizers or tranquilizing goodies, the catnapers spirit the animals away to clinical experimenters, who require some 300 specimens each day.（優）

➔ 有趣的是，這三家知名報章雜誌均大量使用代名詞後指用法，但CHINA POST的使用，比較起來，還是欠佳。至於美加名師莫清崴的著作，一看就知道是改寫全真題的錯誤示範，上述這些知名媒體均不會犯如此離譜的錯誤，各位在考GRE、GMAT或托福寫作時不得不謹慎。

Though ***he*** had a pleasing and versatile voice, Gene Kelly was not as renowned for his singing as he was for his dancing.（不佳）

——出自莫清崴《GMAT文法修辭精粹》

上述句子文法並無錯誤，但在代名詞後指的使用上不無問題。首先，第一句的真正主詞Gene Kelly之後並沒有太多的修飾語，只有一短短單純的名詞，例句又不太屬於文學體，使用代名詞後指用法顯得累贅不自然，只要單純的寫成：Though Gene Kelly had a pleasing and versatile voice, he was not as renowned for his singing as he was for his dancing 即可。讀者必須注意，英文中許多修辭手法都是有獨特的功能，不可任意使用。

五、插入句考題（Insertion）

「插入句」考題要求考生在某個段落的四個點中擇一插入所提供的句子，但由於多數插入句都具有代名詞的特色，因此解題方式和上述代名詞一類如出一轍。

A. ETS對於插入句考題之敘述

In this type of question, you are given a new sentence and are asked where in the passage it would best fit. You need to understand the logic of the passage, as well as the grammatical connections (like pronoun reference) between sentences. Not every set includes an Insert Text question. There is never more than one in a set.

B. 插入句考題題型

In the passage you will see four black squares. The squares are located at the beginnings or ends of sentences. Sometimes all four squares appear in one paragraph. Sometimes they are spread across the end of one paragraph and the beginning of another:
You are then asked this question:
Look at the four squares [■] that indicate where the following sentence could be added to the passage.
[You will see a sentence in bold.]
Where would the sentence best fit?
Your job is to click on one of the squares and insert the sentence in the text.

C. 插入句考題解題技巧

筆者大學在英文系求學時期，總認為托福閱讀測驗中的「代名詞」、「插入句」以及「主旨題」（iBT已取消此類題型）考題十分困難，常常在這類題目中感到些許挫敗。修習英語教學碩士學位時，進而對英語修辭及寫作學產生極濃厚的興趣，試圖為學生找出最快的解題方式。在教授托福閱讀寫作累積經驗後，驚覺托福寫作閱讀全都繞著修辭轉，只要有基本概念，托福的閱讀只能算是小學生的程度罷了。插入句主要是測驗考生能否依照段落上下文的「語意邏輯」，適當插入提供的句子，然而，「邏輯」這種抽象的東西，其實是要藉由文法的幫助的，說穿了，「插入句根本就是在考代名詞」，請讀者謹記在心。

托福閱讀插入句類型可以分為三大類：

1.It/These單純使用代名詞指涉前面單一名詞的句子

這時馬上把「代名詞」解題順序用上即可，此類型少考，但仍然可以使用修辭原則判斷。

（a）用「數」判斷——如前面句子剛好只有單一名詞符合，即可得分。

例句 N單 V N複 … N單…N單, and *they* are…

（b）主詞優先原則——有多個符合「數」條件時，以主詞為主。

例句 N複 V N複… N複…N複, and *they* are…

（c）使用「語意」判斷——很少會用到此種方法，托福文章取材廣泛，此種方法亦不科學，ETS的文章通常會符合修辭。

例句 The *genetic map* is also letting *scientists* probe the *genomes* of *other organisms* for *DNA* that could turn out to be a mother lode for medicine .

上例中，that修飾誰完全不清楚，坦白說，「好的文章」是不太可能這樣寫的，上例中，使用形容詞子句that could turn out to be the mother lode for medicine（變成醫藥科學發展的寶藏），依照美式英文鄰近原則，可以修飾organisms或DNA，非常清楚，語意上也應當如此，但如果以GMAT之修辭概念出發，此例句仍有精進之空間。換言之，that關代在真正的情況之下，也不一定永遠都會代替到最靠近的先行詞，一般人寫作不可能百分之百遵循這樣的鐵律，有時候修飾最靠近的第二個或第三個先行詞，是十分正常且自然的事情。

另外，讀者不難發現，倘若以「語意」為判斷原則，那麼可以當作寶藏（mother lode）的，可以是「基因圖」（也譯作「遺傳連鎖圖」或「基因圖譜」）、「基因組」（genomes）當然可以是「去氧核醣核酸」（DNA）。如果沒有上下文佐證，一般人是無法清楚得知原作者的意思的，我們甚至可以使用一般代名詞「主詞優先原則」改寫如下：

例句 The *genetic map* is also letting *scientists* probe the *genomes* of *other organisms* for *DNA*. It could turn out to be a mother lode for medicine.

如此一來，It指涉主詞the genetic map，意思亦無不當，且讓修辭更清楚。

2.The method/use of等代名詞後又增加具體名詞線索的句子

這一類托福最常考，由於代名詞已透露「單複數線索」，後面緊跟著的具體名詞使得插入邏輯十分明顯。托福文章偶有十分冗長、囉唆的插入句，其實說穿了只是誤導考生迷失重點的障眼法之一，考生如果可以同時掌握具關鍵性的主角之文法與語意線索，則可以不理會又臭又長的敘述文句，直接使用修辭解題，事半功倍，以下示範Official Guide試題之範例。

例1 Before 1815 manufacturing in the United States ***had been done in homes or shops by skilled artisans.*** ■ As master craftworkers, they imparted the knowledge of their trades to apprentices and journeymen. ■ In addition, women often worked in their homes part-time, making finished articles from raw material supplied by merchant capitalists. ■ ***After 1815*** this older form of manufacturing began to give way to factories with machinery tended by unskilled or semiskilled laborers. ■ Cheap transportation networks, the rise of cities, and the availability of capital and credit all stimulated the shift to factory production.

This new form of manufacturing depended on the movement of goods to distant locations and a centralized source of laborers.

精闢解析

由插入句構中，我們得到「代名詞」this與「具體名詞」new form of manufacturing（嶄新的製造模式），即可判斷，這段文章應該在敘述兩種不同的製造模式，而插入句則放在第二種製造模式出現段落之後即可。此段落首段主題句（topic sentence）開門見山地告訴考生1815年前後之狀況，因此找到第三個黑格後之敘述（After 1815…），即可得知，應將插入句構置於其後位置。

例 2 Under very cold conditions, rocks can be shattered by ice and frost, ***Glaciers*** may form in permanently cold areas, and these slowly moving masses of ice cut out valleys, carrying with them huge quantities of eroded rock debris. ■ In dry areas the ***wind*** is the principal agent of erosion. ■ It carries fine particles of ***sand***, which bombard exposed rock surfaces, thereby wearing them into yet more sand. ■ Even living things contribute to the formation of landscapes. ■ Tree roots force their way into cracks in rocks and, in so doing, speed their splitting. In contrast, the roots of grasses and other small plants may help to hold loose soil fragments together, thereby helping to prevent erosion by the wind.

Under different climatic conditions, another type of destructive force contributes to erosion.

精闢解析

很明顯的，由插入句構中的another可得知此段落為「列點」（enumeration）模式，而destructive forces of nature（大自然的侵蝕毀滅力量）給我們更多的線索。進而從文章段落判斷，找出三個侵蝕的媒介分別是「冰河」（glaciers）、「風」（wind）以及「沙子」（sand）。自然的將此句置於第一個黑格位置。

例 3 The missing piece in the navigational puzzle was the ability to calculate longitude, or how far east or west a ship had traveled. ■ The need for a device to calculate longitude was so important to navigators that the English Parliament ***offered*** a reward of 20,000 pounds (an extraordinarily larger sum at the time, perhaps $ 10 million in today's currency) to anyone who could invest a method for calculating longitude. ■ In 1759, English clockmaker John Harrison built a chronometer that was accurate enough for navigation. ■ The premise of the device was that the Sun rises two seconds later each day for each kilometer traveled in a westerly direction, so the accurately-measured change in time was an accurate way to calculate longitude. ■ Harrison was easily able to convince Parliament that the reward was warranted.

Though many tried, it took a number of years after the offer was made for someone to succeed.

精闢解析

從插入句構中，抽取出關鍵字the offer（提供、貢獻），即可立刻尋找到段落中含有某種「供給」、「給予」或「貢獻」語意之句子，進而將其置於第二個黑格內。

例 4 ■ Exhibitors, however, wanted to maximize their profits, which they could do more readily by projecting a handful of films to hundreds of customers at a time (rather than one at a time) and by charging 25 to 50 cents admission. ■ About a year after the opening of the first Kinetoscope parlor in 1894, showmen such as Louis and Auguste Lumiere, Thomas Armat and Charles Francis Jenkins, and Orville and Woodville Latham (with the assistance of Edison's former assistant, William Dickson) perfected projection devices.

■ These early projection devices were used in vaudeville theaters, legitimate theaters, local town halls, makeshift storefront theaters, fairgrounds, and amusement parks to show films to a mass audience.■

When this widespread use of projection technology began to hurt his Kinetoscope business, Edison acquired a projector developed by Armat and introduced it as "Edison's latest marvel, the Vitascope."

精闢解析

上述插入句構十分冗長複雜，容易讓剛接觸托福閱讀的考生迷失在陷阱當中，然而，只要能夠抓出this widespread use of projection technology這些元素即可立刻解題。在段落中，首先排除第一個黑格，第二個黑格前是關於「增加利益」（maximize the profits）的論述；第三個黑格前則是「人物」探討，唯有第四個黑格前討論「用途」。

例 5 During Jackson's second term, his opponents had gradually come together to from the Whig party. ■ Whig and Democrats held different attitudes toward the changes brought about by the market, banks, and commerce. ■

The Democrats tended to view society as a continuing conflict between "the people" - farmers, planters, and workers■ and a set of greedy aristocrats. ■ This "paper money aristocracy" of bankers and investors manipulated the banking system for their own profit, Democrats claimed, and sapped the nation's virtue by encouraging speculation and the desire for sudden, unearned wealth. ■ The Democrats wanted the rewards of the market without sacrificing the features of a simple agrarian republic. They wanted the wealth that the market offered without the competitive, changing society; the complex dealing; the dominance of urban centers; and the loss of independence that came with it.

This new party argued against the policies of Jackson and his party in a number of important areas, beginning with the economy.

精闢解析

上例中，This new party（這一新的政黨）即可幫助考生快速解題，文中在第一個黑格前出現第一次新的政黨名稱——Whig Party，即可插入。

例 5 ■ In Britain and the United States, private companies built hundreds of uncoordinated rail projects, but in continental Europe railroad construction became a large share of capital. ■ Until 1914, the building of railroads remained the most important reason for the export of capital as well as the main method of developing new territories. ■ British capital financed the majority of the railroads built in India, Canada, and Latin America. ■ The U.S. transcontinental railroad played a key role in populating and developing huge tracts of land in North America, as did the Trans-Siberian Railway in Asia. ■

Railroad construction required enormous amounts of capital and was financed in diverse ways.

精闢解析

此例插入句構明顯和上五例有所區別，此種以具體名詞開頭的句構常有可能是文章段落的「主題句」，再往後檢視，發現了capital（資本）與finance（融資）這兩個概念。分析文章後不難發現，整個段落都繞著capital與finance兩個概念發展，因此必須將其插入第一個黑格，當作提綱挈領的關鍵主題句。

3.It引導句子，但代替前面「整句」的插入句

由於代替整句，因此只要把插入句的名詞與前面句子對照符合與否即可立即解題，也算簡單的題型。

範例 The TRAGEGY caused quite a turbulence in the society.

很明顯的，tragedy（悲劇）不可能代替單一名詞，而是一個「事件的概念」，只要往前面尋找有「悲劇劇情」的句子即可。

例句 Several hundreds of victims have been *buried* following a *destructive earthquake* that is measured 7 on the Richter Scale. The police have been trying to make every effort to see if there is *any survivor or not*. The president's office expressed their concern over the incident. ***Such a TRATEGY did cause quite a stir nationwide.***

寫作時也應盡量這樣寫，因為it這樣的代名詞在修辭上是不可以代替整個句子的。

例句 ■ Most investigators ***concur*** that certain facial expressions suggest the same emotions in all people. ■ Moreover, people in diverse cultures ***recognize*** the emotions manifested by the facial expressions. ■ In classic research Paul Ekman took photographs of people exhibiting the emotions of anger, disgust, fear, happiness, and sadness. ■ He then asked people around the world to indicate what emotions were being depicted in them. Those queried ranged from European college students to members of the Fore, a tribe that dwells in the New Guinea highlands. All groups, including the Fore, who had almost no contact with Western culture, agreed on the portrayed emotions. The Fore also displayed familiar facial expressions when asked how they would respond if they were the characters in stories that called for basic emotional responses. Ekman and his colleagues more recently obtained similar results in a study of ten cultures in which participants were permitted to report that multiple emotions were shown by facial expressions. The participants generally agreed on which two emotions were being shown and which emotion was more intense.

This universality in the recognition of emotions was demonstrated by using rather simple methods.

精闢解析

由上所述，可以得知此句插入句構的universality（共通一致性），必定代替前述整個句子。因此，只要從四個黑點選項前的句子尋找出有類似概念的敘述即可。分析過後，不難發現首句出現con-cur（一致認為）線索，而第二個黑格之後仍然是前一句的闡述（moreover），可以將其置於第三個黑格。

4.有轉折連接詞當線索的句子

這是測驗考生對「句子銜接邏輯」的考題，也是大部分教授托福的老師最常用的例子，然而，這種插入考法只要找到「主角相同」的句子就可解題，也沒真的測驗到多高深的邏輯判斷能力。

以下將綜合示範插入句例題及解題方法：

範例 Official Guide例題演練1（p.52）

■ The raising of livestock is a major economic activity in semiarid lands, where grasses are generally the dominant type of natural vegetation. ■ The consequence of an excessive number of livestock grazing in an area are the reduction of the vegetation cover and the trampling and pulverization of the soil. ■ This is usually followed by the drying of the soil and accelerated erosion.

***This economic reliance on livestock* in certain regions makes large tracts of land susceptible to overgrazing.**

解析：這是代替前面整句的考法。

線索：找出前面任一有economic reliance on livestock（對家畜的經濟依賴）意思之句子。

解題：The raising of livestock is a major economic activity in semiarid lands, where grasses are generally the dominant type of natural vegetation述說此概念。

範例 Official Guide例題演練2（p.43）

Extinct but already fully marine cetaceans are known from the fossil records. ■ How was the gap between a walking mammal and a swimming whale bridged? ■ Missing until recently were fossils clearly intermediate, or transitional, between land and mammals and cetaceans.

■ Very exciting discoveries have finally allowed scientists to reconstruct the most likely origins of cetaceans. ■ In 1979, a team looking for fossils in northern Pakistan found what proved to be the oldest whale.

<u>This</u> is <u>a question</u> that has puzzled scientists for ages.

解析：這也是代替前面整句的考法。

線索：找出前面任一有This is a question（是個問題／麻煩）意思之句子。

解題：How was the gap between a walking mammal and a swimming whale bridged?述說此概念。

範例 Official Guide例題演練3（p. 95）

Againm supersonic jets have similar features.

■ Because they are always swimming, tunas simply have to open their mouths and water is forced in and over their gills. ■ <u>Accordingly, they have lost most of the muscles that other fishes use to suck in water and push it past the gills.</u> ■ In fact, tunas must swim to breathe. ■ They must also keep swimming to keep from sinking, since most have largely or completely lost the swim bladder, the gas-filled sac that helps most other fish remain buoyant.

Consequently, <u>tunas</u> do <u>*NOT need to suck in water*</u>.

解析：這是句子銜接邏輯的考法。

線索：找出跟插入句（Tunas do not need to suck in water）之語意對稱的句子。

解題：Accordingly, they have lost most of the muscles that other fishes use to suck in water and push it past the gills.（喪失Tunas做這些動作的肌肉）。明顯是此插入句的後續發展。

範例 Longman難題演練1

There is a standard pattern to the process of hunting in groups. ■ The process is initiated by a single female, who stations herself at a raised elevation to serve as a lookout to stop potential prey. ■ When prey is spotted, a group of young lionesses advances on the herd and pushes the herd in the direction of a different lioness who has hidden herself downwind. ■ It is up to this concealed female to choose the weakest member of the herd for the kill. ■

This is usually accompanied by knocking the prey to the ground and breaking its neck.

解析：這是整句語意指涉的考法。

線索：由題目得知，this指涉整件事情，線索在後面的accompanied by…，但此句之表達「較不直接」，考生需看懂其迂迴的意思才可解題。

解題：文中最後一句的…for the kill（殺）與插入句的表達…knocking the prey to the ground and breaking its neck.（將其壓制在地，咬斷脖子）呼應。

範例 Longman難題演練2

■ Dreiser first tried his hand at fiction by writing short stories rather than novels, and the first four short stories that he wrote were published. ■ Based on this, he was encouraged to write a novel that would accurately depict the harsh life of the city, and the novel *Sister Carrie* was the result of his effort. ■ This novel chronicles the life of Carrie Meeber, a small-town girl who goes to Chicago in a quest for fame and fortune. ■ As Carrie progresses from the factory worker to Broadway star by manipulating anyone in her path, Dreiser sends a clear message about the strategy of life that is devoted purely to the quest for money.

It was rather unusual for a novice writer to achieve so much so quickly.

解析：同上題。

解題：unusual to achieve so much so quickly（短時間達到如此成果不尋常景象）指涉的是 Dreiser first tried his hand at fiction by writing short stories rather than novels, and the first four short stories that he wrote were published這件事。

六、修辭考題（Rhetorical Devices）

「修辭考題」將題目將某個字詞反白，詢問考生文章中提到此種概念或字詞的理由，這個部分使用英文的修辭概念可快速解題。

A. ETS對於修辭目的考題之定義

Rhetoric is the art of speaking or writing effectively. In Factual Information questions you are asked **what** information an author has presented. In Rhetorical Purpose questions you are asked **why** the author has presented a particular piece of information in a particular place of manner. Rhetorical Purpose questions ask you to show that you understand the rhetorical function of a statement or paragraph as it relates to the rest of the passage.

Sometimes you will be asked to identify how one paragraph relates to another. For instance, the second paragraph may give examples to support a statement in the first paragraph. The answer choices may be expressed in general terms, (for example, “A theory is explained and then illustrated”) or in terms that are specific to the passage. (“The author explains the categories of adaptation to deserts by mammals and then givens an example.”)

A Rhetorical Purpose question may also ask why the author mentions a particular piece of information (Example: Why does the author mention “the ability of grasp a pencil”? Correct answer: It is an example of a motor skill developed by children at 10 to 11 moths of age) or why the author quotes a certain person.

B. 修辭目的考題題型

These are examples of the way Rhetorical Purpose questions are typically worded:

（a）Why does the author compare … to …?

（b）Why does the author mention X?

（c）Why does the author use the word … in discussing…?

（d）The author uses X as an example of…

（e）The author discusses X in paragraph X in order to…

（f）The author uses X as an example of…

C. 修辭目的考題技巧

- Know the definitions of these words or phrases, which are often used to describe different kinds of rhetorical purposes: "definition," "example," "to illustrate," "to explain" "to contrast," "to refute," "to note," "to criticize," "functions of "
- Rhetorical Purpose questions usually do not ask about the overall organization of the reading passage. Instead, they typically focus on the logical links between sentences and paragraphs

《時代解析》雜誌前總主筆旋元佑先生曾對托福此類題作出說明，認為「此類要考驗的是考生在閱讀上下文邏輯改念之推演與分析，實為有鑑別度之考題」，然而，筆者認為這種說法太過武斷，亦把托福想得太困難，通常這種題目，除了某些要把上下兩句瀏覽過後才能選擇正確答案之外，其中有大多數的題型都可以「猜」，在很短的時間內拿到分數，而常考的類別有以下幾種：

1.連接句子的「轉折詞」

這一類最容易，幾乎可以說是送分題，托福寫作批改的標準之一——銜接性（cohesion）就屬此類，如果閱讀無法馬上判別其語意邏輯，在寫作上絕對也不可能正確。

（a）**表前後相反：** although, however, yet, nevertheless, unfortunately, rather than, instead of…
➔ to contradict the statements mentioned in the previous paragraph/part

（b）**表前後意思一致：** also, neither, so, too, see eye to eye with, agree, can't emphasize too much, agree with, in fact（actually則為前後相反的意思）, can't agree with sb. more, consensus…
➔ to echo or to respond to the idea/statement mentioned.

（c）**陷阱：** to provide alternative explanations（提供另一種的解釋）——括號中的說明絕對不會是「另一種解釋」。

2.作為「提供例子說明」、「補充說明」或「提供細節」之修辭語

四種常考形式，考生看到要馬上反應：

（1）括號（parenthesis）中的資訊

舉個例子作為「補充說明」或「提供例子」的用途。如果括號前後為同類型之不同事物，即為例子提供；如前後是敘述用法，則為補充說明。

例句 kinds of fruit（apples, bananas, tangerines, mangos）

（2）同位語（apposition）中的資訊

同位語均為補充說明，也可以算是一種「定義性」的類別。托福文章的主題如果太過專業（例如關於archaeology、astronomy、biology、geology等非常識等級的內容），則必定會在首段名詞出現後，使用同位語作基本定義。

例句 Linguistics, the study of the science of language.

（3）托福常考的「假同位語」（pseudo-appositive position）

要看得懂其間的關聯，才有辦法了解其為補充說明或提出例子之用。結構為前一句末所提到的事件，在第二句之句首以具體事項開頭當主詞，附帶說明前面提過的東西。

句型 S + V…Ns. S1 + V….（S1為前面Ns的例子或相同的物品）

例句 flowers (hyacinth, bachelor's button, hollhock)

（4）和假同位語相似的「假比較」

句型 {S + V .....}〔S + V...〕

雖為兩個不同句子，但其實是在說明「不同領域的類似狀況」，算是「比較」的一種。例如拿「飛機起飛的原理」與「鳥飛行的原理」作比較。

例句 Tunas, mackerels, and billfishes have even more sophisticated adaptations than these to improve their hydrodynamics. The long bill of marlins, sailfishes, and swordfish probably helps them slip through the water. Many supersonic aircraft have a similar need at the nose.

（5）提供細節

括號中非一單純名詞或名詞子句，與括號前亦無型態、類別等同時雖然是在括號中，但這是在提供細節（to provide details）之用，此種用法很容易搞混，要特別小心。

句型 S + V…（S + V….）

3.列點

段落之間或段落之中使用「列點式」之字詞，此種考法又包括有無跟「比較字詞」合用之情況，這類的自詞有another, besides, apart from, the other, what's more…等。

（1）不與比較結構搭配

例句 Another one niche for a graduate student to hold a part time job is that….

➔ to further illustrate with concrete examples.

（2）與比較結構合用的

例句 〔One（more）useful） application of this appliance lies in its….

➔ 這種結構有歧異性（ambiguity），上述修飾方式可得到兩種意思：

① One more + useful function…：another example of its useful function

② One + more useful function…：a less useful function…has been stated…

4.數字表達

有明確數字表達出現時，會將數字正確無誤的寫出approximately來修飾數字，在托福文章通常為了要表達某件事情之程度、某種東西之年代久遠等等。

to express how serious sth has become / to show the extend of the effect to which sth. caused.

5.譬喻比較

不同段落中各自說明相同東西但不同類型的事物，有時會用version（版本、形式）、spin-off（翻版）等等譬喻的字詞連接。

The most celebrated tea in China is Don-Ding Oolong Tea…..

The English version is…..

➔ to differentiate（如果跟however等搭配）

➔ to show two sides of a coin（跟besides, on the other hand搭配）

➔ to make reference to or relate to what has been discussed in the previous paragraph

陷阱： to introduce a new topic.（帶出一個新的主題）一篇文章或一個段落只會有一個主題，考生應特別注意。

6.譬喻用法

用不同東西來比較，此時要往前面找真正的主詞為何，就可知道在做比較。

例句 Milton is the Beethoven in Taiwan, as it were.
➔ Milton has flair of music.

Such an error is a simple checkbook balance error
➔ very basic articulation/ very basic error

7.分詞構句——依照其所賦予的連接詞作判斷

After…, S V… ➔ to show chronological order.
V-ing/V-pp…, S V… ➔ to show the cause-and-effect relations
If …., S V… ➔ to show the condition.

8.其他對於片語的了解——基本功

（a）as likely as not, It's on the cards that…, out of question, chances are that…表達「可能性」（possibility of sth.）。
（b）in essence, in a laconic fashion, concise…表示「簡潔」。
（c）wide off the mark, far cry from...under par with…等表示「還不夠」（not…enough to…）。

9.介係詞片語with中的地位十分重要

副詞跟著動詞或跟著名詞亦會影響其隱含意義。
（a）S + [V, PP.]（修飾動作）➔ to show the way to do…
（b）S + be/have/has + [N + PP.] ➔ to show image, characteristic, and feature

例句 Angelina is [a blonde with sexy lips] .
（安潔莉娜是位有性感厚唇的金髮美女。）

Students like [learning] English [with multi-media software] .
（學生喜歡利用多媒體學習英文。）

Students like [English learning with multi-media software] .
（學生喜歡有多媒體輔助的英語學習方法。）

10.利用文法與字彙能力解題

筆者在OG裡面發現，某些將單一字彙反白的考題與「字彙題」十分類似，要注意的是，某些較中性的字是可以不需要看上下文找修辭線索就可以選出正確答案的，但某些字詞在不同的上下文情境中會影響其語意變化，請讀者看下面從OG選出來的例題。另外，如果某個被反白的片語有子句修飾，亦要注意。

例 1 **Longman模擬試題演練1（p.78）**

Xerography

One more familiar use of electrochemistry that has made its way into the mainstream is xerography, a process for replicating documents that is dependent on the photoconductive materials. **A photoconductive material is an insulator in the dark but becomes conductor when exposed to bright light**. When a photocopy is being made, an image of a document is projected onto the surface of a rotating drum, and bright light causes the photoconductive material on the surface of the drum to become conductive.

As a result of the conductivity, the drum loses its charge in the lighted areas, and toner **(small grains to which dry ink adheres)** attaches itself only to the darker parts of the image. The grains are then carried to a sheet of paper and fused with heat. When **a laser printer** is used, the image is projected by means of a laser beam, which creates a brighter light and greater contrasts between lighter and darker areas and therefore results in sharper printed images.

題目 The author begins the first paragraph with **One more familiar use of electrochemistry** in order to

（A）explain that xerography is one of the less familiar uses of electrochemistry
（B）make it clear that electrochemistry requires photoconductive materials
（C）show that xerography is the only known use for electrochemistry
（D）indicate that other less familiar uses have already been discussed

解析：one more familiar use…有「再多一個」或「比較」意味➔ A, C 排除。
B選項資訊未提到；D有「比較意味」，邏輯正確。
one more familiar use/other less familiar use，為正確答案。

題目 Why does the author explain that **A photoconductive material is an insulator in the dark but becomes conductor when exposed to bright light**?

（A）It gives an explanation of a property that is necessary for xerography
（B）It indicates that bright light is required for insulation to take place.
（C）It gives one example of a successful xerographic process
（D）It explains the role of insulation in xerography

解析：photoconductive material與前句主角相同➔ 排除C新段落舉例可能性。
B選項資訊顛倒，D選項模糊焦點，馬上排除。
句子用but連接「兩種一般情況敘述」（A is…in ….BUT becomes … when…）➔ A為正確答案（xerography必備特質之解釋）。

題目 The author places the phrase **small grains to which dry ink adheres** in parentheses in order to

（A）provide information that contradicts the previous statement
（B）provide another example of conductivity
（C）provide further detail information about toner
（D）provide an alternate explanation for the effectiveness of toner

解析： 此題十分容易。在括號（parentheses）中的資訊，永遠不可能有任何「新資訊」、「異同」之意思➔ A, B, D立即排除。

題目 Why is **a laser printer** mentioned?

（A）It is an alternative to xerography.
（B）It is a way of duplicating without using electrochemistry.
（C）It is a second example of xerography.
（D）It is a less effective type of xerography than is a photographer.

解析： a laser printer與when連接，表示「狀況說明」，此處也可當前一句的「例子」➔ A, B, C 均馬上排除。

範例 Official Guide 模擬試題演練1（p.82）

...The first generation to experience these changes did not adopt the new attitudes easily. The factory clock became the symbol of the new work rules. One mill worker who finally quit complained revealingly about **"obedience to the ding-dong of the bell-just as thought we are so many living machines."**...

題目 The author includes the quotation from a mill worker in order to

（A）support the idea that it is was difficult for workers to adjust to working in factories
（B）to show that workers sometimes quit because of the loud noise made by factory machinery
（C）argue that clocks did not have a useful function in factories
（D）emphasize that factories were most successful when workers revealed their complaints

解析： quotation是當作辭職的員工mill worker who quit抱怨（complain about）的受詞。表示「強調」前面的「動作或狀況」，引號中的文字不會是字面上所顯現的意思➔ A為正解。

範例 Official Guide 模擬試題演練2（p. 92）

Tunas, mackerels, and billfishes have made streamlining into an art form. Their bodies are sleek and compact. The body shapes of tunas, in fact, are nearly ideal from an engineering point of view. Most species lack scales over most of the body, making it smooth and slippery. The eyes lie flush with the body and do not protrude at all. They are also covered with a slick, transparent lid that reduces drag. The fins are stiff, smooth, and narrow, qualities that also help cut drag. When not in use, the fins are tucked into special grooves or depressions so that they lie flush with the body and do not break up its smooth contours. **Airplanes retract their landing gear while in flight** for the same reason.

題目 Why does the author mention that **Airplanes retract their landing gear while in flight**?

（A）To show that air resistance and water resistance work differently from each other
（B）To argue that some fishes are better designed than airplanes are
（C）To provide evidence that airplane engineers have studies the design of fish bodies
（D）To demonstrate a similarity between certain fishes and airplanes

解析：這是前述「假比較結構」，不過聰明的讀者看到後面for the same reason之後，這麼大篇的「廢話」一點實質用處也沒有，D明顯是正解（similarities）。

範例 **Official Guide 模擬試題演練3（p. 60）**

These Kinetoscope arcades were molded on phonograph parlors, which had proven successful for Edison several years earlier. In the photograph parlors, customers⋯.（略）

題目 The author discusses phonograph parlors in this paragraph in order to

（A）explain Edison's financial success
（B）describe the model used to design Kinetoscope parlors
（C）contrast their popularity to that of Kinetoscope parlors
（D）illustrate how much more technologically advanced Kinetoscope parlors were

解析：此題問為什麼作者在「此段落」討論phonograph parlors。既然問段落，主角（parlors）又在第一句出現，後面的關係子句提供的資訊為「時間點」與「使用關係」，因此只有B選項符合題意。

七、引申推論考題（Inference）

「引申推論考題」（Inference Questions）顧名思義，所需要的資訊均包含在文章段落中，但沒有直接加以說明，需要考生推敲文字弦外之音（connotations），引申、推論選出隱含的語意。引申推理題的題幹中常出現infer, imply , most/least likely或probably 等詞語。根據Official Guide（OG），在iBT閱讀的3至5篇文章中，每篇會設計1至2道此類問題，請先看ETS對於引伸推論考題的定義：

A. ETS對於引伸推論考題之敘述

These questions measure your ability to comprehend an argument or an idea that is strongly implied but not explicitly stated in the text. For example, if an effect is cited in the passage, an Inference question might ask about its cause. If a comparison is made, an Inference question might ask for the basis of the comparison. You should think about not only the explicit meaning of the author's words, but the logical implication of those words.

B. 引申推論考題題型

Inference questions will usually include the word infer, suggest, or imply.

- Which of the following can be inferred about X?
- The author of the passage implies that X...
- Which of the following can be inferred from paragraph 1 about X?

C. 引申推論考題題解題技巧

- Make sure your answer does not contradict the main idea of the passage.
- Don't choose an answer just because it seems important or true. The correct answer must be inferable from the passage.
- You should be able to defend your choice by pointing to explicitly stated information in the passage that leads to the inference you have selected.

引申推理考題由於需要較嚴謹的邏輯分析，一般來說，使用「刪除法」（deletion）遠比使用「定位法」來得有效率，也可以節省較多思考的時間。如前所述，ETS的選項出題原則通常依照以下邏輯設計，考生自行先將不正確的選項刪除，依照所遺留之選項進行引申、推理，不難將正確答案選出，以下詳細介紹引申推論題之「刪去法四步驟」：

引申推論題刪去法四步驟

A. 選項資訊錯誤

此種選項內容屬於最容易判斷之錯誤選項。選項敘述與文章段落不相同，可以在第一時間逕自刪除。

B. 選項資訊未提

「資訊未提」與「引申」概念對許多考生來說僅是一線之隔，最大的原因可能是因為考生在面對文字艱澀的托福閱讀時，常傾向使用背景知識（schemata）「自行揣測」，考生必須忠實地依照段落文字推敲，段落從未出現過的人、事、物幾乎都不可能當成引申推理考題的題材。

C. 選項文字內容與文章段落相同

除了上述介紹，引申推論題選項有時會出現文字內容敘述正確無誤的選項，考生在無法有效地判斷出推理考題的答案時，容易不自覺地選擇此種陷阱選項，既然是「引申推理」題型，則不太可能使用「換句話說」（paraphrasing）或是重述（repetition）當成正確答案。

D. 引申推理步驟

快速地刪除了上述三類陷阱選項之後，考生隨即開始對文字敘述做出邏輯推理判斷。一般來說，iBT閱讀中，有三種主要的推理類型：

1.交互對照推理（Cross-Inference）

根據兩件事情的對比特徵，問其中一個事物的特徵，只要將形成對比的另外一個事情特徵否定掉就即以。iBT閱讀中，大部分的引申推理都屬於此種類別，考生必須由段落敘述中的特色、敘述等推敲判斷出所對應的概念，一般來說，只要考生善用「刪去法」技巧，此類題目難度應該不算太高。

例 1 The extreme seriousness of desertification results from the vast areas of land and the tremendous numbers of people affected, as well as from the great difficulty of reversing or even slowing down the process. Once the soil has been removed by erosion, only the passage of centuries or millennia will enable soil to form. ***In areas where considerable soil still remains, though, a rigorously enforced program of land protection and cover-crop planting may make it possible to reverse the present deterioration of the surface***.

題目 It can be inferred from the passage that the author most likely believes which of the following about the future of desertification?

（A）Government will act quickly to control further desertification.
（B）The factors influencing desertification occur in cycles and will change in the future.
（C）Desertification will continue to increase.
（D）Desertification will soon occur in all areas of the world.

精闢解析

由文中敘述定位出關鍵句構In areas where considerable soil still remains, though, a rigorously enforced program of land protection and cover-crop planting may make it possible to reverse the present deterioration of the surface.（即使在土壤仍大量保存的地區，為了使目前地表沙漠化問題扭轉，一個對於地表保護的種植覆蓋作物計畫之立法或許可以達成此目標。）不難得知，沙漠化的問題仍然存在，並建議政府立法種植覆蓋植物，以因應沙漠化問題惡化。選項（C）呼應了段落中的涵義，為正確答案，而（A）（Government will act quickly）、（B）（The factors influencing desertification）、（D）（Desertification will soon occur in all areas）選項均屬於「資訊未提」一類。

例 2 The art profession recognized Carr during her lifetime, and galleries in Vancouver, Toronto, Montreal, and Seattle displayed her paintings in solo exhibitions. While art historians have characterized her works as ***showing the influence of the Group of Seven***, they also acknowledge that Carr produced paintings that were ***uniquely*** hers and credit her for raising

Canadian art to a new height. The subjects Carr chose to paint, the region of the country in which she painted, and her own ideas about art combined to produce a vision that distinguished her from other artists. Carr's paintings endure as visual icons that Canadians can most easily associate with an individual artist, and for this reason she is the best-known ***woman artist*** in Canadian history.

題目 According to the passage, what made Emily Carr's paintings unique?

（A）She rebelled against the popular style of the Group of Seven.
（B）She painted regional subjects in a bold and transcendental style.
（C）She combined light colors and deep shadows in an unusual way.
（D）She was the only Canadian painter who had no formal training.

精闢解析

由段落中文字…showing the influence of the Group of Seven.得知，（A）選項（…rebelled against the popular style of the Group of Seven）與段落資訊不符，屬資訊錯誤一類；（C）選項對於繪畫手法的敘述（She combined light colors and deep shadows in an unusual way）與（D）中的強調句構（She was the only Canadian painter who had no formal training），在文章段落中均未提及，屬於「資訊未提」一類。只有（B）選項的敘述She painted regional subjects in a bold and transcendental style（採用一種大膽卓越的手法繪畫）與段落文字The subjects Carr chose to paint, the region of the country in which she painted, and her own ideas about art combined to produce a vision that distinguished her from other artists（Carr繪畫的對象、地區以及本身的想法激發了與眾不同的視野）相符合。

例 3 In this newly emerging economic order, workers sometimes organized to protect their rights and traditional ways of life. Craftworkers such as carpenters, printers, and tailors formed unions, and in 1834 individual unions came together in the National Trades' Union. ***The labor movement gathered some momentum in the decade before the Panic of 1837, but in the depression that followed, labor's strength collapsed.*** During hard times, few workers were willing to strike or engage in collective action. ***And skilled craftworkers, who spearheaded the union movement, did not feel a particularly strong bond with semiskilled factory workers or unskilled laborers.*** More than a decade of agitation did finally bring a workday shortened to 10 hours to most industries by the 1850's, and the courts also recognized workers' right to strike, but these gains had little immediate impact.

題目 Which of the following statement about the labor movement of the 1800's is supported by the paragraph?

（A）It was most successful during times of economic crisis.
（B）Its primary purpose was to benefit unskilled laborers.
（C）It was slow to improve conditions for workers.
（D）It helped workers of all skill levels form a strong bond with each other.

精闢解析

上例正確解答為（C）選項It was slow to improve conditions for workers（改善勞工環境狀況速度緩慢），屬於整個段落的大綱，沒有特定單句可以定位、推理，這種使用整篇文章去推理出核心概念的題目數量不少，考生除了使用閱讀文章所得到的脈絡線索之外，使用前述的「刪去法」亦可加速解題。（A）選項It was most successful during times of economic crisis（在經濟蕭條時勞工運動最為成功）與段落敘述The labor movement gathered some momentum in the decade before the Panic of 1837, but in the depression that followed, labor's strength collapsed（1837年經濟大恐慌前十年，勞工運動蓄勢待發，隨後勞工勢力全盤瓦解）互相違背，屬「資訊錯誤」。（D）選項亦然，段落敘述Skilled craftworkers, who spearheaded the union movement, did not feel a particularly strong bond with semiskilled factory workers or unskilled laborers（引領工會運動的工藝家與技術較不成熟的工廠員工之間沒有太多的交集）與選項內容It helped workers of all skill levels form a strong bond with each other.（勞工運動使雙方之間有了連結）仍然不相符合。

例 4 Another major discovery was made in Egypt in 1989. Several skeletons of another early whale, Basilosaurus, were found in sediments left by the Tethys Sea and now exposed in the Sahara desert. This whale lived around 40 million years ago, 12 million years after Pakicetus. Many incomplete skeletons were found but they included, for the first time in an archaeocyte, a complete hind leg that features a foot with three tiny toes. ***Such legs would have been far too small to have supported the 50-foot-long Basilosaurus on land.***

題目 It can be inferred that Basilosaurus bred and gave birth in which of the following locations?

（A）On land

（B）Both on land and at sea

（C）In shallow water

（D）In a marine environment

精闢解析

上例較為單純，沒有太多繁複的細節敘述。此篇托福閱讀文章主要講述科學家在挖掘出的哺乳類動物化石（fossils）當中，發現的後腳（hind legs）所代表的意義非凡。段落中敘述中Such legs would have been far too small to have supported the 50-foot-long Basilosaurus on land（這樣的後腳或許太過於嬌小，以致無法承受足足有五十英呎高的身軀），使用「推測」手法（would have been）暗示，即使發現了三趾腳掌（three-toed foot）的化石，但據判斷這些後腳似乎無法支撐住Basilosaurus足足有五十英呎高的身軀，進而推測Basilosaurus應該是屬於海洋生物，而整篇文章在對於化石中發現擁有後腳的哺乳類動物之分析，亦是著重於這些生物屬於陸生動物（land creatures）、海洋生物（marine creatures）或是兩棲類生物（amphibians）之判斷。

例 5 Most investigators concur that certain facial expressions suggest the same emotions in all people. Moreover, people in diverse cultures recognize the emotions manifested by the facial expressions. ***In classic research Paul Ekman took photographs of people exhibiting the emotions of anger, disgust, fear, happiness, and sadness.*** He then asked people around the world to indicate what emotions were being depicted in them. Those queried ranged from European college students to members of the Fore, a tribe that dwells in the New Guinea highlands. All groups, including the Fore, who has almost no contact with Western culture, agreed on the portrayed emotions. ***The Fore also displayed familiar facial expressions when asked how they would respond if they were the characters in stories that called for basic emotional responses.*** Ekman and his colleagues more recently obtained similar results in a study of ten cultures in which participants were permitted to report that multiple emotions were shown by facial expressions. The participants generally agreed on which two emotions were being shown and which emotion was more intense.

題目 According to the paragraph, which of the following was true of the Fore people of New Guinea?

（A）They did not want to be shown photographs.
（B）They were famous for their story-telling skills.
（C）They knew very little about Western culture.
（D）They did not encourage the expression of emotions.

精闢解析

上例引申推論題測驗考生對於原始部落The Fore的了解與推理判斷。很明顯地，（A）選項They did not want to be shown photographs（他們不想拍照）與原文敘述In classic research Paul Ekman took photographs of people exhibiting the emotions of anger, disgust, fear, happiness, and sadness（研究中Paul替受試者拍照，這些受試者分別表現出憤怒、噁心、恐懼，快樂與悲傷的表情）不相吻合；（B）選項認為The Fore以說故事著名，可以算是「未提資訊」一類，文中提到的「故事」（story）僅僅是實驗中所使用的工具之一（The Fore also displayed familiar facial expressions when asked how they would respond if they were the characters in stories that called for basic emotional responses）。（D）選項亦然，屬於「過度揣測」之論述。唯有（C）選項They knew very little about Western culture（他們對西方文化一知半解），可以與段落中敘述All groups, including the Fore, who has almost no contact with Western culture, agreed on the portrayed emotions（包含Fore，所有受試群組即使與西方文化毫無交集，仍然對於臉部所表現出的情感認知相同）互相呼應，是正確答案。

例 6 The Whigs, in contrast, viewed government power positively. ***They believed that it should be used to protect individual rights and public liberty*** and that it had a special role where individual effort was ineffective. By regulating the economy and competition, the government could ensure equal opportunity. Indeed, for Whigs the concept of government promoting the general welfare went beyond the economy. In particular, Whig in the northern sections of the United States also believed that government power should be used to foster the moral welfare of the country. They were much more likely to favor social-reform legislation and aid to education.

題目 Which of the following can be inferred from the paragraph about variations in political beliefs within the party?

（A）They focused on issues of public liberty.
（B）They caused some members to leave the Whig party.
（C）They were unimportant to most Whigs.
（D）They reflected regional interests.

精闢解析

例六屬於難度相對較高之題型，主要因為四個選項設計包含了此章開頭所提到的的解題四步驟陷阱。同樣地，考生在長長的一大篇文章中，可以使用「四句箴言」定位尋找重點，這些重點多當成段落題目設計來源或是摘要考題出題方向。上例中，可以立刻依照「資訊未提」原則，立刻先將（B）選項They caused some members to leave the Whig party（他們讓某些輝格黨員離開）與（C）選項They were unimportant to most Whigs（對大部分輝格黨黨員來說，他們是不重要的）刪除。但（A）選項They focused on issues of public liberty（他們的重點在於公共自由議題），可以從段落中找出幾乎相同之敘述——They believed that it should be used to protect individual rights and public liberty（他們認為政府的職責在於保護個人權利與全民自由），除了有「以偏概全」的問題之外，也可以依照解題步驟中的引申題「選項文字內容不與文章段落相同」之概念，將其予以刪除。刪除了上述選項之後，讀者可以將In particular, Whig in the northern sections of the United States also believed that government power should be used to foster the moral welfare of the country與（D）選項中的regional interest做出連結。

例7 Early in the eighteenth century, sailors from the British navy came across this exotic sauce on voyages to Malaysia and Singapore and brought samples of it back to England on return voyages. English chefs tried to recreate the sauce but were unable to do so exactly because key ingredients were unknown or unavailable in England; chefs ended up substituting ingredients such as mushrooms and walnuts in an attempt to recreate the special taste of the original Asian sauce. Variations of this sauce became quite the rage in eighteenth-century England, appearing in a number of recipe books and featured as an exotic addition to menus from the period.

題目 It can be inferred from the paragraph that mushrooms and walnuts were

（A）difficult to find in England
（B）not part of the original Asian recipe
（C）not native to England
（D）transported to England from Asia

精闢解析

例七的引申概念較簡單，屬於單一概念判斷，只要在段落原文中找出關鍵句——chefs ended up substituting ingredients such as mushrooms and walnuts in an attempt to recreate the special taste of the original Asian sauce（廚師最後只好使用替代食材像是蘑菇、胡桃，試圖重新創造出原始的亞洲風味），即可得知文中出現的walnuts與mushrooms均非原始食材，正確答案為（B）選項。

例 8 Numerous hypotheses have been proposed and tested concerning the purpose of schooling behavior in fish. Schooling certainly promotes the survival of the species, but questions arise as to the way the schooling enables fish to have a better chance of surviving. Certainly, the fact that fish congregate together in schools helps to ensure their survival in that schooling provides numerous types of protection for the members of the school. One form of protection derives from the sheer numbers in the school. When a predator attacks a school containing a huge number of fish, the predator will be able to consume only a small percentage of the school. Whereas some of the members of the school will be lost to the predator, the majority of the school will be able to survive. Another form of protection comes form the special coloration and markings of different types of fish. Certain types of coloration or markings such as strips or patterns in vibrant and shiny colors create a visual effect when huge numbers of the fish are clustered together, making it more difficult for a potential predator to focus on specific members of the school. A final form of protection comes from a special sense that fish possess, a sense that is enhanced when fish swim in schools This special sense is related to a set of lateral line organs that consist of rows of pores leading to fluid-filled canals. These organs are sensitive to minute vibrations in the water. The thousands of sets of those special organs in a school of fish together can prove very effective in warning the school about an approaching threat.

題目 It can be inferred from the paragraph that, when a predator attacks,

（A）it cannot possibly consume all members of a school if the school is large
（B）it rarely manages to catch any fish that are part of the school
（C）it is usually successful in wiping out the entire school
（D）it attacks only schools that lack sense organs

精闢解析

同上，此題引申推論屬於單一判斷方向之考題，考生只要定位原文段落中之類似敘述——When a predator attacks a school containing a huge number of fish, the predator will be able to consume only a small percentage of the school（侵略者攻擊大群魚群時，僅僅只能吃掉很小的比例），就可與（A）選項it cannot possibly consume all members of a school if the school is large（魚群龐大時，侵略者則無法吃掉所有的魚）做出重述判斷（paraphrasing），此種考題類似「細節題」。

2.互補概念推理（Complementary Inference）

所謂「互補概念推理」（complementary inference），亦即考生無法直接由某一個單獨的敘述推理、引申出相對應的選項，反之，必須先找到一個較大的「集合概念」，「集合概念」可以是一個定義（definition）、比較（comparison）或是對比（contrast）。這種集合概念旨在給予考生一個大方向，進而判斷所對應的人、事、物之狀況。此種考題難度較高，內容也較抽象，除了要找到具有指標意義的句構之外，還要能夠立即使用此概念作出最正確的判斷，屬於難度較高的考題之一。

例 1 Hills and mountains are often regarded as the epitome of permanence, successfully resisting the destructive forces of nature, but in fact they tend to be relatively short-lived in geological terms. As a general rule, the higher a mountain is, the more recently it was formed; for example, the high mountains of Himalayas are only about 50 million years old. Lower mountains tend to be older, and are often the eroded relics of much higher mountain chains. About 400 million years ago, when the present-day continents of North America and Europe were joined, the Caledonian mountain chain was the same size as the modern Himalayas. Today, however, the relics of the Caledonian orogeny （mountain-building period） exist as the comparatively low mountains of Greenland, the northern Appalachians in the United States, the Scottish Highlands, and the Norwegian coastal plateau.

題目 Which of the following can be inferred from the paragraph about the mountains of the Himalayas?

（A）Their current height is not an indication of their age.
（B）At present, they are much higher than the mountains of the Caledonian range.
（C）They were a uniform height about 400 million years ago.
（D）They are not as high as the Caledonian mountains were 400 million years ago.

精闢解析

托福iBT閱讀測驗，從段落中的考題設計一直到最困難、通常置於末題的「摘要表格考題」（Prose-Summary/Fill-in-the-Table Questions），幾乎所有考題都考在所謂的「四句箴言」之內——「比較」（comparison）、「對比」（contrast）、「強調」（emphasis）、「列點」（enumeration）。寫作時，必須要有重點，成熟的寫作者不會將數個句子單純擺放而形成一篇文章，反之，會使用所謂的強勢句構（emphatic structures）收尾，以暗示讀者其欲突顯之重點。同樣的，有經驗的閱讀者亦可十分明確地看出寫作者的手法，從繁複的文字當中找到重點。

上例中，段落最明顯易見的「比較級」（comparison）——As a general rule, the higher a mountain is, the more recently it was formed; for example, the high mountains of Himalayas are only about 50 million years old（一般來說，越高的山，意謂著越年輕，也越晚形成。舉喜馬拉雅山脈為例，其年齡僅僅五千五百年而已）即是此題之關鍵，讀者抓出這個整合概念之後，即可判斷（A）選項Their current height is not an indication of their age（高度非存在時間長久的指標）與整個段落敘述完全相反，屬「資訊錯誤」一類。至於比較概念，（C）They were a uniform height about 400 million years ago（四千四百萬年前高度一致）與（D）They are not as high as the Caledonian mountains were 400 million years ago（喜馬拉雅山脈目前的高度與四千四百萬年前加里東山脈的高度一致）敘述不相吻合。只有（B）選項At present, they are much higher than the mountains of the Caledonian range（目前，喜馬拉雅山脈比加里東山脈來得高）為正確答案，讀者可從文中定義與the Caledonian mountain chain was the same size as the modern Himalayas（加里東山脈過去曾經與現在的喜馬拉雅山脈高度一致）推論，較年經的喜馬拉雅山脈，高度高於過去的加里東山脈。

例 2 Although early exhibitors regularly accompanied movies with live acts, ***the substance of the movies themselves is mass-produced, prerecorded material that can easily be reproduced by theaters with little or no active participation by the exhibitor.*** Even though early exhibitors shaped their film programs by mixing films and other entertainments together in whichever way they thought would be most attractive to audiences or by accompanying them with lectures, their creative control remained limited. What audiences came to see was the technological marvel of the movies; the lifelike reproduction of the commonplace motion of trains, of waves striking the shore, and of people walking in the street; and the magic made possible by trick photography and the manipulation of the camera.

題目 According to the paragraph, what role did early exhibitors play in the presentation of movies in theaters?

（A）They decided how to combine various components of the film program.
（B）They advised film-makers on appropriate movie content.
（C）They often took part in the live-action performances.
（D）They produced and prerecorded the material that was shown in the theaters.

精闢解析

上例引申問題詢問考生「這些展示者在戲院電影呈現上扮演怎樣的角色？」。我們在原文段落中，定位了兩個有相關敘述的「讓步子句」（concessive clause），只要考生可以在正確判斷讓步子句中的概念，則可輕鬆得分。上述讓步子句各包含的兩個附屬子句（subordinate clause）：

（1）Although early exhibitors regularly accompanied movies with live acts⋯（即使早期展示者均會使用立即演出的模式呈現電影，⋯⋯）

（2）Even though early exhibitors shaped their film programs by mixing films and other entertainments together in whichever way they thought would be most attractive to audiences or by accompanying them with lectures⋯（雖然早期的展示者會將電影與其它形式的表演結合像是演說等，藉以吸引觀衆的目光，⋯⋯）

以及兩個主要子句：

（1）⋯the substance of the movies themselves is mass-produced, prerecorded material that can easily be reproduced by theaters with little or no active participation by the exhibitor.（但是電影的本質理當是可以大量製造、可以預錄以便複製轉錄的，且展示者通常幾乎完全不參與其中。）

（2）⋯their creative control remained limited.（展示者的控制很有限）

很清楚地，（C）選項（展示者參與現場表演）敘述與段落不符，屬於「資訊錯誤」一類；（D）選項考驗的則是考生是否有文法判斷能力，第一個讓步子句中的主要子句僅是單純敘述電影的本質，並未說明施力者為「展示者」（exhibitor），算是陷阱題，至於（B）選項則屬「資訊未提」一類，可以立刻予以刪除。只有（A）正確，從兩個讓步子句中可以整合判斷，決定電影元素的就是展示者。

3.主從關係推理（Topic-Example Inference）

引申推理的第三種 —— 主從關係推理（Topic-Example Inference）意指題目將段落中所提供的例子（example）當成引申考題，藉以判斷此範例之屬性。不同於上述三類，要解決這類的問題，考生則必須對段落中的主要敘述與次要概念有全盤的了解，並要看出段中資訊的關聯與屬性，屬於較整合性的引申推論考題。

例 1 ***Unlike the flooded coastal plains, the mountainous coasts have a more rugged and irregular topography with deeper coastal waters.*** There is less sand and sediment, and external systems of barrier islands are not as pervasive as they are on coastal plains because the mountainous topography blocks the flow the sediments to the coast and because the deeper ocean water inhibits the growth of barrier islands, and without the protection of barrier beaches, mountainous coasts are more exposed to direct attack by the erosive forces of waves. Different geological processes contribute to the rugged topography along mountain coasts. The tectonic activity that creates the mountains along a mountainous coast can cause large blocks of the Earth's crust to fall below sea level; San Francisco Bay in California and the Strait of Juan de Fuca in Washington state in the north formed in this way. In the northern latitudes, coastal fjords were created as glaciers cut impressive u-shaped valleys through mountainsand now carry fresh water from the land to the sea.

題目 It is implied in the passage that fjords

（A）are a type of mountainous estuary system
（B）are found throughout the world
（C）were formed in the same way as the San Francisco Bay
（D）have as much sediment as flooded coastal plains

精闢解析

上例段落的主題句（Unlike the flooded coastal plains, mountainous coasts…）明顯指出整個段落的敘述重點著重在mountainous coasts，而底下所有的細節必須有一致性（Unity），大致跟著主題發展。考題中出現的專有名詞「峽灣」（fjord/fiord）理所當然也是mountainous coasts的例子之一，因此正確答案為選項（A）。

八、摘要與表格填空考題（Prose Summary/Fill-in-the-Table）

文章摘要與表格填空是托福閱讀的新考法，也是最難的一種類題。此種題型主要有兩種大類，考生依照類別決定閱讀的流程及習慣。在以往托福紙筆測驗（PBT）與電腦測驗（CBT）時代，ETS使用「主旨題」來測驗考生對於整篇文章的摘要概念，但此類考題容易破解，只要將文章段落的每一個主題句（即首句）瀏覽分析後，即可正確無誤地將主旨題解決，新一代的托福網路測驗（iBT）將主旨題更換為摘要與表格填空考題之後，難度大增，考生必須在整篇文章中篩選出重要的資訊，才可應付此種題型。另外，在聽力部分也出現了類似題型。與聽力部分不同的是，iBT閱讀部分的表格題既包括了對全文重點內容的發問，也包括了對全文主題和結論發問。它們以對比表格和總結表格的形式出現。相對於聽力表格題來說，閱讀部分的難度係數更大一些。在iBT閱讀的3篇文章中有兩個此類問題，且通常是文章最後一道題目（第12或13題），為2分。請讀者先仔細閱讀ETS對於摘要與表格填空考題的定義與敘述：

A. ETS對於摘要考題之敘述

These items measure you ability to understand and recognize the major ideas and the relative importance of information in a passage. You will be asked to select the major ideas in the passage by distinguishing them from minor ideas or ideas that are not in the passage. The correct answer choice will synthesize major ideas in the passage. Because the correct answer represents a synthesis of ideas, it will not match any particular sentence from the passage. To select the correct answer, you will need to create a mental framework to organize and remember major ideas and other important information. Understanding the relative importance of information in a passage is critical to this ability.

In a Prose Summary question, you will be given six answer choices and asked to pick the three that express the most important ideas in the passage. Unlike the Basic Information questions, each of which is worth just one point, a Prose Summary question can be worth either one or two points depending on how many correct answer you choose. If you choose no correct answer or just one correct answer, you will earn no points. If you choose two correct answers, you will earn one point. If you choose all three correct answers, you will earn two points. The order in which you choose your answers does not matter for scoring purposes.

B. ETS對於表格填空考題之敘述

In this kind of item, you will be given a partially completed classification table based on information in the passage. Your job is to complete the table by clicking on correct answer choices and dragging them to their correct locations in the table. Fill in a Table items measure you ability to conceptualize and organize major ideas and other important information from across the passage and then to place them in appropriate categories. This means that you must first recognize and identify the major points from the passage, and then place those points in their proper context.

Doing so requires the ability to understand **rhetorical functions such as cause effect relationships, compare-contrast relationships, arguments, and the like.** When building your mental framework, keep in mind that the major ideas in the passage are the ones you would include if you were making a fairly high-level outline of the passage. The correct answer choices are usually ideas that would be included in a slightly more detailed outline. Minor details and examples are generally not included in such an outline because they are used only to support the more important, higher-level themes. The distinction between major ideas/important information and less important information can also be thought of as a distinction between essential and nonessential information.

Passages used with Fill in a Table items have more than one focus of development in that they include more than one point of view or perspective. **Typical passages have the following types of organization: compare/contrast, problem/solution, cause/effect, alternative arguments (such as theories, hypotheses), and the like.** Correct answers represent major ideas and important supporting information in the passage. Generally these answers will not match specific phrases in the passage. They are more likely to be abstract concepts based on passage information or paraphrases of passage information. Correct answers will be easy to confirm by able readers who can remember or easily locate relevant text information.

In correct answers may include information about the topic that is not mentioned in the passage or that is not directly relevant to the classification categories in the table. They may also be obviously incorrect generalizations or conclusions based on what is stated in the passage. Be aware that incorrect answers may include words and phrases that match or resemble words or phrases in the passage.

C.摘要與表格填空考題題解題技巧

1.摘要與表格填空考題解題四步驟

摘要與表格填空題屬於整合性的考法，考生必須將整篇文章的六個段落全數閱讀完畢才可應付此種題型。ETS的出題邏輯如出一轍，考題幾乎落在「四句箴言」之內——「比較」、「對比」、「強調」、「列點」。此特色在ETS官方版本——Official Guide中十分明顯，有經驗的考生只要熟悉此特色，即可快速定位重點內容，大大提升閱讀速度。摘要考題幾乎落在「比較」與「對比」的句子中，適當配合刪去法，摘要考題將不再是考生最大的挑戰。

A. 選項資訊錯誤

此種選項內容屬於最容易判斷之錯誤選項。選項敘述與文章段落不相同，可以在第一時間逕自刪除。

B. 選項資訊未提

「資訊未提」與「引申」概念對許多考生來說僅僅是一線之隔，最大的原因可能是因為考生在面對文字艱澀的托福閱讀時，常傾向使用背景知識（schemata）「自行揣測」，考生必須忠實地依照段落文字推敲，段落從未出現過的人、事、物幾乎都不可能當成引申推理考題的題材。

C. 文字陷阱

除了上述介紹，摘要表格考題選項有時會出現混淆考生的文字陷阱，考生在無法有效地找出答案時，容易不自覺地選擇此種陷阱選項，此種陷阱考驗考生的句法判斷能力。

D. 細節無法當成主旨

除了上述技巧之外，考生有時會面臨另一個問題，即候選選項數目多於正確答案所需要的選項數量，此時考生應該將太細節的敘述刪除，細節不能充當主旨。

例 ***The cinema did not emerge as a form of mass consumption until its technology evolved from the initial "peepshow"format to the point where images were projected on a screen in a darkened theater.***（比較、對比）In the peepshow format, a film was viewed through a small opening in a machine that was created for the purpose. Thomas Edison's peepshow device, the Kinetoscope, was introduced to the public in 1894. It was designed for use in Kinetoscope parlors, or arcades, which contained only a few individual machines and permitted only one customer to view a short, 50-foot film at any one time. ***The first Kinetoscope parlors contained five machines. For the price of 25 cents (or 5 cents per machine), customers moved from machine to machine to watch five different films (or, in the case of famous prizefights, successive rounds of a single fight).***（列點）

摘要 1. peepshowà projection
2. Kinetoscope ➔ a. one by one
b. prizefights （successive rounds of a single fight）

These Kinetoscope arcades were modeled on phonograph parlors,（比較、對比） which had been proven successful for Edison several years earlier. In the phonograph parlors, customers listened to recordings through individual ear tubes, moving from one machine to the next to her different recorded speeches or pieces of music. The Kinetoscope parlors functioned in a similar way. ***Edison was more interested in the sale of Kinetoscope (for roughly $1,000 apiece) to these parlors than in the films that would be run in them (which cost approximately $10 to $15 each).***（比較、對比） He refused to develop projection technology, reasoning that if he made and sold projectors, then exhibitors would purchase only one machine－a projector－from him instead of several.

摘要 1. Kinetoscope arcades modeled on phonograph parlors.
2. Edison ➔sale ＞ films

Exhibitors, however, wanted to maximize their profits, which they could do more readily by projecting a handful of films to hundreds of customers at a time （rather than once at a time） and by charging 25 to 50 cents admission. About a year after the opening of the first Kinetoscope parlor in 1894, showmen such as Louis and Auguste Lumiere, Thomas Armat and Charles Francis Jenkins, and Orville and Woodville Latham (with the assistance of Edison's former assistant, William Dickson) perfected projection device. These early projection devices were used in vaudeville theaters, legitimate theaters, local town halls, makeshift storefront theaters, fairgrounds, and amusement parks to show films to a mass audience.

With the advent of projection in 1895-1896, motion pictures became the ultimate form of mass consumption. (強調) ***Previously, large audiences had viewed spectacles at the theater, where vaudeville, popular dramas, musical and mistrel shows, classical plays, lectures, and slide-and-lantern shows had been presented to several hundred spectators at a time. But the movies differed significantly from these other forms of entertainment, which depended on either live performance or (in the case of the slide-and-lantern shows) the active involvement of master of ceremonies who assembled the final program.*** (比較、對比)

1. motion pictures ➔ ultimate form of consumption
2. Previous shows: a. large audiences
b. live performance
c. involvement of emcee
Movies: different from previous shows

Although early exhibitors regularly accompanied movies with live acts, the substance of the movies themselves is mass-produced, prerecorded material that can easily be reproduced by theaters with little or no active participation by the exhibitor. Even though early exhibitors shaped their film programs by mixing films and other entertainments together in whichever way they thought would be most attractive to audiences or by accompanying them with lectures, their creative control remained limited. (強調) What audiences came to see was the technological marvel of the movies; the lifelike reproduction of the commonplace motion of trains, of waves striking the shore, and of people walking in the street; and the magic made possible by trick photography and the manipulation of the camera.

摘要 Early exhibitors: a. movies accompanied with live acts
➔movie should be mass-produced, prerecorded.
b. film programs mixed with other entertainments
➔the control limited

With the advent of projection, the viewer's relationship with the image was no longer private, as if it had been with earlier peepshow devices such as the ***Kinetoscope and the Mutoscope, which was a similar machine that reproduced motion by means of successive images on individual photographic cards instead of on strips of celluloid.*** (比較、對比) It suddenly became public—an experience that the viewer shared with dozens, scores, and even hundreds of others. At the same

time, the image that the spectator looked at expanded from the miniscule peepshow dimensions of 1 or 2 inches （in height） to the life-size of 6 or 9 feet.

摘要 Kinetoscope: a. successive images b. on individual cards
Mutoscope: a. successive images b. strips of celluloid

題目 The technology for modern cinema evolved at the end of the nineteenth century.

■
■
■

選項
1. Kinetoscope parlors for viewing films were modeled on phonographs parlors.
2. Thomas Edison's design of the Kinetoscope inspired the development of large screen projection.
3. Early cinema allowed individuals to use special machines to view films privately.
4. Slide-and-lantern shows had been presented to audiences of hundreds of spectators.
5. The development of projection technology made it possible to project images on a large screen.
6. Once film images could be projected, the cinema became a form of mass consumption.

精闢解析

由「四句箴言」句構所做的摘要重點中得知，選項1, 3, 4, 5, 6均為符合文章內容敘述的選項，唯選項2. Thomas Edison's design of the Kinetoscope inspired the development of large screen projection.（愛迪生設計的電影放映機刺激了大螢幕投射技術的發展。）屬「資訊未提」一類。而1, 3, 4, 5, 6選項中，1, 4之內容屬於「細節敘述」（minor points），應該予以刪除，得出正確答案為3, 5與6。

3

寫作篇

Remember That The Most Beautiful Things In The World Are The Most Useless; Peacocks And Lilies For Instance

— Ruskin, The Stone of Venice

Writing

高階英文寫作指引
Advanced English Writing Tips

台灣坊間多數的留學機構、大學院校外文相關科系的英文寫作課程，對於英文寫作的教授都僅止於考試層面的文章訓練，許多人聞之色變的托福寫作，說穿了還是寫作的最基本層面而已。這是因為通常會當作入學、證照、留學或公職考試測驗的作文題目，大部分都屬於「議論」、「立場陳述」或是「邏輯分析」的「標準文體」，較高階的寫作者則很少採取此種寫作模式。儘管如此，筆者在教授各類留學考以及國內研究所升學寫作的經驗中，發現國內學生對於最基本的寫作架構仍然處於一知半解的狀態，坊間出版的作文範本品質參差不齊，學生不得其門而入，更遑論想要使用更難的修辭格美化文體或是加強語氣。外文系學生在受過前兩年基本語文訓練的「洗禮」之後，亦少有佳作出現。這種不尋常的現象，主要原因乃是因為位在第一線的英文教學者自己對於這方面的訓練欠佳的緣故。例如，國內學生有多數人喜歡在「表達立場陳述意見」的文章，首段第一句直接使用As far as I am concerned、In my opinion、I strongly disagree-/agree that…等開頭，或者在整篇文章中各處引經據典，支持的立論亦無令人印象深刻之創見，列點常會出現大量的「套套邏輯」（tautology）。諸如此類的問題，彰顯了國內英文師資良莠不齊之弊病。

有鑑於此，本篇將詳細介紹英文作文在各類寫作方式及文體中應該有的原貌，先介紹英文作文架構中的必備條件，進而說明各類文體的寫作模式。除此之外，更教導寫作者如何在英文作文的各部分寫出符合邏輯的內容以及其所帶來的效果。再者，為了讓寫作者可以靈活運用不同的變化句型，使文章不至於流於千篇一律，各類表示「反對」、「贊成」、「意見表達」以及「語氣轉折」或「因果」的寫作句型亦有詳盡的整理。文字說明輔以範本作為參考，以期達到最大之功效！

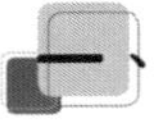一、各類寫作文體介紹（Structure and Organization）

對大部分的寫作者而言，作文最困難的部分並非語言的表達，而是內容（content）與架構（organization），這個問題的重要性往往比語言表達適切與否來得重要。不同的文體必須要有不同的寫作方法，配合不同的句型架構。商業文書（business letter）與科技報告（technological report）講求快速與效率，「開門見山」式的寫作方法有別於旨在印證某種觀點的「說服文」（persuasive essay）。這種屬於文章架構的概念，是台灣英文教師本身最缺乏的能力，更遑論受教的學子能夠在這方面有所精進了。大部分的寫作課程其實都只是極少部分的文章類型練習而已，例如托福的寫作測驗。本節介紹所有文章類別在各個段落中之建議寫法，讀者可以在寫作之前翻閱參考，進而寫出可以達到「目的」的文章！

各類文章寫作架構分析 （Types of Essays and Their Structures）

文章類別 （Types）	首段寫法 （Introductory Paragraph）
文學作品回應與批評（Responding to literature）	主要列點 （A statement of main idea）
新聞事件（News story）	聳動事件 （A startling fact）
商業文書 （Business letter）	主要列點 （A statement of main idea）
投稿 （Letter to the editor）	立場陳述 （A statement of opinion）
科技文章 （Technical description）	主要列點 （A statement of main idea） 引言 （Quotation, Allusion）
研究報告 （Research report）	聳動事件 （A startling fact） 引言 （Quotation, Allusion）
比較性文章 （Comparative essays） 敘述文 （Descriptive essay）	類比、比喻 （Analogy）
因果關係文章（Cause-and-Effect essay）	聳動事件 （A startling fact）
說服性文章 （Persuasive essay）	立場陳述 （A statement of opinion） 類比、比喻 （Analogy） 引言 （Quotation, Allusion） 故事 （Storyline）

文章類別 （Types）	本文寫法 （Body）
文學作品回應與批評（Responding to literature）	定義解釋 （Explanation or definition） 舉例 （Examples） 事實、統計資料 （Fact and statistics）
新聞事件（News story）	引言 （Quotation, Allusion） 事實、統計資料 （Fact and statistics）
商業文書 （Business letter）	事實、統計資料 （Fact and statistics）
投稿 （Letter to the editor）	舉例 （Examples） 事實、統計資料 （Fact and statistics）
科技文章 （Technical description）	舉例 （Examples） 事實、統計資料 （Fact and statistics）

研究報告 （Research report）	舉例 （Examples） 引言 （Quotation, Allusion）
比較性文章 （Comparative essays）	舉例 （Examples）
因果關係文章（Cause-and-Effect essay）	定義解釋 （Explanation or definition） 事實、統計資料 （Fact and statistics） 引言 （Quotation, Allusion）
說服性文章 （Persuasive essay）	類比、比喻 （Analogy） 引言 （Quotation, Allusion）
傳記特寫 （Biological profile）與	回憶 （Memories）
口述歷史 （Oral history）	軼事 （Anecdotes）
日誌寫作 （Journal Writing）	回憶 （Memories）
觀感回應 （Reflective essay）	個人感受 （Personal feelings） 感官陳述 （Sensory details）
個人記敘文 （Personal narrative）	個人感受 （Personal feelings） 感官陳述 （Sensory details） 軼事 （Anecdotes）
解決問題 （Problem-solving essay）	引言 （Quotation, Allusion）
評論 （Review）	個人感受 （Personal feelings） 引言 （Quotation, Allusion）
故事 （Story）	軼事 （Anecdotes）
觀察描述 （Observation and description）	感官陳述 （Sensory details） 觀感回應 （Reflective essay）

結論寫法 （Conclusion）	文章類別 （Types）
摘要、重述（Summarization and Restatement）	說服文 （Persuasive essay） 比較性文章（Comparative essay） 觀察描述 （Observation and Description） 研究報告 （Research Report）
意見陳述表達（State an opinion）	投稿 （Letter to the editor） 個人書信 （Personal letter） 文學作品回應與批評（Responding to literature） 說服文 （Persuasive essay）
呼籲、建議 （Call for actions, make suggestions）	說服文 （Persuasive essay） 投稿 （Letter to the editor） 解決問題（Problem-solving essay）
設問 （Rhetorical Question）	

二、英文寫作架構（Organization and Structure）

· INTRODUCTION ·

1. Topic Sentence（主題句）

2. Thesis Statement（立場陳述句）

· BODY ·

3. Supporting Idea 1（支持論點一）

Supporting Idea 2（支持論點二）

Supporting Idea 3（支持論點三）

Brainstorming/Clustering

Problem-Solving Skill

Unity, Coherence, and Cohesion

· CONCLUSION ·

4. Types of Ending Skills（結論技巧）

上列表格大致上勾勒出了寫作所應具備的完整結構，以下筆者將依序詳細介紹各個部分所需要的元素：

1.主題句（Topic Sentence）

每一篇完整的作文，都必須有主題句，主題句可以說是一篇文章中最重要的元素，算是文章的靈魂角色。所謂主題句，意即每一段落其他細節資訊所仰賴的句子，成功的寫作者，可以讓讀者在瀏覽過段落的主題句之後，能夠對此段落有初步的概念跟了解。當然，主題句的撰寫也是寫作過程中最困擾寫作者的部分。

主題句的擺放位置，大致上有三種——依序為「主題句置前」（topic sentence initial）、「主題句置中或隱含主題句」（topic sentence in mid-paragraph or implied），以及「主題句置後」（topic sentence final）三種情形。傳統的英文作文教學，常誤解英文寫作類似中文的「起、承、轉、合」架構，實則不然。中文文章善鋪陳，往往會將最重要的部分置於文章之末，這點和英文寫作理論不盡相同，英文在這部分較為靈活，依照寫作文體以及目的決定主題句的位置。

（1）主題句置前（Topic Sentence Initial）

主題句置前（topic sentence initial）是最為常見的一種情況，由於國內升學寫作測試以及托福獨立式寫作題目大致上為「議論式」文章，因此多採取較清楚直接的開門見山手法，讓讀者可以立即清楚文章的重點及主旨，國內學習寫作的學習者，也自然地長期被訓練此類文體的寫作。採用主題句置前的方法，可以有以下幾種寫作引言的策略（opening strategies），筆者將詳述供讀者參考模仿：

（A）以背景資訊開頭 （Begin with Background Information）

所謂以「背景資訊開頭」，意即寫作者必須針對題目，大略交代背景敘述、而又不表明立場的論述。這是大部分寫作者會採取的手法，當然也屬於最基礎的寫作原則，此種手法更可細分為兩種模式：

A. 符合題目之一般背景 （general information）

這是坊間市售托福寫作範本中出現最頻繁的一種方法，只要將題目有技巧性的換句話說（paraphrasing）即可，簡單的說，就是跟著題目走，重複一次，寫作者不需絞盡腦汁使用其他更有效果的策略，但也因為簡單，文章容易顯得平淡（plain）。話雖如此，此手法卻不失為升學或留學考試寫作測驗最迅速也最安全的答題方式，初階學習者可以多使用。

例 1 **Some people prefer to live in a small town. Others prefer to live in a big city. Which place would you prefer to live in? Use specific reasons and details to support your answer.**

There are advantages to live both in a small town and a big city. The former offers a cleaner, quieter place to live while the latter offers convenience and more choices of jobs. However, dwelling in a big city is better than dwelling in a small town.

First, living in a big city is more convenient. Living in a big city entails better public transportation. It is easier to get around. by the MRT system in the big city. Taking the system is safer than driving the car or motorbike. It can improve the traffic conditions.

Second, there are more ways to spend leisure time in the city. There are many department stores and movie theaters. There are many places I can go to meet friends and have fun. For example, in Kaohsiung, there is a mall named the Dream Mall, the biggest shopping mall in Asia, where you can buy anything you want.

Finally, city offers more career and education opportunities.There is a wider choice of jobs, because there are more companies in a big city. City often attracts best companies and best teachers. So, it is easier for job hunters to advance the career road.

In conclusion, I prefer to live in a big city. There are many advantages of dwelling in a big city. I don’t have to waste a lot of time getting to the destination, and nothing can replace the opportunities that city offers. If one wants to be successful, city, all of things, must be the best short-cut. Such would be the direct evidence for the fact that dwelling in a big city is far better than in a small town.

B. 與題目有關之歷史背景（background information）

與上一類不同的是，寫作者不採取最平鋪直敘的重述手法，而是題目所給予的線索，稍微對其歷史背景作簡單的交代，此種手法明顯較上述重述之主題句高明，交代某種事件的現況或是歷史背景，可以讓讀者對某議題有較深入的了解，尤其在議論式文章中，更可以增加寫作論點的說服力與張力，屬於中階寫作族群較擅長的手法之一。

例 1 **Your city has decided to build a statue or monument to honor a famous person in your country. Who would you chose? Use reasons and specific examples to support your choice.**

A meaningful statue can always be the symbol of a country. On the other hand, it can also be a belief of the whole public and the best way for people to express their emotions. For example, many elder people in this society still reminisce Chiang Kai-shek through the statue, which stood still in the Memorial Hall. But during the last few months, the government devoted themselves to demolishing the statues of Chiang Kai-shek. Through this kind of big and serious action, our dear President Chen Shui- bian may think that they could give the public a new impression of Taiwan. There is no denying that President Chen with his wife is worthy of a monument, owing to the fact that he makes his every effort to push Taiwan onto the global stage.

例 2 **Should Taiwan declare independence from China? What do you see as the benefits and disadvantages of such a declaration and what do you recommend?**

It is true that Taiwan has long been a de facto independent country albeit it does not seize international recognition and is spurned to the access of the involvement and engagement in a hell of an international organizations, activities, bodies and what not. However, Mainland China's animosity towards Taiwan as well as its unrelenting detestable, abhorrent intentions to keep hectoring Taiwan, which obstructs its path to international involvement never dissipates. This paper mainly aims to present personal standpoints concerned with the decision whether or not to declare Taiwan's independence and capture its sovereignty from Mainland China, subsequently trying to pore over and uncover the benefits and disadvantages of such a decision. Since this issue is anything but a domestic affair, the touchy diplomatic relationship between Mainland China and Taiwan should be placed under the limelight of the international stage. Taiwan is little short of a protagonist performing under the spotlight in a thespian or terpsichorean show. A multitude of concrete examples will be provided for the elucidation of personal viewpoints as well.

It is my contention that Taiwan should declare its dependence from Mainland China and seize its sovereignty. To call a spade a spade, in reality, Taiwan is basically an independent country in a variety of dimensions such as education system, politics ,economics and the like except for the passport to international recognition, which makes the authorities concerned of Taiwan brood over an insurmountable pressure. Of course, it is not possible for one to present his or her viewpoints for love or money. A number of instances which witness the benefits of such a decision will be concluded.

As an illustration, the discrepancy of linguistic variation like different writing systems, namely, traditional and simplified characters, usages and culture between Taiwan and China really makes communication a Herculean undertaking. Once China forfeits to hector Taiwan and lets it become independent, such labyrinthine problems will be tackled by degrees. Apart from it, since Mainland China's chimerical adversity toward Taiwan makes its diplomatic affairs next to a fiasco, Taiwanese people is hard up for the sense of belonging. Its national flag is never sanctioned to rise; its national anthem is deemed as a taboo even if Taiwanese athletes win the championship in the Olympic Games. It is axiomatic that once Taiwan declares its independence form China, Taiwanese people will end up the day of being international orphans and regain its sense of self-identity.

Even so, a few disadvantages of such a sensitive decision are also observed. On the one hand, Mainland China is one of the few countries which practice Communism in the world. Such ridiculous a country is anything but one which venerates democracy, human rights and peace. It is nothing more than a siren which leads you into destruction at any cost. Hardly can we fathom that this martial and mercurial nemesis with procrustean, protean and dogmatic principles will not take any military actions toward Taiwan. On the other hand, today, Mainland China has turned into a strong country which has the ear of international relationship. Even if Taiwan successfully becomes independent from China, its access to participate international activities is still, as likely as not, confined.

In a nutshell, only under the aegis of the United Nations which serves as a palladium for international recognition, can Taiwan declare its independence from Mainland China without any difficulty. Taiwan should do its utmost to survive in the international stage and seize every possible chance to become an official member of various international organizations. Since Taiwan is a distinguished democratic country in Asia and even in the world, it is supposed to face the music and accept the Draconian reality with alacrity for the time being to avoid the contingency of Pyrrhic actions and measures taken into execution by China.

例 3 What are the Major Advantages and Disadvantages of Scientific and Technological Progress in Modern Society?

The leading momentum for the development of human civilization is their unrelenting attempts to invent a plethora of brand-new amenities as well as instruments to facilitate life. During the 18th century, Industrial Revolution took place in England which contributed to a magnificent alteration of the history of human civilization. The success of Industrial Revolution led its way to maturity. Since the birth of the first personal computer in 1974, scientific industry has been burgeoning. Today barely is it for us to find any technological products that are not much concerned with micro-computers. However, those technological products do not necessarily bring us overwhelming profits and advantages. So this paper mainly aims to uncover the pros and cons of scientific and technological progress in modern society. A multitude of concrete examples are also provided to manifest the situation.

As an illustration, via TV, people can get numerous and diverse information related to anything biological, educational, political, recreational, scientific, and financial. Even information thousand miles away from us can be easily connected immediately by virtue of TV to provide us with instant news. In fact, TV has become one of the indispensable instruments in our daily lives which inappropriately occupies most people's leisure hours. It is axiomatic that such worrisome a phenomenon leads to a gap between people.

Another conceivable example is the advent of air conditioners. Doubtless, it is one of the convenient technological products with much popularity that has been widespread and prevalent in both tropical and sub-tropical areas. It makes people living in both areas feel snug under hot and sultry weather. Even so, the hot and polluted air it discharges exacerbates the normal climatic condition, making the average temperature become higher and higher on yearly basis. The alteration of the average temperature attributes to the depletion of the ozone layer, which is very likely to trigger the occurrence of green house effect.

Furthermore, the most conspicuous and popular technological instrument might be diversified mobile phones. Thanks to the technological progress, people now can take pictures, videotape, send/receive e-mails and even surf the internet via such an advanced medium. It does actually shorten the gap and distance between people. However, a number of negative phenomena should not be neglected as well such as the electromagnetic wave that mobile phones generate which can be fatal and detrimental to human beings.

The technological or scientific progress has indeed ameliorated people's lives a lot. In the meanwhile, it has also caused a variety of disadvantages for us. In addition to the convenience as well as advantages we get from the technological progress, is it also possible for manufactures along with inventors to guarantee us a more comfortable life?

例4 **What major challenges does a graduate student in Taiwan face in his or her educational or social activities?**

It is very likely for a graduate student to encounter a multitude of challenges in his or her educational or social activities. Chances are that unlike university students, a graduate student is supposed to spare much more extra hours for himself/herself to plan his or her future well as well as to learn to deal with everything in his or her daily lives. As an illustration, most graduate students may find it pretty difficult to get acquainted with a new learning environment since the day they passed the entrance exam and stepped into a brand-new campus. As adult learner, a graduate student is still inevitable to encounter such a dilemma, acting like a helpless child. It is a pretty common phenomenon that most freshmen, both graduate and undergraduate, are susceptible to this sort of negative feeling. And this negative feeling can be a significant shock and is prone to affect students' intrinsic motivation to learn. From the theoretical basis of language learning and teaching, scholars such as Jean Piaget, Maslow, Jerome, Ramage and so forth also stress on the importance of intrinsic motivation for learning. Here the status of intrinsic motivation is clearly manifested.

Secondly, interpersonal relationship can be a major challenge for a graduate student as well. As far as I am concerned, school life is nothing more than a miniature of this society. Living under such a sophisticated society, it seems that everyone is supposed to develop his or her flair to survive. Competition is fierce no matter where you are situated. Possessing outstanding diploma or social-skills can earn you numerous chances to succeed.

In my own opinion, the life in graduate schools is, to some degree, analogous to that of the cunning political arena. Studying in graduate school requires perseverance and guts, for the classmates around you come from diversified family, educational or professional background. In other words, school is just like a kaleidoscope in which different types of people live. And this discrepancy of backgrounds among people around can contribute to problems as well. You may probably find your classmates' affectation abominable or just dislike somebody without any plausible reasons. Learning in such a competitive environment, everyone involved would be eager to present his or her specialty to stand out from others. This bizarre and grotesque ambience may seriously lead students to be arrogant and even adamant. Once they finish their studies and step into this sophisticated and competitive society, the value of human nature will be challenged. It is axiomatic that from the illustration above, we can be aware of the fact that how to deal with interpersonal relationship well is a crucial lesson for a graduate student to learn.

Aside from those problems in social activities a graduate student may encounter, there still exists a plethora of major challenges in a graduate student's educational activities. This can be firstly illustrated with the fact that unlike undergraduate students, a graduate student is supposed to learn to study, to do research independently. You are no more under any close supervision of your parents, your classmates, your bosom friends or even your teachers. This stage is a crucial turning point for a graduate student to cultivate his or her own mind. That means, so to speak, a successful graduate student should develop his or her capacity of critical thinking. It is out of the question for a graduate student to do a research or something dull with alacrity unless he or she is a person who always takes to torturing himself/herself. On the ground of this, one of a graduate student's major challenges in to learn to reason, to brainstorm, to infer and to analyze issues all the time. As an undergraduate student, all we're supposed to do is present something surface at best. However, graduate study does not sanction us to have nothing more than a smattering knowledge of every issue. Not everyone was born to be equipped with this ability. So learning how to survive well in graduate study is pretty important as well.

To further illustrate, I bet everyone should be aware of what a graduate student's worst nightmare is during his or her graduate study. In order to graduate, every graduate student must complete his or her master's thesis. Composing master's thesis is a torturing and time-consuming undertaking. A graduate student has to spend lots of precious time collecting materials and other related useful information. Then all of the data collected must be placed and arranged in logical order. In average, a graduate student in Taiwan spends about half to one year to suffer his or her master's thesis. As mentioned above, we know that a graduate student should study individually. So others would easily find it arduous to penetrate or get into the core of your own study. Chances are that everything is not general anymore. Instead, something specific, detailed or professional should be considered and be taken into discreet consideration. Every issue as well as topic must be analyzed and discussed by virtue of strong, convincing and sturdy theoretical basis. As a matter of fact, the selection of the seemliest theory to undergird your research presents another major challenge for a Taiwanese graduate student to tackle and overcome.

例 5 **Should governments spend more money on improving roads and highways, or should governments spend more money on improving public transportation? Why? Use specific reasons and details to develop your essay.**

Traffic is always a crucial issue. By the development of human life style, the traffic problems should focus on the different way then before. Roads and highways are built for the traffic tools. Without both of them, people won't go to somewhere as easy as today. More Roads and highways means there will be more appropriate route to choose. However, Roads and highways seem to play a less essential rule nowadays. In my point of view, I consider that government should spend more money on improving public transportation.

Fast growing country such as ours often accompanies with the fast growth of population. The high density of human population follows the problem about traffic. The commonest way to resolve this problem is to build more roads, but it seems not to be an ideal way. Take Taichung city as an example, there is good development of roads networks but less public transportation, and the traffic is always jam-packed when people are off duty or on duty. However, at the same time, People in Taipei city can choose other public transportation such as MRT or advanced bus system to avoid a traffic jam.

The second reason is about our environment. People know that the situation of global worming is more and more serious. One of the most global worming reasons is caused from the multiplication of carbon dioxide, and the gasses mainly resulted from traffic tools. A good development of public transportation is one of the best ways to resolve the serious problem. Imaging that a bus is driving on the road, with most seats taken. It means there are more and more people not driving their cars but riding on the same bus. Ninety percent of carbon dioxide could be reduced.

（B）以名詞定義開頭（Begin with a Definition）

使用名詞定義開頭當作主題句之文章，最常見於托福閱讀題材。因為托福閱讀題材均擷選自百科全書，主題牽涉專業領域，先對某專有名詞做簡單的名詞定義是很常見的事。這種手法在寫作層面屬於十分高級的技巧，國內英語教學者之著作鮮少對其有深入的探討。在寫作中，適合使用此種策略的題型大致上為what題型，例如：「成功的必要條件為何？」、「朋友對人生的啟發？」等。除此之外，如果寫作者可以在題目中定位出一個較抽象但卻富含深意之名詞，此種手法不失為一較有水準之開頭策略。

例 1 **Some people choose friends who are different from them. Others choose friends who are similar to them. Compare the advantages of having friends who are different from you with the advantages of having friends who are similar to you. Which kind of friends do you prefer for yourself? Why?**

What's a friend for? A friend is for many things-someone who can share our exhilarations and sorrows; someone who can make us laugh and wipe our tears, and someone who gives honest suggestions and tolerates our faults without reservation. People have different views in making friends. Some prefer friends who are similar to themselves while others choose friends who don't share much in common. As far as I'm concerned, I prefer friends who are similar to me.

All of my friends have similar thoughts and hobbies, always knowing what I need. They will walk by my side to talk to me when I feel solitary, console me when I am not in a good mood. They will step aside when they think I need to be alone. Staying with them, I don't have to disguise my feelings. I can pour out my mind whenever I want. Having the same hobbies, we can always go shopping, gossip some funny things and study hard together. I think it is the most joyful time when we can solve a difficult math or chemistry question and head for our own goal.

On the other hand, making friends with those who are different from us still provides us with some advantages. We can learn more about what others think, and see one thing from all angles. Then we are more likely to get a new enlightenment and a more optimistic attitude towards the outlook of human life. We can also get many interesting experiences that we hardly know from daily lives. However, sometimes it is troublesome when getting along with friends who think entirely different from us, because it may trigger quarrels frequently when both sides can't reach consensus.

例 2 **In your opinion, what are the most important characteristics (for example, honesty, intelligence, a sense of humor) that a person has to be successful in life?**

What is the most important characteristic that leads to success? A great majority of people may say honesty, sincerity, intelligence, or a sense of humor. These can surely be the factors that lead to success, but in my opinion, endurance and diligence are the main causes.

We may be envious of the people whose successful life is witnessed and seen in public. But the endeavor they have made and the humiliation they have sustained must be more than us. The greatest inventor, Edison Thomas, said that "Genius is one percent inspiration and ninety-nine percent perspiration." It means that even if we are not as smart as other, we can still achieve our goal with perseverance and will. For example, the most famous story teller, J. K. Rowling, had gotten countless rejected manuscripts. Though facing repeated failure, she never gave up looking for the one who are willing to publish her book, and a series of "Harry Potter" finally became the most popular novels of the whole world. Helen Keller became blind, deaf, and mute in a serious illness when she was a kid. With the encouragement from her parents, she tried very hard to overcome all of the difficulties and pain she faced. No matter how others looked down on her, she did stick to her resolution. She entered Harvard University to achieve her studies and even learned to talk in the long run. These thought-provoking examples clearly define the meaning of success.

The way to get along with others and the ability to deal with all kinds of complicated situations also acquires endurance. Every person has distinctive personality, so frictions between people are unavoidable. At this time, when both sides can withdrawal the anger in the heart and come to a compromise, the result might be totally different. When we have different opinions with our friends, or when the way our friends talk certainly hurt us, we can try to accept all of the criticisms. Only when we learn to pass through bad feelings can we learn to turn on a dime. This is a chance to cultivate our emotional quotient and we can always have a happier and more optimistic life then.

As the proverb goes "A little impatience spoils great plans." With endurance and diligence, we can possess a successful life because we overcome all of the challenges by conquering ourselves.

例 3 **A city has decided to build a statue or monument to honor a famous person in your country. Who would you choose? Use reasons and specific examples to support your choice.**

Many cities have statues or monuments for someone. When people walk by these statues or monuments, they often can't help taking a glance at them once more. However, what are these architectures for? It's my color and angle that statues or monuments are built for praising the special achievement, setting models for people to follow, and serving as the landmark of the city. Therefore, according to these considerations, if my city wants to build a statue or monument for someone, I will choose the best Taiwanese pitcher --- Chien-Ming Wang.

First off, it can't be emphasized too much about the glory which has been made by Chien-Ming Wang. Although Chien-Ming Wang is still a young man, who is just starting his pitcher career, he has been not only the Taiwanese with the most winnings, but also an Asian with the fastest speed to reach 50 winnings milestone in MLB. Furthermore, he is one of the most famous pitchers in the world. The Japanese admit that now he is the best Asian pitcher, and the Chinese see him as a legend to homeland. There's no denying that his impressive achievement dramatically brings about the international fame of Taiwan.

To put flesh on the fine prints, the most valuable Taiwanese spirit is modesty. Also, we can see these characteristics in Chien-Ming Wang impressively. He is the first pitcher in the team already, but instead of hubris or self-satisfaction, he still blamed himself for every missing ball and told himself to be a better pitcher every game. Everyone knows that his achievement is due to endless learning and self-annealing. He is considered to be the symbol of "the silent Ace".

According to the aforementioned, I would like to recommend the building of the statues or monuments of Chien-Ming Wan in my city. It will become a positive emblem to all the members of the city. In addition, all the people who are interested in Chien-Ming Wang or curious about the architecture will come here, and these tourists will greatly improve the local economy. On the whole, statues or monuments are often the symbol of the city. Instead of building a negligible common statue or monument, why not have a more special and effective one?

（C）以設問句型開頭（Begin with a Rhetorical Question）

所謂設問句（rhetorical question），指的是毋須讀者回答的問題，這點可從設問英文名稱窺之一二，rhetorical question的使用主要是修辭目的，設問句在國內英語教學甚至是中文寫作教學中，長久以來一直都佔了舉足輕重的地位，這種答案十分明顯，但卻又以問句形式呈現的修辭手法，可以讓讀者對欲探討的議題有較為深刻的印象，比較背景敘述之方法，使用設問句替文章做開頭較為高明，不落入文章千篇一律之窠臼。值得注意的是，設問句的使用常得到ETS評分者之青睞，在Official Guide中所呈現的高分範本中，設問句的使用均是必備條件之一，讀者必須善加利用。

例 1 **A city has decided to build a statue or monument to honor a famous person in your country. Who would you choose? Use reasons and specific examples to support your choice.**

Who is qualified to have this honor to be admired as a monument or a statue? Some people who help the poor without any pays might have this honor. Some people who protect our country might also have this honor. The other people who have the talents to soothe people's hearts and light up people's souls by their beautiful voice can have this glory as well. A-Mei can be the best example.

A-Mei's first appearance made a sensational impact on every Taiwanese. Soon after, she became well-known among all the Asia countries and is still now. What makes her so popular that no one can hardly see this sparkling super star? It is her voice that startles people from almost the Southern Hemisphere. So bright and powerful is her voice that sweeps away the heavy burdens making them unable to breathe on the shoulders of people living in this stressful city-life and awakes them from their busy and messy minds.

Nevertheless, having a stunning voice is not enough to draw everyone's attention. Her positive and warm image is like an angel bringing sunshine to every dark corner in the world, at least half the world. Under the cover of the warm sunshine, people feel the warmth, the hope and the life again. People can start their bustling days with a smile instead of a frowning face. So contagious is her vigorousness that makes people easily forget their unhappiness and enjoy heartily her music.

Her influence crashing on the whole society and a half world is beyond measure. Because of her, people can see the sunshine again. Because of her, people want to open up their eyes once more to lead a cheerful life. Because of her, people throwing away their burdens can once realize what fresh air really is again. Without her music and sunshine, we are just bodies walking on the streets, and everything will be out of control.

例 2 **A city has decided to build a statue or monument to honor a famous person in your country. Who would you choose? Use reasons and specific examples to support your choice.**

Who could deny the significance of trains or postal systems in Taiwan and what the life would be like without their existence? Trains and postal systems, both of which emanate from the first governor Liou Ming Chung, serve as the backroom boys to Taiwan's increasing modernization and industrialization. So indispensable and helpful are Liou's hefty contributions that people dwelling in Taiwan nowadays are still impatient to give him a standing ovation. Axiomatically, it is given the green light to build a Liou's statue in my country.

The masterminds making me see eye to eye with the idea to build a Liou's statue are directly related to his many-sided contributions to our society. First off, Liou grappled with the problem concerning the Taiwanese aboriginal people with acumen; on the one hand, he established new schools exclusively for those indigenous people so as to educate them on how to speak Taiwanese or how to scrape a living more efficiently. In the meanwhile, he protected the aborigines from being attacked and taught them new productive techniques as well as basic etiquette. With such substantive help for aborigines, there's no gainsaying that Liou's great contribution acts as the stepping stone for further development thereafter within the aboriginal tribes. To put flesh on the fine prints, Liou doubled his efforts to scrutinize and superintend the handling of taxes levied on the civilians, aiming at forbidding the taxmen to exploit the ordinary people and to help the rich evade taxes unscrupulously. Besides, he rectified the financial loopholes and reorganized the operation of the government wholeheartedly with a substantial increment in revenues in the long run.

Last and anything but the least, of all Liou's contributions that time, the one related to communications can never be forgotten. Liou set up the first Post Office in Taipei and then opened branch post offices throughout Taiwan, which ushered in an epoch-making communication development. In addition, the railway from Keelung to Hsinchu, which not only shortened the intercity distance and time but also marked the advent of modernization groundbreakingly. It is the railway system that conduces to modern convenient transportation system.

What's more, the telegram system and the massive purchase of merchant ships are both at his hands. The buying of the merchant ships is instrumental in bolstering Taiwan's international marketing, and the telegram system heralds the advances in telecommunications. Seeing all above-mentioned contributions from Liou, it accentuates the reason why I would like to build a Liou's statue in my country.

As the old saying goes "Rome was not built in a day," what we take for granted nowadays is strenuously obtained. While we are enjoying the fruits of the convenience that our predecessors bring to us, we should not forget the demanding process of establishing such convenience. Liou Ming Chung, the harbinger of Taiwan's modernization, is the very person worth our acknowledgement and commemoration. All of his contributions, such as the communication development, the education of aborigines, can never be removed from our minds for ever and ever.

例 3 **Your city has decided to build a statue or monument to honor a famous person in your country. Who would you choose? Use reasons and specific examples to support your choice.**

Have you ever heard of the renowned person-Henry Ford? The man who was born on a farm is best celebrated for his pioneering efforts in the automobile industry. It is really worth learning for everyone that he incessantly struggles for his business throughout his life.

What is the difference in life between Henry Ford and other people? How did he become an exceptional entrepreneur? Why does he deserve so much praises in the world? Particularly, humble as Ford, who was a machinist in the beginning, he founded the Ford Motor Company in the end. When Ford embarked on the journey of his profession, he was just a teenager. It took him several years, by his endeavor, from a machinist to a mechanical engineer. Although there were piles of work he had to finish, he still made use of his leisure time creating the first automobile. With the industrialization at that time, automobiles were well received day in and day out and Ford dominated the market of the automobile in the long run. Despite the impediment emanating from the loss of his employees during the struggle in his career, then, he rode out the storm by taking prompt measures against the predicament. Therefore, Ford eventually led to the great expansion of his company as well as reached the prime time in his life. Apart from his success in industry, he also established a hospital, acting a philanthropist to help people. According to his perseverance and generosity, his contribution was monumental and his persistent life was a good lesson to learn as well.

As an old saying puts it "When the going gets tough, the tough gets going." We can know that Henry Ford actually played a vivid picture of tough, dedication and benevolence. It is unquestionable that Henry Ford is definitely worth building a statue or monument to honor him.

(2) 主題句置中／隱含主題句（Topic Sentence Middle/Implied）

主題句置中或使用隱含主題句（topic in the middle or implied）是寫作中最不常見的手法，不採取將主題句置於較顯眼的首段或末段，此種手法之使用主要是想先呈現某議題的某個層面，然後才將主題句置於另一個相反的論調之後。然而必須注意的是，除非寫作者對於寫作技巧十分純熟，否則應盡量避免此種手法，因為不純熟的示範很容易讓讀者認為文章失焦，論述過程容易流於矛盾。

(A) 以反面論點開頭 (Begin with an opposite side of the argument)

以反面論點開頭之主題句撰寫手法，指的是寫作者在文章開頭先就自己對於題目論點之「相反立場」進行背景敘述，此部分必須客觀、公正地交代說明實際的情況，且不可對此立場大肆宣揚，否則讀者容易誤以為此為寫作者底下段落支撐論點之依據，由於容易在正反兩立場上失衡，導致誤導讀者，以致於文章自相矛盾，因此此種主題句之擺放手法屬於十分困難的部分，使用「主題句置中」的手法則必須搭配「微／曲言法」在立場陳述句（Thesis Statement）中。

例 1 **Some people think that the establishment of official lottery games in Taiwan will be beneficial to us while others consider it to be the source of social problems. What do you think?**

When the government established the official lottery games in Taiwan a few weeks ago, one of its primary objectives was to curb illegal gambling, which had become a multimillion-dollar business on the island. Little did the government realize that it would also reap a handsome dividend from the operation. The citizens have been so enthusiastic about the prospect of becoming overnight millionaires that the lottery has since become one of the major sources of revenue for the government. In the first game alone, it was estimated that the government would have netted close to two hundred million dollars in tax and commission. The windfall, especially to the government, has so far surprised even the best critic. With this unexpected funds, the government can carry out many public projects. But the disadvantages of the lottery games are far more than the advantages.

Already, there has been a measurable increase in suicide, as well as robbery, kidnapping, and other crimes. There has also been a spate of complaints that some of the operators are not genuine handicaps, a qualification for being licensed to operate a betting terminal. Another unforeseen problem is the effects of lottery addiction on the social morals and, of course, the implications for families and the nation at large. It has also been suggested that, rather than end illegal gambling operation in Taiwan, the official lottery games have merely added one more avenue for illegal gambling.

—Academic Writing/Oladejo, James

例 2 **Learning about the past has no value for those of us living in the present. Do you agree or disagree? Use specific reasons and examples to support your answer.**

What is history? History is a subject that records each nation's past events. It tells us about the every little secret which happened in the past as well. And how is the history inherited? It is inherited from our ancestors by tralatitious or oral instruction, or even simply by conjecture or speculation.

All those knowledge that ancestors saved is the history that we are learning right now. But have you even "crystal-gazed" the niches of learning history? Start with the small scope. To local residents, learning history makes them realized that how their country was built along with the evolution of the place. To the bigger scope, on the other hand, to get a nodding acquaintance with history is to back to the past. Nowadays, people consider it of necessity to learn history, for they can dredge up what was going on in the past, from which all and Sundry refrain themselves from making the same mistakes again. However, to call a spade a spade, I think that such a contention can ill be considered a legitimate one.

Let bygones by bygones! People have to look forward and grasp every single chance, leaving reminiscence, sweet or sorrowful, behind. Open the Pandora's box is nothing more than bothering. Placing too much emphasis upon the argument which indicates the status of mother lode for history I "metaphorize" as a pie on the air. To me, the last occupation I would like to be involved in is a history teacher. Based on the presupposition, I can't see any reason why people nowadays have to learn history

On top of that, apart from personal consideration, few have ever tried to figure out what history can bring us right after graduation. Can it get people a well-paid job? Would it be possible to ensure a comfy life or put those who are living in this ever-changing, dog-eat-dog world at ease? Definitely, I would say no. I would rather people spent time sharpening professional skills, which not only fulfills one's mind but also brings people bread-and-butter.

In conclusion, this is not to gainsay that learning history is less then useful to me. Living in such a competitive society, I hold that practical considerations precede anything else. Thus, I can't see eye to eye with the essentiality of learning history.

例 3 **Do you agree or disagree with the following statement? Telephones and email has made communication between people less personal. Use specific reasons and examples to support your opinion.**

In order to facilitate metropolitan life, using telephones or e-mails has been prevailing in modern society. Namely, the chance to communicate with people in person is on the decline, which seems to result in less humanness. As a matter of fact, the effect that phone and e-mail trigger is the other way around.

Exchanging information by telephone and email, first and foremost, runs easier way than that in the past. Even though people always have their hands full, we can send the e-mail or give someone a call in our leisure time, telling about our recent situation. Accordingly, we can benefit from this method by informing people that we are joyful or doleful, vigorous or crestfallen, released or occupied, and the like. To put flesh on the fine prints, appropriate connecting plays a vital part in promoting friendship. For example, when you are fed up with all day long work, can you image that someone greets you with a phone or an electronic mail? It is as if a drought in mind received an immediately pour, which could warm our heart. The wholehearted hail that comes in proper time often impresses us more than just gossip at all times. In the bargain, contacting with people is no longer a problem-even in a long-distance country. Due to the necessity of work and hectic schedule, human beings do not stay home all the time. By utilizing electronic devices, such as telephone and e-mail, we are able to mingle with persons from far-off place, just like we eyewitness him or her in person.

To conclude in a laconic fashion, as long as we get used to adopting telephone and e-mail, we won't make communication less humane; otherwise, these devices will make an immense contribution to our modern life. Not only can they bring about more convenient living, they can also boost our personal relationship

(3) 主題句置後 (Topic Sentence Final)

主題句置後最類似於中文寫作的模式，先鋪陳、後強調。此種手法在托福獨立式寫作(Independent Writing)中不太常見，這種寫作模式常見於需要鋪陳、營造氣氛的文體中，如偵探小說、驚悚片或是愛情小說等，先使用鋪陳、說故事的方式帶領讀者進入某個世界，之後再強調文章的重點為何，屬於一種十分迷人的寫作方法，有別於傳統議論式硬梆梆的寫作模式。

(A) 以軼事、故事敘述開頭 (Begin with an anecdote or description)

主題句置後屬於高級的寫作手法，不同於一般托福議論式文體，使用此種「說故事」的技巧，使能夠拉近與讀者之間的距離，先將讀者漸漸引入故事當中，再進一步將立論重點陳述其後，此種手法技巧十分類似中文寫作的鋪陳手法，「愛情故事」、「偵探小說」或是「懸疑驚悚」類的文體均採用此種手法。

例 1 **Should graduate students hold part-time jobs?**

Strolling on the sidewalk near my home, I saw an adolescent who was sweeping in a Starbucks. To my surprise, I even couldn't smell an ounce of his exhaustion though the time was about 10:00 p.m.

I'm not sure whether the phenomenon I saw that night is common or not; however, I agree giving him an applaud. Firstly, to be a graduate student-to-be, we are still look too childish from top to bottom. Getting some experiences of social interaction is imperative for those who are still treated in the warm house.

Besides, it's difficult for us to live without our parents' offers. Therefore, only by learning from trial and error till getting the success of our own can we certainly understand how difficult to earn a living. Moreover, facing the ever-changing world, we have to learn to be more flexible. Holding a part-time job is just a typical avenue for us to strengthen our individual characters and personality. And the most important thing we will acquire from part-time jobs is being a conscientious person.

It's just a tip of an iceberg that the youth I saw in the Starbucks. How could a graduate student neglect the scene of what I saw? We cannot emphasize too much on holding a part-time job for a graduate student.

例 2 **What Are the Major Advantages and Disadvantages of Scientific and Technological Progress in Modern Society?**

Angela White, a commercial designer, wasn't good at socializing with people, and that was why she enjoyed her job so much. Thanks to the computers, the most wonderful invention, Angela could take care of what she needed by ordering and paying on the Internet. One day, she got a disk from Jack, whom she met often in the online chat room. Jack found the dick very interesting and thought she definitely would like it, so he mailed her a copy. Angela couldn't wait to look at what it was about, but she was so surprised to know that it was a confidential project concerning national security, which could never be disclosed. From that day on, Angela lost touch with Jack, who, for some unknown reasons, never got onto the chat room.

One night, Angela tossed and turned, keeping wondering about what happened to Jack. Strikingly, a man with a gun broke into her room when she was in the restroom. She ran away from the window. So scared, she felt relieved when she saw a police officer heading toward her. However, he arrested Angela without even uttering a single word. Angela couldn't figure out what was going on, but later she found herself a hooker, named Anne Brown, who had been arrested twice for carrying drugs, and she was now accused of murdering Jack according to the file. How would you feel if you were Angela? Would you trust computers so much then? Indeed, science and technology have made our life better and easier. However, sometimes we forget to look at the dark sides. In the following, I will examine the major advantages and disadvantages of scientific and technological progress by providing examples or illustrations.

The advanced science and technology definitely have made our life more comfortable and better. The use of electricity can be said to be a great achievement. With it, we have developed our colorful nightlife-pubs, discos, night markets, and 24-hour convenience stores, etc. With mobile phones, we can reach any person anytime or anywhere; we can even surf the Internet or take pictures. Furthermore, those modern household products help us a lot, too. Doing chores is no longer such a hard labor by the aid of washing machines, vacuum cleaners, stoves, and dishwashers. Of course, those modern products provide a variety of entertainments at home. For example, many families enjoy the TV programs together at night. Some prefer to listen to the music by radio in their free time. Also, means of transportation have made the world a global village. Within a single day, people can travel from London to New York, from Taipei to Tokyo. What makes it possible? The airplanes. Besides, people save a lot of travel time to work or to school with buses, cars, trains and motorcycles every day.

In my opinion, what changes our life the most is the invention of computers, a great wonder. 20 years ago, we could only talk to people face to face or over the phone. We could only take classes at school. We had to go to the stores and got things we needed. But now, with computers and Internet, things have changed. We can easily get these things done. For example, a lot of people make their friends in the chat room, send e-mails, take classes, hold meetings, and purchase on the Internet. With a click, the goods could be sent to our house within one day. In addition, information is easily accessible via the Internet; all we have to do is just to key in some words. Furthermore, among young generations, going to the Internet café is a real trend nowadays. They usually spend hours there for exciting on-line games.

Given that the advances of science and technology bring about all advantages mentioned above, aren't there any disadvantages? Of course, a coin has two sides. There are some dark sides that the progresses may result in. The first problem is pollution. The heavy traffic and harmful industrial gases have produces serious air pollution. What's more, rivers or oceans have been contaminated due to the disposal of waste or harmful chemicals by factories or ships. To illustrate, people here in Taiwan no longer trust the qualities of household tap water; instead, most people buy their drinking water or set up reverse osmosis drinking water system at home.

Second, the scientific and technological progress does not always guarantee the welfare of human beings. To further illustrate, on September 11, 2001, two hijacked American airplanes plowed into the twin towers of New York's World Trade Center. The attack and resulting collapse of both towers claimed the live of more than 3,000 people, arousing shock in the whole world. The airplanes that were designed for great ease of travel became the weapons to deconstruction by wrongly use of terrorists.

Third, the consequences of high-tech advances may spark controversy in our society. Breakthrough in genes engineering is a good example. Scientists announced that a human embryo had been successfully created in the laboratory. The possibility for human cloning had been at the center of vehement debate concerning ethics. The technology of human cloning will have a great impact on the religious beliefs embedded in human minds for thousands of years. We believe that nobody has the right to create and control the lives of others, only God does. After all, who can guarantee that a clone will grow up like normal human beings? In fact, along with the introduction of human cloning come more questions. What about their identities of themselves? What's their identity in the society or law? Will they be viewed as human beings or personal possessions? What if they commit a crime?

Finally, people have relied to much on the computer system. Since the prevalence of computers, companies, schools, hospitals, and police station key in all the information into the computers. Can you imagine the consequence of computers breakdown? The situation must be chaotic.

This article has examined the advantages and disadvantages that the development of science and technology has brought. Instead of taking all the conveniences for granted, we should cherish what we have now. Furthermore, we should be more aware of the potential catastrophes posed by those modern inventions. We hope that the advances can always be made for the welfare of all human beings without side effects.

例3 **People listen to music for different reasons and at different times. Why is music important to many people? Use specific reasons and examples to support your answer.**

Last Thursday, I didn't get home until a quarter after 12:00 p.m. because of playing basketball. When I got in the front door of my house, my mother was angry at me and she yells at me" why don't you just sleep in the basketball field and never get back". I was pissed off by her words and I just left home. I went to a coffee shop and fortunately I found comfortable spot in a corner. I didn't order anything but kept thinking about what my mom just told me. The more I thought, the more angrily I was. Just at this moment, I heard a music called "courage" sing by goun lin. It was so awesome and it really comforted me from the bad mood.

Undoubtedly, the experience I had last week was one of the functions of music of simmering people down. When people hear music people usually get happy because of the rhythm. The slow rhythm can console people. The fast rhythm can make people get excited.

Another function for music is that listening to music is a good way to have the time pass. This way is very useful while you are traveling. Like when you are on your way to your company by taking the MRT, it is so boring if you just sit there and do nothing. So all you've got to do is to take out your MP3 or whatever you have, which can broadcast music, and then enjoy it.

To sum up, I think there are two things which can prove that music is important to many people. One is that music can clam people down when they are in a bad mood. Another is that music is a good time killer. Axiomatically, I can't see any reason why people can't be attracted by music.

2.立場陳述句（Thesis Statement）

立場陳述句（Thesis Statement）通常置於主題句（Topic Sentence）之後，主要在議論式文章中當作表達回應題目立場之陳述，傳統英語寫作教學鮮少將立場陳述句構表達當成寫作教學的重頭戲，往往僅訓練學生如何撰寫主題句構。因而讀者在坊間市售寫作教學相關書籍中不難發現，幾乎所有的作文範本在立場陳述表達模式上千篇一律，例如：I strongly believe…, As far as I am concerned,…, In my opinion,…, I agree/disagree that…等。中國大陸長期所使用的「寫作模板」亦然，了無新意，此種單調的手法完全無法清楚的讓讀者感受到寫作者的語氣與心理狀態，更遑論一個人的文采展現。

除了單純使用第一人稱的表現立場之外，寫作者亦可採用以下幾種不同的手法技巧，不同的寫作手法亦透露出不同的感覺與語氣之強烈程度。

(1) 使用第一人稱 (First-Person Stance)

使用第一人稱當成立場陳述句（thesis statement），是所有市售托福範本中為數最多的一類，也是最簡單的一種手法。常見的句型如：in my opinion, as far as I'm concerned, I strongly believe that…, To the best of my knowledge等。屬於較初階的寫作方法。

例 1 **It has recently been announced that a new restaurant may be built in your neighborhood. Do you support or oppose this plan? Why? Use specific reasons and details to support your answer.**

It is hard to say that a new restaurant built near someone's house affects other person or not, but the new restaurant in my neighborhood indeed leads to far-reaching effects on me. There is no doubt the place adjacent to a new restaurant will be getting more and more prosperous - following the businesses and profits. As far as I am concerned, however, the reasons I oppose will be illustrated in the following paragraphs.

To begin with, as the new restaurant attracts more and more people, it will strike a deep influence on nearby vendors. So to speak, when a vender is lack of sufficient features to appeal to general public, it will lose its customers chronically and go into bankruptcy eventually. Next to go would be, once an influx of people show up at the restaurant, this kind of phenomena will convert a tranquil living area to somewhere full of uproar. When hundreds of cars passing by and countless people mingling with one another in our surroundings, it is obvious the place is no longer serene and not suitable for living anymore. Last but not least, people around the new built restaurant are bound to perceive that we have to fight not only the drawbacks elaborated above, but also the waste water and smoke which are emitted by the kitchen of the restaurant everyday. If someone who is in charge of the restaurant doesn't deal with the wastes appropriately, they are certain to bring about pollution which will destroy the living area and be harmful to the health of residents.

According to the aforementioned, the demerits caused by the new restaurant make a greater impact on the inhabitants than the advantages. In conclusion, I am convinced that only when living in an area without restaurant in the neighborhood can we have a better quality of life.

（2）爭議性論點 （A Controversial Statement）

除了上述方式之外，如果題目本身具有高度爭議性（highly controversial），寫作者可以利用爭議點，將其放置在立場陳述句作突顯，自然的證明寫作者的立場。

舉例來說，如果題目詢問寫作者「現代社會是否仍存在著男尊女卑的傳統概念」，則可以下列句型陳述之：

（a）Nowadays, women are still pigeonholed as those who are inferior in many aspects.

（b）At present, female workers are still discriminated against in many aspects, regardless of recent efforts to rights.

如果是「環保議題」，則可以撰寫如下：

（a）The ice caps in both the Antarctic and the Arctic are collapsing at an alarming pace, which has been worrying scientists for ages.

（b）Oil price is soaring at an unprecedented rate, implying an imminent disaster for human beings.

（3）使用事實陳述 （A Statement of Impressive/stunning Fact）

使用事實陳述（a statement of fact）作為立場陳述句，可以收得震撼效果，寫作者不使用第一人稱直接表達立場，反而將某個議題最具爭議性或最令人震撼的事實直接呈現，「間接地」暗示寫作者的立場。

例 1 **Some people think that human activities make the Earth a better place to live while others claim it's just the other way around. What's your opinion? Use specific and convincing ideas to support your stance.**

No one knows how big the world is. Some people even wondered how they could find the end of the ocean. Nowadays, everyone can answer theses questions. People used their knowledge to change the world into a better place to live. They also invented lots of tools that connected everyone together. However, few have ever tried to figure out how many animals lost their habitats. The number is much higher than before and is still increasing.

There are many activities that are killing our earth. And the most tremendous one is, as likely as not, the excessive amount of greenhouse gases emitted. Our technology is changing and evolving, getting better and better by degrees. However, the cost is that we require more precious energy. Nowadays, it has become a warning sign around the world. Thanks to it, the average temperature is getting warmer and warmer gradually, causing the ice caps in the Arctic to collapse at an alarming pace. On top of that, polar bears' habitat is vanishing in the near future. What's worse, the rising sea level will make some island countries submerged. These are undoubtedly the indication of the seriousness of problems brought by human activities.

If you still don't care, all these tragedies will happen in a few years. It's up to you as to whether making the Earth a better place to live or just destroying the habitats of creatures on the Earth. Don't you think we should protect them not to get destructed? And don't forget, we have only one earth.

例 2 **What discovery in the last 100 years has been most beneficial for people in your country? Use specific reasons and examples to support your choice.**

Some people climbed the peak of mountain Ali in order to eyewitness the sunrise, while others embarked on a cruiser, enjoying the sight of golden sunset. In the past several decades, the magnificent scenery which profoundly impressed us has only existed in our memory. In the wake of high-tech era, the new invention – digital camera - has the ability to grasp every moment as well as back up any vision. It is instrumental in many aspects of people's lives and transforms the world into a striking image.

When it comes to digital camera, there is no denying that its manifold functions play a weighty role in our daily life. In former days, we had to spend two or three days waiting for pictures being developed before appreciating them. Nevertheless, it is not a dream to sight long-awaited photos immediately. In addition, the scope of the focus extends from tiny scenes to far-off landscapes－feasting our eyes. Even though the eyesight becomes obscure due to the dark, the flash function still twinkles every spectacle we want to grip. In the next place, pictures can be preserved well despite the passage of time. As the period elapsed, a number of pictures gradually faded away more or less. By means of digital documents, photos not only maintain clear-cut images but furnish mammoth capacities to accommodate a wide range of data. Last, cameras vivify our memories which took place several years ago as if everything were just yesterday. In retrospect, I once took a picture to record fabulous time I shared with my like-minded companions. Although the recollection became so blurred, I promptly recalled what had occurred as well as what I had experienced when viewing these pictures. Through camera, accordingly, people can flash back to the good old days on the go, laden with laughs and tears.

According to the immense impact made by camera, it can be called one of the most monumental inventions in the twentieth century. As a matter of fact, it is the digital camera that has ushered human into a convenient and colorful world and has strengthened the relationship between the past and nowadays

（4）使用諺語（Allusion）

引用諺語（proverb）在英文作文中，一直扮演著不可或缺的角色。東方人善用典故（allusion），這點和西方人的習慣不同，使用典故在英文寫作中應該扮演的是畫龍點睛的效果，而非僅是「兩腳書櫥」。在立場陳述句（thesis statement）中使用諺語表明立場，是成熟寫作者常見的手法。

如果題目詢問寫作者想要居住在國內或國外，可以示範如下：

Living quality is of the most important concerns for people nowadays. As to the preference for either living abroad or domestically, there, of course, would be no single answer. However, the very conception pressing the button of my heart would be manifested by the expression－*East, West, Home Best!*

英文的諺語——East, West, Home Best!在這裡可以譯為「金窩，銀窩，還是自己的狗窩最好。」藉此間接的表達寫作者的立場，不過讀者應該注意的是文字的流暢度，不可僅將任一諺語不加修飾地擺放在立場陳述的位置上。

3.支持論點（Body/Supporting Ideas）

英文寫作中，除了結構以外，最重要的就屬「支撐論點」（supporting ideas）了。文章的功能在於「說服讀者」（to convince readers），即使使用最簡單的語言，如果能夠有邏輯的以理說服之，也算是佳作。初學寫作者，必須注意以下幾點：

（1）腦力激盪（Brainstorming/Clustering）

寫作除了要有完整的架構與通順的語言之外，最重要的就是寫作者的論點是否夠有說服性，許多寫作者常會犯了相同的問題，習慣將「一體多面」的論述列成不同的立論，例如：噪音污染、空氣污染、環境污染等。諸如此類的論述均應整合成單一論點，以避免濫竽充數之嫌。以下筆者簡短示範如何使用腦力激盪列出有意義的列點。

例句 What is the relationship between English learning and literature?
（試論英語學習與文學的關係？）

（a）Western literature helps English learners enlarge their lexicon with abundant schemata, stepping into the palace of advanced English. Ex. the word "antediluvian", a word stemming from Biblical story, means "archaic" in modern English.

（b）Literature can be employed to chase girls with the help of Lord Byron's love poetry.

（2）寫作一致性、連貫性與凝聚性（Unity, Coherence, and Cohesion）

除了上述重點以外，國內外英語寫測驗評分標準之一也包含了內容的「連貫性」（cohesion）、「凝聚性」（coherence）與「一致性」（unity）。所謂「凝聚性」意謂著段落中、句子間必須有邏輯；「連貫性」則指句子之表達順暢與否，至於「一致性」則是論述口吻必須一致，避免離題。以下筆者示範不佳的寫作供讀者參考引以為借鏡，段落中寫作者的論述明顯不合邏輯，更透露出本身的政治傾向：

As it stands, Taiwan had become famous since Mr. Chen became our president. There was a successful party transition in the government in 1999. At the night before the election, there was an assassination occurred when Mr. Chen was doing the promotion on the street. This big, serious event happened to candidates, so it became a hot issue internationally. There even came a famous detective to investigate this hot and knotty case. Because of his injury in this incident, this was also the first time for Taiwan to show up on the global stage after Mr. Chen became a president of Taiwan.

In the next place, Mr. and Mrs. Chen have also created a brand-new phenomenon in Taiwan – the first-stance families can also being treated as the royal families. Their usual habit is not riding but hunting for those delicate, elaborate products which are in high qualities. They have been set a good example for us, the public, for several years. This is also the reason why those department stores would always give many special coupons to our dear Mrs. Chen, and even close the whole department for Mrs. Chen in order to let her have a pleasant atmosphere for shopping. It cannot be called, "a corruption", but just "gratitude" from those store owners. Unfortunately, not everyone agreed with that idea, and that also the reason why this miracle in Taiwan has become a popular issue between nations.

（3）贅述套套邏輯（Tautology/Redundancy）

寫作的目的在於以理說服讀者（to convince the readers），屏除最基本的寫作結構不談，「論述內容」（supporting ideas）攸關一篇文章內容良窳與手法純熟與否之判斷。此節探討東方學生在英語寫作上最常見的問題之一——「套套邏輯」（Tautology）。所謂「套套邏輯」，指的是論述內容重複性高，論述內容貧乏不足或者缺乏邏輯之論點，要避免這個問題，寫作者當避免利用「一體兩面式」的手法，寫作者要適當地將相同或類似的論點集結在同一個段落，以免有濫竽充數之嫌。

例 1 **It has recently been announced that a new restaurant may be built in your neighborhood. Do you support or oppose this plan? Why? Use specific reasons and details to support your answer.**

The advent of a restaurant in somewhere somehow means that there is prospering. More and more people will come to this place to rest and enjoy their vacation. There also might be some other kinds of stores appear to survive these costumers. Many people would like this condition inasmuch the life will be more convenient, the surrounding will be more popular, and the price of their house even might arise. Nevertheless, I oppose the restaurants setting in the proximity of my neighborhood.

First of all, the growth of population means the increasing of noise. If a restaurant was built in your neighborhood, you can hear all the discord made by travelers. Whether you like it or not, you will listen to people's conversation such as how funny is their vacation today, where they have been, and what they have bought⋯ , you will also receive all the sound made from the traffic tools such as cars, bus, and scooters. These noises won't stop at anytime in a day.

Another reason is about the environmental pollutions. People usually go to restaurants by traffic tools. Since there will be more passengers pass by, the air pollution such as CO, CO2, and sulfide must be more serious than ever. There might also be garbage pollution. People usually leave the garbage after their leaving, but they don't throw them in the right place all the time. More junks' leaving will cause the environment more badly.

According to the aforementioned, the building of a new restaurant might improve the local economic, but it also causes the environmental problems. These environmental problems will decline the quality of our life and create something disadvantages to our health. I think its deficiency would exceed its merit. Therefore, I would not like a new restaurant be built in my neighborhood.

例 2 **Do you think it is a good rule or bad for some countries to not allow people to smoke in many public places or office buildings? Use specific reasons and details to support your position.**

Tobacco is a kind of plant that grows in South America. People chewed the tobacco leaves in ancient times. In 19th century, the cigarette machine was invented. People started to smoke rolled tobacco. More and more people found it interesting to smoke, which leads to series of problems. Nowadays, people's health "lit the right light." In my opinion, it is a good rule to limit people to smoke.

To begin with, smoking can cause many health problems, such as lung cancer, throat cancer, etc. Also, tobacco makes people addictive. Some people feel anxious if they don't smoke. They need a lot of tobacco. They will have to smoke while they are poring over things. They even have to smoke when idle.

Besides, smoking is bad for others who don't smoke. The smoke exhaled by die-hard smokers forces others to receive second-hand smoking. Few have ever thought of the aftermath it will bring to an expectant mother or a kid. Nothing can be seen to prove any single advantage of smoking.

What's more, smoking is a bad example for kids and teenagers. Kids are not mature enough to tell good or bad things. They learn the gesture of smoking when they see people smoke. Also, kids and teenagers are filled with curiosity. Smoking age has become earlier and earlier. Actually, it is an illegal act in the society.

In sum, smoking is bad for us. It causes health problems and gives bad examples. It not only hurts smokers but also other people. To make a better society, I strongly agree forbidding smoking in the public and office buildings.

(4) 問題解決手法(Problem-Solving Skill)

問題解決手法(Problem-solving skill)是高階寫作者不可或缺的利器，一般寫作者善用平鋪直敘的方式立論自己本身的立場，因此多採用「說理式」手法安排整篇文章的內容。「問題解決技巧」採取另類的負面思考，不開門見山地直接陳述，反而「技巧性地」將所面對的問題突顯、擴大，再藉由寫作者巧妙的手法解決當下所面臨的問題或棘手的麻煩，學習此手法的寫作者必須注意的是，「解決方法」應盡量是人類社會已經可見或者計劃進行之動作，盡量避免太空洞以及不切實際之「建議」。學會此種手法，可以使文章更具有說服力，也可以免除傳統思維之窠臼。

例 3 **Some people think that human activities make the Earth a better place to live while others claim it's just the other way around. What' s your opinion? Use specific and convincing ideas to support your stance.**

Earth is the only planet with vitality that the scientists can find so far. It was born about 4,000 millions years ago. The Earth has faced many great dyings and revolutions over a long period of time. Though the appearance of human is must shorter than that of other creatures, people utilized intelligence to ameliorate the quality of life. In my opinion, human activity does make the Earth a better place to live.

In ancient times, all foods were eaten raw by wild animals or even the primitives and barbarians. Degree by degree, they began to make good use of fire, not only to cool food, but also to keep their bodies warm. In the wake of that, they learned the techniques of farming and irrigation. So, crops became indispensable food provisions for their daily lives. Besides, many great inventors and scientists made a new milestone for human beings as well. For instance, Edison, who invented telegraphy, made it possible to convey messages. He also invented bulbs so that we can still see things clearly at night. Wright Brothers, the pioneer of aviation, were inspired by their dreaming of flying in the sky someday. After repeated failure, the airplane was presented to the public in the long run, leaving a breakthrough record that went down in history. They surely established the foundation and springboard for the technological advances.

On the other hand, with such rapid progress also came a plethora of problems as human being is constantly consuming the precious natural resources on Earth. To tackle with the challenging warning sign, scientists are now looking trying to ferret out new substitute sources of energy. In the mean while, the authorities concerned have also squeezed these thorny issues in an attempt to untie the Gordian knot. To put flesh on the fine prints, both hydrogen and natural gas are on their way to replace the consumption of depleting crude oil, carpooling policy is also one that helps people in the Global Village to turn on a dime while facing the imminent disaster. Once the emission of waste gas is devoid of the Earth, the seriousness of greenhouse effects can be expected to lessen. What's more, though controversial, biomass energy is seemingly the very one panacea for these problems. Such would be the evidence that bear witness to the effects of unfailing efforts.

To conclude in a laconic fashion, though facing various challenges, human activities certainly make the Earth a better place to live, which in turn ensures a comfy and convenient world for us. As part of the global village, we cannot pass the buck but dedicate ourselves to the improvement of human welfare.

4.結論（Conclusion）

除了使用「摘要」（summary）替文章收尾以外，尚可利用其他技巧做結論，使文章更生動，請看以下示範：

（1）使用重點摘要句結尾 （Summary）

這是最常見的結論方式，寫作者必須簡短的將上述重點使用摘要式的方法交代收尾。不過要避免重複了（repetition）前述的論點。

範例 **It has recently been announced that a new restaurant may be built in your neighborhood. Do you support or oppose this plan? Why? Use specific reasons and details to support your answer.**

With the great advancement of the society, a growing number of people in central Taiwan are making investment in building restaurants. They aim at bringing in more money and even making a splash throughout Taiwan by attracting tourists or local residents to visit their restaurants equipped with luxurious and exquisite facilities. This kind of restaurant, in my view, is instrumental in boosting the local economy or ushering in a new era of urbanization. Therefore, I side with the idea of building such restaurants.

So convenient and versatile is this kind of restaurant that more and more people are willing to build such restaurant. This kind of restaurant, to begin with, will be likely to bring in more money from those tourists. Tourists will be greatly attracted by the top-notch facilities or fabulous customer services provided in the restaurant. As long as they live in the restaurant, it stands much more chance for them to visit the local beautiful attractions or historical structures, or even to have a splurge on souvenirs, local staples, and so forth, both of which play a big part in ***boosting the local development and economy***. Local residents will benefit a lot by having such a useful restaurant. The next merit, offered by building the restaurant, is ***to elevate the international visibility of the local culture***. Because foreigners may take up a large portion of those tourists; in all likelihood, they will share their travel experience or cultural activities with their foreign friends, family, etc. In this way, abundant local culture will be much easier to be known to the world. The last one, most importantly, is that such restaurant ***provides us with a multifunctional place to indulge ourselves in***. No sooner had we visited the restaurant and used those facilities than we might get full relaxation or forget those unhappy things happening before. We could take a short break from the hectic life by visiting it.

This restaurant indeed does a big favor for its neighboring area. It not only helps ***bolster the local economy***, but also ***draws many foreigners' attention*** in the process. Furthermore, it seems to be a ***paradise for those who devote themselves to work all day long***, for those "workaholic" could indulge themselves temporarily in such great enjoyment. In light of these benefits, no one would feel qualms about building such a multifunctional restaurant.

(2) 使用建議結尾（Suggestion）

寫作者可採取「建議」手法收尾，常用於時事議題（current issues）或其他具有討論價值的議論式題目上。

範例 Due to the generation of rapid development, we can seldom enjoy the serenity of rural life people used to have. For all convenience and affluence, external and mental stress arises at the same time. Therefore, how to find appropriate ways to vent our stress and difficulties when fidgeting has become an important issue to everybody. In my opinion, traveling abroad and playing the piano are the best ways of reducing stress.

Traveling abroad can not only broaden our horizons but release the emotions we have repressed for a long time. For example, we can realize the great wisdom and talent of predecessors when sightseeing magnificent architectures such as St. Peter Basilica or Eiffel Tower, and forget all the stress we have suffered from our daily life. Only when experiencing the Great Canyon and Niagara Falls in America personally can we appreciate the extraordinary sight created by nature. After viewing such admirable landscape, we will know how significant humans are, and that all the agonies are not really worthy to keep in mind, so we should always face all kinds of problems with an optimistic attitude.

Every time I feel annoyed and impatient, what I usually do is play the piano. I always choose the music that is strong enough. As my fingers knock on the keys heavily, I feel comfortable as if all of the pressure was gone away with the notes. Playing beautiful melodies can cheer me up, with my spirit purified by the notes. Accordingly, I may work more happily and efficiently then.

On the other hand, people unleash their emotions and stress in different ways. Some bully small animals, others throw tantrums to friends around. Still others even hurt themselves by alcohol abuse, smoking or committing suicide. Under such vicious circles, stress cannot be eliminated thoroughly but ends up worsening; Facing them with bravery is the fundamental solution.

In conclusion, every one should look for the most suitable way to relax. We only live a short period of time, so we have to cherish and seize every moment. Instead of being a melancholic person, why not live colorful and unregretful lives? Life is synonymous to endless frustration and stress. Once we've learned to get along well with it, we can put ourselves at ease.

(3) 邀請讀者結尾（Inviting the Readers）

範例 **TOPIC:Some people think that human activities make the Earth a better place to live while others claim it's just the other way around. What's your opinion? Use specific and convincing ideas to support your stance.**

No one knows how big the world is. Some people even wondered how they could find the end of the ocean. Nowadays, everyone can answer theses questions. People used their knowledge to change the world into a better place to live. They also invented lots of tools that connected everyone together. However, few have ever tried to figure out how many animals lost their habitats. The number is much higher than before and is still increasing.

There are many activities that are killing our earth. And the most tremendous one is, as likely as not, the excessive amount of greenhouse gases emitted. Our technology is changing and evolving, getting better and better by degrees. However, the cost is that we require more precious energy. Nowadays, it has become a warning sign around the world. Thanks to it, the average temperature is getting warmer and warmer gradually, causing the ice caps in the Arctic to collapse at an alarming pace. On top of that, polar bears' habitat is vanishing in the near future. What's worse, the rising sea level will make some island countries submerged. These are undoubtedly the indication of the seriousness of problems brought by human activities.

If you still don't care, all these tragedies will happen in a few years. It's up to you as to whether making the Earth a better place to live or just destroying the habitats of creatures on the Earth. Don't you think we should protect them not to get destructed? And don't forget, we have only one earth.

(4) 使用諺語結尾 (Allusion)

範例 **Some people think that human activities make the Earth a better place to live while others claim it's just the other way around. What' s your opinion? Use specific and convincing ideas to support your stance.**

With the advent of the Earth's modernization, there is no gainsaying that convenience and comfort abound in our daily lives. When people are addicted to the facility as a result of humane development, the precautious hazard gradually emerges and chronically encroaches on the planet. In the following paragraph I am going to find faults with the tremendous impacts of human activities on the Globe.

For starters, the energy incessantly utilized by human beings is doing down and drain. When the utilization of energy escalates in order to transform unfledged countries into developed countries and to improve people's lives, energy such as coal and petroleum could be exhausted in the long run. Moreover, a number of people still chauffer fast vehicles, indulge in cozy room equipped with air conditioners, refusing to get into a habit of turning off household appliances when going out. Nowadays, we are facing the problem if soaring oil price as well as the deficiency of energy. Therefore, saving energy as much as possible us the priority for people in the world.

On top of the shortage of energy, ecological environment has been ruined by human's reckless exploitation. Take, for example, forests, some malevolent businessmen make a huge fortune by trespassing upon saplings which are lucrative to them rather than conductive to the nature. Since they have made a terrible havoc of plants, vegetation no longer has ability to maintain water in soil, giving rise to flood when pouring. In addition, the establishments of new buildings which have mushroomed ubiquitously also deteriorate the quality of the ground. If mankind continue pursuing development and advance without concerning about natural balance, ecology will be inundated with rubbles and debris rather than prolific lands.

On the other hand, global warming has a far-reaching influence on us. Owing to the gas emitted and fuel burned, carbon dioxide is on the wax, leading to the radical change of the climate, which subsequently leads to unexpected aftermaths such as flood, drought, diseases, low yields and species extinction. Accordingly, our utmost endeavor must be exercised to reduce the consumption of invaluable resources.

As an old saying goes, "A coin has two sides." While we are enchanted with the fruition of human advancement, we are also supposed to attach an enormous importance to the environmental issues. In a nutshell, only when we take appropriate actions against such damages as energy crisis, environmental disturbance and global warming can the planet become much better.

二、寫作的語言問題（Language）

1.列點句型

➲ 主要陳述列點

第　一	第　二	第　三	最　後
• First (ly),… • To begin with,… • In the first place,… • For starters,… • First off,… • For openers,… • As it stands,… • First and foremost, • On the one hand,	• Second (ly),… • Besides,… • Next,… • Aside from A, B… • Apart from A, B… • To put flesh on the fine prints,… • On the other hand, • In the next place,	• What's more,… • In the bargain,… • On top of that,… • To return from the digression,… • Overall,…	• Last and anything but the least,… • In sum,… • To conclude in a laconic fashion,… • In conclusion,… • On the whole,… • To sum up,… • In final/ultimate /last analysis,… • I believe… • Fact for fact,…

2.意見贊同表達句型

1. See eye to eye with
2. It can't be emphasized too much that…
3. There's no doubt that…
   It's undoubtedly that…
   Undoubtedly,….
4. There can be no doubt that…
   There's no doubt at all that…
   Without doubt/Beyond a doubt,…
5. There's no denying that…
6. It agrees with/echoes/bolsters/highlights/accentuates the point that…
7. A is synonymous to B…
8. It is given the green light to claim that…
9. Axiomatically,…
10. A is consistent with B…
11. I can't see any reason why...can't..
12. （Similarities, commonality…） give them （2 sides） the right to claim their being equal in the position of the argument that…
13. This is not to gainsay that…/There's no gainsaying that…
14. In fact,…/As a matter of fact,…
15. The proof/evidence grants it carte blanche to claim its equal status to the previous statement/ argument that…
16. It hammers home the idea that…
17. A just echoes B to a T.
18. It stands good chance that…
19. It is, as likely as not,…
20. By the same token,…/Likewise,…
21. It goes without saying that…
22. Beyond peradventure of doubt,…
23. It is on the cards that…
24. It's less than premature to say that…
25. It can be crystal gazed that…
26. Such would be the direct evidence which bears witness to…

3.意見反對表達句型

1. The point contradicts the argument that…
2. The point dismisses the truth condition of such an argument that…
3. In contrast to/with A, B…

4. Contrary to popular belief,…
5. However, it's the other way around.
6. It's not the case.
7. It's a far cry from…
8. Actually,…
9. To call a spade a spade,…
10. The idea/argument tallies with…
11. Such an idea/argument can ill be considered legitimate one.
12. However, the argument is not granted the carte blanche to defend for its innocence.
13. Hammering home or making a point of the role of this argument to a fault the researcher, as well as other top-notch scholars par excellence hold to be every bit as superficial as a litmus test for its plausibility.
14. The argument has been emphasized to a fault.
15. Yet, such an explanation backfired.
16. The argument fails to cover ground.
17. A is at odds with/at loggerhead with B in the argument…
18. A finds faults with B in that…
19. There's still room for a lot of variation within those limits
20. No thinking person/man can even fail to recognize the fact that… （disparaging）
21. The emphasis placed solely upon the decoration of commercially-published coursebooks I hold to be meaningless as white elephant.
22. Such a statement is not well-loved by… in that…
23. Sb. wrinkles one's nose at…
24. Beyond peradventure, = doubt
25. It scratches a disapproved locution from…
26. The argument doesn't hold water/stand pat in that…
27. It's not primetime to say that…
28. It's too early/premature to say that…
29. It serves as the litmus test to say that…
30. It's still under par to say that…
31. It is nothing more than gild/paint the refined gold.

4.意見陳述表達句型佳句

1. It must be pointed out that it is one of our basic state policies to control population growth while raising the quality of the population.
2. It is （has been） estimated that the world's population could reach 6 billion by the end of the century.
3. It must be kept in mind that there is no secret of success but hard work.
4. It can be seen from this that there is no difficulty in the world we cannot overcome.
5. As is known man is the product of labor.

6. It is a common saying that man who has a settled purpose will surely succeed.
7. It is clear that the enemy has no desire for peace.
8. It is hard to imagine how Edison managed to work twenty hours each day.
9. it's hard to say whether the plan is practicable.
10. There is no doubt that you will be helped by others if you have any difficulties.
11. It seems certain that they have made a series of experiments.
12. It is said that bats have been using radar for millions of years.
13. To tell the truth, many mistakes we made could have been avoided.
14. As we know, it was not until recently that the problem was solved.
15. It must be admitted that you haven't done what you promised to do.
16. In my opinion, this computer is different from that one you saw.
17. It is certain that we have a long way to go.
18. All this shows that nothing can prevent us from reaching our aims.
19. As far as we know, it took him more than a year to write the book.
20. It has been proved that every substance, no matter what it is, is made up of atoms.
21. It has been decided that we are going to build a railway whose base must be completed within this year.
22. It is obvious （evident） that the success of the innovation depends on our concerted efforts.
23. To be frank, whether you like it or not, you have no other choice.
24. It is natural that one may have trouble expressing complicated ideas in simple English.
25. What is more important, the agreement they have negotiated is being carried out.
26. We will be successful as long as we persevere.
27. Frankly speaking, what you call the truth may not apply to things happening here.
28. It is true that we must redouble our efforts; otherwise we cannot catch up with the developed countries.
29. I take it for granted that they will support this idea.
30. In a certain sense, a successful scientist is a person who is never satisfied with what he has achieved.
31. The oceans do not so much divide the world as unite it.
32. There is no denying the fact that the new management method has greatly increased the production.
33. Upon hearing the unexpected news, he was so surprised that he couldn't utter a word.
34. As the saying goes, nothing in the world is difficult for one who sets his mind to it.
35. Our goal must be attained. Our goal can unquestionably be attained.
36. Noting can prevent us from realizing the four modernizations.
37. Now in china, more and more families can afford to buy high-grade goods, such as washing machines, TV sets, video orders.
38. No matter how difficult English may be, you should do your best to learn it.
39. It can be said that without knowledge of science and technology, it is impossible to build socialist modernizations.
40. All this controversy has perhaps generated more heat than light on the side of the subject.
41. It's the writer's contention that the subject involved have yet to fully develop their ability to discern such abstract and subtle a domain of English to compose correct sentence.
42. There's an excellence chance that…
43. It's my color and angle that…

44. It's on the cards that…
45. The true/real/actual fact is that…
46. The thing is,…
47. Chances are that…
48. I am greatly convinced that prevention is better than cure.
49. Well goes an old saying,"…"
=As an old saying goes （runs, says）,"…"
=An old saying goes,"…"
=It's an old saying that
As an old saying goes,"Honesty is the best policy."

5.寫作中的小兵立大功

本節筆者將介紹幾種修辭概念上對於英文寫作有極大助益的技巧供讀者學習研究。

(1) Of Course

大部分的讀者對of course（當然）的印象為「加強語氣」之修飾語，卻鮮少人知道其實of course可以用來指出可笑或是問題的所在點，避免某些太過武斷的陳述引起其他人的不悅，某些較具爭議性的議題十分適合此技巧，讓寫作更客觀、更能說服人，幾年前曾發生的「小S布袋戲風波」即是最佳的例子。公眾人物或是新聞媒體表達意見時，如果能適當的加入一些具有修辭意味的「緩衝語」，則較不會引起非議。

例句 On this continent and in England, soccer is, of course, the most popular mass sport.
（在這塊土地上，足球應該是最受歡迎的大眾運動。）

例句 The Chen Administration is, of course, corrupt.
（陳水扁政府給人印象無疑是貪污的。）

上例一中，將足球當成是英國的代表運動，恐怕會引起其他足球強國的不滿，或許寫作者想要藉由此句突顯英國足球金童「貝克漢」（Beckham）所引領的風潮。讀者必須注意的是，「未經證實」或「不為人知的小事」均不可使用此手法。

(2) 限定關係代名詞

傳統文法教學對於關係子句限定與否的講述大多流於公式化，鮮少人知道「限定關係子句」甚至可以用來表達不滿的批評，且有「罵人不帶髒字」之效果。簡單的說，限定性子句具有「限定群組」功能，而非限定子句則有「一竿子打翻一船人」之意。限定與否可以從以下句子表現得淋漓盡致。

（a）Dear Brian,

I want a man who knows what love is all about. You are kind, generous, considerate. People who are not like you admit to being a junk and inferior. You have ruined me for other men. I yearn for you. I have no feelings whatsoever when we're apart. I can be forever delighted-will you let me be yours?

Jenny

（b）Dear Brian,

I want a man who knows what love is all about. You are kind, generous, Considerate people, who are not like you. Admit to being a junk and inferior.

You have ruined me. For other men, I yearn. For you, I have no feelings Whatsoever. When we're apart. I can be forever delighted—will you let me be yours?

Jenny

而所謂的「罵人不帶髒字」的辱罵手法，可以使用以下方式表達：

Politicians in Taiwan ***who are very often cynical and radical*** are black sheep of human being.

讀者只要使用「限定子句」（restrictive clause）將主角限定在某個範圍中，配合使用very often的緩衝語氣，即可達到此效果，被罵的人可是會恨得牙癢癢的，生氣了卻又有「對號入座」嫌疑的窘境，屬於十分進階又實用的寫作技巧。

（3）To

To可以表示「驚訝」，寫作者毋須加入任何類似surprisingly等贅字，即可有相同的效果，此種緊湊的安排常見於偵探小說等懸疑類作品中。

例句 He went home at midnight, to find out a man lying on the ground.
（他昨天半夜才回到家，頓時發現有個男人躺在地上。）

讀者可以試著比較下句：

例句 He opened the door, finding a man lying on the ground.

上例使用分詞構句（participle construction），強調兩個動作之間的緊密關係，暗示「打開門」（open the door）與「發現」（find）的動作重疊，此亦常見於懸疑類小說等文體。

（4）But

But為「準關代」，意指that do/es not（沒有不……）。常在文章中用來強調動作的正當性與頻繁。

例句 These's never a single day but Prof. Goodman is ready to provide her clairvoyant suggestions to her students.

（5）重言法（Hendiadys）

重言法（Hendiadys）應屬最平易近人的修辭格之一。這是中國大陸大學英文教材教學重點之一，反觀國內，英語教學仍處於過去的公式教學，未見任何修辭上的教學，難以提升整體英文能力。重言法十分簡單，只需將表修飾的前置形容詞，以名詞類放置於主角之後做後位修飾。重言法非常簡單好用，通常有兩種形式：

（A）the N1 + and N2（N2當作形容詞，只要把形容詞改變成名詞形式即可）

（a）At ***the stage and incipience***（＝the initial stage）of child language acquisition, kids start to pick up and then internalize some basic grammar conceptions.
（在幼兒英文學習階段早期，小孩子已經開始學得、內化一些基本的文法概念。）

（b）There exists a logic and simplicity in the universe.
=There exists a simple logic in the universe.
（宇宙間存在著一種簡單的邏輯。）

（B）其他固定用法 good and、nice and、bright and…＋adj.

This room is bright and comfy. I like it!
（這間房間光線充足十分明亮，我很喜歡！）

（6）譬喻（Simile/Metaphor）

修辭格中的「譬喻」的三種程度

Shall I Compare Thee To A Summer's Day.
（夏日何能與你倆相比擬。）

——莎士比亞

解析 此句真正的意思其實是要將詩中的主角比喻作夏日，意味著永恆不朽，這種compare to的比較用法，十分明顯，屬於最基本的用法。生活中，我們罵人「你是豬」，或說「李玟CoCo是台灣的瑪莉亞凱麗」等等都屬於這一類，而喻詞都會用like、is這樣簡單的字眼。

She lives here, as it were.
她就好像還住在這裡一樣。

—— *The Free Dictionary* by Farlex

解析 此處乍看時空跨越（live / were），其實這也是稍微進階的譬喻方法，as it were意為as if it were really so（好像真的是如此一樣），這樣的用法就可以不必像上述例子一樣，只要遇到「像……一樣……」，就全部譯為like，建議各位學習使用。

The TIME Magazine company usually *plays musical chairs with* it branch offices in different parts of America, **(*changing staff members with one another once in a while.*)**

——《時代》雜誌文章改寫

解析 很清楚的看到，play musical chairs （大風吹遊戲）在這個句子中的字面意義（literal meaning）完全不合邏輯。這是修辭格CATACHRESIS「誤用隱喻格」。此類翻譯相當多元，英語教學從正確的語法教學觀點出發，認為是「詞語誤用」；新聞學領域則譯為「誤用格」（至少已經視其為一修辭格），文學修辭認為是「轉化」，因為可以轉變詞性，其實說穿了，它就是用通常被認為不相干、甚至不合邏輯的東西來做譬喻，強調其隱含的喻意（implied meaning），用得好的話，會有令人驚艷之文采效果，達到這一步，你才有辦法在《時代》雜誌這類「刁鑽」文章的殿堂之中得心應手。

以下示範幾個較「平易近人」的例句：

例句 The little old lady turtled along at ten miles per hour.
（這位小婦人用龜速爬行，一小時只爬了10英哩。）

例句 She blathered to me machine-gunnedly, without pausing at all.
（她像機關槍一樣滔滔不絕的講，完全沒有停頓。）

（7）倒裝句構

寫作過程中，最重要也最常為寫作者所忽略的手法之一是「強調收尾」的動作。許多缺乏經驗的寫作者習慣將所有的句子平鋪直敘的置於文章中，忽略了議論式文章必須「強化收尾」的特性，其中，倒裝句構（inversion）應屬最實用的手法之一，讀者必須學習使用，以避免寫出「零碎句」。

The quality of a book lies in its contents rather than anything superficial. Placing emphasis solely upon the “decoration” of a coursebook I hold to be useless, nothing more than gilding the refined gold.

6.寫作常用引用句型

英文寫作常會使用到經典雋永的諺語（proverbs），這些典故或諺語的引用（allusion）如果使用得宜，可以替文章本身增加文采與修辭效果，以下筆者整理不同類別引用句型，供讀者參考背誦使用。

1. A bosom friend afar brings a distant land near.（天涯若比鄰。）
2. A common danger causes common action.（同舟共濟。）
3. A contented mind is a continual / perpetual feast.（知足常樂。）
4. A fall into the pit, a gain in your wit.（不經一事，不長一智。）
5. A guest should suit the convenience of the host.（客隨主便。）
6. A letter from home is a priceless treasure.（家書抵萬金。）
7. All rivers run into the sea.（殊途同歸。）
8. All time is no time when it is past.（機不可失，時不再來。）
9. An apple a day keeps the doctor away.（一日一個蘋果，身體健康不求醫。）
10. As heroes think, so thought Bruce.（英雄所見略同。）
11. A young idler, an old beggar.（少壯不努力，老大徒傷悲。）
12. Behind the mountains there are people to be found.（人外有人，天外有天。）
13. Bad luck often brings good luck.（塞翁失馬，焉知非福。）
14. Bread is the stall of life.（民以食為天。）
15. Business is business.（公事公辦。）
16. Clumsy birds have to start flying early.（笨鳥先飛。）
17. Courtesy costs nothing.（禮多人不怪。）
18. Custom makes all things easy.（習慣成自然。）
19. Desire has no rest.（貪得無饜。）
20. Difficult the first time, easy the second.（一回生，二回熟。）
21. Do not change horses in mid-stream.（不要三心二意。）
22. Do not have too many irons in the fire.（貪多嚼不爛。）
23. Do not pull all your eggs in one basket.（不要孤注一擲。）
24. Do not teach fish to swim.（不要班門弄斧。）
25. East or west, home is the best.（金窩銀窩，還是自己的狗窩最好。）
26. Experience is the best teacher.（實踐出真知。）
27. Fact is stranger than fiction.（大千世界，無奇不有。）
28. Faith can move mountains.（精誠所至，金石為開。）
29. First impressions are half the battle.（先入為主。）
30. Give as good as one gets.（以德報德，以怨還怨。）
31. Give everyone his due.（一視同仁。）
32. Good wine needs no bush.（真金不怕火煉。）
33. Haste makes waste.（欲速則不達。）
34. He that promises too much means nothing.（輕諾者寡信。）
35. He who has an art has everywhere a part.（一招半式走遍天下。）
36. He would climb the ladder must begin at the bottom.（千里之行始於足下。）
37. Home is where the heart is.（心在哪，哪就是家。）
38. If you are not inside a house, you do not know about its leaking.（如人飲水，冷暖自知。）
39. In peace prepare for war.（居安思危。）

40. It is never too late to mend.（亡羊補牢，猶未為晚。）
41. It six of one and half a dozen of the other.（彼此彼此。）
42. Just has long arms./God's mill grinds slow but sure.（法網恢恢，疏而不漏。）
43. Keep something for a rainy day.（未雨綢繆。）
44. Life is a span.（人生如朝露。）
45. Man proposes God disposes.（謀事在人，成事在天。）
46. Meet plot with plot.（將計就計。）
47. Merry meet, merry part.（好聚好散。）
48. Mind acts upon mind.（心有靈犀一點通。）
49. Never hit a man when he is down.（不要落井下石。）
50. Never judge by appearances.（勿以貌取人。）
51. No fire without smoke.（無風不起浪。）
52. Nurture passes nature.（教養勝過天性。）
53. One is never too old to learn.（活到老，學到老。）
54. One swallow does not make a summer.（一燕不成夏／一花獨放不是春。）
55. One who has seen the ocean thinks nothing of mere rivers.（曾經滄海難為水。）
56. Out of sight, out of mind.（眼不見為淨／離久情疏。）
57. Practice makes perfect.（熟能生巧。）
58. Poverty is stranger to industry.（勤勞之人不受窮。）
59. Rome was not built in a day.（羅馬不是一天造成的。）
60. Sense comes with age.（老馬識途。）
61. So many men, so many minds.（人心各不同。）
62. Some thing is learned every time a book is opened.（開卷有益。）
63. Strike while the iron is hot.（打鐵趁熱。）
64. The car will find its way round the hill when it gets there.（橋到船頭自然直。）
65. The heart is seen in wine.（酒後吐真言。）
66. The older the wiser.（薑還是老的辣。）
67. The worse luck now, the better another time. /Every dog has his day.（風水輪流轉。）
68. Thoughts are free from toll.（人人都可以自由思考。）
69. Time tries all things.（時間檢驗一切。）
70. Use legs and have legs.（流水不腐，戶樞不蠹。）
71. Virtue never grows old.（美德常青。）
72. Walls have ears.（隔牆有耳。）
73. What is done cannot be undone.（覆水難收。）
74. Wine in, truth out.（酒後吐真言。）
75. You are only young once.（年輕只有一次。）
76. You cannot burn the candle at both ends.（魚和熊掌不可兼得。）
77. You cannot have your cake and eat it.（有得就有失。）
78. You never know till you have tried.（事非經過不知難。）

79. Youth will be served.（青春好作樂。）
80. Zeal without knowledge is a runaway horse.（無知的狂熱是脫韁的野馬。）
81. Heaven helps those who help themselves.（天助自助者。）
82. All good things must come to an end.（天下沒有不散的筵席。）
83. Foolish consistency is the hobgoblin of little minds.（別作愚蠢的無謂堅持。）
84. He who has health has hope.（留得青山在，不怕沒柴燒）
85. Liberty is the right to do everything which the laws allow.
（自由就是在法律允許下的範圍下有權做任何事。）
86. Two heads are better than one.（三個臭皮匠，勝過一個諸葛亮。）
87. Misery loves company.（It never rains but pours.）（禍不單行。）
88. It is better to win the peace and to lose the war.（寧願贏得和平而輸掉戰爭。）
89. It takes all sorts to make a world.（一種米養百種人。）
90. There are two sides to every question.（公說公有禮，婆說婆有禮。）
91. Self-trust is the first secret of success.（自信是成功的第一步。）
92. Every man has his taste.（人各有所好。）
93. Experience is the extract of suffering.（經驗是由痛苦中粹取出來的。）
94. Imagination is more important than knowledge.（想像力比知識更重要）
95. Words cut more than swords.（舌劍利於刀劍。）
96. The leopard cannot change his spots./Leopards cannot change their spots.（江山易改，本性難移。）
97. The wealth of the mind is the only true wealth.（心靈的財富才是真正的財富。）
98. Love makes the world go round.（愛使世界運轉。）
99. Beauty is in the eye of the beholder.（情人眼裡出西施。）
100. Love does not consist in gazing at each other but in looking together in same direction.
（愛並不在於彼此相對。）
101. Failure is the mother of success. / Failure teaches success.（失敗為成功之母。）
102. Life is not merely living but living in health.（不只要活，而且要活的健康。）
103. There is no rose without a thorn.（沒有十全十美的人生。）
104. What you really value is what you miss, not what you have.
（人真正珍惜的是未得到的，而不是所擁有的。）
105. Trust men and they will be true to you.（信人者人恆信之。）
106. An eye for an eye, and we will all go blind.（兩敗俱傷。）
107. A bad penny always comes back.（惡有惡報。）
108. Pardon is the most glorious revenge.（寬恕是最偉大的報復。）
109. Patience is bitter but its fruit is sweet.（保持耐性是痛苦的，但果實是甜美的。）
110. He who has hope has everything.（擁有希望的人擁有一切。）
111. Nothing great was ever achieved without enthusiasm.（沒有熱誠難成大事。）
112. Time flies.（歲月不饒人。）
113.Time is money.（時間就是金錢。）
114. Tomorrow never comes.（明天永不來。）
115. Unity is strength.（團結就是力量。）

116. Knowledge is power.（知識就是力量。）
117. Might is right.（強權就是公理。）
118. Live and learn.（活到老，學到老。）
119. Seeing is believing.（百聞不如一見／眼見為憑。）
120. An uncut gem goes not sparkle.（玉不琢，不成器。）
121. It is as well to know which way the wind blows.（識時務者為俊傑。）
122. Sow nothing, reap nothing.（無功不受祿。 ）
123. A word once spoken can never be recalled.（一言既出，駟馬難追。）
124. To entertain an angel unawares.（有眼不識泰山。 ）
125. While the grass grows the horse starves.（遠水救不了近火。）
126. If you live with a lame person you will learn to limp.（近朱者赤，近墨者黑。）
127. Never put off till tomorrow what you can do today.（今日事今日畢。）
128. Give him an inch and he'll take a yard.（得寸進尺。）
129. It is more blessed to give than to receive.（施比受更有福。）
130. Absence diminishes little passions and increases great ones.
（離別削減小愛，卻增添大愛。）
131. Absence is mother of disillusion.（疏離是覺悟之母。 ）
132. Absence makes the heart grow fonder.
Absence sharpens love, presence strengthens it.（小別勝新婚。）
133. Absent in body, but present in spirit.（精神長存。）
134. He that fears you present will hate you absent.（見人說人話。）
135. If a person is away, his right is away.（人若不在場，他的權利就會喪失。）
136. Long absence changes a friend.（久別朋友變。）
137. Salt water and absence wash away love.（遠離久別，恩情疏。）
138. The absent are always in the wrong.（誰人背後無人說，哪個人前不說人。）
139. The absent are never with fault, nor the present without excuse.
（缺席者絕對沒有不對，出席者也不會沒有藉口。）
140. When the cat's away, the mice will play.（家裡沒大人了。）
141. Who takes a lion when he is absent, fears a mouse present.
（趁獅子不在時取而代之者, 卻怕老鼠的存在。）
142. Never try to prove what nobody doubts.（此地無銀三百兩。）
143 . A man of words and not of deeds is like a garden full of weeds.
（一個光說不做的人好像一個花園，裡面長滿野草。）
144. A word before is worth two behind.（事實勝於雄辯。）
145. A word is enough to the wise.（智者點就明。）
146. A word spoken is an arrow let fly.（一言既出，駟馬難追。）
147. Action is the proper fruit of knowledge.（行動是知識的卓越果實。）
148.Better to sail slowly than not to sail at all.（完全停滯不前不如慢慢駛向前。）
149. Brave actions never want a trumpet.（英勇的行為永遠不需要吹噓。）

150. Business is the salt of life; business and action strengthen the brain.
（商務是生命之鹽，商務和行動增強腦力。）

151. Deeds are males, and words are females.（「做」是男人的事，「說」是女人的事。）

152. Deeds, not words.（在於行動，不在於言語。說得到，做得到。言出必行。）

153. Few words are best.（少說為妙。）

154. Fine words butter no parsnips.（口惠而實不至。）

155. Fine words dress ill deeds.（說一套，做一套。）

156. Good words cost nothing, but are worth much.（良言本無價，其貴值千金。）

157. Good words without deeds are rushes and reeds.（口惠而實不至。）

158. Hard words break no bones.（惡言傷不到人心。笑罵由他笑罵。）

159. He is noble who feels and acts nobly.（顯貴的人總是思想崇高和舉止優雅。）

160. He who gives fair words feeds you with an empty spoon.（巧言令色鮮矣仁。）

161. A woman's advice is no great thing, but he who won't take it is a fool.
（女人的忠告雖不是怎麼大不了的事，若不接受，便是傻瓜。）

163. Advice is a stranger, if welcome he stays for the night; if not welcome he returns home the same day.
（忠告是一位陌生客，若受歡迎，則停留過夜；不受歡迎，當天就要回家。）

164. Advice when most needed is least heeded.（忠言逆耳。）

165. Advice whispered is worthless.（竊竊私語的忠告毫無價值可言。）

166. An enemy may chance to give good counsel.（敵人也可能給人好的忠告。）

167. Anger and haste hinder good counsel.（小不忍則亂大謀。）

168. Come not to counsel uncalled.（人之患在好為人師。）

169. Counsel is to be given by the wise, the remedy by the rich.
（忠告一定來自智者，救助一定來自富人。）

170. Counsel must be followed, not praised.（忠告一定要遵守，不是要稱讚。）

171. Counsel without help is useless.（沒有實質幫助的忠告毫無用處。）

172. Counsels in wine seldom prosper.（酒杯空言少見成效。）

173. Don't teach your grandmother to suck eggs.（別班門弄斧。）

174. Good counsel has no price./Good counsel is beyond price.（良言乃無價之寶。）

175. Good counsel never comes amiss.（好的忠告絕不會出差錯。）

176. Good counsel never comes too late.（好的忠告絕不會來得太晚。）

177. If the counsel be good, no matter who gave it.（從善如流。）

178. If you wish good advice, consult an old man.（老馬識途。）

179. Ill counsel mars all.（不好的忠告損毀一切。）

180. One gives nothing so liberally as advice./Nothing is given so freely as advice.
（沒有任何東西像忠告那麼慷慨。）

181. Self is a bad counselor.（利己心是最壞的顧問。自私非上策。）

182. Ambition loses many a man.（野心使許多人失敗。）

183. Ambition makes people diligent.（雄心使人勤勉。）

184. Zeal, when it is a virtue, is a dangerous one.（把熱誠當作美德是危險的。）

185. Zeal without prudence is frenzy.（熱誠不夠謹慎猶若瘋狂。）
186. Zeal without knowledge is a runaway horse.（有勇無謀。）
187. Zeal too often lacks discretion.（熱心有餘，審慎不足。）
188. Zeal is fit only for wise men, but is found mostly in fools.
（熱誠只適宜於智者，但熱誠多半在愚者身上。）
189. To do one thing well is a worthy ambition.（把一件事做好，這就是一個有價值的雄心。）
190. The higher the mountain, the greater descent.（爬得愈高，跌得愈深。）
191. The best is the enemy of the good.（「最好」往往成為「好」的敵人。）（目標太高反而失敗。）
192. Seek mickle, and get something; seek little, and get nothing.
（尋找多一些，就得著一些。尋找少一些，就一無所得。）
193. Seek and ye shall find.（尋找，就尋見。）
194. Better ride on an ass that carries me than a horse that throws me.（騎馬摔一跤不如騎驢往前走。）
195. He that stays in the valley shall never get over the hill.（固步自封。）
196. Nothing is difficult to a man whom ambition fires.（對於雄心萬丈的人來說，世上沒有難成的事。）
197. A clear conscience is like a coat of mail.（平生不做虧心事，夜半不怕鬼敲門。）
198. Handsome is that handsome does.（心美，貌亦美。）
199. A fair face may hide a foul heart./Fair face, foul heart.（人面獸心。）
200. A good conscience is a safe pillow.（良心清白，安枕無憂。）
201. A guilty conscience needs no accuser.（夜路走多遇到鬼。）
202. A heavy purse makes a light heart.（錢包飽滿，心情輕鬆。）
203. A honey tongue, a heart of gall.（口蜜腹劍。笑裏藏刀。）
204. A light purse makes a heavy heart.（錢包薄薄，心情沉重。）
205. A quiet conscience sleeps in thunder.（平生不做虧心事，夜半敲門心不驚。）
206. A straight stick is crooked in the water.（直棍水中曲。）
207. All are not saints that go to church.（上教堂的人未必個個都是聖人。）
208. All are not thieves that dogs bark at.（人不可貌相，海不可斗量。）
209. All that glitters is not gold.（發亮的不一定全是金子。）
210. Apparel makes the man.（人要衣裳，佛要金裝。）
211. Appearances are deceptive.（外表是靠不住的。）
212. Bees that have honey in their mouths have stings in their tails.（口蜜腹劍。）
213. Clothes do not make the man.（人不可貌相。）
214. Conscience does make cowards of us all.（良心的自責使大家變成了懦夫。）
215. Faint heart never won fair lady.（懦弱的人永遠無法贏得美人的歡心。）
216. Far from eye, far from heart.（眼不見，心不念。）
217. Fine feathers do not make fine birds.（酒肉賓朋，柴米夫妻。）
218. An uncut gem goes not sparkle.（玉不琢，不成器。）
219. The taller the bamboo grows, the lower it bends.（爬得越高越要謙虛。）
220. East, West, Home Best!（金窩，銀窩，還是自己的狗窩最好。）
221. Foolish consistency is the hobgoblin of little minds.（愚蠢的堅持使人心胸狹隘。）

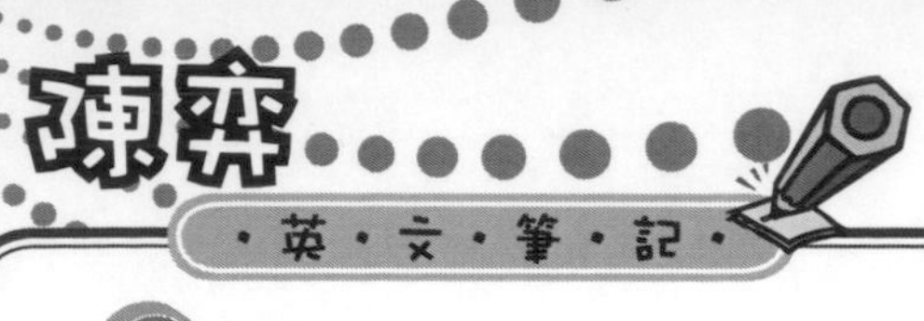

附錄一 英文自傳範本

AUTOBIOGRAPHY

I was born in Kaohsiung City, Taiwan, a big, renowned, highly-developed industrial city in Southern Taiwan, where my father owned a small business. He had first gone to business for himself after leaving Pescadores or Peng-hu island and his family for Kaohsiung city right after his twentieth birthday. He moved many times before settling in Kaohsiung City in the early-1980s. My two elder sisters, Shin-yi and Shin-zong, and one younger brother, Yu-hui, form my combined family, were also born there. But actually, I am the only son in my family. However, when I was three I was sent back to Peng-hu following my parents' filling for divorce. There, my grandparents earned their living by fishing and farming.

I received my primary and secondary schooling in Peng-hu. I was a good student, but until age fourteen was more interested in music and sports than any intellectual activities. At that time I had to decide between being on the table-tennis and English teams since they met during the same time period. It was indicative of my shift in priorities that I chose English, although I was better at table-tennis. After graduating from junior high school, I failed the entrance exam and went to a celebrated private tutoring school in Tainan for cramming my studies for a whole year, during which life was synonymous to struggling. However, the hardships, frustrations and difficulties I was suffering during that period of time did set a well-formed stepping stone for my following life.

In senior high school, I was enlightened by my English teacher, Lin yuan-huang. Her motto to make everything perfect meant nothing more than torture to me.

However, she made what I am today. I have never seen such an English teacher who always treated her students as her own kids, taking good care of everything for her students. Whenever frustrated, we were ready to be embraced in her heart. She is not only a teacher, but a mentor, even a mother. Upon graduating from high school, walking out of the campus, she softly whispered in my ear, encouraging me to enjoy my young life, which brought tears to my eyes. I can never forget the very English proverb she put on my writing paper of the English mock exam-*The taller the bamboo grows, the lower it bends.*, a string of though-provoking and clairvoyant words have never eloped from my deepest heart. Till now, I always remind my self of the value of being humble and modest no matter how much I achieve.

The summer in 1999 was my last memory of my hometown. Luckily, I was admitted to the English Department of Providence University, a Catholic university in Taichung County, where I spent another 4 years. During the four years, I realized the power of knowledge. From then on, I was immersed in the dreamland of mythology, chanting with William Blake once in a while in my English literature class; I enjoyed the logic reasoning training in my introductory linguistics class and every so often was touched by the suffering between Pyramus and Thisbe, shedding tears whenever reciting the first line of this unforgettable moving love story-*Once upon a time, the white mulberry tree turned suddenly into red. The death of a couple would be the cause*-again and again wandering in my heart even when I was lying down the grassland, my heart beating with the dancing breeze in the afternoon. My homeroom teacher, Sister Marilyn Baker was a lady of generosity. In her biblical class, what I learned was not only knowledge of English Bible, but her lovely attitudes towards everyone around her, and most important, her beautiful pronunciation of English words.

Aside from my studies, I involved in earnest in a plethora of extra-curricular activities. As a freshman, I was the member of four school clubs, among which the table-tennis club was the most inviting one. In the following two years in Providence, I was involved in the competition of English drama, a grand tribute for next to every English-majored university student, a footage shot with lashings of exposures of roll films. The reminiscence every so often crops up from my deepest heart, feeling reluctant to get back to the reality.

Fall, 2003, is a turning point in my whole life. I could never believe that the goddess of Luck stopped by to knock my door. No sooner had I been informed my being accepted by the English Department of National Kaohsiung Normal University than bursting into tears. It meant little but served as a recognition to my 4-year hardworking. Since then, I have been urging myself to be well-prepared, waiting for another chance to come. During the 3-year graduate study, I did my utmost to sharpen my writing skills, hoping one day I can be given the carte blanch to write like an angel. From the guidance of a multitude of graduate teachers, I finally dredged up my interest of research fields. Besides, from the incipience and graduate life, I started to accumulate hands-on experiences in English teaching. Investing much of my precious hours out of my hectic graduate life on facing the baptism of fire in the blackboard jungle, I finally became seasoned in teaching and research by degrees, grasping every possible chance to bear witness to the effectiveness and efficiency of various pedagogical theories form the textbook, putting them into practice. After that, I realized that English Rhetoric as well as writing instruction interested me most.

A long, winding journey of my thesis writing has just come to a temporary destination. I am reminding myself to stay ahead of others every minute. Most important, I look forward to ushering into another paradise of knowledge in the near future.

附錄二 托福獨立式寫作題庫

➲ 建造問題

1. It has recently been announced that a new restaurant may be built in your neighborhood. Do you support or oppose this plan? Why? Use specific reasons and details to support your answer
2. It has recently been announced that a new movie theater may be built in your neighborhood. Do you support or oppose this plan? Why? Use specific reasons and details to support your answer.
3. The government has announced that it plans to build a new university. Some people think that your community would be a good place to locate the university. Compare the advantages and disadvantages of establishing a new university in your community. Use specific details in your discussion
4. It has recently been announced that a new high school may be built in your community. Do you support or oppose this plan? Why? Use specific reasons and details in your answer.
5. Your city has decided to build a statue or monument to honor a famous person in your country. Who would you choose? Use reasons and specific examples to support your choice
6. A university plans to develop a new research center in your country. Some people want a center for business research. Other people want a center for research in agriculture (farming). Which of these two kinds of research centers do you recommend for your country? Use specific reasons in your recommendation.

➲ 假設問題

7. You have decided to give several hours of your time each month to improve the community where you live. What is one thing you will do to improve your community? Why? Use specific reasons and details to explain your choice.
8. What change would make your hometown more appealing to people your age? Use specific reasons and examples to support your opinion.
9. If you were an employer, which kind of worker would you prefer to hire: an inexperienced worker at a lower salary or an experienced worker at a higher salary? Use specific reasons and details to support your answer.
10. If you could go back to some time and place in the past, when and where would you go? Why? Use specific reasons and details to support your choice.
11. If you could study a subject that you have never had the opportunity to study, what would you choose? Explain your choice, using specific reasons and details.
12. If you could travel back in time to meet a famous person from history, what person would you like to meet? Use specific reasons and examples to support your choice.
13. If you could meet a famous entertainer or athlete, who would that be, and why? Use specific reasons and examples to support your choice.
14. If you could ask a famous person one question, what would you ask? Why? Use specific reasons and details to support your answer.

15. If you were asked to send one thing representing your country to an international exhibition, what would you choose? Why? Use specific reasons and details to explain your choice
16. If you could make one important change in a school that you attended, what change would you make? Use reasons and specific examples to support your answer.
17. Holidays honor people or events. If you could create a new holiday, what person or event would it honor and how would you want people to celebrate it? Use specific reasons and details to support your answer.
18. Imagine that you have received some land to use as you wish. How would you use this land? Use specific details to explain your answer.
19. Imagine that you are preparing for a trip. You plan to be away from your home for a year. In addition to clothing and personal care items, you can take one additional thing. What would you take and why? Use specific reasons and details to support your choice.
20. A foreign visitor has only one day to spend in your country. Where should this visitor go on that day? Why? Use specific reasons and details to support your choice.

➲ 個人品德問題

21. What are some important qualities of a good supervisor (boss)? Use specific details and examples to explain why these qualities are important.
22. What are the important qualities of a good son or daughter? Have these qualities changed or remained the same over time in your culture? Use specific reasons and examples to support your answer.
23. What are some of the qualities of a good parent? Use specific details and examples to explain your answer.
24. Many students have to live with roommates while going to school or university. What are some of the important qualities of a good roommate? Use specific reasons and examples to explain why these qualities are important.
25. We all work or will work in our jobs with many different kinds of people. In your opinion, what are some important characteristics of a co-worker (someone you work closely with)? Use reasons and specific examples to explain why these characteristics are important

➲ 花錢問題：公司花錢問題

26. A company is going to give some money either to support the arts or to protect the environment. Which do you think the company should choose? Use specific reasons and examples to support your answer.

➲ 花錢問題：個人花錢問題

27. You have received a gift of money. The money is enough to buy either a piece of jewelry you like or tickets to a concert you want to attend. Which would you buy? Use specific reasons and details to support your answer.

28. Is it better to enjoy your money when you earn it or is it better to save your money for some time in the future? Use specific reasons and examples to support your opinion.
29. You have enough money to purchase either a house or a business. Which would you choose to buy? Give specific reasons to explain your choice.

➲ 花錢問題：政府花錢問題

30. Some people think that governments should spend as much money as possible on developing or buying computer technology. Other people disagree and think that this money should be spent on more basic needs. Which one of these opinions do you agree with? Use specific reasons and details to support your answer.
31. Some people think governments should spend as much money as possible exploring outer space (for example, traveling to the Moon and to other planets). Other people disagree and think governments should spend this money for our basic needs on Earth. Which of these two opinions do you agree with? Use specific reasons and details to support your answer.
32. Should governments spend more money on improving roads and highways, or should governments spend more money on improving public transportation (buses, trains, subways)? Why? Use specific reasons and details to develop your essay.

➲ 花錢問題：學校花錢問題

33. Your school has received a gift of money. What do you think is the best way for your school to spend this money? Use specific reasons and details to support your choice.
34. Your school has enough money to purchase either computers for students or books for the library. Which should your school choose to buy — computers or books? Use specific reasons and examples to support your recommendation.

➲ 原因題目

35. People attend college or university for many different reasons (for example, new experiences, career preparation, increased knowledge).Why do you think people attend college or university? Use specific reasons and examples to support your answer
36. In general, people are living longer now. Discuss the causes of this phenomenon. Use specific reasons and details to develop your essay
37. Many people visit museums when they travel to new places. Why do you think people visit museums? Use specific reasons and examples to support your answer.
38. Why do you think some people are attracted to dangerous sports or other dangerous activities? Use specific reasons and examples to support your answer.
39. People work because they need money to live. What are some other reasons that people work? Discuss one or more of these reasons. Use specific examples and details to support your answer.
40. Do you agree or disagree with the following statement? The most important aspect of a job is the money a person earns. Use specific reasons and examples to support your answer.

41. People listen to music for different reasons and at different times. Why is music important to many people? Use specific reasons and examples to support your choice
42. Is the ability to read and write more important today than in the past? Why or why not? Use specific reasons and examples to support your answer.
43. Movies are popular all over the world. Explain why movies are so popular. Use reasons and specific examples to support your answer

➲ 交友問題

44. What do you want most in a friend — someone who is intelligent, or someone who has a sense of humor, or someone who is reliable? Which one of these characteristics is most important to you? Use reasons and specific examples to explain your choice.
45. Some people prefer to spend most of their time alone. Others like to be with friends most of the time. Do you prefer to spend your time alone or with friends? Use specific reasons to support your answer
46. Some people prefer to spend time with one or two close friends. Others choose to spend time with a large number of friends. Compare the advantages of each choice. Which of these two ways of spending time do you prefer? Use specific reasons to support your answer.
47. Do you agree or disagree with the following statement? One should never judge a person by external appearances. Use specific reasons and details to support your answer

➲ 學習和教育

48. It has been said, "Not everything that is learned is contained in books." Compare and contrast knowledge gained from experience with knowledge gained from books. In your opinion, which source is more important? Why?
49. Some people believe that university students should be required to attend classes. Others believe that going to classes should be optional for students. Which point of view do you agree with? Use specific reasons and details to explain your answer.
50. Many teachers assign homework to students every day. Do you think that daily homework is necessary for students? Use specific reasons and details to support your answer.
51. Do you agree or disagree with the following statement? Grades (marks) encourage students to learn. Use specific reasons and examples to support your opinion.
52. Some universities require students to take classes in many subjects. Other universities require students to specialize in one subject. Which is better? Use specific reasons and examples to support your answer.
53. Do you agree or disagree with the following statement? Boys and girls should attend separate schools. Use specific reasons and examples to support your answer.
54. Some people believe that a college or university education should be available to all students. Others believe that higher education should be available only to good students. Discuss these views. Which view do you agree with? Explain why.
55. People learn in different ways. Some people learn by doing things; other people learn by reading about things; others learn by listening to people talk about things. Which of these methods of learning is best for you? Use specific examples to support your choice.

56. Do you agree or disagree with the following statement? People should read only those books that are about real events, real people, and established facts. Use specific reasons and details to support your opinion
57. Do you agree or disagree with the following statement? It is more important for students to study history and literature than it is for them to study science and mathematics. Use specific reasons and examples to support your opinion
58. Do you agree or disagree with the following statement? All students should be required to study art and music in secondary school. Use specific reasons to support your answer
59. Do you agree or disagree with the following statement? High schools should allow students to study the courses that students want to study. Use specific reasons and examples to support your opinion.
60. In the future, students may have the choice of studying at home by using technology such as computers or television or of studying at traditional schools. Which would you prefer? Use reasons and specific details to explain your choice.
61. Some students like classes where teachers lecture (do all of the talking) in class. Other students prefer classes where the students do some of the talking. Which type of class do you prefer? Give specific reasons and details to support your choice.
62. Some students prefer to study alone. Others prefer to study with a group of students. Which do you prefer? Use specific reasons and examples to support your answer.
63. Do you agree or disagree with the following statement? Children should begin learning a foreign language as soon as they start school. Use specific reasons and examples to support your position.
64. Do you agree or disagree with the following statement? Classmates are a more important influence than parents on a child's success in school. Use specific reasons and examples to support your answer.

➲ 父母，兒童教育和成長

65. Do you agree or disagree with the following statement? Parents are the best teachers. Use specific reasons and examples to support your answer.
66. It is better for children to grow up in the countryside than in a big city. Do you agree or disagree? Use specific reasons and examples to develop your essay.
67. In some countries, teenagers have jobs while they are still students. Do you think this is a good idea? Support your opinion by using specific reasons and details.
68. Do you agree or disagree with the following statement? Parents or other adult relatives should make important decisions for their older (15 to 18 year-old) teenage children. Use specific reasons and examples to support your opinion.
69. Some people think that children should begin their formal education at a very early age and should spend most of their time on school studies. Others believe that young children should spend most of their time playing. Compare these two views. Which view do you agree with? Why?
70. Do you agree or disagree with the following statement? Children should be required to help with household tasks as soon as they are able to do so. Use specific reasons and examples to support your answer.

71. Do you agree or disagree with the following statement? There is nothing that young people can teach older people. Use specific reasons and examples to support your position.
72. Every generation of people is different in important ways. How is your generation different from your parents' generation? Use specific reasons and examples to explain your answer.
73. A gift (such as a camera, a soccer ball, or an animal) can contribute to a child's development. What gift would you give to help a child develop? Why? Use reasons and specific examples to support your choice.
74. Some young children spend a great amount of their time practicing sports. Discuss the advantages and disadvantages of this. Use specific reasons and examples to support your answer.
75. Some high schools require all students to wear school uniforms. Other high schools permit students to decide what to wear to school. Which of these two school policies do you think is better? Use specific reasons and examples to support your opinion

➲ 個人成功

76. The expression "Never, never give up" means to keep trying and never stop working for your goals. Do you agree or disagree with this statement? Use specific reasons and examples to support your answer.
77. Some people believe that success in life comes from taking risks or chances. Others believe that success results from careful planning. In your opinion, what does success come from? Use specific reasons and examples to support your answer.
78. Do you agree or disagree with the following statement? Most experiences in our lives that seemed difficult at the time become valuable lessons for the future. Use reasons and specific examples to support our answer
79. In your opinion, what is the most important characteristic (for example, honesty, intelligence, and a sense of humor) that a person can have to be successful in life? Use specific reasons and examples from your experience to explain your answer. When you write your answer, you are not limited to the examples listed in the question
80. Some people prefer to plan activities for their free time very carefully. Others choose not to make any plans at all for their free time. Compare the benefits of planning free-time activities with the benefits of not making plans. Which do you prefer-planning or not planning for your leisure time? Use specific reasons and examples to explain your choice.
81. Some people believe that students should be given one long vacation each year. Others believe that students should have several short vacations throughout the year. Which viewpoint do you agree with? Use specific reasons and examples to support your choice.
82. People do many different things to stay healthy. What do you do for good health? Use specific reasons and examples to support your answer.
83. Do you agree or disagree with the following statement? Only people who earn a lot of money are successful. Use specific reasons and examples to support your answer.
84. What is a very important skill a person should learn in order to be successful in the world today? Choose one skill and use specific reasons and examples to support your choice.

➲生活，習慣

85. Some people prefer to live in a small town. Others prefer to live in a big city. Which place would you prefer to live in? Use specific reasons and details to support your answer.
86. Some people like to travel with a companion. Other people prefer to travel alone. Which do you prefer? Use specific reasons and examples to support your choice.
87. Do you agree or disagree with the following statement? People should sometimes do things that they do not enjoy doing. Use specific reasons and examples to support your answer
88. Some people spend their entire lives in one place. Others move a number of times throughout their lives, looking for a better job, house, community, or even climate. Which do you prefer: staying in one place or moving in search of another place? Use reasons and specific examples to support your opinion.
89. Some people prefer to get up early in the morning and start the day's work. Others prefer to get up later in the day and work until late at night. Which do you prefer? Use specific reasons and examples to support your choice.
90. Some people like to do only what they already do well. Other people prefer to try new things and take risks. Which do you prefer? Use specific reasons and examples to support your choice.
91. Some people are always in a hurry to go places and get things done. Other people prefer to take their time and live life at a slower pace. Which do you prefer? Use specific reasons and examples to support your answer.
92. Some people prefer to work for themselves or own a business. Others prefer to work for an employer. Would you rather be self-employed, work for someone else, or own a business? Use specific reasons to explain your choice.
93. Which would you choose: a high-paying job with long hours that would give you little time with family and friends or a lower-paying job with shorter hours that would give you more time with family and friends? Explain your choice, using specific reasons and details.
94. Some people prefer to live in places that have the same weather or climate all year long. Others like to live in areas where the weather changes several times a year. Which do you prefer? Use specific reasons and examples to support your choice.
95. Some people prefer to spend their free time outdoors. Other people prefer to spend their leisure time indoors. Would you prefer to be outside or would you prefer to be inside for your leisure activities? Use specific reasons and examples to explain your choice.
96. Some people enjoy change, and they look forward to new experiences. Others like their lives to stay the same, and they do not change their usual habits. Compare these two approaches to life. Which approach do you prefer? Explain why
97. Some items (such as clothes or furniture) can be made by hand or by machine. Which do you prefer -items made by hand or items made by machine? Use reasons and specific examples to explain your choice.
98. Would you prefer to live in a traditional house or in a modern apartment building? Use specific reasons and details to support your choice
99. A person you know is planning to move to your town or city. What do you think this person would like and dislike about living in your town or city? Why? Use specific reasons and details to develop your essay.

100. Do you agree or disagree with the following statement? People behave differently when they wear different clothes. Do you agree that different clothes influence the way people behave? Use specific examples to support your answer

101. Do you agree or disagree with the following statement? Teachers should be paid according to how much their students learn. Give specific reasons and examples to support your opinion

102. You have been told that dormitory rooms at your university must be shared by two students. Would you rather have the university assign a student to share a room with you, or would you rather choose your own roommate? Use specific reasons and details to explain your answer

103. Students at universities often have a choice of places to live. They may choose to live in university dormitories, or they may choose to live in apartments in the community. Compare the advantages of living in university housing with the advantages of living in an apartment in the community. Where would you prefer to live? Give reasons for your preference.

104. What do you consider to be the most important room in a house? Why is this room more important to you than any other room? Use specific reasons and examples to support your opinion.

105. When students move to a new school, they sometimes face problems. How can schools help these students with their problems? Use specific reasons and examples to explain your answer

106. People have different ways of escaping the stress and difficulties of modern life. Some read; some exercise; others work in their gardens. What do you think are the best ways of reducing stress? Use specific details and examples in your answer.

107. Some people prefer to work for a large company. Others prefer to work for a small company. Which would you prefer? Use specific reasons and details to support your choice.

108. When people need to complain about a product or poor service, some prefer to complain in writing and others prefer to complain in person. Which way do you prefer? Use specific reasons and examples to support your answer.

➲ 環境，動物，植物，土地

109. Some people believe that the Earth is being harmed (damaged) by human activity. Others feel that human activity makes the Earth a better place to live. What is your opinion? Use specific reasons and examples to support your answer.

110. Some people think that human needs for farmland, housing, and industry are more important than saving land for endangered animals. Do you agree or disagree with this point of view? Why or why not? Use specific reasons and examples to support your answer.

111. What is the most important animal in your country? Why is the animal important? Use reasons and specific details to explain your answer.

112. Many parts of the world are losing important natural resources, such as forests, animals, or clean water. Choose one resource that is disappearing and explain why it needs to be saved. Use specific reasons and examples to support your opinion.

113. Do you agree or disagree with the following statement? A zoo has no useful purpose. Use specific reasons and examples to explain your answer

114. In some countries, people are no longer allowed to smoke in many public places and office buildings. Do you think this is a good rule or a bad rule? Use specific reasons and details to support your position.

115. In your country, is there more need for land to be left in its natural condition or is there more need for land to be developed for housing and industry? Use specific reasons and examples to support your answer.

116. Many people have a close relationship with their pets. These people treat their birds, cats, or other animals as members of their family. In your opinion, are such relationships good? Why or why not? Use specific reasons and examples to support your answer.

117. Plants can provide food, shelter, clothing, or medicine. What is one kind of plant that is important to you or the people in your country? Use specific reasons and details to explain your choice.

➲ 技術與進步

118. Some people think that the automobile has improved modern life. Others think that the automobile has caused serious problems. What is your opinion? Use specific reasons and examples to support your answer.

119. Some people say that computers have made life easier and more convenient. Other people say that computers have made life more complex and stressful. What is your opinion? Use specific reasons and examples to support your answer.

120. Some people say that the Internet provides people with a lot of valuable information. Others think access to so much information creates problems. Which view do you agree with? Use specific reasons and examples to support your opinion.

121. Do you agree or disagree with the following statement? Telephones and email have made communication between people less personal. Use specific reasons and examples to support your opinion.

122. Choose one of the following transportation vehicles and explain why you think it has changed people's lives.
1. automobiles
2. bicycles
3. airplanes.
Use specific reasons and examples to support your answer

123. Do you agree or disagree that progress is always good? Use specific reasons and examples to support your answer.

124. Do you agree or disagree with the following statement? With the help of technology, students nowadays can learn more information and learn it more quickly. Use specific reasons and examples to support your answer.

125. Do you agree or disagree with the following statement? Technology has made the world a better place to live. Use specific reasons and examples to support your opinion.

126. Do you agree or disagree with the following statement? Modern technology is creating a single world culture. Use specific reasons and examples to support your opinion

127. What discovery in the last 100 years has been most beneficial for people in your country? Use specific reasons and examples to support your choice.

128. The 21st century has begun. What changes do you think this new century will bring? Use examples and details in your answer. What are some of the qualities of a good parent? Use specific details and examples to explain your answer.

➲ 廣告，影視，媒體，交流

128. Do you agree or disagree with the following statement? Television has destroyed communication among friends and family. Use specific reasons and examples to support your opinion.
129. Do you agree or disagree with the following statement? Attending a live performance (for example, a play, concert, or sporting event) is more enjoyable than watching the same event on television. Use specific reasons and examples to support your opinion
130. Do you agree or disagree with the following statement? Television, newspapers, magazines, and other media pay too much attention to the personal lives of famous people such as public figures and celebrities. Use specific reasons and details to explain your opinion.
131. Do you agree or disagree with the following statement? Face-to-face communication is better than other types of communication, such as letters, email, or telephone calls. Use specific reasons and details to support your answer.
132. Some movies are serious, designed to make the audience think. Other movies are designed primarily to amuse and entertain. Which type of movie do you prefer? Use specific reasons and examples to support your answer.
133. Do you agree or disagree with the following statement? Advertising can tell you a lot about a country. Use specific reasons and examples to support your answer
134. Some people say that advertising encourages us to buy things we really do not need. Others say that advertisements tell us about new products that may improve our lives. Which viewpoint do you agree with? Use specific reasons and examples to support your answer
135. Do you agree or disagree with the following statement? Reading fiction (such as novels and short stories) is more enjoyable than watching movies. Use specific reasons and examples to explain your position.
136. Do you agree or disagree with the following statement? Watching television is bad for children. Use specific details and examples to support your answer.
137. Films can tell us a lot about the country where they were made. What have you learned about a country from watching its movies? Use specific examples and details to support your response.

➲ 遊戲，體育，旅遊，風俗

138. Do you agree or disagree with the following statement? Games are as important for adults as they are for children. Use specific reasons and examples to support your answer.
139. Do you agree or disagree with the following statement? Playing games teaches us about life. Use specific reasons and examples to support your answer
140. Do you agree or disagree with the following statement? Playing a game is fun only when you win. Use specific reasons and examples to support your answer.
141. Some people say that physical exercise should be a required part of every school day. Other people believe that students should spend the whole school day on academic studies. Which opinion do you agree with? Use specific reasons and details to support your answer.
142. Do you agree or disagree with the following statement? The best way to travel is in a group led by a tour guide. Use specific reasons and examples to support your answer.

143. You need to travel from your home to a place 40 miles (64 kilometers) away. Compare the different kinds of transportation you could use. Tell which method of travel you would choose. Give specific reasons for your choice.

144. Describe a custom from your country that you would like people from other countries to adopt. Explain your choice, using specific reasons and examples.

➲ 名人問題

145. When famous people such as actors, athletes and rock stars give their opinions, many people listen. Do you think we should pay attention to these opinions? Use specific reasons and examples to support your answer.

146. Some famous athletes and entertainers earn millions of dollars every year. Do you think these people deserve such high salaries? Use specific reasons and examples to support your opinion.

➲ 決策，領導，企業，公司

147. Do you agree or disagree with the following statement? A person should never make an important decision alone. Use specific reasons and examples to support your answer.

148. Decisions can be made quickly, or they can be made after careful thought. Do you agree or disagree with the following statement? The decisions that people make quickly are always wrong. Use reasons and specific examples to support your opinion.

149. Do you agree or disagree with the following statement? It is better to be a member of a group than to be the leader of a group. Use specific reasons and examples to support your answer

150. Is it more important to be able to work with a group of people on a team or to work independently? Use reasons and specific examples to support your answer.

151. Groups or organizations are an important part of some people's lives. Why are groups or organizations important to people? Use specific reasons and examples to explain your answer.

152. Businesses should hire employees for their entire lives. Do you agree or disagree? Use specific reasons and examples to support your answer.

153. Do you agree or disagree with the following statement? Businesses should do anything they can to make a profit. Use specific reasons and examples to support your position.

➲ 歷史，建築，文化，藝術

154. Learning about the past has no value for those of us living in the present. Do you agree or disagree? Use specific reasons and examples to support your answer.

155. Should a city try to preserve its old, historic buildings or destroy them and replace them with modern buildings? Use specific reasons and examples to support your opinion.

156. Do you agree or disagree with the following statement? Dancing plays an important role in a culture. Use specific reasons and examples to support your answer.

國家圖書館出版品預行編目

陳弈英文筆記 / 陳弈著. -- 一版. -- 臺北市
: 秀威資訊科技, 2008.12
面； 公分. --（學習新知類；PD0006）
BOD版
ISBN 978-986-221-125-0（平裝）

1. 英語 2. 讀本

805.18　　97022562

學習新知類　PD0006

陳弈英文筆記

作　　者 / 陳　弈
發 行 人 / 宋政坤
執行編輯 / 詹靚秋
圖文排版 / 鄭維心
封面設計 / 陳佩蓉
數位轉譯 / 徐真玉　沈裕閔
圖書銷售 / 林怡君
法律顧問 / 毛國樑　律師
出版印製 / 秀威資訊科技股份有限公司
台北市內湖區瑞光路583巷25號1樓
電話：02-2657-9211　　傳真：02-2657-9106
E-mail：service@showwe.com.tw
經 銷 商 / 紅螞蟻圖書有限公司
台北市內湖區舊宗路二段121巷28、32號4樓
電話：02-2795-3656　　傳真：02-2795-4100
http://www.e-redant.com

2008 年 12 月　BOD 一版
定價：420 元

・請尊重著作權・
Copyright©2008 by Showwe Information Co.,Ltd.

讀　　者　　回　　函　　卡

感謝您購買本書，為提升服務品質，煩請填寫以下問卷，收到您的寶貴意見後，我們會仔細收藏記錄並回贈紀念品，謝謝！

1.您購買的書名：______________________________

2.您從何得知本書的消息？

□網路書店　□部落格　□資料庫搜尋　□書訊　□電子報　□書店

□平面媒體　□ 朋友推薦　□網站推薦　□其他__________

3.您對本書的評價：(請填代號　1.非常滿意 2.滿意 3.尚可 4.再改進)

封面設計____　版面編排____　內容____　文/譯筆____　價格____

4.讀完書後您覺得：

□很有收獲　□有收獲　□收獲不多　□沒收獲

5.您會推薦本書給朋友嗎？

□會　□不會，為什麼？______________________________

6.其他寶貴的意見：______________________________

____

____

____

讀者基本資料

姓名：____________________　年齡：______　性別：□女　□男

聯絡電話：________________　E-mail：____________________

地址：______________________________

學歷：□高中(含)以下　□高中　□專科學校　□大學

□研究所(含)以上　□其他_______________

職業：□製造業　□金融業　□資訊業　□軍警　□傳播業　□自由業

□服務業　□公務員　□教職　□學生　□其他__________

請貼
郵票

To：114

台北市內湖區瑞光路 583 巷 25 號 1 樓

秀威資訊科技股份有限公司　　　收

寄件人姓名：

寄件人地址：□□□

(請沿線對摺寄回,謝謝!)

秀威與 BOD

BOD（Books On Demand）是數位出版的大趨勢，秀威資訊率先運用 POD 數位印刷設備來生產書籍，並提供作者全程數位出版服務，致使書籍產銷零庫存，知識傳承不絕版，目前已開闢以下書系：

一、BOD 學術著作—專業論述的閱讀延伸
二、BOD 個人著作—分享生命的心路歷程
三、BOD 旅遊著作—個人深度旅遊文學創作
四、BOD 大陸學者—大陸專業學者學術出版
五、POD 獨家經銷—數位產製的代發行書籍

BOD 秀威網路書店：www.showwe.com.tw
政府出版品網路書店：www.*gov*books.com.tw

永不絕版的故事・自己寫・永不休止的音符・自己唱